当代河南女作家研究资料汇编

邵丽卷

张莉 杨毅 主编

北京出版集团
北京十月文艺出版社

—— 邵丽 ——

当代女作家，现任中国作家协会主席团委员，河南省文联主席、省作协主席。创作小说、诗歌、散文四百余万字。作品发表于《人民文学》《收获》《当代》《十月》《作家》等全国大型文学刊物，多次被《小说月报》《小说选刊》《新华文摘》等选载。著有长篇小说《我的生活质量》《糖果》《黄河故事》《金枝》等。作品曾列《收获》《十月》《扬子江文学评论》等年度排行榜榜首，先后获《人民文学》《收获》《十月》《当代》《北京文学》《小说月报》《小说选刊》等年度中短篇小说奖。短篇小说《明惠的圣诞》获第四届鲁迅文学奖，长篇小说《我的生活质量》入围第七届茅盾文学奖。多部作品被译介到国外。

目 录

总序

地方性色彩与女性写作的可能

——“当代河南女作家研究资料汇编”序言

张　莉

一

想到河南，几乎所有人都会想到那个著名的豫剧片段《谁说女子不如男》:“刘大哥讲话理太偏，谁说女子享清闲？男子打仗到边关，女子纺织在家园。白天去种地，夜晚来纺棉，不分昼夜辛勤把活儿干，这将士们才能有这吃和穿。你要不相信（哪），请往身上看，咱们的鞋和袜，还有衣和衫，这千针万线可都是她们连（哪啊）。有许多女英雄，也把功劳建，为国杀敌是代代出英贤，这女子们哪一点不如儿男……”

唱词如此之好，它以典型的女性视角说出了历史的真相、生活的真相。这个唱腔里有典型的河南风格和河南气质，有着古乐的典雅，但同时，女性声音的加入硬朗又柔软，某种对真相的讲述伴随着恳切、朴素，引起了一代代观众的共情。在我们民族的文化生活里,《谁说女子不如男》以其鲜明的独特性和女性气质留存下来。而豫剧、女性意识都成了“硬通货”。这让人想到何为深具地方色彩的女性写作，何为超越性的地方书写与女性艺术的问题。

二

之所以编纂“当代河南女作家研究资料汇编”丛书，是试图厘清新世纪以来河南女作家们的创作谱系。何向阳、邵丽、梁鸿、乔叶、计文君都曾在河南生活成长、写作，即使她们中有四位已经在北京生活，但是,“河南”在她们的写作中有着深深的烙印，毕竟河南是她们创作与生命的给养。

五位作家都讨论过河南之于她们写作的重要给养。何向阳谈起黄河之于她的意义。“这三十四年我切实喝它的水，吃它的水浇出的粮食，它给我生命的恩惠，无法计算。‘何水德之难量!’古人说。难量的还有它其中的精神，那是没有物的测杆的——文字能不能成为它呢？也许还是不能，标尺的想法是多余的。因为躺着的水击散到每一个人那里，就是每一个人——这直立的黄皮肤的水，他们奔涌，在历史间，一幕幕大戏开和阖，他们也是为了一个方向，一个必要到达的目的而不懈不屈，我写，在那熟悉的身影里，不止一次找得到我自己。其实是想说，在他们为理想叠加生命进去的队列里，我想找到我自己。”

邵丽非常认同“中原作家群”这一概念。“我还是比较喜欢‘中原作家群’这个称呼。河南的作家群体很有特色，从队伍方面来讲，老中青作家非常齐全。从作品内容来看，中原特色比较鲜明，有态度，有担当，有天下意识。中原作家群确实是一个非常有担当意识的群体，毕竟中原地区文化积淀深，‘天下’意识有历史传承，所以更容易做到‘我为人民鼓与呼’。当然，文学创作是一种更心灵化、个体化的活动，所以文学中的文化意识传承，必然也和作家的个体因素有关。……它是一个文学现象而不是哲学概念。共性只能在个性中存在，每个河南的作家都是不一样的，任何个性都不能完全被包括在共性之中，这才构成一个独特的群体。相对而言，我关注城市比较多，对真正的农村，尤其是底层生活还比较陌生。”对中原及河南的深深认同感，也体现在邵丽的写作中。2021年，邵丽在北京十月文艺出版社出版《天台上的父亲》，其中收录的短篇小说《天台上的父亲》和《风中的母亲》，都给人带来惊喜，那是独属于中原人民的故事，她借由这样的故事，重新为中原大地上那些最普通的人民画像。

梁鸿是“梁庄”最著名的女儿，她以那个落在河南的村庄为坐标，为中国当代的非虚构文学树立了一种写作范式。十年来，《中国在梁庄》引起的影响依然深远，十年后，梁鸿重回梁庄，不负期待，写下迷人的《梁庄十年》。诚挚、诚恳，内心充满柔情和暖意，作家写下作为生存之地、生活空间的梁庄，但也写下历史裹挟、时间变迁中的梁庄，这是《梁庄十年》给我们带来的震动。不再只是作为社会问题的梁庄，不再只是作为中国缩影的梁庄，它还是乡民日常生活、情感变化之所。作家以一种更为生动的细节和故事去讲述村庄里的父老、坟墓里的亲人以及她之于这片土地难以割舍的深刻情感，作家写下村庄之变时，其实也写下了村庄之不变，从而为我们重新勾勒了另一种意义上的作为乡土风景的梁庄。

乔叶的写作中有着另一种中原气质，温厚而多情，《最慢的是活着》《认罪书》《拆楼记》都是她关于中原大地生活的写照，在这位作家那里，河南是她写作的肌理。“河南是我的成长根基，河南文化是我的精神父母，这就是河南对我的意义。它是上天赐给我的命定的东西，我无法拒绝也不能拒绝。它对我创作的影响就是我必会带有河南气息。我曾把河南比喻成我所有作品的序。这序早在我动笔之前的几千年就开始铺展，开始弥漫，直至浸入我作品的字里行间，并延伸到纸外所有的空白。这序的作者所执之笔浩大如椽，它所用之纸，更是季节更替无边无垠。——不仅是我，事实上，它分娩和养育了这里的一切篇章。”

计文君的小说中，钧州是常常出现的地名，在她看来，河南或者北京之于她，只是一种写作时的肌理，而并不一定具有显性表征。“写作时，河南在我的认知中是一种文化和审美性质的存在。它跟我的生命经验有关系，我能由衷地感觉到河南的美——这很好理解，我的审美口味本来也就是由河南‘塑造’的。河南优秀的作家很多，每个人的河南都不一样，就像北京对不同的人也是不同的城市。我不认为存在一个客观的实在的‘河南’或者‘北京’，任何地域都是通过人显现的。人在世界之中，世界通过人来显现，河南，北京，都是我观察世界的一种具体方式。”

读这些女作家的作品和她们的创作谈，你不得不想到那句话，“所有创造性的艺术必须源于某一块特定的土壤，闪烁着地方的精灵”。会想到她们作品中强烈的地方性特色，自然，也会想到她们作品中的那些超越地域的部分，五位作家作品中蕴含鲜明的女性气质。

何向阳的评论独具个性，那是充满着爱和体谅的文字，是以随笔体方式对文学所表达的最诚挚的爱和理解。而她的诗歌，安静、沉静、优雅，写的是女性最深沉的情感和内心生活，显现了我们时代女性诗歌少有的内敛和庄重，一如霍俊明所说，何向阳的诗歌“对日常的身边之物和细微之物保持了持续的观照、打量和探问的能力和热情。这对于女性写作来说是非常关键的”。

邵丽的作品里女性叙述人清晰而鲜明，2021年出版的长篇小说《金枝》，讲述的依然是中原地区人民的生活。一代代如金枝般的女性在酷烈的社会性别秩序中努力抗争，最终拥有了自我意识和自我命运的决定权，从而，人生路途宽阔，枝繁叶茂。作为承上启下的人物，周语同的话语里包含了审视父辈、女性意识、代际冲突等重要命题,《金枝》里固然有“我们如何做父 / 母亲”的思考，但同时也有“我们如何做儿女”以及关于“革命”的理解。这是一部使我们重新审视父辈，同时也重新审视子辈的作品，叙述人不断向内的思考、倾诉和痛彻的反省尤其令人动容。女性叙事对于这部作品如此重要，一如程德培所指出的,“女性叙事，尤其是以父亲为名所开启的几代母亲形象都是《金枝》得以立足的基石。无论是满含深情与怨恨，在修辞上掌控着叙事进程的‘我’，还是‘我’的母亲，父亲的母亲和祖母，抑或是另一个母亲穗子以及穗子女儿等，她们为人子女都是金枝玉叶，为人父母却又承担养育下一代的职责，所谓一种天然的道德承诺。从这个意义上说，代际关系与生命传承无疑是《金枝》的时间线索”。

《梁庄十年》中，梁鸿用情感结构她的所见所闻，尤其是引领我们看到女性的力量、女性的逃离，而无论女性的力量还是女性的逃离，其实都是今天这个时代给予女性的机会。很难忘记作品中五奶奶她们一个个说出自己的原名而不是谁谁妈谁谁妻子谁谁奶奶的那一幕，当她们每个人快乐而主动地确认自我时，梁鸿勾勒的是新的中国农村女性风貌，我们从中看到包括河南农村在内的整个中国农村内在情感结构和家庭结构的隐秘而重要的变革。

作为作家，乔叶越来越意识到，女性身份与出生成长地河南之于她的珍贵，在访谈中她多次说过这两者在素材选择、观察视角、思维方式上，对她的影响。而正如我们所读到的，创作二十多年来，乔叶也从未回避过她的女性视角和女性声音，无论她的小说还是散文，都浸润着一种女性独有的对生活的热气腾腾的爱，那是对生活最朴素的爱和理解。一如李敬泽所说，“作为小说家，一直有两个乔叶在争辩：那个乖巧的、知道我们是多么需要安慰的小说家，和那个凶悍的、立志发现人性和生活之本相的小说家”。而无论前者还是后者，都基于“乔叶是那种真正具有生活热情的小说家，因为热爱生活，所以这位小说家才能看到未被理念整理和驯服过的真实的心灵”。

杨庆祥看到了计文君小说某种古典的质地，“计文君的小说，在务虚和务实之间找到了微妙的张力。务实是指善于书写和发现物质性的世界，但她最好的东西是在热闹、繁花锦簇之后有务虚的东西，她的精神气质是有穿越性的，这是我特别感兴趣的地方。她的小说中的人物一方面完全活在现实、算计、功利的物质层面，另一方面又像从古代走出来的人物”。但她的作品女性气质也极为鲜明，吴义勤评价说，“学术研究的背景、理性思维的偏好、生活阅历与经验的丰富、文学阅读视野的宽阔等作为一种‘前理解’进入其小说创作，造就了她独特的小说家气质。她的奇特，一方面表现为女性意识与男性意识的碰撞，她的小说既有强烈的女性小说的性别特征，又有着强烈的‘力量感’，有着对于女性意识的超越与怀疑；另一方面又表现为传统与现代的纠缠，她的小说叙事及思想形态有着鲜明的现代感，但她的审美趣味却又明显地钟情于传统”。

…………

“女性气质”使这些作家的作品既在河南又不在河南，既有强烈的地方色彩，又有超越地方性色彩的一面，正是这样的既“在”又“不在”，既“有”又“有”，成就了她们之所以是她们的独特性所在。

今天，讨论女性写作时，常常在单一维度、既定框架里去讨论，而讨论地域写作时，也往往就此处说此处。如何在女性写作中杂糅进地方性色彩，又如何在地方性色彩里嵌入女性写作的特质，我以为是当代地方性写作及女性写作的重要路向。

三

那个深夜，我重看了常香玉大师当年的表演，一板一眼，有力、笃定、自信，是后来的女演员们所不能企及的。那次观看感受如此强烈，它多次让我想到艺术作品与地理知识的关系："文学作品不只是简单地对地理景观进行深情的描写，也提供了认识世界的不同方法，揭示了一个包含地理意义、地理经历和地理知识的广泛领域。"我甚至觉得，在常香玉的唱腔里，既有着鲜明的地理性，但也有与这种地理气质相关的认识世界的方法和角度。我的意思是，在常香玉的表演中，闪烁着地方的精灵、女性的迷人，但是也有超越性别、超越地方性的魅力所在。在某一刻，雌雄同体真正在常香玉的表演里得到了实现。

为什么要编纂“当代河南女作家研究资料汇编”丛书呢?某种程度上是我对自己观看常香玉表演后的回应——我试图从这些作家作品里厘清某种传统，试图思考建构一种深具女性气质的中原书写传统的可能性。我相信，这个编纂系列将使我们看到，这些女作家的创作既在中原作家的创作脉络之中，也在中原作家的写作脉络之外——女性视角是给予这“之外”的最强劲动力。

2021年5月15日

作家作品选

寂寞的汤丹

邵　丽

汤丹和李逸飞头回见面是在市委宣传工作会议上。汤丹参加这个会很偶然，她在单位是做工会工作的，单位没有宣传科，宣传口的事就乱推，一会儿推给办公室，一会儿推给人事科。最近一段时间搞机构改革，办公室和人事科都比较忙，干脆又推给了工会。汤丹不是机关工会的头儿，工会没有头儿已经差不多两年了，她只是工会的一个副主任科员，工会主席调走以后只剩下汤丹一个人，因此，大小事都是由汤丹一个人全权代理。事实上一个人的工会也是非常清闲的，除了应付一下上边时不时召开的会议，年底给大伙倒腾点儿福利，好像从来没有发生过什么大事。汤丹最近一直担心，机构改革会不会把工会革掉。

汤丹今天参加这个会确实非常愉快。本来她来晚了，后面没有位子，前面的位子都空着，所以她就被赶到了前面。谁知道这个会是最近新当选的宣传部长李逸飞第一个全市宣传工作会议，所以他精心准备了一个很漂亮的工作报告。报告完毕，别的人鼓掌汤丹也跟着鼓掌，事实上汤丹有些走神。李逸飞本人修饰得和他的报告一样漂亮，汤丹原来在电视上也是见过部长的，因为事不关己，所以只是瞟了一眼，没太深印象，今天坐近了才发现其实部长很有风采，反倒比电视上更年轻一些。

汤丹尽管走了一会儿神，但还是深深为部长的口才折服。看着部长那口若悬河的样子，汤丹无端想起“小乔初嫁了”“羽扇纶巾”这样的词句来，后来的思想跑得就更远。再后来，她就不知道讲的是什么了，只顾着揣测这个男人的方方面面。上午的会议结束时，因为下午要讨论，路远的可以在开会的宾馆吃一顿自助餐。说是每人交十块钱，许多人都走了，后来钱却并没有收，由会议上一并算了。汤丹家住得并不算远，步行十多分钟就能走回去，况且她也不是一个喜欢凑热闹的人，本来想回去吃，却被宣传部的陈君拉住了。

陈君说，走什么走，大家住在一个城里一年却难得见几回面，聊一聊嘛。

陈君是汤丹小学时的同学。汤丹想，反正丈夫出差不在家，儿子送日托，就在会上吃吧。哪知他们刚坐下，李逸飞就端了一盘子饭菜走了过来。李逸飞一边吃一边和周围的同志不失分寸地说笑着，这让汤丹渐渐活泼了起来。

陈君一直以来就是个很活跃的人，在餐桌上特别能调节氛围，陈君说我给你们说一个脑筋急转弯吧。

李逸飞说，又是冰箱里面放大象吧？

陈君说，不是不是。一个精神病院里选楼长，院长指着一个脸盆问一群病人是什么。一个人说是碗，另一个人说是茶杯，只有一个病人说是脸盆。院长说，这个人可以当一楼的楼长。院长第二回真的拿出了一只茶杯问这又是什么。一个病人说痰盂，另一个说盆子，还有一个说花瓶，后来终于有一个说，你们说得都不对，是茶杯。院长说，好，这个人就是二楼的楼长。

陈君故意喝了一口汤停了一小会儿，才继续说，你们猜院长第三次拿出了什么？他用手比画了一下，那个细长的擀面条用的东西叫什么？

别的人都还没有来得及回答，汤丹就抢着说，擀面杖嘛！

李逸飞哈哈大笑起来，问汤丹，你叫什么名字？

汤丹认真地说，汤丹呀！

李逸飞神情严肃地说，汤丹同志，恭喜你，三楼的楼长！

大家哄笑，汤丹也跟着笑。汤丹一边笑一边想着李逸飞朝她笑的时候的样子，心里不免有几分说不出来的别样感受。

吃完饭，李逸飞提议不休息打一会儿纸牌。部办公室的秘书就去买了几副牌来。不知为什么大家仍然把汤丹和李逸飞让在一个桌上。汤丹刚吃完饭，脸上该红的地方红该白的地方白，更显得青春粉嫩的样子。她一开始和部长挨着坐还有点儿拘谨，见部长随意也就渐渐放得开了。大家输了都往自己脸上贴一张纸条，部长输了汤丹也坚持往他脸上贴。大家都说算了算了。汤丹说，不行，不行，大家都一样。一边说一边强行在部长脸上贴了一张。大家都笑，部长也笑。后来汤丹的一张牌掉在桌子下面去了，汤丹去拾，李逸飞也去帮忙，两个人的手触在了一起。重新坐好后气氛突然低落下来，部长好像没了兴趣。打了几圈就散了。

下午讨论时汤丹全然不知道大家说的都是什么内容，她一直在集中精力走神，总是忍不住去注意李逸飞，有几次两人的目光碰在一起，又都像是不经意的样子躲开了。散会的时候李部长和大家握手道别。李部长给汤丹发了一张名片，名片也给了其他的人，但汤丹总觉得是单给她自己的，别的人是沾了她的光。

汤丹以往收了名片总是扔在办公室的一个抽屉里，但是李逸飞的名片她却放在了随身带着的一个钱夹的夹层里。尽管她并没有别的意思，但打开钱夹看到这张名片时，总会若有所思地看一会儿。

机构改革的事情终于定下来了，汤丹所在单位的行政编制要减去三分之一。事实上一个也减不去，减来减去还是单位的人，只不过由行政变成了事业，由财政拨款变成单位自筹，换汤不换药。大家开始有些着急，八方神仙各显神通，纷纷找人打招呼写条子，一旦得了承诺，就稳坐钓鱼台不急了。汤丹却有些着急，汤丹的副主任科员也干了三四年了，她年轻又有学历，工作干得也不错，特别是近两年主持工会工作，市委领导明里暗里也多次说过要提拔她到一个实职岗位上接受更大的考验。但这次改革方案里除了减人还要减掉几个科室，工会在机关里本来就可以设可以不设，很有可能首先被裁掉，难怪汤丹会急。若砍了工会别说实职，各科室人员本来就难以自保，汤丹想再找一个虚职恐怕也难。汤丹大学毕业差不多十年了，对自己的工作能力她是自信的，她还从来没有因为工作的事情让人打过招呼。汤丹的丈夫是一个小企业的头目，要说是有能力替她周旋打点的，但汤丹不屑，而且这个不屑里有很多的汤汤水水。从大处说，她是一个知识分子，不愿意为五斗米折腰；从小处说，虽然两夫妻的感情还是不错的，但中间似乎又总有一些说不清的东西阻隔着。汤丹的个性强，她帮不上丈夫什么，也不想受到丈夫的帮衬，两个人一贯是分得很清的。所以这些事情她根本没有告诉丈夫。

汤丹去找了领导，领导正被一些条子电话弄得没有办法，确实没有替汤丹设想。

领导说，有些事情确实很不合理，但机构改革是大趋势，总是要涉及一些人的利益，这不是哪一个人能改变得了的。我们会尽量努力做工作，手心手背都是肉，但真的照顾不周全同志们也要体谅，要顾全大局嘛！

汤丹想说，你以前工作上让我们拼命拉套的时候怎么不这样说？那时候一说都是不让堵枪眼的同志吃亏，现在倒兔死狗烹了！真是，改革改革，反而给领导找了个台阶下。

那一刻汤丹也不知道从哪儿来的勇气，汤丹说，不给我找个合适的地方我就不干了，谁有本事把我精简了我就自己单飞。我谁的脸色也不看了，省得担心老是被别人涮来涮去的。

领导的脸被她说得一阵红一阵白的，汤丹也不管那么多，转身就走。领导就有些发愣，汤丹一向说话是很有分寸的，今天是怎么回事儿？是不是心里有了准星儿，有什么人在后面撑着腰？

过了两天，电话就给汤丹的领导打过来了，是市委宣传部部长李逸飞亲自打的。李部长说，汤丹是个很不错的女干部，比较适合搞宣传工作，你们要作为苗子重点培养一下。目前中央正强调加大政治思想工作力度，可以考虑设一个宣传科嘛，机构的问题我可以给有关部门打个招呼。汤丹的领导半天都没回过神来，事情办到这个份儿上可见关系是不一般了。但是，这件事一直到机构改革结束，汤丹如愿当上宣传科科长，对所有的人都还是一个谜。真实的情况只有汤丹一个人清楚。

汤丹这人有一个毛病，生气的时候就出去花钱，钱花出去气也就消了。以往这个办法是针对丈夫的，她烦心的时候不愿意和人斗嘴，她总是说不屑与人争吵。吵来吵去，你有一万个理又有谁替你评判是非？尽是落个自己生气。汤丹那天在领导那里生完气，实在是想不出消解的办法，就在心里骂了一声，妈的，不过了！汤丹拎起包原是准备去购物的，掏钱夹时却看见了李逸飞的那张名片。她当时情绪正激动，如果是平心静气时，思想得多一点她未必有勇气打那个电话。她借着一时的冲动往李部长办公室拨了一个号，汤丹没有料到李逸飞的态度会那样热情。严格说她在潜意识里也应该是有一点把握的，只不过她对自己把握的事情不是太肯定。汤丹一贯对人对事凭的是感觉，她是个聪明的女人，没有一点感觉上的认知，在事情的萌芽状态她就会将其否决。

李逸飞说，小汤，你还没有把我给忘了呀！

汤丹说，哪里会呢，我是怕您太忙不敢打扰。

李逸飞说，忙什么呀忙，活也不是一半天干得完的。有时间可以到我办公室里聊聊天嘛，大家都是朋友了，有什么事情我能帮得了的一定不要客气。

“朋友”这个词让汤丹快速充了电，充了电的汤丹真的去了李逸飞的办公室。李部长亲自给她倒水，还把凳子拉过来坐在她的对面。这个举动让汤丹有一种见到亲人般的感觉，很自然地就把自己面临的问题说了出来。说到激动处眼睛里汪着一点点泪，更是显得一双美目亮晶晶的发出动人的光泽。李逸飞站起来给她弄了条热毛巾，又给她的杯子换了一次水。把水送到汤丹的面前时，他直视着汤丹含泪的眼睛说，你怎么还像个孩子似的，工作可以慢慢地做嘛。

这个场景让汤丹燃烧起来，好像一个风雪交加的夜里，一脚踏进了生着热腾腾的炉火的家里。家人特意为等待她而准备的热茶，溢着满屋子的清香，使她好想闭上眼睛，享受一下那种熨帖。

此后的一段日子汤丹无论干什么事情都有些神情恍惚，精神却一直处于一种亢奋状态。汤丹再过一个多月就满二十九岁了，这一段时间却越发地水灵起来，一张脸细白粉嫩的，眼睛又恰似两汪秋水。她深陷在某一种难以自拔的激情里，莫名的兴奋又夹杂着一点隐约的痛苦。这种东西在她的体内并没发酵出一丝邪恶的念想。她承认李逸飞是能够让她心仪的那种男人，这里不存在感激的成分，反正至少自己不愿意那样想，她觉得那会破坏掉他们之间的一些东西，至于是什么东西连她自己都说不清楚。她喜欢李逸飞，她仅仅是说喜欢，对她这种外表热情内心冷漠的女人，喜欢已经是不得了的事情了。她能感觉到李逸飞也是喜欢她的，也仅仅是有点儿喜欢。她对他的了解还太少，在那成熟得近乎完美的男人的内里包藏的是怎么一种心态她一点也不知道。不想知道也是不可能的，只是她不肯把他想得过于具体化。是的，她可以把他从电视里拉出来，但是只会拉到电视和自己之间的某一个位置上，再不肯接近了。读大学时她的心理学老师讲过，每一个女人的内心世界永远都有一个按照自己意愿想象的精神恋人。不管别人信不信这一点，汤丹信。她把她想象中的形象与以前的男友做过比较，同后来的丈夫做过比较，他们身上的世俗味都太重了一点。她宁可把李逸飞想象成能与她神交的那种，并非真的要有什么事情发生。

汤丹想过给李逸飞打电话，她之所以没有打是因为她对这一切太过于珍惜，她唯恐她不小心会破坏掉一些什么。同时她也真的不清楚该如何继续进行。她这两日正在读张承志的《心灵史》，汤丹对宗教一无所知，她不甚明白这书所要表述的思想，可书里的一些话却莫名其妙地不停地在她的心里回荡，撞得她的心空空地疼。

汤丹走在路上，她会想到李逸飞的车子也许随时会在她的身边驶过，她就格外注意自己走路的姿态，尽可能地走出一点韵致来。汤丹坐在办公室里，也想着会突然接到他的电话，所以她接每一个电话时声音就表现得非常悦耳。附近办公的同事们听到她接电话都会凝一会儿神，并不是有意探测她的隐私，其间当然也不能完全排除这方面的因素，但是他们真的乐意听到她那甜美的软金属一样的声音。汤丹自己睡觉前也会凝一会儿神，会有一个敏感的问题在心头划过：他在干什么呢？

汤丹怀揣着一个既甜蜜又痛苦的秘密。这秘密涨得她轻飘飘的，好像有点虚脱。可是回到家来，她又能格外地平静，她对自己的理智也感到暗暗吃惊。这些天来，对丈夫她却是格外地温柔，包括房事都进行得很愉快。这倒不是她虚伪，目前对这种事情的思维她还是仅仅限定在她和丈夫之间的。她觉得自己和丈夫之间的一切都完好无损。她并没有想过破坏掉什么或者损害什么，她所做的，充其量就像长途跋涉后，把发烫的脚从鞋子里解放出来，享受一下外面自由自在的凉爽空气。

头天晚上汤丹和丈夫过得非常愉快，早上起床精神越发地好。她先到食街买了早点。卖早点的是一个小伙子，嘴巴有点贫，他说，大姐您亲自买早点，我亲自给您包好，可得记住您自己亲自吃啊。只有汤丹一个人笑，别的买早点的人对他的调皮似乎都已经麻木，他们都绷着脸不笑。有几个好像还没有从睡眠里完全清醒过来，也许是他们的日子过得不太顺心。汤丹的日子还是顺心的，汤丹只是突然想到李逸飞每天吃什么样的早点这个问题，但也仅仅是稍微想了一下，就让这个问题迅速划过去了。汤丹买了早点，又做了两个煎蛋，热了奶。两口子脸上红扑扑地出了门。这样的日子尽管有不尽如人意之处，也不会有太多的缺憾。

汤丹到办公室先把科里的卫生打扫一下，她哼着一支自己编的曲子又拖了走廊的地，大冬天的干出了一身小汗。汤丹洗了手，刚刚坐消停电话就脆生生地响了起来。当电话那端李逸飞的声音飘过来的时候，汤丹始终准备好的语调突然找不到调门了，她甚至一瞬间不知道该怎么样讲话了，她干涩的声音，像锤子一下一下敲打在话筒上。

她说，是你啊！

李逸飞大度地笑了，他说，是我，我是想问问工作落实得怎么样。还满意吧?

汤丹努力让自己镇定下来，她没等李逸飞再开口，就赶着半真半假地说了几句感谢的话。她不敢停下来，她唯恐再给李逸飞一个说话的机会，他会说出什么不合时宜的话来。或者完全不是这样，她不想真的听到事情的结果——就像刚才李逸飞说的那样，打电话就是为了问问她的工作，如果真是那样的话，会让她比失去工作更痛苦万分。

可李逸飞恰恰说的是，我打电话就是想问问你的工作，可真没有别的意思。

汤丹心里一下子释然了。汤丹想，他压根儿就不是这个意思，如果是这个意思，他不会这样反复地解释，而且工作的问题，主任早去邀过功了。

汤丹说，我也没有别的意思，就是从心里想感谢感谢你啊!

这样说的时候，她的声音已经自如起来。她把“你”说得很重。

李逸飞说，你呀，说什么感谢不感谢的，到现在还把我当外人啊。你要是还把我当外人我可是要生气了。

汤丹被这句话温暖着，温暖得喉咙有一点哽咽起来。她好一会儿都说不出话来，她也真的不知道该怎么说，她于是只有沉默着。汤丹一沉默，李逸飞立即就转了话头。

李逸飞说，小汤，你可千万不要客气，我帮这一点忙还不是举手之劳，说不定今后我也有需要你帮忙的地方呢。

事实上刚才的那一番话已经把他和她拉得很近，大家心里都有点明白，但是谁都不想主动往前再走那么一点点。尤其是李逸飞，更懂得恰到好处地控制自己的情绪，没有百分之百的把握，他是不会撤掉理智的防火墙的。李逸飞的话头一转折，那点儿情绪突然就散了。然而既然已经到这个份儿上了，又有点心犹未甘，说出的话仍是试试探探的，却已经没有了初时的自在，他只消再往前走那么一点点，汤丹也许就会不能自持的。但是！他是绝对不会轻易走的！他太过于警觉。是他自己，稍不经意就把自己划了出去，就恰似一辆出了轨的列车，一旦偏离出去，就再也不能回到原来的轨道上了。而汤丹这样的女人又恰恰太过于自敛，两个人的交谈就变得空洞乏味起来，泛泛地说了一些不着边际的话。好像说出了一点什么又好像什么都没有说。放下电话，汤丹突然无端地流了泪，这泪弄得她心烦意乱，表情却分明又是笑着的。这时有人进来，汤丹就说被灰尘眯了眼睛，进来的人看她真的一副笑模样也就信了。

中午下班汤丹有意无意地磨蹭了很大一会儿才离开办公

室。在自己家的楼下碰到一个卖豆腐的，这人吆喝卖豆腐的声音又尖锐又急促，倒是像生着气喊叫一个人的名字。汤丹觉得有点好笑，为了打发这个声音，就买了一块豆腐。以往她是不买的，她有点小洁癖，她宁可跑远一点买食品店的那些东西。

汤丹进了家，丈夫小袁已经先回来了。汤丹虽然对自己说着，我并没有做什么对不起人的事，可心里还是有一丝惭愧。她去做饭，做了一半突然又说不舒服就不做了，径自到床上躺下睡了。她觉得她的脑子乱得像一团棉絮，理也理不出个路数，就干脆不理了，这样过了半天反倒好了。

汤丹一直没有把单位机构改革的事对小袁说，过了两天，有人打电话到家来说工作。汤丹在电话里把工作交代完之后，却看到小袁坐在自己的身后放下报纸在听她说话，就觉得还是把这事跟他说了好。她原本也是没有准备的，一下子就说了出来。汤丹说，我前一段到市里开宣传会认识了宣传部的李部长，人家可真是个好人，一面之交，这次机构改革他却帮了大忙，点名要我搞宣传，汤丹有意忽略了打电话的细节。小袁倒是个善解人意的性情中人，但也是个极精明的人。他马上说，这可得好好谢谢人家，领导的招呼能是随便打的吗？说完就看汤丹的脸，汤丹被他看得心里毛毛的，连忙附和着说，我也是这个意思。小袁就说，那我们就到他家里去一趟，表示一下心意？

汤丹说，这样不太好吧，人家是领导，我们怎么好随便到人家里去。

小袁说，你错了，正是因为人家是领导，咱才更应当去，领导家如果没个人烟那像个领导吗？你想想，又没有什么特殊关系，人家帮了这么大的忙我们如果不表示一下心意，人家不说我们不知好歹吗？

小袁说到这份儿上，汤丹再说不去就没有一点道理了，心里却悔得七荤八素的。两个人又在拿不拿东西的问题上讨论了一大阵子。汤丹说不拿，小袁却坚持说拿，并且要有分量一些，一次得把他砸晕。汤丹看着这个小企业家，心里说不出来是什么滋味，但又找不到拒绝的理由，但坚持说只买两箱水果。小袁说太少了太少了。汤丹这时有点恼怒，她说再多我就不去了，你自己看着办吧。小袁这才依了她。

第二天小袁就去买了两箱进口水果。整整一天汤丹的心里都像是装着只活兔子，一个劲儿地折腾过来折腾过去。她几次想给李逸飞提前打个电话，却怎么也想不好该怎么解释。到后来她就想，听天由命吧！她还侥幸地想，也许李逸飞不在家，介绍得含糊一点，先把丈夫这头了结了，回头再向李逸飞解释。

那天晚上汤丹穿了一件颜色很暗的外套，裤子颜色也重。

小袁劝她换一换，说，你看你这像去开追悼会似的。她坚决不肯换。小袁自己开了车，先前只知道李部长家住在市委常委家属院，可到了院子里才知道无处可问。小袁在前面打电话问朋友，汤丹坐在后座上拼命控制着不让自己的身体发抖。她几次想提出来回去算了，可看到小袁那孜孜不倦的样子，又不好开口了。对她这个样子小袁理解，从小到大她都不是个习惯出头露面的人。

开院门的是一个小丫头。汤丹的心怦怦地跳，以为她会问得很多。但小姑娘只是多看了他们两眼就把他们放进去了。院子里养了一院子好看的花，汤丹一棵都没有认出是什么。客厅只有女主人一个人在吃饭，女人高高的个头，虽然有一点胖，可仍然算得上是个美人坯子，而且气度不凡。恰恰是因为胖，一张脸绷得紧紧的，皮肤极好。部长夫人表现得像个十分亲切的贤惠主人，热情地让他们坐下。汤丹的心定了一点，磕磕绊绊地说明了来意。小袁倒是个社交高手，三五句话就把部长夫人说得开开心心的。他说，过去我们就听说部长的夫人又漂亮又有学识，虽然没有见过您，单见李部长那么优秀就知道您肯定错不了，这过来一看才知道名不虚传。你们夫妻俩在市里可是被大家视为楷模啊！

部长夫人开心地说，我这个教书匠哪里可以和他比得起。

话说得十分的谦虚，骨子里却透着几分得意。

汤丹诧异地望着小袁，没想到他这么会说话，他什么时候见过部长呢？有那么一瞬间她突然觉得就连丈夫也陌生起来，因此也就看着他们俩一来一往地瞎掰，什么都不说了。他们俩正在兴头上浑然不觉，还在喋喋不休地找话头。

小袁说，没有两下子，教师哪里是谁都能当得起的？况且您是老师的老师，领导一大群知识分子不容易啊！特别是您有这样的身份还不放弃这份劳累的职业，让人敬佩。

他这句话算是说到部长夫人的心里去了。夫人师范院校毕业后留校当老师，老公一人得道全家鸡犬升天，她跟着升了学校的二把手。名义上是二把手，一把手还不得听她的，她怕的就是人家看不起她的能力，说她顺风行船。

夫人说，他当他的部长，我教我的书，两不相干。什么身份不身份的，也只是行业不同罢了。其实他当部长的还不一定有我这个当老师的心里踏实呢。

两个人聊得越来越起劲，汤丹心里有事，哪里听得进去，坐了几分钟就要告辞。夫人刚刚挑起了谈兴连忙起身阻拦说，既然先前是熟人，来了就还是见一见他吧，说着就真的给部长打了电话，汤丹想阻拦都来不及。部长那边说马上就回，汤丹人坐在那里不动，心却早已扑棱棱飞出去了，但要飞到哪里她自己也说不清楚。她哪里经历过这样的事情，心里一丁点的底子也没有，好像自己有天大的见不得人的事情，急于找一个同谋，而李逸飞显然已经是她的同谋了。李逸飞那么着急地赶着回来，汤丹惊归惊，心里还是有一丝温暖的。

说是十分钟，其实不到十分钟就回来了。汤丹自觉尴尬得不得了，李逸飞却表现得没有任何不妥，就是对汤丹也比往日客气得多。小袁夸他的夫人他也跟着夸自己的夫人，既平朴又不失身份地与他们谈笑，真是做得滴水不漏。那种世故，汤丹在一边看得心里是热了凉凉了又热。但终归是一颗心落了地，却又有了一种隐隐的失落。李逸飞同小袁谈得很融洽，谈到汤丹的工作问题，小袁替汤丹说了不少感谢的话，好像汤丹是他的被监护人，领着她过来感激是他分内的事情。看着汤丹害羞的模样，李夫人一边说，我就是非常喜欢她这个样的女人，一边把汤丹的手拉住，看着李逸飞说，我就是看不惯现在那些年轻女干部，一个个张扬样子，不自重！这个词猛然从她嘴里蹦出来，把汤丹吓了一跳，握在夫人手里的手说不出的僵硬。李逸飞并不去看汤丹，但也顺着说了一些小汤工作干得不错的官话。告别的时候汤丹明显地感觉到了李逸飞对她刻意的冷淡，当然，另外两个人是看不出什么的，不过是汤丹自己心里有鬼罢了。汤丹那时不敢看大家的眼睛，死盯着右手边一棵样子很小年龄很老的盆景树。这次她看清楚了，是棵白蜡。汤丹的父亲也养花，她多少懂得一点。当时她脑子没有转过圈来，过了很长一段时间以后，汤丹回忆起那天的情景，才想起那棵白蜡修剪得很好，该舒缓的地方如行云流水，该险峻的地方似高山坠石。汤丹想，其实李逸飞是很懂得生活的。不，很懂得修剪生活。

李逸飞和小袁握手道别，看都没看汤丹一眼就关了门。出了院子坐在车子里小袁说，事情办得太好了。他一副开开心心的样子，汤丹也觉得从头到尾都没有什么不妥，神情却是恍惚得要命。

回到家里汤丹很想立刻去睡，可她鞋都没有换却先打开了电视机，一个台一个台地跳，跳了两遍又反过来看中央一套。时间大约是晚上九点的样子，几个台全是广告。小袁也看了一会儿，小袁说，你什么时候变得爱看广告了？汤丹也不说话。小袁催她去冲凉，汤丹不动，他便自己先去洗了。小袁洗完了出来径自去睡了。汤丹这才关了电视机去洗，她把自己关在洗澡间里反锁了门，想了一想又过去把门打开。这是自己的家，家里就只有她和丈夫两个，即便是上了锁，丈夫要进来还不是照样得打开。况且，她这是锁谁啊？

汤丹一放开水龙头就开始哭泣，她哭得没有一点声音，却是十分地放纵。她是觉得有什么地方不对了，却又不知不对在什么地方。其实，从一开始她就觉得有地方不对，但自始至终不知道错在什么地方。想一想也想不出个什么结果，只是想哭，也许是哭得没任何道理，但是她感觉这样很痛快，她就拼命地哭着。哭了一会儿她又觉得这样也不妥，想打住，眼泪却一点不听话，简直比水龙头流得还凶。她没一点办法，只好把水龙头关掉了，眼泪这才慢慢地止住，眼睛却红得像是害了病。她用冷水敷了一会儿，又涂了一点眼霜，回到卧室，小袁却已经睡着了。汤丹听着丈夫细微的鼾声，看他睡得熟透的样子，突然又觉得有几分惭愧，心反而静了下来，打了个哈欠，倒头便睡着了。

第二天，汤丹很想给李逸飞打个电话，可她又想，要打也应该是李逸飞先打过来。她等了一天。第三天又等了一天。李逸飞仍然没有打过来，于是汤丹便没有再打过去。

汤丹是个外表放得很开，内里却过于讲究分寸的女人。

汤丹和小袁结婚之前谈过恋爱，对象是她的大学同学。两个人的关系虽然没有发展到死去活来，但郎才女貌的一对可人儿也是十分招人羡慕的。那时大学里男女关系已经放得很开，恋爱同居的比比皆是，不知道为什么汤丹却一直可笑地坚持着要守身如玉。那男孩也不是个勇往直前的人，几次下来都弄得心灰意冷，也不敢再提什么非分的要求。也许是她觉得事情并没有十分的把握，她是个干什么事情都强调把握的人。汤丹毕业分配到了当地的机关工作，那男孩却去了深圳，一开始还做汤丹的工作让她辞职过去，后来就不吭声了，再过了一段时间就提出要分手。汤丹难受了好大一阵子，主要是有些过意不去，觉得亏欠了人家。男孩对她还是有情意的，在她身上浪费了这么些年。她明白自己做事是有点过于理智了，对待感情上的事也是权衡来权衡去的，时间长了还不冷了人家的心。

汤丹现在的丈夫袁胜利是个部队转业干部，他在汤丹之前没有恋爱过，小伙子一表人才浑身透着机灵。他家里穷，十几岁就当了兵，在部队待了十多年，一门心思想着进步。后来考上了军校，军校毕业又想着升职，根本没有考虑过婚事。他转业的时候军转办的一个人恰好和汤丹关系不错，这人见小伙子不错就给他们俩撮合了一下。两个人认识不到两个月，互相都感觉对方挺合适的就办了婚事。虽然从头到尾都没有找到那种触电般的感觉，但婚后的生活还是很温馨的。汤丹从心眼儿里觉得自己可能根本就不是能产生那种感觉的人。

汤丹心神恍惚地过了两日，开始她总是下意识地坐在距电话很近的地方，听到铃声就拿话筒，后来就故意坐得很远了，有电话来她也不接。到了第三日上午，汤丹的心似乎已经安定了下来，她想把一份拖了几天的机关学习规划写出来。突然有她的电话，汤丹的心跳得差一点从胸口里蹦出来。抱住话筒听了一会儿却是儿子的老师，儿子的老师打电话来是说最近几天幼儿园里有几个孩子患了黄疸肝炎，家长们都忙着给孩子请假。老师的意思是问汤丹要不要也让孩子请两天假避一避。

汤丹放了电话，突然觉得燥热难忍，出了一身虚汗。不是老师打来电话她几乎都要把儿子忘记了，她一时难过得在心里把自己骂了个够。对面办公的一个小伙子瞪着眼睛看着她，让她觉出了自己的失态。她撑着去给自己倒杯水，昨天的茶叶却还在杯子里泡着。她也懒得倒掉就在里面续了一点水。茶叶刚泡进杯子里的时候一棵棵的嫩芽儿透着警醒的机灵劲儿，隔了一夜它们好像全都死了，喝到嘴里就有了股子死尸的味道。好不容易定了会儿神，胃却又无端地疼了起来。

下午汤丹赶着把儿子接了回来，她还特意给他买了许多好吃的东西。儿子却恹恹地打不起精神来。晚饭汤丹做了儿子最喜欢吃的包子，儿子看着包子只是一个劲儿地发呆。汤丹拉他过来，一摸小肚子是胀胀的。小袁说一定是在幼儿园里吃了什么不好消化的东西。这孩子一贯贪吃，出现这样的情况也不是第一次，小袁并未介意，找了半粒肥儿丸给他吃了。汤丹却心疼得要命，把儿子搂在怀里抱了一个晚上。儿子才四岁，这么小的一个孩子，汤丹无法对他说什么，心里却惶恐得要命。儿子像是要专门惩罚她似的，到了夜里突然发起烧来。小袁这才跟着着急起来，抱着孩子去看了急诊。值班医生说是要等白天上班时间化验一下才能诊断，孩子只是温烧也没有给用药，两口子又抱着孩子回家，麻团一样乱了大半宿。天亮的时候大男人和小男人都睡了一会儿，汤丹却是眼都没有合一下。好不容易熬到了八点医院上班时间，赶快喊醒父子二人往医院赶。汤丹慌了一夜，头发都没有顾得上理一理，整个人憔悴得像是一片经了霜的白菜叶子。

化验结果很快就出来了，证实儿子已经染上了黄疸肝炎。

汤丹抱着孩子坐在候诊室的椅子上哭得一塌糊涂，完全失去了平日的笃定。她并不是个爱流眼泪的女人，她生活的近三十个年头里，流的眼泪加在一起也没有最近一段时间多，包括那时和男朋友分手，她都没有流一滴泪。汤丹不知道自己为何变得如此脆弱。

医生再三安慰夫妻二人，黄疸肝炎只是甲型肝炎，好治，也不会留下任何后遗症。输几天液，十天半个月的，黄疸一退就好了。汤丹只是觉得对不起孩子，好像孩子生这个病全是自己的错。小袁见不会有什么大的妨碍，就松了一口气。给儿子办了住院手续，安置停当了，汤丹这才顾得上给机关打了一个电话请假。汤丹原本是想让小袁去上班的，企业毕竟和机关不一样，况且他还是个头儿。但是汤丹实在是太累了，儿子的事又太上心，她唯恐自己犯了迷糊误了什么事，就没有让他走。儿子输上液不大一会儿就睡着了，小袁也劝她在儿子的床头休息一下，汤丹就真的眯了一会儿。小袁果然是忙，手机一个劲儿地响，有时候是说工作的，有时候汤丹没有听明白在说些什么，好像还有一个什么人说要来，小袁坚辞，后来就到外面说去了。

汤丹不知道迷糊了多大一会儿，忽然听到一个女人在窗外说话的声音，开始还以为是护士，仔细听一听又不是，使劲睁开眼睛看了一眼，见是一个时髦的女子在和丈夫说话。两个人神态异常的样子，让汤丹疑心自己还没有睡醒。她印象中那女子不漂亮也不难看，年龄却要比自己年轻得多。后来俩人就从窗口外面走开了。汤丹想，人家一定要笑话丈夫的，瞧他太太这个样子，实在是太难看了。小袁什么时候回来的，汤丹就不知道了，她又迷迷糊糊地睡着了。

医生说十天半个月的就好了，到了第八天，小孩子就像没事人一样要吃要玩了。汤丹心里欠着儿子，加倍地心疼这个小人儿。医生交代孩子不能吃油腻的，戒了荤又担心营养跟不上，汤丹就把鸡蛋煎了，掺了各种蔬菜给孩子包包子，小孩子吃得像头小肥猪崽一样。汤丹自己却是瘦了一圈，脸色也没有以前红润了。

到了一个月头上，儿子彻底好起来。汤丹不放心，又带着他去复查了一次。汤丹就是拿化验单的时候和从电梯上下来的李逸飞夫妇碰了面。汤丹已完全失了往日的从容，脸涨得通红，说出的话更是语无伦次。李逸飞夫妇倒是很客气，李逸飞的客气却有了更多尊贵的成分，语气是高屋建瓴的，姿态是居高临下的。李夫人说部长是陪着她看脖子的，脖子昨天不小心落枕了。汤丹无法脱身，也不得不去看她伸过来的脖子。部长夫人让汤丹看了脖子，还让汤丹有空去家里玩。部长突然插话说，小汤，你丈夫看上去很能干呀！汤丹不知道部长这话的意思，就更不知道说什么好了，一张脸眼看着由红变白。部长说完这话，道了再见拥着夫人进了停在门口的轿车里。有那么几秒钟的时间，汤丹觉得关了门的车子，变成了李逸飞，让她熟悉得心酸，又陌生得可怕，虽然伸手可及，但却又是咫尺天涯。车子旁若无人地向前驶去，把道边的一簇开得正好的白蔷薇花荡得好似汤丹的心一样颤巍巍的。车子走了，汤丹的半颗心也像是被拉走了一般，剩下的半颗还记得去给儿子拿化验单。

儿子病了一场，汤丹的心好像骤然安静了下来，但她的心态却大不如从前了。有时候在电视或者报纸上什么地方看到一个人，仍然会泛起一种异样的感觉，有一点淡淡的甜，又有一点微微的忧伤，从容而又执拗，空虚而又幸福。她喜欢他，并且这种喜欢在她以前的男友和现在的丈夫那里都是不曾有过的。这种喜欢在她的心里只是一种虚空的喜欢，她是一个为人妻母的女人，她喜欢的也是一个做了人家的夫父的男人。这种喜欢也就没有一点作为了。

汤丹是一个聪明的女人，汤丹首先明白她的情感是无望的，她望而却步。但感情这种东西，自古以来就是才下眉头却上心头的，哪能说了就了？况且汤丹已经是关了前门，开了后门的，况且她也只不过是一个人的时候独自想一想，让她完全撇开曾经过往的一切，她又是那样舍不得。“唉！——”夜静更深时她常常在心底叹息，“平生不知相思，才知相思，便害相思。”

过了一段时间，汤丹的单位分配了一个到省里学习的名额，要求是青年干部。机关的青年干部也不止汤丹一个，她本来是可以去也可以不去的。汤丹对小袁说，儿子生病那一段时间她的精神受了刺激，一直休息不好，她想出去散散心。汤丹以为小袁肯定不会放她走。家里离不开她，企业离不开他，怎么权衡也没有汤丹散心的工夫嘛。像外出学习这样的事情，没有什么益处，女人出门难免又要增加花费，他一向是不支持的。可即便是不支持，他也会把话说得十分婉转。比如去年春天汤丹的单位组织去昆明，一人补助一千块钱，不去的不给，算下来一个人来回大概需要三千块钱左右。汤丹倒不是舍不得那一千块的经费，主要是想和大家一起玩一回。她对小袁一说，小袁就说，还不如把自己那两千块的路费省下来，找个机会一家人一起去，你自己先去了，回头三口人就没办法一起去了。汤丹想一想也确实是那个道理，再怎么着家庭的“集体利益”高于个人利益，于是汤丹就没再坚持。

这次汤丹却是拿定主意要去，不知道为什么，她想，不管丈夫同不同意她都是要去的。

汤丹没有想到，小袁很爽快地支持她。小袁说，你这段时间是过于劳累了，出去散散心也好。

汤丹走的前一个晚上，小袁拿出两千块钱，说是上半年公司发的奖金，让她带着给自己买个礼物。汤丹心里有些感动，小袁平时在经济问题上虽然有点小家子气，大事上还是拎得清的。那天晚上两个人的小别显然过于热烈隆重了，以至于让汤丹觉得温存得互相都有点陌生了。

汤丹到了学习班上，条件还算可以，宾馆是公寓式的，三个女人各住一个房间，厨房卫生间是公用的。因为是青年干部培训班，大家年龄都差不多，开始还都有点矜持，一天下来就成了一台戏。大家相互之间是毫不搭界的，谈起话来反而没有一点设防，有时甚至会把自己保留多年的隐私一下子吐露出来。和汤丹同屋的两个女人一个叫汪键，另一个叫金子玉。汪键比汤丹还要大两岁，是个生活上放得开嘴巴更放得开的女人。她结过婚，只是结了又离了，不过现在仍然和离了婚的丈夫一起过。有一天晚上，三个女人又在屋子里聊天。汪键毫不避讳地说，她至少有过三次婚外情。

这句话让汤丹抓到了小辫子，汤丹不依不饶地说，那至多呢?

汪键假模假式地想了一下，说短暂遭遇的不算，是这个数，她伸出一个巴掌。

金子玉和汤丹同岁，却是个心理年龄尚浅且十分勤学好问的女人，她赶着让汪键谈感受。

汪键说，感受?那可是苦大仇深啊，天下乌鸦一般黑!

金子玉说，第一个和第二个和第N个总会有点不一样吧?如果都一样，还换什么换!

汪键说，第一次婚姻是上当，他手里有几个小钱儿，我有点爱个小财儿，年轻嘛，虚荣心强。结了婚才知道，除了钱他妈的什么都没有了。嫁了他你就成了他的钱财的一部分，一生气他就和我算计我花了他多少多少钱。这个还不算，他心眼儿比钱眼儿还小，和别的男人说句话他就闹头疼。我看个新闻他都在旁边喊，关了，关了，那哪是咱管的事！

汪键夸张地学着男人说话的样子，汤丹和金子玉笑得都喘不过气来。

金子玉说，后来呢？

汪键说，后来我就爱上了第二个男人。现在说起来好笑，那个时候可是爱得死去活来的，觉得他就是普天下最完美的男人了。人是不错，天文地理前世今生没有他不懂的，我丈夫不知道的他全知道，我丈夫办不成的事情在他那里统统是小菜一碟，哄女人也有办法，他可以让你幸福得云山雾罩，然后心甘情愿地为他做一切事情。

金子玉又说，后来呢？

汪键叹了一口气接着说，睡了几宿才知道，和他在一起你就是他的客户，他可以付出他的智慧，你却必须用金钱百分之百地购买他的产品。妈的，哪里是亲兄弟明算账！和他亲妈都是一分一毫地算出来的，整个儿一个自私自利的小男人。汪键又叹了一口气，想开了就那么回事，理想的男人只在自己的想象里罢了。

汤丹说，那怎么还会有后来呢?

汪键说，这你就是外行了，有了后来，就有后来的后来。不到黄河心不死，到了黄河不死心呀！其实到了第三次，大家都是心照不宣了，双方都不要那么认真，合作愉快。至于爱不爱的最好提都不要提。嗐，你也别说，这样过得倒挺神仙！

汪键的语气那么轻松，但汤丹总是能听出来有那么一点沉重。也可能是，她自己把它搞沉重了。同样是听众的金子玉却听得一脸的神往。汤丹想，沉重不沉重跟自己有多大关系呢?她有自己的生活原则，但对待别人选择的方式她同样是很能理解的，她读大学的时候就是这样。只是汪键这样不懈地追求，让她有点怅然若失。她也是曾经有过梦想和追求的，虽然追求的目标不一样，内心里没有了追求，虽然平静了很多，但也平淡了许多啊！

汪键虽然有着女侠一样的性格，有时却不够宽容。不知道她内心是如何想她身边那些男人的，她的嘴巴却一味地刻薄，男女之事哪怕是海誓山盟的情缘一经她的口说出来什么都没脸没皮了。金子玉受了她的挑拨，思想觉悟也迅速上了一个台阶，也净拣些丈夫的不足来说。这是一个既甜蜜又单纯的女人，和他丈夫是中学同学，没有经过大起大落，生活和爱情都是一帆风顺，除了自己的丈夫，她没有任何情感经历。汤丹既好笑又有点羡慕她们，同时她心里也有一丝小小的庆幸，较之汪键她是安定的，丈夫也还算好。较之金子玉她的生活并不单调。

汤丹躺在洁净而干爽的被子里，心情一点一点地好起来。生活是好的，她周围的事物也是好的，她不爱谁也不恨谁，那一刻，她的心变得异常地纯净。黑夜像只宽宽大大的睡袍，将整个世界都包裹了，她在黑暗的拥裹里重新回复成一个婴孩。

汤丹有了一个新的情人，这个人是她过去根本不认识的。汤丹与他在一个从没有去过的地方约会，她的情人对她非常好，他一次次地告诉汤丹他爱她。但是他却要把她送回到她丈夫那里去，奇怪的是汤丹并不觉得伤心。他们三个人在一个广场中心相遇，那里有鲜花，有草地，有树，还有许多五色的小鸟。这个广场也是汤丹从没有去过的，像想象里的天堂。汤丹觉得所有的一切都是新鲜的，情人、约会、广场，这些平时读起来就让人浪漫又温暖的东西，使汤丹有点动心。她的情人撇下他们走了。她非常想对丈夫表达点什么。她的丈夫只看了她一眼，突然抬手重重地打了她一巴掌。她的嘴角马上流出血来，耳朵也嗡嗡的听不到任何声音。她丈夫站在她的右手边，在她的左手边有一对男女正在亲热，这么大的声音都没有影响到他们。左前的一个男人则惊愕地盯着她看。汤丹觉得她和这个男人的距离不会超过一米远，他看她的脸像是在看特写。汤丹羞愧极了，脸上几粒淡淡的雀斑还在其次，鼻子下面的一颗粉刺倒是给他看了个清楚。天啊！汤丹捂住脸开始哭泣。

汤丹的哭声像蜜蜂一样嘤嘤嗡嗡地在屋子里盘旋，后来就有人边喊边推她。汤丹醒来时天已经亮了。穿鞋子的时候她想，生活哪有想的那么好啊，连做个梦都没有一点新意。

汤丹的学习只有一个月的时间，她完全可以坚持到底的。但第二个礼拜日汤丹突然决定回家一次，她有点想儿子。金子玉已经回去两次了，就是她不回去，她丈夫礼拜六也会来看她。汪键主要是社交活动多，正常的上课时间她都要占用，休息日就更不用说了。昨天晚上走了一个，今天一大早又走了一个。汤丹就决定回去了。

火车准确的行驶时间是两个小时二十分钟，汤丹一直看着表。到站之前汤丹没有忘记给丈夫打个电话。家里和办公室都没人，手机是关着的。汤丹打了一辆车，径自回家去了。

汤丹插钥匙的时候手有点抖，门没有打开。汤丹觉得自己有点好笑，这是自己的家呀，出门还刚刚不到半个月时间。汤丹再开，门仍然没有打开。汤丹疑心自己把钥匙搞错了，看了看钥匙并没有错，汤丹再开。这时小袁从里面把门打开了，汤丹松了一口气。汤丹说，我说是咋回事儿，是你在里边上了小锁吧？她并没有注意丈夫的模样和表情，却很快发现了屋子里的另一个人，当然不是她的儿子，而是一个女人。汤丹觉得在什么地方见过的，她一向对见过的人比较模糊，因为她心里想着儿子，就突然想起是儿子生病时在医院里见过的。汤丹很想说点什么，但是她什么都没有说。倒是那个女的整理好衣服理直气壮地对汤丹的丈夫说，你送我回去好吗？

剩下汤丹自己，站在没有关门的家里。想想刚才那个大摇大摆出去的女人，门关与不关还有什么意义呢？汤丹没等丈夫送那个女人回来，她回到自己家里连坐都没坐一下就又提上自己的小包出门了。她走到外面，好像又想起了什么似的，就又反身进屋，在床头柜上找到她还没有看完的那本《心灵史》。她把书很细致地放进她的小包里。丈夫仍然没有回来，她于是便再一次走了出去。她要回学校，她没有什么地方好去。汤丹买了一张火车票，半个小时以后又坐上了返程列车。

汤丹在位子上坐好了，努力想让自己伤心一点，可她的心却像张白纸一样，薄而且空，只是眼睛有一点干，大概是有些疲倦的缘故。汤丹想，要是能弄出一点泪水来可能就好了，于是她努力地做了，眼睛却仍然是干的。汤丹不再想这个问题，她让自己去注意看铁道两边的树。杨树的外面是枣树，枣树的外面还是枣树。汤丹这才想起来，他们这里是生产枣子的，汤丹的儿子特别爱吃枣。汤丹过去要是坐汽车出来，她总是让车子停下来买一点回去。可是现在汤丹即便是能让火车停下来，也是没有枣子可买的，因为枣子才只有小指肚那样大，像孩子清透的眼睛。整个枣林看上去都是绿的，是那种很新鲜的嫩绿，汤丹看了一会儿，眼睛就不再疼了，那样的绿色是养眼的。

想到儿子的时候，汤丹的眼睛才有点模糊起来。

汤丹一个人在学习班的宿舍里睡了一个下午，天黑下来她的脑子才有点清醒。她觉得总要干点什么，她就想起了李逸飞。汤丹拨了李逸飞的手机号，电话立刻就接通了，里面清晰地传出李逸飞的声音，喂，哪位？怎么不说话？喂，你那边电话是不是出了什么问题？

汤丹的心跳得越来越欢。他在哪里？他和谁在一起？他正在干什么？她这样做会不会给他带来麻烦？汤丹挂断了手机。

小袁是事情发生后的第三天赶来的，那会儿天已经黑了下来。他敲响门的时候汤丹正一个人在房间翻看那本《心灵史》。这本书的许多地方让她对生命产生一种新的困惑，读起来也有一点吃力。但她现在需要的恰恰就是这种吃力，有时候一句话她可以读好多遍。“几十万的哲合忍耶的多斯达尼从未怀疑自己的魅力，他们对一个自称是进步了的世界说：你有一种就像对自己血统一样的感情吗?”她不懂宗教，但她为那种完全摈弃物质欲望的信仰而震撼而感动。人的智慧中为什么能产生信仰这样一种东西？人为什么不能没有信仰？人对某种信仰的追索为什么可以达到如此疯狂的程度？汤丹不知道她自己是不是也有信仰，如果有，她的信仰又是什么呢？如果没有，她为什么如此地坚定和敏感？她是一个平和的女人，她一贯的原则是从不去想那些让她费解的事情，她甚至都没有认真想过生命究竟意味着什么，难道真的是“川流不息的天命”吗？

汤丹打开房门，小袁那张若无其事又非常心虚的脸让她的头突然剧烈地疼痛起来。另外两个小房间里刚才还有叽叽喳喳的说话声，现在却一下子消失了。幸好她们都不在，否则她真不知道该如何应付。

小袁说，就你一个人吗？

汤丹说，我的房间就我一个人。

小袁说，我可以用一下洗手间吗？

汤丹说，当然。然后朝走廊里的洗手间努了一下嘴。

小袁推开洗手间的门，一个面相俊气的男人从里面走了出来。汤丹和小袁都定定地看着他。

汤丹说，你？怎么回事？

男人笑着说，汪键打电话让我陪她去买磁带。

汤丹环顾了一下四周，汪键？见鬼，人呢？

男人说，人呢？

小袁看着他们俩笑了一下。

男人说，你们忙，我不奉陪了。说完就出去了。

汤丹说，见鬼！

小袁说，是啊，真见鬼！

汤丹说，你什么意思？

小袁说，切！你说什么意思？

汤丹停了大约有半分钟的时间，无声地叹出一口气来。她说，我说什么意思都没有。你走吧，我们之间扯平了！

汤丹没有和丈夫离婚，小袁坚决不肯离。小袁说让他们重新开始，他会对她和儿子负责到底。不离就不离吧，汤丹对他的承诺毫不怀疑，小袁就是这样的人，他说出的话一定能够做到。其实汤丹也没有认真地想过离婚的事。汤丹只是不再让小袁靠近她，并不是有什么心理或者生理上的障碍，她只是觉得这样对他们双方都要好一点。小袁也很配合，汤丹学习结束以后他一直睡在沙发上。

时间过了很久，大约有两个月。那天小袁一大早就出去了，他说要到一个县里谈企业建基地的事。小袁现在无论干什么事情都会给她说得很清楚。他还说他的手机是开着的，汤丹有急事可以随时和他联系。

那天汤丹带着儿子去公园玩了一个上午。汤丹有点累，可儿子却玩得很开心。汤丹这一段时间把精力都放在儿子身上了，她要好好补偿他。汤丹让儿子去玩滑梯，她对儿子说，小男子汉，勇敢一点。儿子挺起胸脯很英勇地去了。汤丹坐在旁边的椅子上晒太阳。阳光把她的眼睛弄得酸酸的，有一种想流泪的感觉。她突然明白了一个道理，其实，有一个人让她常常想念着也是一种幸福。

儿子每完成一次滑翔就跑过来报告一回。他大口地喘着气说，妈妈，我又勇敢了一次！

汤丹说，好样的，像个男子汉！

儿子说，我还要去勇敢，妈妈你可千万不要走开呀！

汤丹笑了，儿子对她的依恋让她感动。儿子，妈妈怎么会走开呢。妈妈从你身边走开的那一天，意味着她已经离开了这个世界，这个世界只有她和你最亲。

儿子玩累了，走在路上，他看见一个卖烤羊肉串的嚷嚷着要吃。汤丹平时总是嫌那东西脏，今天却给儿子买了好多，汤丹也吃了一点，味道真的很不错。后来儿子又看到一个卖酸辣粉的，仍然嚷嚷着要吃，汤丹就又和儿子一起吃了酸辣粉。这让汤丹又明白了一个道理，生活中有许多滋味是她没有尝过的，只是她自己并没意识到。

汤丹带儿子玩了一个上午，儿子吃饱了喝足了才肯回去。娘儿俩回到家就坐在客厅的地毯上看电视。这时有人敲门，声音断断续续的，有点迟疑。汤丹开了门。汤丹有点意外地说，怎么会是你？

来的人也不在意汤丹的态度，说，我来看看你，总该让进屋喝口水吧？

汤丹这才不好意思地笑了笑，就把客人让进了屋子。客人进了屋，眼睛并不四处张望，直奔过去和汤丹的儿子打招呼。小家伙有点疲乏，眼睛只顾盯着电视，不愿意理睬客人。客人这才回头和汤丹讲话。他一副正襟危坐的样子，让汤丹有说不出来的感觉。他说话还是像过去那样，一板一眼的，条分缕析的。他的模样和性情应该都没有变化。他坐在沙发的一端，汤丹坐在沙发的另一端。沙发不太长，三人的。沙发旁边是汤丹养的一盆树，严格说是一盆草。一种叫扫帚苕的草本植物，有树的枝干，蓬勃旺盛的一个大树冠，叶子则细细碎碎地蓬松着。男人说出的话语也是细细碎碎的。

男人说，这都是命，其实我那时是非常……

男人顿了一下。汤丹明白他的意思，他想说的是爱你的。可他的脸很快红了起来，他改口说，我是想对你好的。他说话的时候并不看汤丹，紧张地盯着她的儿子。

汤丹说，我儿子，四岁了。

男人说，是的，挺机灵的。

男人说，我刚到那边的时候很苦，每个月挣的钱除了吃饭还不够租房子的。

汤丹说，这个我知道，要是两个人可能会好一点。

男人说，开始不是两个人，那时候……

汤丹说，我儿子都四岁了。

男人说，是的，挺漂亮的。

男人一边和汤丹说话，一边用手去抚弄那盆草。后来他就干脆不说话而专心地去抚弄那盆草了。草上有黄叶子，他认真地把它们摘下来，丢在旁边的纸篓里。汤丹有点奇怪，自己过去爱这个人的什么呢？

男人见汤丹定定地看他，他的脸立即又红了起来。他说，对不起汤丹，对不起。

汤丹说，没关系。

汤丹终于想明白了，其实她当初之所以没有把自己交给这个男人，并不是因为太传统，同时也不是自己没有把握，而是这个男人压根儿就没有不管不顾地爱过她。女人在爱情中希望遇到风暴，像海啸那样的。

汤丹的儿子伏在地毯上睡着了。汤丹把儿子抱起来放到床上去。

汤丹把儿子安置好回来，只一转眼的工夫，来人就变了模样。他激动得不能自持，脸涨得通红通红的，说话也急促起来。他说，我是专门从深圳回来看你的，我听说了你的事情，我不想你过得不好。汤丹吃了一惊，说，我的事情？男人点了点头，说我都知道了。汤丹不再说什么，觉得不以为然，汤丹想笑一笑缓和一下气氛，但是汤丹的眼泪却不合时宜地出来了。汤丹开始还想掩饰，越掩饰泪水就越执拗。汤丹放弃了努力，干脆坐在沙发上任它流。男人于是就很自然地走过去拥住了她，两个人的呼吸都有点急促起来。汤丹闭上眼睛，像个滑梯那样张开了自己，等待着一个爷们儿。可男人没有攀登，只是抱了她一会儿就松开了。汤丹松了一口气，同时又有点失落。

男人红着脸说，我可没别的意思，就是为了回来看看你。

汤丹愣了一下，猛然想起来好像另外一个人也说过类似的话，苦笑了一下，说，谢谢你！

男人说，没关系。

汤丹笑了，汤丹这次真的笑得很坦然。男人又坐了一会儿，空气越来越沉闷，汤丹也不再续水，话也越来越淡。男人站起来要走，他走的时候迟疑了一下，因为站得很靠近，汤丹以为他要抱她，就往后撤了一下。男人什么也没做，男人说，联系方式没变，有什么事情一定告诉我。

汤丹关上房门，儿子仍在睡。汤丹感觉脚下轻飘飘的，像踩在棉花上。她靠在门上，把胳臂交叉着放在胸前，重新打量着自己生活了许多年的家。一切依旧，但一切已经远远不是那么回事了。她看到了她和丈夫的结婚照，仔细看看，她觉得他搂着她肩膀的手有点错位，好像掐着她的胳膊似的。这才想起来，他们这张结婚照是两张照片粘贴在一起重新翻拍的。因为当时一张小袁挤眼了，一张她的笑不很自然，摄影师就把两张照片剪了粘贴在一起。汤丹想，也许婚姻就是这样吧，有时候已经摔打成了碎片，也就这么粘巴粘巴，又成为一个整体了。远远看起来，还真他妈的像那么回事儿！

汤丹突然轻松起来，她的忧伤，像那个下楼的男人一样，已经渐行渐远。也许生活永远都是这样，带着明显的不确定性。它有时候像个没完没了跟你撒欢的孩子，兜着圈子和你开玩笑；有时候像个面目狰狞的邻居，龇牙咧嘴地跟你较真儿；有时候又像个善良的老人，温和地守护着你；有时候它会一拳把你打翻在地然后再把你扶起来，为你拍拍身上的土，跟你和解。

不管是哭过还是笑过，汤丹还得沉没在生活里。

她站到屋子中央，整了整衣服和头发，一阵突然而至的快意强烈地拍打着她，让她有点恍惚。

明天吧，明天给李逸飞打个电话。她这样想。

《中国作家》，2002年第3期

明惠的圣诞

邵　丽

一

明惠是实在咽不下那口窝囊气才去找桃子的。桃子从城里回来已经七天了，明惠在徐二翠连绵不绝的骂声里数这个日子数得好艰难。七天，她每一分钟都计算着桃子会随时推门进来。

明惠每天都仔细地洗脸，找出像样点的衣服穿好。徐二翠若是出去了，她就手忙脚乱地把屋子收拾一下。心里明明是毛烘烘地躁着，却要强迫自己不断找件活计拿在手里。有时是拆一只旧手套，有时是翻看一本《妇女生活》。好像只有手里拿了点儿东西才让她心里更踏实。桃子来找她从来不敲门。桃子如果不敲门就进来，明惠就得一边做自己的事情一边漫不经心地责怪她。你这个人就是没教养，跟你说一百遍都不行，什么时候学会敲敲门再进来！

明惠在家里等桃子等了七天，她把手里的活计摔得满屋子翻跟斗。徐二翠的骂声越来越凶恶。徐二翠很凶恶地骂猪骂鸡骂狗骂她明惠的时候，明惠一声都不吭，她已经听习惯了，从她考大学落榜回来的那一天起徐二翠就不断地这样变着花样儿骂。徐二翠的骂声中气十足地回荡在她们家那宽大的房间里，在新油漆过的门后不疾不徐地余音缭绕。拉开门，那徐二翠就完全是另外一副嘴脸了。要么是满脸堆笑点头哈腰，要么是面无表情居高临下。有时候徐二翠骂得太不堪，肖正方就会和她对骂。比如徐二翠骂，老娘我省吃俭用啊，我白白供了你十几年啊，我还不如养只鸡养只猪啊！养只鸡还会给我下只蛋，养头猪还能卖些钱。老娘我都累死了，你倒还有脸回来白吃白喝做小姐啊，要是有囊气你就一头扎哪坑里死了去！肖正方若是碰巧在家，就用手指着徐二翠的鼻子回骂，你这臭狗屎娘儿们，你这像是当娘的说的话吗？闺女都这么大了你还不给她个脸，要是有个三差两错的，看我不把你揍得坐次红月子！肖正方一接口徐二翠就不骂了。徐二翠不骂了，肖正方好像士气才刚上来，一脚踢翻一只凳子或者是一个空坛子，看看并没遇到抵抗，才气收丹田，十分沉稳地点支“大前门”，大模二样地出去打牌去了。徐二翠不做饭，倚着门框抹眼泪。肖两万突然从外面晃悠着进来，痴着脸子在院子里喊，妈，妈啊，我饿啊妈！徐二翠急忙站起来给肖两万洗干净手脸。徐二翠说，乖儿子啊，妈这就去给你弄。然后手忙脚乱地去给一家人做饭吃，眼泪却仍然唰啦唰啦地落。

明惠那时不恨徐二翠，她觉得实在是她自己伤了娘的心。徐二翠是什么人啊？徐二翠从在村子里当小姑娘时就是个人尖子，初中毕业一口气当了二十多年的村妇女主任啊。妇女主任位低权重，生育指标和避孕家什都在她手里握着，生杀大权莫过于此了。徐二翠是为了继续当村干部才嫁给了本村好逸恶劳的二流子肖正方。徐二翠很少流眼泪，徐二翠生了白痴两万不被人同情，反被人指着脊梁骂她是逼人家断子绝孙遭了报应她都没有哭。徐二翠把个女儿明惠养得鼻子是鼻子眼睛是眼睛的，徐二翠让明惠吃最好的食粮穿最好的衣服受最好的教育。徐二翠和肖正方每次生气都底气十足地指着他的鼻子说，等着！等俺明惠考上大学嫁到城里我就跟闺女享福去。我让你们爷们儿去喝西北风！

明惠在乡上念了三年初中，明惠又在县上念了三年高中。明惠在村子里矜持得像个公主。过去村里人因为徐二翠恭敬明惠，现在是因为明惠而对徐二翠恭敬三分了。哪个不知道明惠念完高中是要接着念大学的，念完大学理所当然地要留在城里的。现在明惠回来了，明惠的落榜让村里人集体出了一口恶气。他们嬉笑怒骂的声音陡然增加了好几个调门，含沙射影的语言像带了毒刺的钉子，一根一根地钉在了徐二翠的耳根上。

村里人现在开始恭敬黄毛，黄毛从来没有被人恭敬过。黄毛长得丑丑的。黄毛不会过日子，养的孩子个个都吃不饱穿不暖的。黄毛的女儿桃子初中没有毕业就不念了，桃子跟人到省城打工去了。关于桃子的一些传说很让村里人不屑，徐二翠就不止一次地加重了语气对明惠明确强调，我们是正经人家的女孩，我们得靠正经本事吃饭。

明惠从县城里回来了。明惠见了村里人把头一低就过去了。明惠把自己关在家里就再不露面儿了。

桃子从省城回来了。桃子回来就在村子里四处招摇。桃子见了谁都婶子大娘的喊得蜜甜。

桃子可是模样儿大变了，脸儿白了，奶子挺起来了，屁股翘得可以拴住一头公牛，衣服洋气得挂人的眼珠子。啧啧，俺的娘，桃子给全家人都买了新衣服，桃子是挣下大钱了！

桃子回来领着一个城里的小伙子，桃子说是她朋友。

啧啧，哪个会想到黄毛的闺女会出息得这样本事啊！

徐二翠说，日他亲娘，龟孙黄毛都比俺有本事啊！

徐二翠每天骂人的时候，与时俱进地增加了桃子回来的内容。明惠不出门，明惠什么都知道。

明惠想，我就不相信你桃子还真的成了精，你过去整天巴结着给我背书包提行李我都嫌不耐烦，我就不信你桃子在城里打两天工就敢把我明惠不放在眼里了。

明惠足足等了七天，明惠是实在咽不下那口窝囊气。明惠决定去找桃子出气。

明惠出门的时候天正落着小雨，秋风一下子就把她单薄的夏季衣衫给吹透了。明惠已经在屋子里关了快两个月了，明惠以为天还是夏天。明惠心里是气愤的，明惠只是有些冷，明惠因为冷在村街里走得多少有些狼狈。明惠在村街上碰上了不少眼睛，有好奇者的眼睛，有懒散的人的眼睛，有悠闲的动物的眼睛。明惠决定不和他们或它们中的任何一个打招呼，明惠目不斜视地从他们和它们身边走过。明惠觉得那些盯着她的眼睛没有一只是良善的，那些眼睛统统流露着恶毒。他们分明是要看她明惠的笑话，他们分明是要看人尖子徐二翠的笑话。明惠腔子里的气息和皮肤一样透骨地寒着。明惠被徐二翠骂了快两个月了。明惠觉得她一定得出口气了。

明惠没有敲门。明惠一脚就跨入桃子家的院子。桃子家院子里没有人，桃子家堂屋的门是虚掩着的，明惠直接就把门给推开了。

明惠推开门想逃都来不及了，一股火呼啦一下子就从屋子里蹿出来。明惠的脸顿时被火苗子舔得血红。明惠忘了逃跑，竟然就那么傻呆呆地站着。屋子里的桃子正和一个高出她一头的小伙子浓烈地燃烧在一起。桃子背对着门，桃子正专注地在小伙子嘴上一下一下地咬着，分明就像她妈缝完被子用牙咬断线头一样。桃子觉得小伙子的身体突然间松懈了。桃子睁开眼睛，桃子发现小伙子的眼睛是盯着门口的，桃子终于看见了门口站着的明惠。

桃子拢一拢头发，丢开她手头的活计，漫不经心地责备明惠，是你呀，进来怎么都不知道敲门！

明惠被徐二翠骂了两个月都没有流出的泪水，不争气地从胸腔里往外翻涌，忍都忍不住啊。明惠转过身朝外走，桃子就追出来把她拖住了。

桃子说，来家啊明惠。

桃子说，明惠，我就说要带马强去给你看呢。

桃子说，马强，这就是我跟你说的我的好朋友明惠。明惠，这是我的男朋友马强。

明惠明惠明惠明惠……这明惠是她喊的吗？这明惠她是这样喊的吗？过去她曾经明惠姐明惠姐地喊个不停，现在她倒成了明惠的姐了！但毕竟有个陌生的男人在旁边，明惠把愤怒和委屈暂时压了回去，明惠迅速恢复了她惯常的表情和姿态。明惠说，我路过你家，看到门没关就进来了。

桃子根本没在乎明惠在说什么，桃子张罗着给明惠拿出一些吃的喝的。

明惠不吃，明惠也不去打量桃子的穿着，明惠的眼睛始终盯着院子里的一些别的事物，明惠眼睛的余光却把桃子的周身飞快地透视了个遍。徐二翠没有说错，桃子出息了，桃子的脸白得像细瓷，桃子的眉毛变得细溜溜的，桃子的胸脯挺得很高，桃子的乱蓬蓬的黄头发变得又柔顺又光滑，桃子……

桃子身上还有什么不好的呢？

桃子穿了白色的羊毛套衫，烟红的格子呢裙，高靿高跟的黑靴子。明惠的心扑通一声被刺了一下，像中了铅弹般酸沉酸沉的。那是她无数次设计过的装扮。如果考上学校，她首先要向徐二翠讨钱，给自己买一套秋装。就是这样的裙子，这样的毛衣，这样的靴子。

明惠是可以比桃子穿得更出彩，更理直气壮的啊！

桃子从里屋翻出许多半旧衣服让明惠看，桃子说，明惠你要是喜欢可以把我的衣服拿一套去穿。明惠摆了手说谢谢桃子。明惠心里说，桃子那时候你穿了多少我的旧衣服，你总是穿我剩下的，而我怎么有可能穿你的？

明惠的目光小心地躲闪着不与桃子交接，却在倏忽之间和那个马强对接了。明惠发现马强的目光非常明亮地盯着她，这目光让明惠立刻想起了王伍。王伍在他们高中的三年里始终用这样的目光盯她。哪怕是在她的背后，她也能感觉到他的眼光一波一波的像飞镖似的打过来。王伍和明惠一道在学校等通知，王伍考上了地区师专，明惠却什么都没有考上。王伍说，明惠，你还可以继续复习，明年你如果考上了，我们还可以在城里会合。

如果！如果？

明惠是咬着牙走出的校门。

明惠觉得马强的眼睛比王伍亮多了，明惠想凭什么桃子该拥有这么亮的一双眼睛啊？明惠想，桃子，我若是现在在省城干事，若是穿上你这样的衣裳，马强立刻就得跟我走。明惠是从马强的眼睛里得出这样的结论的，明惠被自己的想法吓了一跳，明惠又被自己的想法抚慰得很妥帖。明惠活到十八岁才知道，自己的内心会是这样邪恶。

一瞬间，明惠好像走出了暗长的隧道，扑面而来的阳光呼啦啦打在自己的脸上，她眼睁睁地看着桃子像一株被抽了筋的植株，在自己面前一寸一寸地矮下去，心里更是受用了。明惠十分矜持地站起来告辞。明惠看都没看桃子一眼，说，桃子，我是顺路过来看看你，你有时间带马强到我家去玩啊。

明惠说完对着马强抛了一个很明媚的笑脸站起来就走。桃子留都留不住，桃子只好跟着明惠相送。明惠说，回去啊桃子，不要送。明惠小声说，桃子，一定去我家啊，我工作的事情还得和你商量呢。

桃子啥时候得过明惠这样的信任？桃子激动得脸都红红的了。桃子的脸一红，明惠就知道她的话起了什么作用，她知道桃子很快就会去她家的。明惠哪里会有什么工作的事要商量，她不过就是要桃子到她家去。

桃子是第二天去明惠家的。马强没有去。桃子说，好好的，不知道马强为什么昨儿下午一定要走。

桃子心神不定地说，我这两日也就要走。

明惠不露声色地在心里笑了一下，明惠真的和桃子谈起工作的事情。桃子立刻忘了她的疑惑，十分热心地向她介绍起省城。

桃子说，活好找，在服装店在饭店干一个月差不多都是五百，在饭店干实惠些。累点，但是管吃住。要是学会了按摩那就挣得多了。桃子诚实地说，她就是在宾馆做按摩的。明惠悉心请教道，挣多少？桃子的目光暧昧地闪烁了一下说，那要看你自己的道行了。

桃子把什么都说了，桃子说，明惠你要是愿意出去工作，明天就可跟我走。桃子说，别忘了带身份证啊明惠。

明惠走的时候徐二翠哭得一死一活的，徐二翠一边哭一边说，我们这样的人家怎么会让闺女去卖力气？考不上学就不上，妈就在家养你一辈子！

徐二翠一边哭，一边帮明惠收拾东西。

明惠是和桃子一起去的省城，但是明惠很坚决地拒绝了桃子要为她介绍工作的打算。明惠说桃子介绍的工作她都不想做，她想到职业介绍所看看有没有给小孩子聘请家教的。明惠的沉着让桃子很敬佩，到底人家是读过高中的，有主见，不像自己，初来时只会瞎着急，遇到事情就哭。桃子让明惠先到自己租的住处住下，明惠只住了三天。那三天明惠可办了不少事情。桃子去上班后她就开始行动，她先后去了几家大宾馆和洗浴中心。

明惠直接请求见经理，经理不论是男的女的，见到明惠眼睛都是亮亮的。明惠才十八岁，明惠的美丽和稚嫩是最时鲜的武器。明惠看懂了那眸子里的亮，明惠的神态一下子就安定了。

明惠说，我想做按摩小姐。

你过去做过吗？

没有。

哦。女老板笑了笑，说，只要用心，没什么好学的啊！

明惠被女老板试用了。明惠腿勤手勤嘴勤，明惠会干的不会干的都争着干，明惠管谁都叫姐姐，甭管哪个姐姐的话都认真听认真记。明惠对谁都笑眯眯的，明惠和谁又都保持着一定的距离。明惠在半个月后就成了那里最受人喜欢的小姑娘。

一个月后明惠被正式录用了。女老板说，基础工资五百，做多了另有提成。上班时间只许正常服务，至于下班后的事情他们不管，可也不承担任何责任。

明惠又去了一趟桃子那里，拿了她存在那里的已经没有多大用处的衣服。明惠告诉桃子，她到一个人家去带两个学前班的孩子。

明惠走后再没有和桃子联系过。桃子有心去找明惠，可她不知道那两个孩子的家到底在什么地方。

二

圆圆到这家洗浴按摩中心做事还只有三四个月。从不见圆圆多言语，圆圆对谁都是既不热情也不冷淡，可几乎所有被她服务过的客人再来时，都拿眼睛寻找圆圆。圆圆微微地笑着，眸子里流淌着一股子迷蒙的距离感。正是这距离感，反而拉近了客人与她的距离。圆圆的态度矜持得倒不像是个做按摩的小姐呢。圆圆的神态让所有的中年男人看了都觉得心疼，觉得这女孩似乎是不该在这里做事情的。可她应该在什么地方做呢？谁又都想不出一个准确答案。她在这里做事的神情又恰恰是那么妥帖，那么让人受用。圆圆偶尔与客人谈上两句，总是让他们更加刮目相看，这姑娘小小的年纪，有见地又有思想，实在难得。当然，这是他们把圆圆与其他按摩小姐相比较的结果。

圆圆不管客人怎样夸奖她，也不管客人用怎样赞许的目光打量她，一律不动声色地做自己手头的活计，极认真，极周到。别人做五分钟的活她做七分钟，别人用八分的力气她用十分半，客人们如何会不喜欢这样既乖巧又踏实的圆圆啊。

圆圆学了别的姑娘，穿那种把奶子束得很挺的文胸，在冬天里仍然着一件领口开得很低的薄羊毛套衫。圆圆干活的时候，奶子几乎要贴到客人的脸上去。圆圆给人按摩肩膀的时候，奶子就顶住了客人的头。终于有客人耐不住，假装用手挠自己的痒痒，却分明在圆圆的奶子上蹭过去，圆圆没有任何反应。客人再等一会儿，就直接在那奶子上摸一把，圆圆仍然是没有任何反应。圆圆就好像一个汽车司机，心无旁骛地行走在面前的道路上，仿佛什么事情都没有发生，只管认真地驾驶。

到了晚上就有圆圆的电话，圆圆安详地接了，说是表哥，下了班自然就去见那表哥。

表哥就是下午的客人。见了也不说什么事情，只管带她去一家宾馆吃饭。饭菜要得很丰盛，再加两个人都吃不完。那人劝圆圆多吃一点，圆圆怕浪费，就慢慢地吃。那人并不怎么吃，只端了一只杯子喝红酒，吃到中间也给圆圆倒了一两杯。说，不辣，干红。圆圆也不拒绝，让她喝就一口喝下去。外表看不出心里有无变化，脸蛋却喝得红红的。

圆圆好像是有些醉了，醉得也是那么单纯，惹人爱怜。吃完饭那人就带她去另一家宾馆开了房间。

进了房间圆圆就净顾着打量里面的摆设了。圆圆觉得这地方真不错，特别是那铺得柔软的席梦思大床。圆圆喝了酒有些困，要是能在那床上睡一觉就好了。那人却让圆圆去洗澡。圆圆在洗浴中心做事，天天都要洗澡，可她还是顺从地去洗了。圆圆洗了一半那人就进去了。圆圆没有反抗。

事情很快就完了。

圆圆觉得一切都平平淡淡的，就连她身下的处女血都没有让她惊讶。圆圆觉得其实《妇女生活》上的好多文章都太夸大其词了，没有什么撕心裂肺的疼，更没有什么叫人痛不欲生的难过。

那人叫了的士送她回去，分手的时候在她手里塞了五张大票。圆圆回到宿舍手都没有洗就睡下了，那一夜她手里就攥着那五张大票，就像攥着自己的命。

有了那次，那人就经常叫了圆圆出去。后来，又有别的人同样带了圆圆出去。

程序基本上全是一样的，圆圆没有觉得这个和那个有什么不一样。结束的时候他们也总是悄悄地塞给她一些钱，好像他们做得声张些就会亵渎了圆圆。无论得到的是三百还是五百，圆圆回去的第一件事情，就是把那钱展得平平的，有时还把昨天的或者前天的放在一起，反复地数上几遍。

圆圆有一阵子很为她的钱犯愁，藏在任何地方都不能放心。放在宿舍怕偷，带在身上怕抢。圆圆只好把钱存在银行里，她没有办法顾及那些银行小姐的表情了。圆圆到底是有心计的女孩，她总是把存折带在身上，假如碰上坏人就丢给他们，反正她设了密码的。再想一想，自己又冷笑起来，像自己这样子的，如果碰不见“坏人”，还有什么活路？

那些客人照常出现在按摩中心。圆圆见了任何一个都与惯常的表情姿态没有什么两样，稳稳地做自己的事，似乎和任何一个都不曾有过瓜葛。圆圆的态度让那些做过“表哥”的家伙非常满意，至少让他们觉得安全。圆圆的休息时间渐渐被“表哥”们安排得很满。

圆圆已经往家里寄了两次钱，一次一千元。她知道那两千元足足可以让徐二翠重新抬起头做人了。圆圆没事做的时候，会偶尔往家乡的方向望一望，隔了几百公里的路程，圆圆清楚地看到她妈徐二翠又开始居高临下地做她的思想政治工作了。啊！新社会新时代了，生男生女还不是都一样。养个闺女出息了，一样可以享福啊！

圆圆告诉徐二翠她在人家家里教孩子功课，工资高，人家还管吃住。这让徐二翠更加得意起来。我不枉多让我们家闺女念了那么多年的书啊。

圆圆往家里寄了两次钱就再也不寄了，圆圆也不再朝家乡的方向望。没有事情的时候，她就低着头想自己的打算。圆圆想，无论如何我都不会再回去看你徐二翠的脸色了。圆圆想，我是不会再回那个到处都是泥巴的家乡了。

圆圆现在只在乎她的那些钱，她天天都要拿出存折来看上许多遍。圆圆的钱增加得很迅速，圆圆还是觉得慢了些。圆圆不放过每一个人的邀请，哪怕那个人让她很不耐烦，她也许根本不在意自己耐不耐烦。圆圆要钱，为了一百元她都肯出去。她知道有哪几个人是吝啬的，她完全可以找借口不和他们出去。可她不愿意让日子闲着，如果闲着，连一百元都没有。

圆圆和那些人出去，差不多都是先去吃饭。完全凭了客人的性子，性子急的吃得草率些，有时候就在小馆子里吃碗面。有的人就不一样了，他们把圆圆带到很讲究的地方，很细致地劝她吃，慢条斯理地说着闲话。这人也许是想培养一点感觉，但圆圆的感觉怎么样都是没有变化的。相反，拖的时间长了她反而着急起来。圆圆不在意吃，填饱肚子就行。她恨不得那些人把她带到一个地方直接就把事情办了，那样她就可以早一点知道她那天得到的是多少钱了。

圆圆给自己租了一小套公寓房，在一个破旧的小单元楼上。二十多平方米，没有客厅，但有厨房和卫生间。卧室放了一张大床和一张小木头桌子。圆圆很满意，圆圆觉得有那张床和那间能冲淋浴的小卫生间就足够了。圆圆以每个月一百五十元的价格租下了那套小房子。

圆圆主动提出让客人到她那里去，她含蓄地告诉人家，省时间省开房费的。圆圆的意思很明确。有人明白了她的意思，走的时候就会多放一张大票在她那里。圆圆心里得意起来，想起了自己曾经学过的资本总是追逐利润最大化的课程。把理论和实践在这里结合了，别有一番滋味涌在心头。

圆圆很讨厌自己的月经，每次例假她都烦躁得要死。眼看着到手的钱却不能拿，还要找出许多理由搪塞。晚上一个人睡在小屋子里，身子下面潮湿着，又冷又饿，肚子一阵一阵地疼，她就忍不住心烦意乱起来。她小小的年纪，倒是知道爱惜自己的身子。她有想法，她不想就这么把自己毁掉。

圆圆来例假的时候不愿意见人，可圆圆例假时与老曹做过一次。老曹就是第一次带圆圆出去的那个人。老曹很大方，老曹是国营企业的老板。老曹每一次给圆圆的钱都是最多的。老曹用那双肉乎乎的手握住圆圆的手。圆圆感觉到那里面是一沓子报酬和安慰，还有些体贴。每次圆圆低着眼笑，老曹就把钱贴到圆圆的手心里，却并不松开她的手。老曹说，我真喜欢你啊圆圆！圆圆就抬起头，把笑脸更灿烂地给他。

老曹在圆圆来例假的时候说要见她。圆圆就答应了他。

圆圆与别人做的时候很木然，圆圆与老曹做的时候也很木然，但是圆圆在来例假的时候与老曹做就显得有些委屈。如果老曹说两句体贴的话，她会伤心，也许还会流下眼泪。如果老曹说了体贴话，圆圆流了眼泪，也说不定会有一些别的故事发生。但是，老曹那天并没有对圆圆体贴，老曹因为厂里职工上访告状的事情正烦着。老曹一看到圆圆的伤口，立马就变了脸色。老曹火气很大地说，你这小姑娘不是成心要我倒霉吗你?

圆圆不说话，圆圆的情绪仍旧变得木然起来。老曹火归火，火完了就开始办事。因为有两股火烧着老曹，他那天办事有点像开职代会一样潦草。当然，依然秉承了国有企业的气派，钱一点也没少给。

圆圆送走老曹，觉得下面火辣辣地疼。圆圆顾不得那疼，她洗都没洗就开始数老曹丢下的钱。仍然是一个令人满意的数字。圆圆想，老曹终归是个不错的人啊！

圆圆后来再逢例假时，死活都不肯见人了，倒不是因为老曹的火气，圆圆是真的很爱惜自己的身子。

圆圆没有事时就算她的钱，圆圆计算的结果，她这样积累下去，五年之后就可以在城里买一套很不错的房子了。

圆圆想在城里买房子。圆圆想房子的时候可没有想到她妈徐二翠，更没有想到她爸肖正方和白痴肖两万。圆圆压根儿就没有想过要把他们接到城里来。圆圆有自己的想法，圆圆想房子的时候总是想到被桃子领回家去的马强。圆圆想，等买了房子就找一个马强那样的丈夫，甚至是比马强都好的丈夫。圆圆想，她不在乎那人是不是有钱，他若是个没有钱的，她就自己找一份踏实的工作养着他。圆圆想，人只要肯下力气，哪会有过不去的日子？圆圆想，她要给那人生两个孩子，她的两个孩子绝不会像她圆圆一样整天挨徐二翠的骂，更不能像白痴肖两万一样一辈子都不能走出自己的村子。圆圆想，我要比徐二翠更有出息，我要把我的孩子生在城里！我要他们做城里人，我圆圆要做城里人的妈！

三

李羊群是雅园的常客。有很长一段时间了，李羊群每个礼拜六的午后都要到雅园非常耐心地洗浴按摩。许多常常来雅园的客人都把自己弄得很匆忙，好像他们耽搁的时间太长久了，世界的末日便会提前来临。实际上他们已经耽搁得很久，只不过他们假装不知道已经过了很久罢了。李羊群从来不着急，李羊群的情绪摆明了就是来此休闲，他来的时候总是显得很疲倦。李羊群和他们显然不一样，像是个文化人。李羊群只是不太爱讲话，他不挑人，赶上哪个就让哪个做，也从来不与这些女孩子搭讪。他把自己像要大卸八块似的扔在按摩床上，然后把头埋在床头的透气孔里，说，开始吧！就没一点声息了。

李羊群常常来雅园，但这里的女孩子他大约是一个都识不得的。

圆圆第一眼看到李羊群就觉得他不是一个好色的男人，她就是这样感觉的。李羊群那天显然是喝过酒，他洗完裹着一条浴巾进按摩间的时候，透过屋顶玻璃射进来的阳光突然间逆着打在他干净的身体上，圆圆的感觉有些模糊起来。这个生得很体面的人的脸上是透着丝丝缕缕悲伤的，当然，这悲伤别人是看不出的。

圆圆那一刻觉得那悲伤是从她自己的心底里涌出，却写在了这个男人的脸上。圆圆的心多少有一些被打动的东西。圆圆是第一次招呼了他，她赶在别的女孩之前对他笑了一笑，她站起身重新理了一下已经很整齐的小床，李羊群便很顺从地走来。李羊群躺下了，李羊群说，开始吧！然后一句话都没再同她说。圆圆于是便开始和面一样地揉搓着手下的人，她觉得这个人是完全听任她摆布的，圆圆就发挥得极好，她的一双肉乎乎的小手均匀流畅地上下翻飞，她是用这种无言的方式安慰一个人的伤悲，也是用自己的伤悲去安慰另外一个人的伤悲。圆圆的小手胖胖的，伸开来手背上全是圆圆的小肉窝窝。圆圆的指肚阔而绵软，客人们享受了它们的安抚没有不喜欢的。客人们说，这姑娘凭了这双手就该是个有福气的呀！李羊群没有夸奖圆圆的手，但是李羊群是彻底放松了，让圆圆那双舒适无比的小手揉搓，李羊群觉得自己在这个女孩的手下变成了一个乖觉无比的婴孩。李羊群的脑子里变得空荡荡的了，他的脑子里却又装进了许多意想不到的东西，他活在这个世界上所有的不快，都被这个女孩子一把一把地抓起来，像在河水里漂摆衣服一样拨来荡去。水花溅起来，波浪互相撞击着，一圈一圈地向外扩展，就像李羊群突然间流出来的泪水，而且是越想控制越流淌得汹涌澎湃。李羊群被自己吓了一大跳，他以为圆圆会大呼小叫，他以为至少圆圆会停下手来呼唤同伴过来看他。她们会笑他，她们像参观一个精神病人一样用异样的目光打量他。她们假模假样地，可气又可笑地安慰他。可是李羊群想错了，圆圆什么都没有做，她甚至没有让自己的手有片刻停顿，她就那样用按摩膏和着李羊群的泪水继续她的工作。她仿佛事先就知道了一切。李羊群无声地伸出自己的大手把那双小手在脸上捂了片刻。

那次按摩结束后，李羊群是第一次在按摩间里打量一个女孩。他觉得这个年轻的女孩子脸上有一种成熟镇定得让他惊心动魄的东西。

他知道，他遇到了一个和他一样怀了委屈的人。

李羊群那一时间是应该让自己觉悟的。

李羊群再来按摩间是直接奔了圆圆过去的。圆圆有一种预感，她觉得李羊群肯定会约了她出去，她只是想不出李羊群会用什么方式约她。圆圆的正常按摩做到一半的时候，有人打电话找她。圆圆去接那电话，那时李羊群就睁开眼睛看她。是一个熟人打来的，约了她出去吃饭。圆圆眼前晃着李羊群看她的目光，圆圆就找了个理由推辞了。圆圆回来的时候有点儿心神不定。李羊群仍然是睁了眼睛看她。圆圆的心里就安适了一些。他和她不说话，但是他和她的心里好似是有了长久的默契。李羊群走的时候在圆圆的手里迅速塞了一张字条，毫无疑问是提前写好了的。圆圆觉得她那天的那一招是押对了。

圆圆下班前，洗了澡，特意把自己弄得更精彩些。那些女孩就起哄，说圆圆你是不是相对象啊。圆圆不理她们，她的脸上溢出一丝不易察觉的睥睨的笑。

圆圆从雅园洗浴中心出来的时候，李羊群的车子已经在门口不远的地方等她了。白色的本田雅阁，很有一些奢华。但圆圆一点都不惊奇。倒是李羊群一瞬间有些奇怪或者失落，在心里快速地闪烁了一下，他再次觉得这姑娘是有些不同凡俗的。

李羊群问了圆圆的名字。圆圆说我叫圆圆。李羊群就告诉她他叫李羊群，李羊群说，你就称呼我李哥行了。

李羊群带圆圆去吃了肯德基，他好像知道圆圆的口味似的，问都没问就要了辣鸡腿汉堡，还要了一大包香辣鸡块，要了可乐，要了薯条和奶玉米。李羊群自己只吃了一个田园堡，然后就停下来看着圆圆吃。圆圆突然有一种丧气的感觉，她预感到等她吃完，这个叫李羊群的男人立马就会送她回去。

圆圆吃了很久，圆圆把李羊群给她叫的所有的东西都吃掉了。圆圆想，她能多吃一点就会挽回一些失望。圆圆终于吃完了，圆圆又坐到了李羊群舒适的车子里。她满心想听到的是我带你去宾馆吧圆圆。可李羊群却说，我带你去喝茶吧圆圆。圆圆是跟了这个叫李羊群的男人第一次走进省城的茶馆。圆圆觉得那里灯光朦胧着，里面的人说话时细声细气的，服务生走路都轻手轻脚的，是一个非常雅致的去处呢。圆圆注意到了，李羊群请她吃饭总共花了不到一百元钱，可李羊群在这里要一杯龙井就花了一张大票。李羊群让圆圆自己点，圆圆净在茶单子上瞅价钱了。一瓶矿泉水要二十五元，可矿泉水是单子上最便宜的了，她就指了矿泉水。李羊群说，矿泉水没意思，你不习惯喝茶，就要杯玫瑰花茶吧！圆圆手里还拿着单子，就又瞅了一眼价钱，五十元。她心里又有了一股子没有缘由的沮丧。李羊群也不看她的脸，又点了几样茶瓜子、点心。

那漂亮的玻璃杯子里是放了些许的花和茶，水是续了又续。圆圆想，这什么时候才是个头啊？李羊群慢慢地品着茶，说着一些散碎的话，那声音就像粘在杯子口上，断断续续地像茶烟一样飘浮着。李羊群有一刻说圆圆你的性格有些像我的夫人，包括喜欢吃的东西。圆圆的表情紧了一紧，分明想说什么，但她到底没有打问他夫人的事情。李羊群再说些慢条斯理的、适合聊天的话题，圆圆一句都没有听进去。李羊群仍旧说他的，他把圆圆当作一个成熟女人了，他甚至把圆圆当作一个城市里的知识女孩。圆圆作为一个听众，那倾听的状态也确实做得非常好，她的两只眼睛自始至终有礼貌地盯着李羊群的眼睛，她在李羊群询问她什么的时候，不失时机地点头或者摇头。她心里却盘算着，走的时候能不能把他们要的一大堆点心打包带回去当作明天的早点啊！

那杯顶级的高原玫瑰被开水浸泡得鲜艳无比，香气诱人。可圆圆已经喝不动了，圆圆把玩着杯子里的花朵，圆圆的心情越来越晦暗，就像那些玫瑰一样，刚被开水浇灌的时候，还泛着鲜艳，几泡下来，已经变成暗黄的茶泥了。圆圆的心里难过得要死，她是没有时间陪这个人这样消磨光阴的呀！

圆圆的确是个懂得礼貌的好女孩，圆圆心里无论有多难过，她的脸上始终没有流露出一点点的不耐烦来。

圆圆是在子夜时分被李羊群送回家去的，她的耐心似乎已经到了极限。这是第一次也将是最后一次，她想。

李羊群没有要求去她那间租来的小屋，圆圆提前已经知道，结局本来就应该是这样的。圆圆没有料到的是，在李羊群送她下车的时候，却在她的手心里塞了一个纸包，同下午塞那张字条时的情形差不多一样，迅速准确，多少有一些慌乱与不安。圆圆是通过那只白皙沁凉的手得到这些信息的。

圆圆紧攥了纸包上楼开了门锁，她打开灯，用后背抵住门，迫不及待地抖开那薄薄的牛皮纸信袋。她提着心想，该不会又是一个大失望吧？圆圆看到了崭新崭新的一沓老头票。雅园的女孩子们都把百元的票子叫作老头票。

圆圆闭上眼睛，把那沓老头票一字排开，放在嘴上吻了一下，然后又抛向屋顶。票子纷纷扬扬落下来，圆圆半天都没有睁开眼睛。

李羊群请圆圆吃了肯德基，喝了玫瑰茶，给了她整整十张老头票。但是李羊群从头到尾手都没有拉她一下。

李羊群与别的男人确实是不一样的。

圆圆同李羊群的交道就是从那时开始的，距今大概有两三个月了。李羊群每个礼拜六的下午准时来雅园拯救自己疲倦的身体和灵魂，他已经是圆圆固定的客户了。真是这样的，不单是那些女孩子，连做派夸张的女经理看到李羊群都会柔了嗓子说，李老板啊，圆圆姑娘可是等着您呢。

圆圆在心里算着，李羊群带她出去已经是第十二次了。李羊群每一次带了圆圆出去照例都是先吃饭，然后去喝茶。圆圆总是在被李羊群送回家的时候得到一个小小的纸包，当然不是总会像第一次那么多，可是比起别的客人，仍然算是不少的。何况，圆圆根本什么都没有做。圆圆只是一个陪伴者，一个听众。她只是需要在那么一个固定的时间，固定陪伴一个人，听一个人说一些无关紧要的闲话，或者仅只是陪他坐一坐。

这是一个寂寞的人！这段休息时间分明又是一段寂寞的时间！

圆圆是一个好听众，圆圆是一个好的陪伴者。圆圆一般情况下不发表意见，圆圆只是点头或者摇头，圆圆用面部表情表达她的理解与认同。

那是一段非常特别的日子，圆圆知道了一个叫李羊群的男人的许多事情。这个叫李羊群的男人却几乎对这个叫圆圆的姑娘一无所知。

李羊群，男性。曾经是某国家机关的公务员，曾经是某市国家机关被正式任命的副局长。李羊群有一个青梅竹马的、很漂亮很出色的夫人。李羊群却因为与另一个女人的一次艳遇把他青梅竹马的、很漂亮很出色的夫人给弄丢了。李羊群当然算是很英俊很出色的男人了，能够与其夫人相媲美。李羊群的前夫人却带着她与李羊群共同生育的儿子，改嫁给了另一个非常出色的男人。

李羊群对圆圆说，这个世界太混乱了，太混乱了。然后把头埋在自己的手掌里。那个时候他就像一只脱离了羊群的羔羊，被伤悲和孤独一层层地缠绕着。

圆圆想这个世界并不算太混乱，只是这个叫李羊群的男人有点儿混乱。

李羊群是辞了公职的。李羊群丢了老婆觉得很没面子。李羊群觉得老婆儿子都丢了还当什么副局长！就像一只丢了羊群的羊还有什么资格当头羊！李羊群现在自己搞了一个文化传播公司。李羊群宁愿自己走羊肠小道也不想同过去的朋友混在一起。李羊群是这样要求自己的：再来一次，一切重新开始！

李羊群是这样说的，可圆圆觉得李羊群仍然生活在他的过去时空里，他甚至像是仍旧与前夫人活在一起。

是啊，丢个老婆也许就像丢件衣服。而被老婆丢掉，就像丢掉了所有的衣服，赤身裸体地站在人前！

是圆圆自己觉得过不去的，圆圆觉得李羊群终归是一个男人，是男人就会有那方面的欲望的。而且，李羊群是一个失去老婆的男人。圆圆很明确地表达了她的意思，她告诉李羊群，她不能老欠着他。

李羊群不老，且相貌英俊，当是一个十分优秀的男人。可圆圆总是不能确定她是否有爱上这个男人的意思。说实在的，圆圆只是觉得有一些东西是她应该付出的，否则她心里会不踏实。

圆圆说，李哥，我不能老欠着你的情，你什么都可以做的。圆圆说这话的时候，这么一个鲜嫩的女孩儿家就那样明眸皓齿地与李羊群的目光对接了。是一种坦坦荡荡的直白，没有一丝半点的矫揉或者造作。这真的是一个好女孩呢！李羊群这样想。李羊群如果在这种时刻再拒绝圆圆的意思，那他肯定就不算个男人了。

李羊群送圆圆的时候去了她的小屋。

一切都显得很合适，亦很舒适。李羊群没有觉得任何不自然，李羊群是个懂得体贴人的男人，这让圆圆感觉到了。男人与男人之间是有一些不同之处的。

李羊群的礼拜六除吃饭喝茶之外，又多了一项活动内容。圆圆的礼拜六成了一个特别的日子。连老曹都觉悟到，圆圆在那一天是拒绝见他的。圆圆自己感觉，其实并没有什么特别的地方，只不过她的那一天是相对固定给某一个人的。

李羊群与圆圆的相识叫作赶巧，赶巧遇上了，赶巧觉得合适。

圆圆与李羊群的交道只是出人意料的轻松自然，省了许多不必要的盘桓与周旋，省了她心里的如意或不如意，高兴或不高兴。有许多东西圆圆确实是琢磨不清楚的，她很放松，在这个叫李羊群的男人跟前她放松起来。

礼拜六那一天成了他们共同的休息日。

圆圆生病了，圆圆是个血肉的身子理所当然会生病的。圆圆在某一个周末请了一天假，圆圆患了感冒，更重要的是她来例假了。圆圆想，她没有办法对李羊群解释她的例假，她想到老曹的态度，她决定干脆不见的好。

圆圆同李羊群在每个周末见一次面，是按惯例，并没有什么特殊的约定。他们之间甚至连电话都不曾有，开始是偷偷塞上一张小条子，后来完全凭了眼神。他们在服务与被服务即将结束的时候相互看上一眼，好像在说，你明白吗？明白。我等你？知道了。圆圆下了班，四处看一看，便能寻到白色的雅阁，像一只温驯的绵羊卧在路边。悄悄地踏了落叶走过去，自己开了车门上去。开车的人不说话，坐车的人也就没有声响。然后，车子就向某一个地方驶去。事情一直就是这样，他们没有任何约定，但是谁也不曾想会坏了这个没有约定的约定。

现在是圆圆这边突然出了故障，仍然按习惯延续的李羊群一下子觉得无所适从。他仍旧是去洗浴，仍旧是裹了浴巾进按摩间，圆圆却不见了。重新换了一个女孩给李羊群做规定程序的按摩，仍旧是把他揉得舒适起来。李羊群有些糊涂，后来李羊群就睡着了。

李羊群出了雅园才觉得有些不对。

圆圆姑娘到什么地方去了呢?

圆圆姑娘是谁?

他李羊群的生活里什么时候就有了一个圆圆姑娘啊!

叫圆圆的女孩好似深夜里的田螺姑娘突然从某一个地方跳出来，现在又一下子消失不见了。李羊群想，那么就等下一个周末，见了圆圆问个清楚。李羊群想，好久没有见几个旧友了，也许可以见一见，也许还可以独自去看一次夜场电影或者独自泡一次酒吧。李羊群想了好几种方案，毕竟还有许多可以供他消磨时间的方法方式。但是，李羊群的心里竟然有了一丝慌乱。李羊群开着车子直接去了圆圆那里。

出现这样的结果，倒是圆圆万万不曾料想到的。

圆圆那一刻虚弱不堪地躺着，头发散乱，身上穿了家常的小花布棉袄，床上凌乱地堆了许多女孩家的小物什。这样的圆圆，突然看到李羊群，直羞得恨不能闭上眼睛看不见他。

圆圆说屋子里不干净，赶着让李羊群走。李羊群把桌上地下都看了个遍，他好像是第一次发现这个女孩子生活的简陋。再拿眼睛看那躺在床上的、小小的无助的身子，一阵强烈的爱怜涌上心头。可不就是个孩子吗?

李羊群走了，但是李羊群很快又回来了。李羊群不但回来了，而且带回了许多东西，大包小包吃的东西，甚至还从小店叫了一锅鸡汤。李羊群像个兄长，或者更像父亲般地把圆圆从床上拖起来。他说，吃吧！

圆圆的身子瑟瑟地抖。

李羊群说，吃吧，吃了就什么都好了！

圆圆吃了许多东西，又喝了好多汤。李羊群一直看着圆圆，她从头到尾都没有一点要哭的意思。李羊群还从来没有见过这个女孩的眼泪。

圆圆不哭，圆圆吃饱了恢复了体力，圆圆的脸色也变得红润润的了。圆圆说，李哥，我身子不干净，你要是不嫌弃你就把我要了。李羊群是结过婚的人，他哪能不知道轻重。就说，那哪成，圆圆？李羊群说，圆圆我可不是为了这个。李羊群的脸上竟然露出处子一般的羞涩。那天是圆圆硬要的，圆圆在灯光下脱净了自己的衣服，圆圆说，李哥你是怕我淡了你的运气？圆圆说到这里，李羊群就过不去了。李羊群看到女孩儿病恹恹的一副娇弱样儿，也确实比往日添了许多激情。圆圆不哭也不说话，可圆圆的身体紧紧地缠绕着身上的男人。圆圆突然发现，她这才是第一次从心理上与人交合，她所有的感官系统都无比地快乐着。

那天李羊群在圆圆那里待到很晚，他走的时候圆圆已经睡着了。圆圆第二天醒来，感觉自己的力气全回来了，昨晚的一切像是一个香甜的梦。圆圆看到桌子上放了几张大票，她拿起又放下了，第一次没再数男人给她的钱，心里却涌满了欢喜。李羊群是个好男人，是个难得的好男人呢。过去认识的所有的男人加在一起，或许都赶不上李羊群的一根小指头！圆圆是这样跟自己说的。

圆圆歇了两天就开始上班了，圆圆的情绪显而易见地更加愉快了，见到每一个人都笑得蜜糖一样甜腻。中间老曹又约了圆圆出去，圆圆刻意地温存了许多，圆圆的身体感觉也好起来。圆圆让老曹觉得，这姑娘是开了窍了。老曹那天给了圆圆比往日都要多的钱。老曹让圆圆觉得，老曹也确实是个不错的人！

圆圆送老曹走的时候，听到一个孩子在对面的大街上对什么人喊，笨蛋啊，礼拜六是圣诞节！

圣诞夜那天，李羊群约了圆圆出去。天非常地冷，人行道上积了很厚的雪。到什么地方去呢？圆圆想着这样的天气应该躲在屋子里，钻在被子里。李羊群却把圆圆带到一个叫“直觉”的酒吧里去了。“直觉”那个夜晚是疯掉了，摇滚与尖叫组合得声嘶力竭。圆圆想逃跑，她忍受不了那样的声音与热闹。圆圆突然看到边上坐的一个七十多岁的奶奶都在摇头晃脑。再看一会儿，发现那老太太的脑袋根本就稳不住，圆圆冲着李羊群乐了。圆圆不喝酒，但是酒吧里的热烈让她觉得口渴得厉害，圆圆把李羊群给她要的一瓶科罗那一口气喝掉了，圆圆发现自己同酒吧里的姑娘们一样渐渐变得兴奋起来。

圣诞节、酒吧，这在圆圆的词库里曾经都是多么洋气的字眼啊，圆圆越来越兴奋。李羊群惊讶地发现，这地方让圆圆变成了一只快乐的母鸽子，咕咕、咕咕不停地说，咯咯、咯咯不停地笑。

李羊群开始喝红酒，就给圆圆要杯红酒。李羊群后来改了洋酒，就给圆圆同样要一杯洋酒。李羊群不停地给服务生点钞票，李羊群根本不清楚自己喝了多少杯。

李羊群和圆圆从酒吧出来的时候已经是子夜时分，气温大概在零下二十摄氏度，北风像一头巨大的怪兽，一口就把两个人身上的热气吞没了。圆圆不由自主地把身子扑向身边的人。李羊群也极自然地与圆圆拥在一处。他们彼此把对方紧密地搂了，他们怕着那冷，更怕着那狂欢之后的黑暗与寂静。

李羊群说，我们回家吧！

圆圆说，我们回家啊！

圆圆是那年的圣诞夜住进李羊群家里去的。李羊群的家是他一个人的家，家对他来说意味着一所一百多平方米的睡觉的窝。圆圆觉得她能为李哥治理这个家，圆圆还不到二十岁，可是她自己觉得，她一点不比三十五岁的李羊群更显得幼稚。

圆圆从那天起，就再没有出来做事。

圆圆在李羊群的家里生活得很像一个小主妇，李羊群的家里是雇了钟点工的，一个月要给人好几百块钱。圆圆说，李哥，反正我在家闲着也是闲着，要不我们把工人给辞了？李羊群说，辞了？干吗呀，我可不是让你来当工人的！圆圆一直琢磨他这话里的意思，不是让我当工人，那是把我当什么人呢？如果没有他这句话，圆圆还没觉得有什么问题。有了他这句话，倒真成了一个问题了。关于这个问题，圆圆想了许多天，想得自己都有些不痛快了，干脆就不想了。

圆圆把李羊群的家打理得井井有条。李羊群除了睡觉别的时间常常不回家。圆圆倒是从来没提过意见，是李羊群自己觉得挺过意不去的。李羊群就改了习惯，过去礼拜六的日子他也是在外面过，现在改了，现在他回自己的家和圆圆在一起过。圆圆在平常的日子就懒散得很，圆圆每到礼拜六就忙起来，把自己重新收拾得妥妥帖帖，等了李羊群接她出去。李羊群常常把圆圆带去原来的地方，吃饭、喝茶、聊天。那个时候，圆圆就有些糊涂，觉得惊讶，日子是从前的日子。李羊群也分明与往日相同，往日在家里见了她并不太讲话，换到外面，就重新喋喋不休起来。不同的是，现在他们消遣完了就一起回家。一起回家去的时候，就都感觉得出他们之间还是有了变化的。

圆圆时时会想起那个大风雪的圣诞夜的情形，可是那样的情形再没发生过。

圆圆每日都在家里养着，一日比一日地懒散起来。什么都由工人做，连喂喂金鱼、浇浇花这样的活她都懒得做了。她睡睡觉，看看电视。有时一个人出去逛逛街，有时还出去洗洗桑拿，做做美容。曾经是她伺候人家，现在是人家伺候她。姑娘们赶着嘘寒问暖，巴结着脱去她的外套，称赞她又白了漂亮了，称赞她的衣服首饰好看。短短一年多的时间里，沧海已经变作桑田。圆圆开始穿上价格一件比一件更贵的衣服，本来就生得银盆大脸的饱满，两只肉耳垂厚厚地坠着。任谁家的女人还不都夸她是个有福气的命。

李羊群每月都会按时在一个抽屉里放些钱。圆圆不能把它们存起来，可那些钱足够她消费了。她花起钱来也不再吝惜，学了那些在商场里一泡就是半天的女人，买一大堆没有用的东西回来。无聊的时候，就把那些东西翻了又翻，设想一些用场，常常想到一半就丢开了。

这样的日子，也许正是圆圆梦寐以求的。但真过上这样的日子，她心里又空得像一座被废弃的仓库。其实圆圆并不曾遗憾她是不是少挣了多少钱。她要钱的目的又是什么呢？

李羊群是个好男人，李羊群从来都不曾承诺圆圆什么。可谁又能说，日子不会这样一直过下去呢？

圆圆想，等上两年，她一定要养一个李羊群的孩子出来。

圆圆从来都不是一个娇气的女孩，可有一阵子她突然觉得有了撒娇的欲望。快到圣诞节了，她要求李羊群带她出去过圣诞夜。圆圆现在也洋气起来了，她渴望刺激，喜欢起节日里甘醇的酒香。

李羊群连想都没想就答应了，因为圆圆几乎没跟他提过什么要求。

李羊群带了圆圆出去，他这次没有带她去“直觉”。他花了六百多元买了两张“小上海”度假村圣诞晚会的票。他想，既然出去了，就应该让人家开开心心地玩儿个够。

装扮成圣诞老人的门童给了他们两顶红色的尖帽子。圆圆穿了雪白的鸭绒棉袄，配了大红的帽子，一张粉脸红红白白的，像个瓷实的瓷器娃娃。所有的人都忍不住看她。就连李羊群都吃惊地发现，与自己生活了这么久的一个女孩，竟然美丽得这么陌生。有一刻，当他从旁边看她的时候，仿佛觉得根本就不认识她。

二人找了一位置坐下，立刻就有小姑娘过来推销她的玫瑰花和礼品。买花吧先生，送太太圣诞节礼物啊！李羊群随手就抽了一枝递给圆圆。圆圆的脸立刻就红了，迟疑了一下才羞涩地把那枝天鹅绒一样深玫红色的玫瑰放在胸前。那样的颜色衬了雪白的底子，就越发地娇艳无比。李羊群恍然悟到，圆圆并不是他的太太。可那又有什么关系呢，他们在一起是愉快的。

还会有什么事情比让人愉快更重要呢！

圆圆并不能知道李羊群的心里在想些什么，圆圆见他对着自己发呆，就带了温情地与他的目光对接到一处。不相识的在一边看，就觉得是极好的一对。

真好啊！他们在心里兀自感叹。

李羊群的朋友就是这个时候从外面进来的，总共有那么七八个，也许是十来个，圆圆那时哪里敢把心放平了数一数。

那群时髦的男男女女一看到李羊群就喊，哇塞，这么巧，早知道门票让老李请客了！

李羊群说我请酒水吧，你们就放开了喝。

那帮人几乎同时把目光打在圆圆身上。李羊群说，她叫圆圆，我的伙伴。圆圆的心总算放下了，她没有上过大学，可她知道伙伴是有多种含义的，可以是生意伙伴，可以是工作伙伴，当然，也可以是性伙伴。

那些人好像立马就把圆圆给忘了，他们在他们身边坐下来。他们相互打情骂俏，也说一些文化事儿，有时还夹杂了英语。李羊群给他们每人要了一杯威士忌，男女都一样。他们开始自在地饮自己的杯中物。女孩子戴了很酷的首饰，翘了兰花指擎着杯子。她们也抽烟，样子极为优雅，就那么光明正大地在男人堆里抽。圆圆的那些女伴也有抽烟的，可她们是在没有客人的时候，偷偷地抽，样子放荡而懒散。圆圆放松了一些，她因为不再被他们注意而放松。他们吐出的烟雾像一条河流，但她觉得自己被他们隔在了河的对岸。他们喝酒，圆圆就喝自己那瓶加柠檬的科罗那。女士们是那么地优越、放肆而又尊贵。她们有胖有瘦，有高有低，有黑有白。但她们无一例外地充满自信，而自信让她们漂亮和霸道。她们开心恣肆地说笑，她们是在自己的城市里啊！

她圆圆哪里能与他们这个圈子里的人打交道？圆圆是圆圆，圆圆永远都成不了她们中的任何一个！

圆圆是有自知之明的，坐一会儿就说要先走。圆圆说完走就拿眼睛去看李羊群的反应，李羊群这只羊好像回到自己的羊群就把圆圆给忘记了，刚才还精神头十足地盯她的那双眼睛，现在一下子散了。他这样的神态与这帮人在一起才是合辙押韵的。圆圆以为，李羊群不陪她一起走，至少会挽留她。李羊群那时候正忘情地和他们追忆起一桩往事，他仿佛忘记了自己的角色，他本是陪了她出来玩的。但他不想让任何人在这个时候穿插到他们的往事里。他头都没扭就挥了挥手说，那好吧圆圆，你先回吧！

圆圆出了门并不觉得冷，她想起去年的这个日子，自己偷偷笑了一笑。她感觉笑容在脸上有些涩，也许是皮肤有些干燥，紧紧的。

圆圆打了车回家，放了满满一浴盆热水，然后撒了精油和浴盐。她脱光了衣服钻进水里，一边听音乐一边让自己的身体在水里一点一点地滋润。圆圆从水面上看着自己匀称的身体，舒服地叹出一口长气。她原本就是该这样在家里待着的啊！

圆圆洗了一个透水澡，慢慢地在身上涂上浴后霜。她年轻的皮肤紧绷绷地发出瓷的光泽，也许还没必要这样精心养护。可冬天皮肤是会干燥的，做一点特别的护理，会让触摸到的手有一种丝绸般光滑的快感，李羊群就这样称赞过她。她想起了李羊群那双手。那双手在这个圣诞夜也许在她的身体之外游走着，在一大群城里人中间，张扬而又镇定。

圆圆换了睡衣，又到卫生间细心地把头发吹干。她在洗浴中心做的时候，往往是洗了澡倒头就睡，早上却发现掉了很多头发。现在圆圆已经很知道如何保养自己了。

圆圆很快就睡了，她睡得很香甜，一夜连梦都没有做。

圆圆第二天醒来的时候，太阳已经亮晃晃地从没有拉严的窗帘缝里射进来。因为身边没有人，她有一刻曾经迷惑自己身在何处。李羊群一夜没有回来。

圆圆起来把窗帘全部打开，一屋子亮晃晃的太阳让她顿时觉得心里干净得像一面镜子。太阳很新，日子亦十分尽如人意。

圆圆先喝了一小瓶依云矿泉水，象征性地做了几节柔体操。钟点工还没来。圆圆没有等，她用冰奶冲了一杯玉米片，在煮蛋器里放一个蛋，往烘烤机里放了两片面包。面包的香味瞬间覆盖了整个餐厅，圆圆吸了一下鼻子，她太爱这种烤面包的味儿了。圆圆仔细地给面包涂了黄油和蜂蜜，用四个指头夹了。她吃得非常认真，实际上她是在做营养和健美专家的功课。怎么样才能保持苗条，怎么样又能让营养均衡吸收。圆圆是个好学生，从她移植到城里的那天起，实际上她就逐渐适应了这里的土壤和气候。

圆圆吃了面包喝了奶，才脱了睡衣冲了淋浴，然后坐在化妆镜前给自己化妆。这是她每日的主要工作，哪怕是没有一个观众，哪怕她化了再洗去，她都觉得不能怠工。她今天占用的化妆时间可能比往常多一点，化得格外地细致。

圆圆穿了出门的衣服，她突然决定要去逛商场了。

圆圆走的时候，钟点工刘打来电话问中午买什么菜。圆圆说买一只土鸡，炖了做汤面。这是李羊群喜欢吃的饭，圆圆不能肯定李羊群中午会不会回来，但还是准备了的好。也许他会回来。

圆圆打车去了鸿虞，那是省城比较高档的品牌店了。已经有很久了，圆圆有事没事常常去转一转，也未必每次都真的买。圆圆其实是个买衣服非常挑剔的人，即便有李羊群付钱，不是十分理想的她都不肯将就。而且，她也未必是奔着那些名贵的牌子。圆圆清楚，她太年轻，有一些大牌子并不适合她。圆圆一连试了几个她平常喜欢的牌子。她喜欢有朝气的，喜欢那种重的色调，她还太鲜嫩，只有靠重才能压得住自己的轻。圆圆那天却是看上了宝姿的一套西洋红的羊毛格子套裙。她试的时候，突然想起了桃子的那件裙子。她立马脱了下来，说，有些俗气了。店主说，是刚刚上的货啊！圆圆看了一下店主，选了一件纯红色的长裙，说，包起来吧！看见店主笑了，圆圆很老到地用手比了一下说，老八五啊？店主说，我们最低九折！说完在计算器上按出一个数，就开始给她包衣服。圆圆最后用手摸了一下那料子，做结婚礼服倒也是可以的。

圆圆回到家已经差不多十二点了。李羊群依然没有回来。那女工都习惯了，圆圆洗了手，她已经把饭菜摆好。

圆圆吃了一碗面，又喝了大半碗土鸡汤。正午的阳光强烈地射进来，把满屋子弄得亮晃晃暖烘烘的。女工把屋子打扫得差不多纤尘不染了。这是个很负责任的女工，是个城里人呢！原来是个棉纺厂的工人，还当过省级劳模。圆圆问过的，说是现在下岗比当劳模挣得还多，工作也没有从前的累。女工才四十来岁，总是穿着极朴素的衣衫，头发松松地在脑后打个结。她来的时候总是像一张纸那样悄无声息地飘进来，脸色苍白，目中无人，几乎是不带任何情绪的。这样的女工，倒是让圆圆看出许多尊重来。我老了大约就是这个样子的。圆圆想。

圆圆吃了饭就进了卧室，女工到底不记得她给自己交代过什么没有。也许有，也许没有，她真的恍惚了。女工收拾干净，就关了门走了。

李羊群是晚间过了十一点后回家来的。他推开卧室的门，见圆圆穿了大红的衣裙，姿态安详地躺在床上，脸色艳丽，已经睡得十分安静。

李羊群是第二日的早晨才看出异常的，他再去看她的时候，觉得那情形怎么与昨晚没有任何两样？过去摸了，才知道是冰凉的。

李羊群昨晚竟然没有发现，圆圆的枕头旁边是摆着一只空掉的药瓶的。

后来那药瓶就一直摆放在李羊群家里最显眼的地方。

清点遗物的时候，李羊群翻出了一张身份证。圆圆原来是叫肖明惠。

李羊群在一段较长的时间里基本上把肖明惠的历史搞清楚了，现在只剩下一个问题始终纠缠着他，那就是，这个叫肖明惠的姑娘为什么要寻死呢?

《十月》，2004年第6期

北去的河

邵　丽

刚刚走到出站口，他就看到了那块牌子。牌子上工工整整地写着“刘春生”仨字。才看到这几个字的时候他愣了一下，仿佛不认得似的。当意识到这是自己的名字时，不免红了脸。不值得哩！我是个啥啊，竟然写这么大仨字？活了半辈子，自己的名字还真没有被人这样认真地写过。

堂弟秋生和女儿雪雁站在牌子下面等他。秋生过来亲热地接下他手里的东西。女儿只是低着眼睛瞅地下，害羞似的不敢看他，直到他把一个小包袱递给她，她才慌乱地看了一眼爹。

秋生打头，三人往外走。他在后面看见秋生穿的衣服跟平时回老家穿的不一样。新崭崭的，式样还好看。别人从城里回老家，都是打扮得跟新姑爷似的。秋生回来老是穿一件屎黄色的夹克衫，一条灰不拉几的裤子，很多年都没变过。那时他就想问问秋生，后来想想这事儿挺伤脸面的，就忍住了。

他带了三个大蛇皮袋子，秋生非要拿两个。他不让，自己拿了俩，秋生拎了一个，明显看出来秋生拎得很吃力。里面装的都是自家地里长出来的东西。一个袋子里装的花生，是大别山区特有的“小籽红”，皮薄肉厚，即使是最小的壳子里也都顶得满满的，像山里人一样厚实。这都是媳妇昨日刚刨的，天还没明透她就爬起来下地，连鸡鸭都忘了喂，惹得它们像一大群叫花子一样不依不饶地跟着，直到她把荷着的锄头顺下来砸过去，它们才悻悻地回了家。媳妇扛着花生从地里直接去了激流河，把花生洗好摊在石头上晾干，下半晌才回来。一个袋子里装的是莲藕，也是家乡的特产，谁给起了一个傻好听的名字：“三河白莲”。他们这个地方叫三河间，这三条河虽然都不大，可是走的路都不近，分别来自鄂豫皖三个省。他们门前这条向北流的河叫激流河。这里的莲藕也跟其他地方的不一样，洗好切开白生生的，可以当水果吃，既没渣也没丝。收白莲的季节，无论你到谁家里去串门，山里人都是端一盘子白莲出来待客，看着都让人心里水荡荡的。还有一个袋子里装的是野核桃，个头只有拇指肚那么大，砸开得用缝衣针挑着吃。这东西看着不起眼，但是特别养人。据说那时候徐海东和许世友他们在这一带打游击，腰里边缠着两个袋子，一个装子弹，一个装核桃。许世友许和尚说，子弹不能当核桃，娘的核桃能当子弹。据说他起急的时候，还真拿核桃把手下的一个犯错的连长砸了个狗趴。

说话间三人已经站在了一条扶梯前。他是在电视上认识这玩意儿的，上的时候他想着先用脚试一下，不过没容他停步，人流已经把他推上去了。他感到身子好像被人提起来，头蒙了一下，已经到了地面上。这才发现原来人是在地下的，那么火车站台也是在地下了？怎么没感觉到呢？他是大睁着眼，看着火车在周围高楼大厦的左搂右抱下进的站。他想问问秋生，可是秋生只顾忙着赶路，根本没有说话的工夫。秋生带他们来到一个停车场，他看到灯光下小汽车黑压压地停了一片，像霜打的棉花田，一眼望不到边。秋生找到一辆半新不旧的枣红车，把东西填在车屁股后头，过来招呼他们上车。

天已经黑了，北京的夜晚比白天还要明亮。坐在车上，秋生的话多了起来。他知道秋生的习惯，每次回家，他总是问长问短，从村东头唠到村西头，连刘二寡妇都不落下。秋生跟老家人亲啊！不过虽说是兄弟辈，可他比秋生大十几岁。秋生小时候，他常常背着他跑十几里山路去看电影。那时候秋生就爱跟他唠叨。后来他娶了媳妇，秋生上小学了，还常常窝在他们的炕窝里，早上起来小鸡鸡憋得跟拨火棍似的。媳妇老是逗他，说，秋生啊，你长大肯定比你哥尿得高！这是他们家乡的一句土话，谁尿得高就是谁出息大。果然，秋生一泡尿将自己冲到了北京，还折了人家一个京城姑娘。

到了家门口，秋生按门铃的时候他才同女儿雪雁对了一下目光。雪雁很快又把头低下去。门开了，秋生的媳妇脸上挂满了笑，喊了一声大哥赶紧往后撤，让他们进去。他一只脚刚刚踏进去，雪雁就在后面拽住他，让他把鞋脱了换拖鞋。他愣在那里，来的时候啥都想到了，全身上下都换了新的，就是没想到还有人看他的脚。他是汗脚，袜子和鞋都比人家费，袜子穿不了两水都得透底，所以每双袜子都被老婆打了补丁，哪能让人看！秋生看他迟疑，已经明白了，过来把他拉过去说，哪有这种规矩，来来来赶紧坐吧！他屁股刚挨着沙发，秋生媳妇已经把湿毛巾拿了过来。擦了手脸，一杯热茶又递到了手里。

喝了几口，他觉得不对头。看了看杯子里的茶，是秋生最爱喝的自己茶山上的茶，可是汤色不对，味道也不对。秋生看着他笑了，说，凑合着喝吧，这可不是咱山上的水泡出来的。他这才抬起头，打量了一下秋生的房子。客厅非常开阔，对面一整面墙都是书架，上面的书摆得满满当当的。秋生的媳妇在北京大学教书，没这一架子书怎么也说不过去。他坐的这个地方，是一圈沙发，中间摆着一个茶几，上面也摞着不少书。正对面是一台电视机，跟他们家的大小也差不多。屋子里看着齐整素净大方，像过日子的人家。他这边还没看完，那边秋生媳妇已经在厨房把饭菜准备停当，满满当当一大桌子，荤素稀稠搭配得甚是讲究。秋生拿过来一瓶茅台酒，是紫砂瓶装的，上面写着“15年”。他光听电视上说茅台酒一直在涨价，就问秋生：“听说茅台已经涨到六百多了？”秋生说：“哥放心喝吧，那是官价，我认识人，打了折没那么多。”他吸了口气说：“这喝了多可惜！”秋生嬉笑道：“人死了，酒还没喝完那才叫可惜。”俩人边吃边喝，秋生媳妇不停地往他碗里夹菜，一会儿就酒足饭饱了。

吃完饭，重新又回到客厅。他看看秋生和秋生媳妇，俩人都没有说正事的意思。他有点着急，他有一肚子的话要跟他们说。他想等雪雁收拾完东西过来，就把这事摊开。谁知雪雁过来刚刚在他旁边坐下，外面就有人敲门，雪雁赶紧拉着他往里面一个屋子走去。这边的门还没关上，那边的人就进来了，说：“刘司长，打扰……”后面半截话被女儿关在了门外。他吃了一惊，从来没听说过有“司长”这么个官，便小声问雪雁：“你叔是个司长？”雪雁把灯打开，朝他点点头。他又问：“司长有乡长官大没有？”雪雁说：“应该没有，我叔才领七八个人。”他心里落了一层霜，有点寒凉，还有点难过。想想兄弟混这些年，才跟个村委会主任差不多，怪不得每次回去都那么寒酸。

不过转念一想，毕竟秋生在首都人生地不熟的，手里能有七八个人使唤，也不至于被人欺负了，心里又松软一点。他边想边打量这间屋子，这一看又吃了一惊。挨着门的一面墙，垛得一堆一堆的，有烟酒饮料，还有各种花里胡哨说不上来的东西；对着门的一面墙是好几排衣架，上面密密麻麻地挂满了男男女女的服装，像服装店。他问雪雁这么多衣服是干啥用的。雪雁说，穿的。他在那一排一排的服装里，看到了秋生平时回家穿的那一套，心里咯噔一下，心想，莫非秋生回家去是装穷？仔细想想又不是，秋生可不小气。有一年回去，正赶上他盖房子，秋生偷偷地在他枕头底下塞了三千块钱。那时候这个钱可是个大数，农村人盖一栋最拽的房子也只是四五千块钱。又一年回去，赶上他买收割机，秋生二话不说又塞给他五千。秋生跟他的亲可是在骨头缝子里！所以秋生说让雪雁来帮他们照看家，他毫不犹豫答应了。别说雪雁在家闲着没事，就是正在上学，只要说是秋生用她，他也没有二话。雪雁这个孩子，脑袋瓜子不笨，学啥啥精，家里家外的活计她只要搭眼一看就能上手，拈针拿线，洗衣服做饭，样样让人看得起。可就是读书不成，一看书不是脑瓢子疼，就是打瞌睡，初中毕业就回家了。你说这跟着自己的叔叔在北京生活，是打着灯笼也难找的好事。而且秋生也说了，跟他们三五年，给她在北京安排个工作，再找个婆家，等他们老了也去北京。谁知人算不如天算，这眼看着好好的路子硬是不让走。他心里憋屈得简直像长满了铁藜草，不碰它它硌硬，碰它吧它疼。

正胡思乱想着，外面秋生喊他们出去。来人已经走了，重新坐下来，他的一肚子话又不知从何说起了。秋生说，哥，你累了吧？他说不累不累，一直坐在车上没动，咋会累？秋生说，你要是不累，我们俩出去走走。刚好我给你安排到隔壁的酒店住，咱俩走去那里吧！他连忙答应着，与弟媳告了别，又看了看雪雁，才跟着秋生走了出去。

北京的大街晚上也不安闲，跑反似的，满街筒子不是车就是人，真想不出半夜三更这些人出来溜达什么。秋生把手揽在他的肩上，他想起小时候带他去看电影的情节，心里有点热，也有点伤感。他说："秋生。"秋生说："哥。"他心里的热涌到了眼窝子里，那时候，秋生想趴在他肩膀上睡，他就这样喊他，怕他着凉。秋生也就这样答应着，嘴里的热气哈得他的脖颈子一热一凉的。转眼三十多年过去，什么都变了，可是秋生和他之间什么都没变，这个他心里透亮。

俩人又默默地走了一阵子，他还是把憋在心里的话说了出来。他说："秋生，雪雁的事，我跟你嫂子商量好了。她愿意也罢，不愿意也罢，反正是不能让她回去。我这次来就是要彻底截埋了她的妄想!”秋生说:“哥,女大不由人,孩子的事不能强迫。她执意回,就让她回。回去她觉得家好就待在家里。觉得家里不如这里,还让她回来。”他“切”了一声,然后重重地叹了口气,不过他的叹气声立即被这浩大而喧嚣的北京城给吸走了。秋生没听到。

刚到北京的时候,雪雁是真欢喜。每次打电话回去,都要跟她娘叨叨半天,在电话里领着她娘把个北京城踢腾个遍。可是过不多久,就开始闹情绪了,先是给娘诉苦,天太干,浑身像蛇蜕皮似的,一层一层往下掉。后来又说嗓子堵得难受,整天脖子像被人掐着喘不过气来。再后来,就直说了,想家,死活不在北京待了。她娘吓得不敢接她的电话,只要拿起话筒,嘴里就像噙个热芋头,嘟嘟哝哝的,光会说“小妹听话,小妹听话……”他躺在床上气得拿脚背踢她的屁股,说,你这老磨盘,东西都吃屁股上了?老婆把电话拿给他,他刚想骂几句狠话,可听到雪雁说:“妈,我什么都不要,就要你和我爸!就要咱们的家!”他的心一下子软得像个秋柿子,软塌塌的不成个形了。

后来还是秋生给他打电话,秋生说,哥,你来一趟吧,咱说说雪雁的事儿。

接下来的几天,秋生安排人陪他到各旅游景点看看,并特别交代让雪雁陪着。雪雁说都看过了，不想去。他知道女儿这是躲着他，不过自己哪有心思看风景热闹？像被绑架似的转了两天，什么都看不进去。又加上天天吃不下睡不香，热火攻心，嗓子冒烟满嘴燎泡，解一次大便跟生个恐龙蛋似的。后来他死活不看了，跟秋生说，赶紧把正事说说，他要赶回去。秋生问："什么正事？"他说："雪雁的事嘛！"秋生说："雪雁的事咱不是说过了？"他说："那不能算！"

晚上秋生和媳妇把他和雪雁带到一个正宗的徽菜馆子里，要了一个包间，点了几个特色菜，又打开了一瓶"15年"，说要给他送行。酒喝到一半，他扭头问雪雁："你到底是咋想的？"雪雁吃惊地看着他，说："我想什么？"他说："跟着你叔这事儿！"雪雁扭头看了一下秋生他们俩，说："我叔没跟你说？我在这里待到年底，等童童放了假送他姥姥家，我就回去。"他这才想起这次来没见到孩子，也没打问一句，心里暗自惭愧，便问秋生："怎么没让我看看孩子？"秋生媳妇接口说："孩子送幼儿园，周末才能接回来。大哥，秋生打电话请你来，不是让你来做雪雁工作的，是想让你来看看这边的情况，好让你放心孩子在这里没受委屈……"

秋生连忙打断媳妇的话："你这可是自己杜撰的。我让哥来说雪雁的事是个借口，我是想陪哥说说话。"

他瞪着雪雁，指着秋生和他媳妇问道：“这俩人是谁？”雪雁知道爹话里有话，迟疑了一下，低头嗫嚅道：“我叔。我婶子。”他把筷子唰地一下扔在桌子上，怒声道：“你还认得他们啊！他是你叔吗？你睁开眼看看他跟你爹有多大区别？”他突然哽咽起来，泪水夺眶而出：“虽然我没在跟前，我也知道他们会怎么待你！人不能没良心啊！你叔求我办过什么事儿？就让你跟随他们几天，你就受了天大的委屈？”

雪雁吓得扑在婶子的怀里哭起来。秋生赶忙把筷子捡起来递他手里，说：“哥，你错怪孩子了。”他仍然恨恨地瞪着雪雁：“我错怪她？这日子过得天天跟喝豆沫似的，她还想攀扯多高的枝子啊？”

秋生叹了口气，说：“哥，别说孩子，我都常常想啥都不干了，回咱们家种地去。在家里头过日子，快是个快，慢是个慢，心总有个落地的时候。哪像这里，天天急得跟赶黄昏集一样！”

他攥着筷子的手一直在发抖，一腔话语凝噎在喉头，捞摸不出半句来。他索性把头别向窗外，可是什么也看不见，只有屋子里几个人的影子映在窗玻璃上，像电压不稳时的电视屏幕。过了一会儿，秋生媳妇拉着雪雁站了起来，给他敬了一杯酒说：“大哥，你再跟孩子生气，就把秋生这次请你来的好意辜负了。秋生也常说，把雪雁留这儿就像把激流河里的鱼放在北京的鱼缸里，能养活吗?”

他是坐第二天晚上的火车走的。秋生和雪雁一直看着他过了进站口才走。他顺着台阶一级一级往下走，这才看清楚，不是站台在地下，而是整个车站都架在空中了。那么，那些大车小辆和成群的人，都是在上不着天下不着地的半空中行走了?这哪是个事儿嘛!

秋生给他买的是卧铺。他上了车倒头就睡，第二天早上醒来，火车已经驶进了大别山区。他在一个小站下了车，出了车站，从眼前的小山丘翻过去，再蹚过激流河就到家了。

秋毕竟深很了，激流河水也退得差不多了，留下一河床圆滚滚的石头埋在浅水里。他脱下鞋袜，把脚伸进河里，开始还有点凉，一会儿就适应了。他低头俯在水面上，痛痛快快地喝了个够，然后直起身子，深深地吸了口气。他觉得体内像打了个闪，有什么地方咔嚓一下，浑身像过电似的受用。突然之间他明白了，“家”并不是光指房子、床铺和锅灶，它是地土，是树木，是水，是气味儿。眼前漫山遍野的树、水、鸟、鱼，哪一样不是跟他熟混得像邻居一样?

他踩着卵石往前走，每走一步都要停一下。他停下的时候，一群小鱼崽儿就不管不顾地吻他的脚，麻酥酥的。卵石顶在脚心里的那种感觉，他说不上来，像生命，像死。他禁不住闭上眼睛，过了一会儿，他把腿提起来，脚已经泡得如一截白莲，竹篙似的滴着水。他又把脚猛地踩进水里，弄出很大的声音和水花。一只在岸边觅食的水鸟，吓得扑棱棱飞起来，一边飞一边扭头看他。他想起他的雪雁，这个让他越来越握不住的小毛丫头，有一天也会这样扑棱棱地飞走，禁不住摇了摇头，待水面清净了，才去寻探下一个落脚的卵石。

《光明日报》，2012年8月17日

天台上的父亲

邵　丽

一

也许是离开那个城市后我改变了信仰。其实也无所谓改不改变，一直以来我就没有坚定的信仰。妹妹一直说我迷信。我迷信了几十年，是从母亲那里传过来的。她是一个泛神论者，神灵附着在任何一个老旧的事物上。尤其是我父亲刚死的那段时间，她更加疑神疑鬼，即使是一根绳子，她都会端详半天，好像那上面写着神的启示似的。

我喜欢这个新来的城市的新区，它好像凭空多出来的这么一部分，虽然与老城区仅仅隔了一条快速通道，却是另外一个世界了。它的空气像是刚刚过滤过，有真正的青草、河滩和森林的气味。我喜欢在夜晚独自穿过由石条铺成的曲曲弯弯的人行步道，像踩过一排排钢琴键。在道路的尽头，有一家小食店，卖一种当地的小吃，生意相当好。有一次，我饿了，进去要了一碗面，竟然排了半天队。

小食店的老板娘是个厉害角色。那天跟在我后面进去的是个小姑娘，那姑娘抱着她的狗，一只咖啡色的泰迪。她刚刚进门，女老板尖厉的声音就叫了起来，让狗马上出去。女孩愣了一下，面色变得通红，抱着狗羞惭而去。

面吃到一半，我越想越不对头，竟然一点胃口都没了，推开碗走了出去。我自己也觉得奇怪，莫名其妙地生了气，也许是生那个女老板的气，也许是生那个抱狗的女孩的，也许是生自己的。反正是气鼓鼓地走了。父亲不在后，我的情绪在慢慢平复，已经不再那么焦躁、暴戾和善变。想起父亲在的时候，这个点他已经睡觉了。他就像一座时钟，到点该干什么就必须干什么，典型的强迫症。有一天傍晚，他看了一下表，到喝粥时间了。我母亲因为老家来了客人，耽误了一点时间。他气恼得把水杯都蹾碎了，弄得客人脸上红一阵白一阵的。

“过去他不这样啊！不是这样子啊！”我母亲老是跟我这样抱怨。过去他确实不这样，没退休之前，他是多么细心周全的一个人啊！每次下班进家门之前，老是听到他跟周围邻居打招呼的声音。虽然那声音低调、谦和得像讨好似的，但有一股感染人的韧劲儿，把我们的日子铺垫得绵密厚实。所谓岁月静好，就是那副模样吧。

某一天，一切都忽然起了变化。哦，对，开始时不是一切，只是有一些东西在起变化。退休之后，他的生活在慢慢缩小，像一个剩馒头，在变干，在缩水。他很少再走出屋外，即使晒太阳，也缩在阳台的藤沙发上。他频繁地看表，每小时必须听一次天气预报;《新闻联播》前五分钟，准时坐到客厅沙发上打开电视。

他为自己的一切都做上标记，好像该怎样生活，还得看看他插的路标。

那家小食店今天好像客人并不多。一个年轻姑娘坐在靠门的地方，一边看手机，一边吃着碗里的烩菜。那是一种掺杂着羊肉、白菜、炸豆腐丝和粉条的地方小吃，名字叫豆腐菜，这家店也是因为这个菜而出名。但我不大喜欢吃这个，我喜欢吃他们的羊肉汤面。

父亲过去爱吃羊肉，也爱吃豆腐。但他喜欢分开吃，不喜欢烩一起。他吃羊肉就是清水煮一下，然后捞出来，切成片，再用原汤冲成羊肉汤，里面什么调料都不放，原汁原味。豆腐也是，在水里煮一下，或者蒸一下，在小碟子里调一点料，就那样蘸着吃。

他退休的第一个国庆节，我们带他去郊区的农场玩儿，那里有个养殖场。他兴致勃勃地定了四只羊，说等春节的时候杀了吃。结果等到春节，我们带着他过去，他看到一群小羊羔追着母羊咩咩地跑，就心软了，不忍心让人家杀。

父亲死后，有一次我和妹妹趁假期带着孩子们到农场玩儿，路过养殖场，当她看到一群羊的时候，突然捂着嘴蹲在路边失声痛哭。我知道她想起了父亲，但我不知道该怎么安慰她。其实，很久以来，我们都无法安慰自己。刚刚过去的事情既像一个伤口，更像是到处游走的内伤，无从安抚。

二

我跟妹妹一起的时候，她几次都想努力回忆父亲跳楼的那个下午的一些细节，但不是很成功。不过，与其说是她忘记了，倒还不如说她宁愿自己忘记了。

在那之前，因为妹妹，也因为我，我已经从父母所在的城市搬迁到她生活的这个城市，两个城市相距一百四十三公里。这样，一来可以在她去照顾父亲的时候，我去照顾她的孩子；二来也是想逃脱那个逼仄的环境，出来透透气。守了父亲一年多时间，我几乎抑郁了。夜里莫名其妙地惊坐起，就再也睡不着了，整夜整夜地大睁着眼，大把大把地掉头发。开始我每天吃普通的安定，后来效果不好，就改用级别更高的，一直服用超过普通安定好多倍含量的药，据说那是正常人所能承受的极限。开药的医生反复对我说，你服药的时候一定要坐在床边，不然的话，可能吃完走不到床前就睡着了。但是这药对我没用，几乎没一点用，我还是彻夜失眠。即使浅睡片刻，稍微有一点声音，我便一身大汗，惊厥得心脏好像要跳出来。

刚好闺蜜给我打电话，让我帮她运作一个项目。也刚好，她在妹妹所在的这个城市。我毫不迟疑，一口便答应了。我觉得那是生活对我关闭所有大门、在我走投无路之际，上帝给我打开的另一扇窗户。我必须猱身而上。

可是，当我面对妹妹，当她一遍又一遍地回忆那些细节的时候，我觉得，我就像赤脚踏在一团棉花上，或者是一团云上。我们一直漫无目的地往前走，根本看不清楚眼前脚下的一切。

那个下午，那个燠热难耐的下午，到底发生了什么？按照妹妹的叙述，我仔细拼贴并努力还原那天发生的事情。妹妹说，那天本来该哥哥过来替换她看守父亲。母亲一早就买好了荠菜，给哥哥包他喜欢吃的荠菜馅饺子。包好饺子，十一点多了，又等了好大一会儿哥哥才来。他过来刚刚坐下不久，电话就追了过来，是嫂子的电话。两个人乒乒乓乓在电话里吵了起来，母亲的笑脸不见了，一会儿愁得眼看要拧出水来。妹妹朝哥哥打个手势，意思是让他小声一点。哥哥气得摆了摆手，说，不吃了！甩上门就走了。

她再打他电话，要么占线，要么无人接听。

妹妹和父母亲按时吃午饭。吃过午饭，按照惯例，看守父亲的人中午都要小憩一会儿。母亲中午不习惯午睡，由她来照看父亲。

本来妹妹已经回房间休息了，但是她好像听到了异常的响动，像是父亲窸窸窣窣的脚步声。她不放心，起来到父亲的房间，看到父亲和衣躺在床上，面朝里，好像睡得很熟的样子。于是她便回到自己的房间睡下了。她睡了不到半个小时就起来了，觉得屋子里静得怕人，她先走到母亲的房间。母亲像往常一样，安静地坐在那里，在翻看一本旧书。她问，我爸呢？母亲愣了一下，用手指了指父亲的房间。

妹妹走到父亲的房间，看到房间里空空如也。父亲不在房间。她觉得事情不妙，还没等她回过神来，家里的座机铃声大作。有人打电话报信说，父亲从我们小区西面人民会堂的天台上跳下来了——我父亲的一个下属在人民会堂前的广场散步，抬头看见楼顶上站着个人，像是我父亲。他心里嘀咕着，他爬那么老高是干吗呢？正在犹豫着要不要给我父亲招手打个招呼，就看见他往前一倾，好像有人从后面踹了他一脚，随后便如一只笨鸟般飞了下来。

三

父亲跳楼那天，我正在外面参加一个开业剪彩。剪完彩，又参加午宴。等整个活动结束，我看到几十个未接来电，主要是我哥哥和妹妹打来的。我心头一紧，想着家里肯定出了什么事儿，就赶紧给我妹妹打过去。妹妹说，你赶紧回来，父亲跳楼了！

当时我好像被什么撞击了一下，脑子里一片空白，真说不清楚自己是什么心情，说是震惊或者悲伤吧，还真不是。说是轻松？也不完全是，反正就像是跑完马拉松，那种既松懈又虚脱的感觉。

莫名其妙地，想起周作人写的一件事，当他听到自己心心念念的初恋杨三姑娘患霍乱死了之后，“似乎很是安静，仿佛心里有一块大石头已经放下了”。

对，仿佛就是这种感觉。

在此之前，很久很久，我把自己沉到烦琐的事务中，我必须把自己变成另外一个人，才能保持自己。这话听着拗口，其实就是那么回事儿。

刚好上面说到的我的一个闺蜜，她老公是搞房地产开发的，在郊外盖了一片市场，专门给她辟出一栋楼，让她按照自己的喜爱随便折腾。她不知怎么迷上了城市生活空间美学，决计玩儿这个。不过这玩意儿是什么东西，我们都说不清楚，可能就是因为说不清楚，大家都很兴奋。马不停蹄地跑到北上广深，还有成都，去看人家怎么做的。还天天到网上收集资料，一副煞有介事的样子。那些新鲜的、好像从生活中刚刚长出来的话语天天挂在嘴边，什么场景式空间呈现及场景革命营销手段，什么长期积淀所产生的生活方式，什么家具、艺术品和主人的关系。其实说穿了，在这些富丽堂皇的话语下面，不过还是卖楼、卖家具、卖茶，只是把庸俗的赚钱套上华丽的美学空间外衣而已。

管他呢，我需要的，无非就是忙活，别停下来就行。

我的这个朋友，人家就是活得明白，按她的话说，什么时候活糊涂了，也就活明白了。她就是一个糊涂得说不清楚的人，说不清楚她天天在干什么，也说不清楚她喜欢什么。一会儿在东区学古筝，一会儿又在茶城听茶艺课，再过一会儿，跟着人家给流浪狗流浪猫搞慈善。

不管怎么说，在一个新的地方，我需要一份工作，刚好也有工作需要我。我要把自己深深地埋在工作里。我必须逃离某些东西，达到某种新的平衡，可以让我自由自在地呼吸、欢笑或者静思，这才能让我们所有人都轻松，包括我周围的朋友，包括我的家人。这样子看起来，生活并没有变化，还保留着完整的样子，我不亏欠任何人，任何人也不亏欠我。

但是那天下午妹妹的那个电话，让这一切戛然而止。我匆匆结束了活动，没有参加他们的茶聚，同时也推掉了一系列类似的活动。一直到坐在回去的车上，我才感觉到我与父亲的各种联系，不是因为他的死而中断了，而是相反，像突然通了电似的，那些生动的场景、杂沓的细节，纷纷扰扰地来到我面前。但我明白，那已经于事无补，就像我们曾经被父亲遗忘的那些岁月，疼痛，寂寞，空虚，还有恐惧。但所有这些事情，在过去多年之后，就只剩下一片碎玻璃般扎痛的感觉了。

四

父亲死后，有很长一段时间我跟妹妹探讨我们和父亲在一起的细节。我觉得那时候她还小，不会记得那些事情。哥哥记得，他又不参与我们的讨论。

在我们很小的时候，那时候我八岁，我妹妹只有三岁多一点。父亲在县委武装部工作，后来因为什么问题，他被下放到一个偏远的部队外营地，后来，母亲也跟着过去了。他们就把我们兄妹三个寄养在乡下，我外公外婆那里。

那时候哥哥十一岁，比我大三岁，我们都没有独立生活的能力。外公外婆有好几个孩子，他们的好几个孩子又各自有好几个孩子，都丢给他们照看。这些孩子年龄也跟我们差不多。那时候正是经济困难时期，生活条件极差。吃饭的时候我们不会抢，只有等着他们吃完，才能轮到我们。饭要么不够吃，要么已经凉了。外婆每天睁开眼睛就忙，但还是照顾不过来，等想到我们的时候，她已经累得话都说不出来了。有时候，她会把我妹妹揽在怀里，还没等她说话，妹妹已经睡着了，有时候是饿睡着的。

外公为了贴补家用，有时候出去打鱼，有时候出去干个手工活，每天都是很晚才回到家里。他回来的时候，一般我们都睡了。有一次他回来早了，就坐在门口抽烟。等到很晚很晚，其他的孩子都走了，他从怀里拿出三块烤红薯，给我们三个每人一块，那红薯还带着他的体温。我们三个狼吞虎咽，还没品出来味道就没有了。

其间母亲来过几次。她骑着自行车，从几十里外赶来，浑身冒着热气。每次她都陪我们吃完晚饭，待我们都睡着了才走。父亲一次都没来过，母亲没说过他，我们也不敢问。有关他的消息，我们一点也不知道。

我们是有父亲的孩子，这一点在当时、当地非常重要。可是，我们的父亲呢？有一次哥哥跟我说他觉得爸爸肯定是被抓走了，不然的话，不可能从不回来看我们，也不让妈妈告诉我们他的消息。我吓得立马哭了起来。哥哥不知道怎么结束那个场面，自己也吓得哭起来。但是没人问我们一句为什么，可能大人都有各自的烦恼，那烦恼比我们更甚。

那是寒冷的冬天，晚上外婆也许看到我脸上已经风干的泪痕，泪水流淌过的地方，是皴裂的。她用粗糙的拇指，给我抹了半天。

其实这些东西，现在看来可能并没什么——事实上也没有什么。过去我也曾和哥哥说起过。说起这些事情，哥哥总是一副茫然的表情，要么沉默，要么就是深深地叹气，牙疼似的。跟我一样，他也不会跟父亲交流。或者怎么说呢，经历过那样的童年，我们都学会了沉默，很多埋在心里的东西，都不愿意拿出来，好像这是我们在那场磨难里，得到的唯一一样值得珍惜的东西。

其实仔细想想，在那样的时代，又是那样的环境，我们是父亲为数不多可以忽略的人吧。除了自己的亲人，父亲必须对所有人、所有事情小心翼翼。而作为他的孩子，即使被忽略，也真的没什么，那些小小的伤害，绝对不是让我们与父亲隔阂的唯一原因。它也许就像挂在我脸上被风皴裂的泪痕一样，用手指轻轻一抹，就平展了。

很多年里，父亲没有给我们谈论过曾经发生的那段历史，也从没跟我们解释过什么，一次都没有。我们也从来没有主动问起过，更不可能给他说起我们当时的感受。好像我们没有共同的历史。还有一种可能是，我们都刻意回避着那段历史。也许在父亲看来，如果他说起这些，我们会把已经忘记的东西再一点一点捡回来。然后，怎么说呢，对他会有一次结算，那是他作为一家之尊所不能接受的。而对于我们来说，更害怕的是提起这样的事情时，被父亲淡淡地打发，让我们受第二次伤害。

再后来，到他退下来之后，是不是还想说这些已不得而知，但即使想说也已经晚了。我觉得，已经晚了的意思是，他没必要说，我们也没必要听了。我们空旷、寂寞，曾经被浓烈的遗弃感伤害的心灵，已经被许多新的东西填满了。生活就是这样，从房子到心灵，都会逐一被各种各样的物事填满，直到有一天，需要重新清理为止——在清理父亲房间的时候，这样的想法一次一次拍打着我。

也许，作为一个父亲，他生养了我们，本来就不该追问对得起还是对不起的问题。但这不是全部，好像缺了什么，有什么被某种东西隔膜着，就像隔着一层脏玻璃。只是我们和父亲之间，这种隔膜，再也不可能擦干净了。

五

妹妹曾经不止一次地说，想不到父亲会自杀，他没有任何自杀的理由啊！是啊，确实没有理由。他这一辈子，不管怎么对母亲，母亲对他始终忠心耿耿，一直到他死，一直到他死后，她做到了一个妻子该做的一切；我们兄妹几个，虽然各自生活都有不如意的地方，但算总账，还是过得去的，至少没有人成为他的负累。唯一可以解释的理由是，不是跟我们的隔阂，而是他跟这个时代和解不了，他跟自己和解不了。曾几何时，他是那样风光。但他的风光是附着在他的工作上，脱离开工作，怎么说呢，他就像一只脱毛的鸡。他像从习惯的生命链条上突然滑落了，找不到自己，也找不到可以依赖的别人。除了死，他没有更好的解决办法。

并不是妹妹最早发现父亲想自杀，而是母亲发现的。妹妹生性敏感，按她自己的话说，直觉大于理性。医学院毕业后，她分到一家医院的后勤部门，后来不甘寂寞，跳槽到一家咨询公司做人力资源管理。实际上两个单位的活儿差不多，但是她觉得在后来这个部门自在，自主性大，有成就感。

有次她跟妹夫一起回来看父亲。过去看见他们回来，父亲都高高兴兴地去买菜，饭前总要把酒打开，先和女婿喝一阵子。可是那天父亲沉默寡言，一直到吃饭都没怎么说话。

那天回去的路上，妹夫闷闷不乐。妹妹说，父亲今天的情绪不是因为我们，而是因为他自己，肯定是他自己出了问题。后来妹妹为此多次回来，她发现父亲精神低迷，而且有一种死亡的气息笼罩着他。莫非他想自杀吗？她把她的看法跟母亲说了。还没说完，母亲就捂着脸哭了起来，母亲说，她早就知道这事儿，是因为她时时处处看得紧，父亲才没机会得手。

“那你怎么不告诉姐姐?”妹妹伤心地问。

母亲说，你姐姐离婚之后，就没看见她有过笑脸。她自己带一个孩子已经够难的了，现在那孩子又非常叛逆，就不让提她爸爸的事儿，只要一说起，就发飙，把你姐姐也快逼疯了！

说起来真有点悲哀：是父亲想自杀这事儿，让我们一家人又重新聚集起来，我们分散在三个城市，几乎很少团圆。我们都结婚成家后，每年也就交叉着见那么几次，春节或者中秋节，或者其他什么事由，反正很少有为了见面而见面的。为了见面而见面，我印象中好像只有一次，就是父亲过六十大寿那一次。

六十大寿，六十岁。对于我父亲来说，真的算是大寿了。他死那一年，还未满六十四。给他过寿那一天，母亲私下里说，有人给你爸看相，说他活不过六十三。事后想，如果按周岁算，可不就是嘛！可是母亲说的时候，我们都笑。那时父亲是多么沉稳、健康啊。可能他还没意识到退休对他意味着什么，我们也盼望着他早早退下来颐养天年，可以轮流到每个孩子那里小住。

当时我们只能被迫轮流陪他了。按照母亲的安排，我、小妹，还有哥哥，要轮流看守父亲，防止他自杀。也就是说，父亲想自杀这事儿，已经不是什么秘密了。

我还好说，自从离婚后，虽然没跟父母住在一起，但基本天天回家吃饭，而且我还算是个自由职业者，时间可以自己掌握。原来我想着我一个人看着父亲就行，但是几天跟下来，我就支撑不住了。一个人要想严防死守另外一个人，实在是太难了。有一次我去洗手间久了一点，他已经开门走了出去。母亲在厨房做饭没发现。我头皮都是紧的，赶紧出门往楼上追。好险！好在我们提前把通往楼顶的小门锁住了，他正站在那里发呆。我拉着他的袖子往回走，我相信他能感觉出来我的手心像水洗的一样。

而母亲这样的决定，苦了我的哥哥和妹妹。他们都在别的城市住，虽然开车都不超过两个小时，但毕竟是各自一家人，家家都有本难念的经。哥哥的婚姻也朝不保夕，跟嫂子已经分居好几年了。两个人同在一个屋顶下，却形同陌路，很难说上一句话。只要一说话，双方就火力全开，闹得天昏地暗。

妹妹的小家庭还不错，妹夫在一家上市公司当财务总监，虽然忙一点，收入很可观。只是妹妹的孩子刚刚上小学，离不开她。自从她回来值班看守父亲，孩子的学习成绩就每况愈下。有一次她接完老师的电话，半天没说话。在我的反复追问下，她才告诉我，孩子在学校打了别的孩子。老师让他喊妈妈到学校去，他告诉老师，妈妈出车祸了。老师问，你爸爸呢？他说，他们一起出的车祸！

“这么恶毒的话，他是怎么编派出来的啊？”妹妹泣不成声。

有一次，父亲当局长时候的办公室主任来看他。他带了几个凉拌菜，还带了一瓶老酒。过去父亲爱喝两口儿，可是那天俩人坐在屋子里抽了一下午烟，父亲没动一下筷子，也没喝酒。

办公室主任走的时候，我去送他。我们是上下届同学，他跟我哥哥是好友，我跟他妹妹是好友。我们在一起情同手足，无话不谈。那天我把他一直送到小区后面的河堤上，临分手的时候，他站下来看着我说：“你们打算怎么办？”

我扭脸看着远处，长叹了一口气，无话可说。没人知道该怎么办。

“这样子拖下去，谁都受不了，也终究不是解决问题的办法，最终会把一家人都拖垮。”他的眼里突然涌出泪水来。他跟了我父亲十几年，两人有父子般的感情，“你想想有用吗？你帮一个想活的人，可能还真有不少办法；但是，一个人如果想死，你没办法，一点办法都没有！”

六

父亲葬礼前我们家来了不少人——我觉得比葬礼那天来的人还多。他们是我父亲曾经的领导、同事、同学、同乡、下属……还有我们家多得数不过来的远亲近邻。在他们的惋惜、褒扬和悲伤里，我觉得父亲不是越来越清晰，而是越来越模糊。我真实的父亲，到底是什么样子？

父亲还上班的时候，有一次办公室主任跟我开玩笑，说与其说他是你父亲，还不如说是我父亲；他跟我在一起的时间肯定比跟你多。

这不是玩笑。这话说得一点都没错。我小的时候，父亲大部分时间在乡下，一年也见不了几次面。等他回城，我上大学去了。我大学毕业参加工作后，他基本上整天待在单位，真是以单位为家。市里干部们说，他是一个最爱开会的人。有人取笑他，说市政府一个灭鼠文件，他也得召开会议层层传达，并且让参加会议的人都表态，记录在案。

最经典的一个例子是，有一次他开会传达上级的表彰文件。开到夜里一点多，有人实在坚持不住，他终于发了善心，说实在困得很的同志，可以趴会议桌上睡一会儿。

的确如此，他退休的时候从他办公室拉回来了整整一后备厢笔记本。几乎他每天的工作、生活甚至是思想，都记录在笔记本上。有一次市政府安排的一项重点工作出了漏子，分管的副市长带着工作组到他们单位开会，说是要追查责任。他翻出两年前的笔记本，念给工作组听：当时是谁主持开的会，谁谁谁在哪里坐，几点几分都是谁发的言，都说了什么，一清二楚。笔记本证明那项工作完全是按照副市长的安排进行的。副市长当时被弄得很下不来台，说，老张，今后我们都不敢跟你打交道了，什么你都有记录啊？

是的，什么他都有记录。记录挽救了父亲，那件事情最后不了了之。

他去世后，我们收拾他的遗物。我在他的笔记本上赫然发现，他有一次跟我母亲一起去我外婆家，竟然详细记录着那天发生的所有事情。“今天陪月娥（我母亲）回家看她父母。十点零七分到家。父母在，二弟三弟在。大弟去西安。饭后，两点四十五分，三弟说了两件事情，第一……”

我拿着他的笔记本给母亲看。哪知母亲只淡淡地笑笑，说，这事儿她一直都知道。

“你爷爷当年就是因为爱多说话被打成右派的，年轻的时候，你爸也因为乱放炮被整下乡，吃了半辈子苦头儿。他也得学会保护自己嘛！”

七

哥哥总觉得父亲的死跟他有关。每次他说起这个问题，总是絮絮叨叨地说个没完：要是那天家里没生气，要是他不急着赶回去，要是……妹妹跟我说，哥哥本来就神经质，千万别跟他讨论这些问题了，否则他会抑郁。

其实不用妹妹提醒我也明白，每次跟哥哥在一起，我都刻意回避这个问题。他和父亲之间的感情，远远比我们复杂，但又是一笔糊涂账。我也知道他这么多年是怎么挣扎着走过来的。他的婚姻是父亲指定的，嫂子的父亲跟我父亲是抗美援朝时期的战友，转业之后也分到了同一个地方。她父亲也够惨的，在冰天雪地的朝鲜战场上喝了一个多月生水，回国后一直肚子疼。到医院检查一下，说是直肠癌。把肠子切了之后化验，发现切错了，只是一般的炎症。好不容易身体恢复了，几年之后又发现患了胃癌，年纪轻轻就离开了人世。父亲和他的那些战友，就把抚养孤儿寡母当成自己的责任，那个时候他就决定，让大我哥哥三岁的战友的女儿将来做他的儿媳。

从结婚第一天起，俩人就吵架。据说结婚当天晚上，俩人闹得把结婚证都撕了。

在婚姻这件事上，尽管哥哥从来没有原谅过父亲，但也从来没有抱怨过他。像所有事情一样，因为是父亲做的，这事儿便没有了对错。

父亲死后，哥哥每次回家都坐在他的房间里，半天也不出来。他总是望着我们俩和父亲的一张合照出神。拍这张照片的时候，哥哥上大三，我刚刚接到大学录取通知书。我们爷儿仨就站在院子里的一棵枣树前拍了一张照片。父亲说，爷爷心心念念的，就是耕读传家。现在无地可耕，但是家里出了两个大学生，也算是给了爷爷一个交代。

照片上，父亲的身体明显向哥哥那边倾斜。一九五二年，他们的部队在朝鲜战场上中了一发炮弹，他的大腿骨粉碎性骨折，手术后一直没有恢复，里面还打着一个钢钉。另外，还有一个弹片离心脏只差不到两厘米，没有让他的骨灰撒在三千里锦绣江山。后来他作为伤残军人荣归故里，在县上当了武装部长。

照相的人本来想让父亲坐在那里，但被他严词拒绝了。即使倾斜着身子，他也要稳稳地站着。

安葬了父亲之后，哥哥专门去重新洗印放大了这张照片，并郑重地放在父亲生前用的书桌上。那天他看着这张照片跟我说：“爸再也不用走路了！”

我默然无言。妹妹说得好，只要哥哥说起父亲的事儿，我们一律不接茬。他说上一阵子就过去了。

可是有一次，他把自己灌醉了，把我和妹妹堵在屋子里发酒疯。他先指责我，说我离开这个家到妹妹那个城市去，完全是因为想逃避，不想承担责任。然后他又指责妹妹，说她是老公的家奴，天天把孩子圈在自己身边，完全被自己的小家给绑架了。

“你们一个比一个自私！”

说完之后，他突然抱着头，蹲在门口失声痛哭，说：“是我杀死了父亲！是我们联手杀死了父亲！刚开始的时候我们爱父亲，心疼父亲，害怕他死。可是时间长了，我们还有耐心吗？我们每个人，都只关心自己，可是，父亲呢？谁管？谁管？”

我坐着没动，我觉得他是借酒发疯。他说的不是醉话。可是妹妹受不了这些话，妹妹过去拍他的头，他把妹妹推开了。

他哭得像一个摔痛的小孩子。

“我们每个人都觉得自己的事儿比父亲自杀这件事儿大。有一次跟你嫂子生气，我就想赶在父亲之前自杀！那个时候我恨死父亲了，我就想，你怎么还不死啊！”

“哥！你太过分了！”我怒不可遏。

他低头痛哭，一句话都没再说。

哥哥的精神已经崩溃了。

回头想想，哥哥说的不是没有一点道理。我离开此地的目的，虽然未必完全是为了自己，但自己的因素占了大半。后来在陪伴父亲的过程中，我的情绪也已经失控了。有时候会低落到极点，自己关在屋子里一天不出门，不吃也不喝；有时候电话铃声就会让我心惊肉跳；有时候又暴躁欲狂，动不动就想发脾气，弄得我母亲都是小心翼翼地看着我的脸色说话。

父亲也一样，他也把自己关在屋子里，只是让门留个缝儿。那个房间虽然比我的大一些，但是窗户被防盗窗护得严严实实。屋子里一切可以伤害身体的东西都被清理得干干净净。

他与我们，自己的老婆孩子，变成了一种敌对关系。我们防备着他，他也防备着我们。我们进行着势不两立的攻防战，真说不清楚是爱还是恨。

不久前，我的一个闺蜜过来，说起她的父亲。说起她父亲死后，她收拾父亲的遗物，看到父亲完整地保存着她成长过程中的一切，突然失声痛哭。我坐在她面前，不知道该怎么安慰她。我对那样的父女感情很陌生。但是不久，我也哭了起来，想起父亲纵身一跃的那一刻，那么寒冷，那么坚定，又是那么绝望。于是，我真的哭了起来，比她哭得还伤心。

莫非，真的是我们杀死了父亲？

这句话，不过是借哥哥的口说出来罢了。我记得在父亲的葬礼上，我们互相回避着，不敢看对方的眼睛。

八

母亲这一辈子，至少在儿女们看来，从来对父亲唯命是从，她努力放低身段来成全父亲。其实母亲也算一个知识女性，她是当时县女中的高才生。自从嫁给父亲，尤其是有了我们几个之后，她就把自己深深埋在家庭生活里，而且乐此不疲。她放弃了很多进步和晋升的机会，安心做一个家庭妇女，父亲到哪里她就跟到哪里，无怨无悔。

但是我们觉得，父亲对母亲虽然说不上不好，但也说不上好。工作上的事情、他遭受的委屈、和同事的关系……他从来不说与母亲听。开始的时候，母亲还问，还打听。父亲总是像没听到一样，沉默以对。后来母亲就不再问了。

在家里，他们也像同事关系，说话客客气气的，但是缺乏烟火气。他们一辈子都没吵过嘴，我也从没有看到过他们闹什么别扭。作为后人，怎么用现代眼光去理解他们的关系呢？可能这根本就不叫爱情，也许还可以说，这就是最好的爱情。毕竟他们相互陪伴着，走了一辈子。

还有父亲的笔记本，我觉得那是他人生的备份，虽然我只简单地翻了翻，看了没几页。如果认真地翻下去，我相信他和我母亲的一切，都会记录在笔记本上。也就是说，他们的婚姻生活会有记录，一旦发生变故，他就能向组织上交代清楚。想想这些，真让人有说不出的难受。他与母亲谈心、交合、探亲……我无法想象，一个人既活在现实中，还要活在发黄的纸上。

只是在父亲想自杀的事情发生之后，母亲对父亲的态度逐渐有了变化。在夫妻和家庭关系中，她慢慢找到了自己，就像一张洗印的照片，她在其中慢慢地显影。

她悄悄地掌握了主动权，对于母亲来说，这无异于一场革命，或者是政变。

有一段时间，父亲患了支气管炎，我和母亲每天陪他去医院输液。有天下午，天气晴好，输完液之后，我没有按惯例走大路回家，而是开车绕到河堤上。从那里回我家虽然绕远了一点儿，但是人少，环境也好。

刚到河堤上的时候，父亲像往常一样表情平淡，木然地看着车窗外。走到河堤中间的广场边，他突然咦了一声，用手指点着窗外。母亲说，把车停一下吧。原来他是看到了自己的一个老战友，正在广场上散步。等我们把车子停好，走到广场上的时候，父亲的那个战友已经走到树丛后面看不到了。但我们没有停下，也没有折转头往回走，而是沿着河堤一直向前，这也是母亲的意见。父亲一声不吭地夹在我和母亲之间，走了很久很久，直到他开始大口喘气，我们才在路边停了下来。

父亲又喘了一阵才慢慢平息下来。他跟我母亲说，让她跟老周——就是刚才散步那个人，他也来我家看过几次父亲——联系一下，他想和他一起，去北方看看几个战友。

“好啊，”母亲热情地鼓励道，“我跟你一起去。”

“我想自己去！”父亲眼里突然现出热切的目光，那目光到现在我还记得，是一种强烈的生的光芒，像电弧光。

“让我自己去吧！”父亲的声音几乎是在乞求了。

“不！”母亲坚决地摇摇头。

父亲把目光转向我。我也坚定地摇了摇头。

那种光，突然像断电了一样，在父亲的眼睛里熄灭了。

九

“你爸什么都没跟你说过？”母亲问，“我怎么不相信哪！”

哥哥一脸迷茫地抬起头看着母亲，然后又低了下去。

“你也别想不开。其实你爸自杀那一天，我什么都知道。你们想想，我怎么可能不知道呢？”

我打了一个激灵，起了一身鸡皮疙瘩，感觉父亲回来了，正坐在我们中间。哥哥也诧异地抬起头来。我和他对视了一眼，看到了他眼睛里闪着的某种光亮，让我突然想起我们被寄养在外婆家，他说父亲被抓时的情景。不过只是在心里一闪而过，冰凉而疼痛。

一时间我们都沉默了，谁都不知道该怎么接母亲的话，只是看着留给父亲的那把空椅子发呆。月上中天，突然感觉天气有点凉了，也许是气氛有点凉，我站起来给母亲披上一件衣服。

母亲对我说：“你把阳台上的灯打开。”

我开了灯，回头看见母亲拿出一个小布包摆在桌子上，示意哥哥打开它。哥哥把它展开，里面是一个弹片，磨得明晃晃的，铜已经变成了暗红色。

“这个东西，卡在离你爸心脏一指多远的地方，再往里挪一点他就没命了。”母亲用指头在心脏处比画着，然后把弹片对着灯光看了半天，好像它透明似的。过了一会儿，她把哥哥的手拉过来，把弹片放在哥哥的手里，“过去咱们家最难的时候，每当我想不开，你爸就把它拿出来搁在我手里，说，看看这个，还有什么想不开的？虽然最后他还是没想开，但是他让我想开了。要不是这，我真活不过来，哪还能把你们几个养大？”

哥哥拿着弹片，也朝着灯光照了照，脸上现出很复杂的神情。

“他去死，我怎么会不知道呢？”母亲又把话头转了回来，“他出去的时候，我看到了，想站起来。他就站那里狠狠地瞪着我，严厉地制止我。他知道我这一辈子都不敢违背他。不过，那时我也横下一条心，心想，只管让他走吧，看到底会怎样!”

一片静寂。我们的心都提到了嗓子眼儿。

“结果，他真死了。”母亲好像沉迷其中，脸上平静得像说别人的一桩旧事，“死了就死了吧，谁不死呢？所以我觉得我对得起他。这也是我最后一次成全他，最后一次按他的意见办。”

我努力克制着自己，直到一波又一波强烈的情绪过去。我知道，今天即使母亲这样说，我们也不会这样去想，至少我不会。我们知道母亲对父亲的忠诚和爱，而且，我宁愿相信她这样说只是为了安慰哥哥，她不想让我们家的最后一个男人，再爬上天台。

事情只有这样想，对生者和死者，才是最好的安慰。

的确如此。也不过如此。

《收获》，2019年第3期

作家创作谈

我所理解的写作及其他

邵　丽

现在的写作，正进入一个比较复杂的现场。一方面，自媒体的出现，让作品发表更加容易；另一方面，由于泥沙俱下海量的信息，使好作品变得越来越难被发现，因此也让很多作者更加焦躁不安。

如果单从技术上看，由于开放所带来的各种新的观念和技巧，正在深深地影响着中国的小说创作。所以，从总体上来说，我们的小说创作比过去丰富多了，也好看多了，确实也产生了一批有影响力的作品。尤其是莫言获得诺贝尔文学奖之后，世界对中国文学的看法发生了根本性的变化。基于这一点，即使不能肯定地说我们的小说创作正在赶上和接近世界水平，但是如果做一个纵向比较，也可以看出确实有了较大的提高。

当然，在这种情况之下来讨论小说，也不能脱离“中国特色”这个最现实的语境，这个语境就是深深垫在小说底下的

“文化因素”，或者说是文化土壤。在从农业文明向工业文明过渡的过程中，蔓延在国人心中那种莫名其妙的焦虑和急功近利的现实环境，也同样不可避免地影响着小说创作。从新中国成立以来所产生的说教式的创作意图，到现在也没有根除。过去是图解政治，现在是图解社会现象，很少有真正沉入“进去”的作品，浮面化、标签化的创作充斥市场。即使是远离政治的作品，也存在着一个观念先行的东西。这何尝不是一种“政治”？

所以我觉得现在的小说创作，有两个倾向性的东西必须要警惕。一个就是离生活太近，它几乎就是生活的描摹，根本谈不上文学性和艺术性。无病呻吟，故意放大个人病态的感受以期引起别人的同情或者同感。第二个倾向就是离生活太远，既故作姿态，又语焉不详，从头到尾都不知道他要表现的到底是什么。而且这两种倾向的通病都是离心灵很远，即使他说的是所谓的心里话，那也是来自心脏。

一

毋庸置疑，对于专业写作者而言，写什么固然重要，怎么写尤其重要，也许这就是所谓“专业的人做专业的事情”。但是，这种理念造成一种现象：对前人作品的回顾，还没怎么说到内容，总是先说到什么什么手法，什么什么派。就像是江湖上的武术派别，门派林立，令人眼花缭乱，莫衷一是。

当然，不管怎样，写作的确是另一种说话的方法——诚如周作人所言，是“风干的谈话”。既然是谈话，就要有谈话的艺术，或者叫“说功”，其实它的艺术旨趣恰恰也在这里。像相声一样，我们喜欢老派人说的相声，如侯宝林、马三立，他们完全是靠“说”来解决问题的，不动声色，暗藏玄机，包袱抖开让你喜不自禁。不像现在那些说相声的，什么都整到舞台上去。现在有的写作者也是如此，功夫都用在写作之外，怪力乱神、乌烟瘴气，生生把一件高尚的事情做成焚琴煮鹤的下作勾当。

也许无可厚非，也许不解风情，也许见惯不惊。极度发达的物质社会和我们不断膨胀的欲望正在勾肩搭背、相互调情，这是我们所驱使的现代化迈进的一个新门槛。文学在物质化的世界里正在渐渐失宠，这也是一个不争的事实。

但是，虽然文学已经沦落到如此，但它绝对不会消失到无，更不能忽略不计。所以，作家的道义和责任感，有时候也反映在说话的方式上，作家的生活态度在作品里显影。我们现在很少说起曾经影响中国几代人的俄罗斯作家，其实，像19世纪以来俄罗斯那些伟大的作家和他们彪炳千秋的作品，尽管大多数述说的都是苦难，但我们从苦难里看到了希望，看到了更多的对生活的悲悯和对生命的热爱。崇高的悲剧美、对人性不竭的追寻、对苦难宽容的态度，是俄罗斯文学的最伟大之处。他们虽然没有对个人的磨难置之不理，但绝对没有狭隘的谩骂和咬牙切齿的嫉恨。在作品所反映的个人的苦难背后，是整个社会的悲愤，就像一场突如其来的大风雪，刮过广袤的西伯利亚平原，苍凉而又博大，有凛然的尊严，又有深长的意味。不像我们的一些作家，对于苦难，我们理解成就是悲哀。我们的姿态比苦难本身还低，我们被苦难压迫着，根本无法超越它。我们靠描摹苦难的细节煽情。这不能显示我们的悲悯，充其量只是可怜，因为真正的悲悯是要有足够的尊严的——不管是悲悯者本人还是被关注的人，并且它是通过微笑来表达的，而不是咬牙切齿——而我们很多作家只会躺在自己的伤口上呻吟，把个人的痛苦看得高于一切，哪怕是隐私，也被戴上艺术的光环，靠自己的痛苦赚取市场和同情。如果是写社会的不平，肯定是“洪洞县里没好人”，高高在上的官僚一律该斩，生活在底层的全是圣洁的天使，因为他们不是一个人，而是一种象征。人性在作品里被泯灭了，只有欲望、痛苦、邪恶和呻吟在那里脱壳而出，像一片片飘浮的磷火，模糊而又遥不可及。

好在中国作家群中也有坚守创作高地的作者，其实我觉得他们并不孤独。比如石舒清，他的短篇小说不管是艺术水准还是思想性，在中国作家群里都具有标志性意义，尤其是《清水里的刀子》，我曾经应一家刊物之约对这篇小说做过全方位点评。那种浓得化不开的宗教情怀和清贫、善良、尊严的马子善一家结合在一起，所产生的极大的艺术冲击力，将会长久地引起我们心灵的震颤。

二

我觉得一直到现在，对我影响最大的还是俄罗斯的文学作品，尤其是我后期的作品切入社会的视角，受其影响很大。俄罗斯的文学泰斗托尔斯泰，一生所探索的都是如何解脱人类的苦难，他孜孜追寻人生的真谛，被尊奉为“人类的良心”。他像基督一样的献身精神，其实也是广布在俄罗斯知识分子血液里的弥赛亚情结。一百多年时间的沉淀更说明了他的伟大——因为他热爱的，永远是劳动者和弱者，是善良的人。他述说的总是普遍的苦难和社会的不公，充满设身处地的怜悯和同情，没有置身事外的怨怼和骂街式的暴跳如雷。饱经磨难、忧心忡忡的俄罗斯，和生活在这片土地上的被侮辱和被损害的人们，在他的笔下，被浇灌成了一片充满生命力的森林和一株株傲岸的白桦树，在苦难里锤炼了信念，在打击面前守住了尊严。唯其热爱这片土地、这个国家和生活在这里的人们，才会进而热爱整个世界。也因为对整个世界的爱，才赢得了世界对他的尊崇。他倡导的“勿以暴力抗恶”，虽然为那些所谓的革命家所不齿，但是历史和实践证明了他的正确——一个饱经战乱、民不聊生、动荡的国度里，遭殃的永远是那些手无寸铁的平民百姓。

另外一个被指责为不懂自己手艺的“天才的外行”是与托尔斯泰齐名的陀思妥耶夫斯基。他先哲般的思想、夸张的热情和手术刀式的分析，让我们在他的作品里提心吊胆，就像穿行在阴森森的地狱里，几乎没有一个喘息的机会。他是敏感的、偏执的、透着热情和悲愤的道德审判官。“他把小说中的男男女女，放在万难忍受的境遇里，来试炼他们，不但剥去了表面的洁白，拷问出藏在底下的罪恶，而且还要拷问出藏在那罪恶之下的真正的洁白来。”他用另一种方式爱着他笔下的那些人物，他为他们打开道义忏悔室的门，让他们面对自己的心灵——只有看到自己的丑恶，才会是善行的开始。他喷涌的热情和冷静的思索，形成了作品跌宕的旋律，让我们因沉淀得太久而已经麻木的情感得到彻底的清洗。他一泻千里、泥沙俱下的叙述好像是直奔着黑暗、愚昧和压迫而去，而蕴含的却是无尽的悲悯和热爱，也许还有忍从。他把俄罗斯民族的善良和残酷刻画得淋漓尽致——这是个矛盾的民族，是个矛盾的国家。过去、现在和未来，好像都不会被改变。

屠格涅夫是对中国影响最大的作家之一，也是俄罗斯最懂得小说“经济和建造术”的作家。他的叙述方式既没有托尔斯泰那样恢宏，也没有陀思妥耶夫斯基那样深邃。他是沉着、冷静和隐忍的。他用思想取代了情绪，用描写取代了陈述。他和被叙述者拉开了一段距离，远远地看着他们，然后对他们的作为画龙点睛地做一些概括。他不愿意多说一句话，甚至多说一个字，那是贵族式的简洁和果断。他和托尔斯泰一样，并不是一个饱经苦难的人。但优越的生活条件，没有使他失去爱和思想。他的悲哀既浸染着俄罗斯的民族精神，也沉淀着一个善良作家的艺术良知。他好像比任何人都关注普罗大众，但他的作品不是写给他们看的。他是写给他们以外的人看的，比如贵族，但一定是和他一样具有良知的贵族；比如那些闲适的人——他不动声色地告诉他们事情的原委，然后让他们慢慢地感动，让他们知道该为这个世界做些什么和不做什么。有一个时期，他的声望甚至超过了托尔斯泰和陀思妥耶夫斯基。当然，这既因为他说了什么，也因为他什么都没说。

我所熟悉的中国作家里，对土地和人民爱得最深的当数陈忠实和李佩甫，他们的经历和写作经验也很接近——虽然都是多年生活在城市，但是作品几乎都埋在乡土里。陈忠实的《白鹿原》，是用生命奏响的一曲中国乡土文化挽歌，那种乡绅自恋自爱式的尊严的破灭，几乎就是中国传统文化衰落的缩影。而刚刚获得茅盾文学奖的李佩甫的《生命册》，可以看作《白鹿原》的延续，是农民在从乡村到城市的嬗变过程中所遭遇的精神蜕变。他们离乡背井进入陌生的城市，寻求出路、寻找价值，而在那里，农耕时代的道德，迎头遭遇商品世界的嘲弄，遭受资本社会的摧残。在失措的社会现实面前，他们失去的是生活的根基和信念。

三

有时候，文学比哲学的啰唆事还多，它至少比哲学更不规范，所以这激起了很多人的发言欲望。既然文学是人学，那么人人都有发言的权利。可真正对文学发言的人，又有很多是不懂文学、不爱文学或者是根本不看文学的——我这样说并不是有某种优越感，而是陈述一种可悲的事实。常常听人说，“某某的层次太低，我从来不看他的作品”。没道理可讲，既然从来不看人家的作品，怎么知道层次低？这虽然并不是光鲜的武器，但杀伤力却极大，往往成了这些人结束战斗的利器。当然，世界是平的，而且写作这种很通俗的手艺，吸引了更多的人参与进来，如果再加上网络各种平台和因话语权扩大化而造成的冲击，文学真的被熬成一锅“坚硬的稀粥”了。甚至有些“做文学”的人，市场意识很强，知道怎样跑马圈地，也知道靠传统的叙事方式无论如何也占不了上风。于是在其作品里，生活被一些琐碎的细节和大段大段的“思想”（有的只是刚刚舶来的口号）所堆砌，用后现代的东西演绎出了新的“假大空”。如果一部作品，没有了对人类的关注和对生活的热爱，无论到何时，无论到何地，都不会成为一部伟大的作品。当然，在目前急遽转型的社会变革时期，有些作家选择了沉默。我理解并尊重这一点，同时也觉得非常遗憾，既然选择了做一个作家，就应该有自己的责任、原则和担当。

好在中国还有一大批作家，以极大的诚意和坚忍不拔的意志，守望在文学的高原上，他们以自己的努力和实力，维护着文学的尊严。这是我们乐于见到的，也是中国文学的希望所在。

很少有一个时代会像今天这样，经济发展异常迅猛，社会生活丰富多彩，而公众认知却混乱不堪。也不曾有过一个国家，像中国这样社会转型如此艰难。在波涛汹涌的生活面前，渐渐平复的心灵，虽然不会再有盲目的激情——理性使我们在生活里更真实了——但仍然有人会刻苦地写作。有人是为了生活，有人是为了爱生活，有人是为了诅咒生活。写作成了最便捷的话语方式，也成了最世俗的方式。我不记得是谁说过这样一句话："一个从来没有读过西方伟大经典的人，怎么可以妄称是受过教育呢?"这句来自上个世纪的文化箴言，是否可以作为我们这个时代的文化墓志铭呢？所以，对于每一个作者和读者而言，弄懂这句话，很重要，也很必要。

《文艺报》，2016年6月29日

我的写作及其他

邵　丽

一

1999年的10月，我因一个偶然的机会到鲁迅文学院听了一节小说课。一种蛰伏在内心深处的潜能突然之间被唤醒，强烈的、渴望倾诉的欲望难以遏制。说真的我非常惶恐，我不知道该怎样给那些从血液里流淌出来的文字定位。但我几乎是没有迟疑，靠着幻觉走进了鲁迅文学院，这座产生过众多著名作家的文学圣殿。

二十岁的时候我曾经写过一篇小说，此后我从事的工作和写小说是没有任何关系的。有很大一部分人会有那种人生体验，一些被称作国家干部的人，被大学批量生产出来，然后像拧螺丝一样，被固定在一个螺栓上，日复一日地重复着同样的日子。在这个圈子里，平庸就是最大的幸福，能把一些毫无意义的事情做得特别有意义，就是最大的创造。这个圈子里的词汇就像机器的使用说明书一样是提前定制好了的，而且还被分成了章节——比如科长说什么，局长说什么，市长说什么，都是固定的，到时候你只管往上面套就行了。这真的和文学没有任何关系。时间一年一年地过去了，好像干了很多事情又好像什么都没有干，这种状况一直持续到我来到鲁迅文学院。那么一天，我突然清醒我生命中还存在着一种潜能，那就是我对文字的亲切感和归属感，我真切地感知到文字能给我那种真实而又踏实的感觉。在这个世界上没有多少人能够提前知道自己的目的地，更没有人知道自己能够走到多远。一代一代的人都曾经困惑着，他们却没有因为自己的困惑而停止行进的步伐。我的三十多个春秋就是这样明明白白却又糊里糊涂地一直在行进，准确地说是向前进而不是向后退。我思索，我似乎知道有什么东西在等待我去寻找，但那又是一种说不清道不明的东西，就好像一个知己，我们在许多年以前已经商量好了，它就在前方的某一个地方等待着我。现在我终于明白，这就是文学。

想一想，写作对于我纯粹是一种倾诉的需要。

我当然不可以说我是在来鲁迅文学院的那一天才开始突然迷恋上写作的，鲁迅文学院给了我一次契机，让我和文学创作有了再一次的亲密接触。大概所有的文学青年都有过这样的感受，文学几乎是我们所有人的一个梦。也许，从我们学会阅读的时候起，每个人都怀揣着一个文学梦，这也成为许多人一生都解不开的情结。很多人随着年龄的增长慢慢清醒过来，没有清醒的就成了我们现在这个样子。因为热爱，因为执着。我是说我仅仅是喜欢，写作之于我是一种愉悦，一种精神上的快慰。我无意以此换来任何声名或利益，我只是想写，喜欢写，是一种生命本能的东西；至于写什么，怎么写，写到什么程度，我很少去想。

我生于20世纪60年代中期。我们这个年代的人，没有50年代的老大哥大姐们那样备受生活的磨砺与考验，也不似七八十年代的小弟小妹们成长得潇洒透彻。我们生长在时代变迁的夹缝里，身上没有太多的印记。也很少有人关注我们，我们是在被人忽视下长大成人的，我们那个时代被后来的社会学家冠之为生育高峰。那时候我们的父母和兄长们，刚刚从饥饿的死亡线上逃过来。我们因为躲过了饥馑的日子，就好像占到了多大的便宜。有很多大人常常指着我们说，他们是幸运的一代。所谓我们的幸运，就是没有过过那种挖野菜啃树皮的日子。其实我们有我们的隐痛，我常常说，我们是一些带着隐形伤疤的人。我们虽然没有受过多少苦，可父辈们受的苦难，都投射在我们的心灵里，就好像在初春的天气里，把我们遗忘在房后的阴影里，寒气逼人。父母为了养家糊口，更是为了自己神圣的事业（我这样说一点都不夸张，我们父母那一代人的的确确是职业革命者，对革命事业的热情是绝对超过儿女亲情的），很少会关注我们的内心，他们生下我们仅仅意味着家里又多了一张吃饭的嘴而已。他们对我们的哭泣或者是忧伤感到莫名其妙，他们不知道不为生计忧愁的人为什么还会忧愁。我们的青春期完全是靠着自身的悟性度过的，没有人指导我们，更不会有人帮助并抚慰我们。但我们却在非常小的时候就知道了为父母担忧，知道察言观色，知道怎样保护自己又不伤害到别人，知道怎样还报别人的恩惠。我们生活得一点也不轻松，较之50年代的人我们的文字没有鲜血和泪水，显得虚无缥缈；较之七八十年代的人我们又放不开、潇洒不起来，显得过于沉重。我进入创作后曾经很长一段时间为此而困惑，我们没有波澜壮阔的生活背景，没有青春恣肆的放纵和任性，可我们表达的是我们的内心，也许别人看到的只是我们文字的纯粹和坦白，那些从血液中流出的疼痛却只有我们自己能够感知得到。这时我就常常想，小说究竟是一个什么东西？是单纯地讲一个新鲜的、有趣的、有意思的故事？或者反过来说，怎样把故事讲得更新鲜、更有趣、更有意思？这些当然都没有错。我反对给小说强加上使命感和责任感，如果小说是那样一种东西，我宁可不写。但是小说的功能也不能仅限于讲一个很热闹的故事，我觉得真正能打动人的东西，是人的精神世界和感情世界，是对人类心灵的关注，是爱。

二

有些女作家回避自己的性别，倡导一种无性别写作。我认为性别恰好是女人的一大优势。我的作品中更多关注的是女性的困惑、惆怅、苦闷以及无可名状的躁动不安，甚至如评论家周政保先生所说的，“是女性跌入无形陷阱之后的迷茫，一种难以印证自我价值的无助与无奈”。对我来说这些东西是出于感受的本能，我是用女性的敏感去关注女性的内心世界。

实际上我就是这样仅仅凭着对文学的一腔热爱而闯入文学的大门的，那么我到来之后，才知道文学正在发生着翻天覆地的变化。这种变化是不以人的意志为转移的，它来得很突然，也许很没有道理。但这是现实——文学被从神圣的殿堂里赶了出来，旧时王谢堂前燕，飞入寻常百姓家。我不记得是哪位作家这样讲过，如果过去小说是一盘精神大餐，那么现在它就是一盘餐后的点心。文学负载道义的功能被弱化了，而为人们提供精神安慰的功能逐步被强化起来。很多作家还被赋予精神医生的功能，恐怕每一位作家都会受到读者这样的要求：你的作品必须有意义，你要解答我们生活当中或者人生道路上碰到的一些难题。或者在你的作品里，把正义伸张了，把恶人杀掉，让有情人终成眷属，把过去飞扬跋扈的当权者送上审判台，这才是一个合格的作家。你总是写那些虚幻的东西，在我们这个越来越物质化的世界，到底有多大作用?

我的作品是对生活充满矛盾和幻想式的，我试图找到另外一种解释生活的方式或者方法，但又不是那么明确，因此在我的作品里就充满了种种的矛盾。开始写作的时候，作品的主人公总是那么优越和超然，然而又是那么地无奈，因为生活总是和你在较劲，他们深深地陷在困惑里。

我常常想，如果作家没有困惑了，作品没有矛盾了，也就没有文学了。

况且，我们现在又面临着一个浮躁的社会。现在的浮躁，在于旧的价值观念打破了，新的价值观念没确立，处于社会过渡期的浮躁，可以用三个词来概括：人心不古、尔虞我诈、物欲横流。人对物的欲望越来越强烈，对精神的追求越来越淡漠。所以，急功近利、好大喜功的浮躁心态就表现得特别明显。

但是，我们也要正确地看待这些东西，不要以为这些东西都是罪恶的，更不要一味地指责，因为这些欲望，恰恰又是社会前进的动力。如果人人都清心寡欲，社会怎么会进步？禁欲主义消灭了罪恶，也消灭了社会前进的动力。在中世纪，神学代替了一切，所以社会就停滞不前，只有经过了文艺复兴，人的思想得到极大的解放，社会才会有大跨步的前进。我们有义务告诉读者，所谓的完全的坏和完全的好是不存在的，绝对的好人和绝对的坏人也是没有的。正义有时候是不能够得到伸张的，邪恶有时候就有可能占据上风，现实中所谓的包青天是不存在的，两袖清风的人的结局往往也不会太好。这些东西，听起来很恐怖，看起来很残酷，可它才是生活的真实。作家有责任把生活的幕布拉开，让人们知道它的另一面。

文学就是在这样的夹缝里生存。所以我想说的是，我们选择了文学，就等于是选择了面对。

三

不管是出于道德、宗教或者政治原因，正如略萨所言，有很多机构和个人“都对小说表示了同样的不信任”，这导致了在很多国家，小说以及小说家都是受限的——虽然受限的程度并不一样——在中国这种限制可能更多一点。这的确令人苦恼，但又非常令人着迷。我的意思是说，也许只有在拘谨和逼仄的环境里，你才更能也更愿意看清楚真相，如果这个世界上还有真相的话。

我曾在《刘万福案件》的开篇说到，小说家容易被故事所绑架，这其中也暗含着危险和幸福，因为作家也渴望与读者共同经历这种冒险。其实就《刘万福案件》这个小说来说，它真实得几乎没有任何穿凿附会。写这篇小说缘起于2011年的七一建党节前夕，朋友委托我把刘万福三死三生的故事发表到一家省级报纸上去（基本上就是小说前面那个新闻稿，修改得不多）。发表之后我在想，把这个新闻写成小说也有很多看点；如果幸运的话，会不会遇到新闻里面阴差阳错移花接木的东西呢（这往往是一个常态）？引起我疑惑的是，真的就那么凑巧，就是说，历史的推进真的就那么自然熨帖吗？后来我费了很大的周折见到了刘万福，了解了真实的经过，我看到了故事的背面，它在阴影里闪着寒光，像历史本身一样灰乎乎的——这么一个剪辑错了的故事，给我们留下了多大的想象空间啊！那么作为一个作家，有没有责任把它搜出来摊在阳光下曝晒？后来我还是下定决心，去寻找在历史和现实语境中的潜台词。这的确是一次冒险，首先从我以往的写作经验来讲，它已经溢出了作家的边界。其实最近我的写作，一直在这个边界逡巡。因为我想把在基层两年的挂职经历写成一个系列，所以发出来的几篇作品，从《人民政府爱人民》《村北的王庭柱》《老革命周春江》到《挂职笔记》，都是写的身边人身边事。而这个我打捞出来的故事，虽然耳熟能详，毕竟还是有点“隔”。就这个故事而言，不管看起来多么热闹，实际上它是扁平化的、家常的，它不过是在为我们国家的某个生存群体立此存照。开始想得很容易，还原历史就行了。但是真正进入写作状态，我又有一种虚无感和无力感，这种感觉真是太奇怪了——好像一个幼儿园老师面对一帮咿呀学语的孩子，觉得一切尽在掌握之中，但又频频失控。我想来想去，只好把两个半成品捧给读者，一个是这个故事的正反两面，一个就是我断断续续而又粗粗拉拉的思考。别人这样写过没有我不知道，这样的写作于我还是第一次。

这部作品投出去之后，我没有想到它会受到如此的重视和担忧。刘万福和刘万福们的生活，无疑将很快进入某种公共通道，并被大多数人所围观。但是，每一个行当都有自己的“交通”（我是在交通的本质意义上来使用这两个字的）规则，小说既会受到篇幅和叙述本身的规律所限，也会出于对“不信任”的不信任，命中注定它不会以本来的面目出现。后来我听从了几位老师和朋友们诚挚的意见，做了大幅度的删节和修改。不过说实话，它看起来好多了，至少像一个顺从的孩子了。

四

我以基层挂职经历创作的其他几篇作品，也面临着同样的苦恼和诱惑。当然，毋庸讳言，任何一个小说家都是在撒谎，抑或在做梦，他们真正的区别只是在于奉献出来的作品，在多大程度上反映了真实，或者是如何认知这个真实。前者主要是价值评判，而后者则是道德评判。即使是一个最客观的作家，也是不能逃脱“好恶乱其中，利害夺其外”的心理暗示的。所谓的真实，毕竟是带有作者的裁剪角度和取舍痕迹的。既然这是一个公开的秘密，那么作家有什么理由非要把自己藏起来跟读者捉迷藏？难道仅仅为了纯粹的写作技术规程吗？

在《人民政府爱人民》这篇作品里，我想说明这样一个简单的道理：我们国家为了“维稳”而设置的信访平台，成了一面凸透镜，让两边的信息（政府和人民）都失真。在政府这边是吃力不讨好，或者是好心办坏事。它越是讨好老百姓，把老百姓的事情都揣在自己怀里，越是让人民不满意。因为政府有它自己的职责边界，它是公共秩序的主要建设者和维护者，没有必要扑下身子事无巨细都掺和。在人民这边，对政府的盲目依赖和无厘头失望使他失去了方向感，所以他对政府的闹腾，与其说是对立，倒不如说是撒娇更贴切——不管他有多大的冤情，他默不作声或者小声地吞泣，政府不会搭理他的；只要他大声地哭出来，并且装出撒泼的样子，政府一定会把他抱起来，并用大号的奶瓶喂他，因为“稳定压倒一切”。这就是所谓的“大闹大处理，小闹小处理，不闹不处理”的信访工作潜规则。

《村北的王庭柱》是一篇我倾注了很多心血的作品。王庭柱这样的人物，在现实生活中并不鲜见，但是你真正把他指认出来又非常困难。一方面“他”是一个庞大而又来历不明的群体，他的作为和话语只是偶尔地、一鳞半爪地被你捕捉到。比如他说这样的话：“老婆，你以为那些事儿是我算出来的啊？我那是这半辈子一眼一眼瞅出来的！爹在的时候，我是热眼看热事儿啊，越看越热闹，越热闹越糊涂；爹死后，我这是冷眼看冷事儿，越看越冷，越冷越明白。所以能从热地方看出冷处来，人就活透气儿了。”这话你会很容易体会到，但是并不容易听到。另外，你不能轻易指责中国老百姓的活命哲学，好像他们的生活根本没有尊严。其实，对于中国的很多老百姓来说，没有尊严就是他最大的尊严，或者换句话说，忘记尊严才是他们维护尊严的唯一选择。这听起来有点悲壮，可是他们就生活在这样的文化氛围里，他们的首要任务是活命，而不是活得更好。如果我们觉得我们比王庭柱活得更自我，或者更有尊严，那也只是五十步与百步的关系。其实，比王庭柱活得更明白的是他的老婆。她的一句话让王庭柱的所谓“智慧”变得一钱不值。她说：“那还不简单，一口气就是一口气呗，人不就是一口气？争也是一口气，不争也是一口气。你这样想想，心里不就宽敞了？”如果用不幸来标注这句话，那么更不幸的是，它是很多中国人的心灵鸡汤啊！

《老革命周春江》写的也是上访，但那不是它的主题。它想说明的是干群关系的另一个硬结：鱼与水的疏离问题——从相濡以沫到相忘于江湖。这里面既包含着党和政府如何放低身段，重新定位与人民群众的关系，也包含着怎样正确对待历史的问题。周春江的两句话，是一个老革命亲口对我说的：“其实岂止是找不到党中央，连书记县长在哪里办公，老百姓能知道吗？我们让老百姓跟着我们闹革命，闹到最后连我们在哪里都不敢给百姓说，到头来怎么向他们交代？”“我当了几十年的领导了，我们各级组织把事儿办错了，不管花多少钱，只要能把事情糊弄过去，在所不惜！可是一句道歉的话，认错的话，再怎么着也不会说。一句道歉话就那么难吗？难道我们这几十年，就没做错过什么吗？如果错了，怎么一次也没有道过歉？”这样的写作其实让我犹豫良久，它已经远远超出了故事本身，变成另外一个故事——那个故事很可能会穿越，可能会有越来越清晰的模样，并不断繁殖。

《挂职笔记》虽然写的是身边的琐事，但却是一篇真正的官场小说。我曾经在《我的生活质量》的创作谈中说过，中国的官场不是一个独立的“场”，它是我们庸常生活的一部分，既没有那么惊心动魄的戏剧性，更没有步步为营的玄机，它已经非常家常了，唯有如此，它才更可怕。我们的官场不是由大人物的大事情组成，而是由很多小人物的小事情组成。祁副县长的揣着糊涂装明白和刘三召的揣着明白装糊涂，具有异曲同工之妙。大师傅王三炳之所以敢踩着刀刃跳舞，是因为他清楚国家机关的软肋所在。在这一切的背后，是无处不在的文化在起作用。文化这个东西没有对错，只有是否合适。正如那个县委书记所言：“每任县委书记来的时候都豪气干云，想改变这里的一切，但到最后什么都不能改变；如果有所改变的话，只能是县委书记变了，这里的一块砖你也变不了！”

五

从某种意义上说，一部真正的小说是由作者和读者共同完成的，这是小说与故事的本质区别。不过这又涉及另外一个问题，就是作家应该以怎样的姿态介入生活。这个问题是一个争论不休而又永远无解的问题，因为作家就是“这样”介入生活的，他的使命感推动着他义无反顾地试水——我的意思是说，方法并不是一部作品生命力的终极标准，尽管它特别重要。

刘万福也好，王庭柱也罢，他们在中国这块特殊的土地和文化氛围里出生、成长、变化。社会学上有个比较一致的看法是：性格决定命运。如果再往前追问，那下一个问题将是：什么决定性格？肯定是文化，毕竟“性相近，习相远”。我们从出生开始，就会被套上各种各样的“文化模板”，它即使不是量身定做的，肯定也是别无选择的。刘万福在他那个阶层里，靠勤劳节俭能在多大意义上改善生存环境？王庭柱如果不坚持以退为守的活命哲学，会不会全身而退？周启生如果不是木秀于林怎么会砰然倒下？其实，如果我们仔细观察，会发现这些现象根本不是“这一个”，它甚至是普遍的、先验的、宿命的，这才是它的悲剧意义之所在。这应该是作家、社会学家以及更多的人需要共同关注的问题。

六

一个时期以来，我一直尝试用各种文体写作，尝试着离真实的生活远一点，更深地潜下去，不暴露作者的面目和思想。但我觉得我的尝试失败了。我是吃着现实主义的面包长大的，而且甚爱这一口儿，我一直深信略萨说过的另外一句话：“文学是人们为抵抗不幸而发明的最佳武器。”但是，在当今的语境之下，一个作家并不比刘万福们更有能耐，谁能逃离自己的“文化模板”而恣意独舞呢？正如我在作品中所言，“看不透的不能说，看透的不敢说”。怎样把我们的身体倾斜起来，直到拿捏得与现实所允许的达到某种程度的平衡，才是我们在动笔之前必须深思熟虑的。

《周口师范学院学报》，2019年第6期

对谈

今天比以往任何时候更需要现实主义

——邵丽访谈录

邵　丽　杨　毅

通过疼痛找到文学的站位

杨毅：邵老师好！很高兴，您能接受我的访谈。我们还是从您如何走上文学之路开始谈起吧。虽然这个问题您已被问过多次，但作家早年的经历对创作起到的影响是不容忽视的。您出生于20世纪60年代，那是和今天完全不同的时代。在您成长的过程中，家庭对您有哪些影响？哪些因素促使您走上了文学的道路？您最初的文学营养来自何处？

邵丽：这个问题确实被问过多次，我也谈过多次。问得多了，甚至有时候我也迷糊了，我到底是怎么走上文学之路的？甚或是，我曾经刻意地追寻过这么一条道路吗？我想，答案即使是肯定的，也不一定是确定的。毕竟在走上专业文学道路之前，我对文学是那么地轻慢，那时候我觉得自己可以“玩儿文学”，至少是觉得文学很好玩儿。其实真正踏入这条道儿之后，才知道它有多崎岖，多漫长，多艰难！

但是您说的时代问题，倒是我最乐意谈的。毕竟作为一个“60后”，我有许多话要说，或者是我们有许多话要说。怎么说呢？20世纪60年代是一个非常奇怪的年代，也许还是一个绝无仅有的年代。尤其是我，出生于1965年，懂事的时候已经70年代初了。相较于50年代的人，我们的包袱要轻一些；而相较于“70后”，我们又沉重一些。这些差别现在说起来可能很细微，其实在当时而言，也可以用天壤之别来形容。所以后来几乎有很长一个时期，60年代生人成为我们社会的中坚，不管是社会科学还是自然科学，还包括大部分的官僚队伍，出现这个现象不是没有原因的。当然，这个问题只是一个附生问题，我们也不可能在这么短的篇幅内展开谈。但我觉得很可以作为一个专门问题，深入地探讨一下。

家庭对我的影响也是蛮大的，其实这也跟上边说的60年代有很大关系。那时我父母都是地方上的领导干部，但官职都不高，属于“兵头将尾”那种地方干部。他们对政治方向没有分析判断的能力，只能随大流。稍微站错队，就会被批来批去，弄得灰头土脸的。所以我上小学的时候，总是看到满大街糊的都是父亲的大字报，觉得他总是在犯错误，弄得我们这些小孩子惶惶不可终日。我们没有人玩儿，也不敢出去乱跑，就只有待在家里不出门，逮住报纸看报纸，逮住书看书。四大名著那个时候是作为领导干部的批判用书，我父亲的书柜里除了“毛选”，竟然还有宝黛爱情故事和孙悟空大闹天宫，有武松打虎这些让我们痴迷得无法自拔的人间奇事。我的大姨和大姨父都是50年代的老高中生，毕业以后留校当老师，他们家里的文学书籍不少。我觉得那就是我最丰富，也是最单一的文学营养来源。

杨毅：我看到您在1999年后开始大量发表作品，但实际上从80年代就开始了创作。20世纪八九十年代，中国社会发生着深刻的变化。社会现实的变化对您的创作有什么样的影响？您的生活、工作和创作之间是一种什么样的关系？在受到广泛关注之前，您如何看待早年的创作和经历？

邵丽：说起来发表作品，可能会更早一些。我最早的一篇小说是在高二的时候发表的，时间大概就是20世纪70年代末，写的是什么内容已经忘记了。读大学期间主要是写一些诗歌和散文，关于爱情和远方，热情、浪漫、充满幻想。若干年后我把那些诗收集成书，那种纯情竟然感动了许多人。比如：“忧伤在傍晚时分突然降临/没有眼泪/神态平静如瓮/书中总是这样描述/忧郁的美人/我不想去看镜子/因为忧伤很真实……”再比如:“那是谁家的春天/赤足走在田埂上/心事像打了结//少年时的烦恼/总是这般模样/有一点盲目/有一点仓促/有一点暗喜//怎么就这样松开了/放风筝的那只手//曾经凝神蹙眉/在窗前写下誓言……”还有:“天还不够蓝/太阳渐渐高起来/那温度为谁而起/我曾经发愁/房间里温度过低/冬天怎么挨过/执着地爱一个人/把日子勾兑成酒/那眩晕不在眉头/便在心头……”少年的忧郁,典型的为赋新诗强说愁,可是青春是那般美好。我曾经写过一篇散文《纸裙子》,和我男朋友比拼。他曾经是一个少年诗人,我们那个时期,恋爱基本上是以文结缘。我们分别将我的《纸裙子》和他写的一篇《泥之河》和另一篇记不起名字的文章,投稿到当时的一个叫“找到了”的网站的全球征文大赛。几个月后,他们公布结果,《泥之河》得了一等奖,《纸裙子》得了二等奖,他的另一篇文章得了三等奖。

工作后,结婚、生子……总觉得跟文学渐行渐远,觉得那是年轻人的事情。我读书的时候不算个好学生,毕业后到机关也不能算是个很好的公务员,总觉得什么事情在等着我。其实对于写作我没有放弃,从十七八岁开始写作,到三十多岁进入专业作家队伍,虽然这中间看起来中断了十多年,但哪一种人生经历都不是虚度。我在机关公务员岗位上读了很多书,也积累了丰富的创作素材,这都为后来的专业创作打下了坚实的基础。中间有一个时期，一个偶然的机会，我女儿考上中央音乐学院附小，我过去陪读了几个月。实在没什么事情可干，闲着也不是个事儿，于是一个朋友介绍我到鲁迅文学院作家班旁听。因为有了整段的时间阅读，再加之认识那么多作家，突然就刺激了自己重新写作的欲望。我觉得也蛮奇怪的，如果你不读也不写，你会觉得文学跟你一点关系都没有。而当你突然掉入一个文学圈子里，认真阅读和动笔去写的时候，你才忽然意识到，原来这才是你最应该干的啊！那种因为创作冲动带来的喜悦和满足，以及苦思冥想之际的悸动，才是你生命中最重要的东西。

而如您所言，80年代，怎么说呢，那真是一个一切都朝气蓬勃欣欣向荣的年代。那样的自由、浪漫，和一些莫名其妙的小资情调，都在喂养着文学，或者说最后都涌流到了文学这个领地里。真是壮观啊！所以那时候的文学作品即使看起来不那么完美，但它的饱满、向上和压抑不住的激情，都是文学史上值得书写的一笔。我很幸运，在那个时代的末尾能投身文学，也算是躬逢盛世吧！

不过说实话，我早期的作品因为阅读和自身经历的关系，自己都觉得相当肤浅，一直浮在生活的表层，仍旧停留在虚构的浪漫中，唯美、追求文字的华丽。现在让我回过头来去看，自己都觉得幼稚。但那时积累下来的写作经验和感受，对后来的写作还是产生了持续的、积极的影响。尤其是对文学的那份热爱和执着，再也没有改变过。

杨毅：您早期的作品更多关注个体意识，特别是女性情感、婚姻和心理。《寂寞的汤丹》对已婚女性的心理把握得细致入微，还融入对官场、社会等多个层面的深刻洞见。一个作家自身的生理性别和社会性别是否会对自己的写作产生影响？您在写作中是否明确意识到自身的性别维度？如何看待性别与家庭、社会等不同因素对人产生的影响？

邵丽：对于性别问题，中国人最讲究，也最不讲究。日常生活中“男女授受不亲”，讲究到没有法度；而在真正应该讲究性别的时候，男女界限却是十分模糊的。就个人意识的觉醒和对个人权利的尊重而言，中国是个醒悟较晚的国家，甚至现在还没成为普遍的公众意识。其实说到底，性别意识无非是个人权利的延伸，与整体社会环境有关。作家也是这个群体的一部分，因此也可以说，中国作家的性别意识，应该没有那么强，至少我是这么认为的。但无可否认，性别与家庭、社会等不同因素，对作家产生的影响也是很大的。

可能因为父母都是地方领导干部的缘故，我过早地融入社会，对性别问题倒是没有那么封建，不过也从来没有开放过，更谈不上有多么清醒的意识。倒是踏入作家队伍之后，因为总是有人说来说去，才觉得这个问题是个“问题”。但是说实话，我对这个问题比较抵触，如果不是故意被人问起，基本上没有想过。在写作时，假如一定要我选择一个性别的话，我觉得自己是“不男不女”型的——写男性的时候，会觉得自己就是个男性，写女性的时候亦然。

但这个问题已经到了不得不说的时候了。所谓社会的进步，或者文明社会的发展，是一个“从身份到契约”的运动，也就是从身份社会发展到契约社会。在身份社会中，人的性别意识相对比较模糊，最多把你归类为“工农商学兵”中的一员就完了。但在契约社会中，由于每个人所承担的社会角色不同，性别意识就必须凸显出来。这是人类权利意识的觉醒，其本质是从义务本位到权利本位的转换。人发现了自己，从而找到自己，其中的性别观念是这个社会运动的一个重要组成部分。但我觉得这个运动，在我国并没有真正发育，至少是发育得还不太成熟。但文学对这一块比较敏感，晚近以来，中国文学发展的重要时期，作家和时代的思考都是与性别问题息息相关的。尤其是五四新文化运动时期，这个因素还算是比较大的。

可能像我一样，就我所知，大部分作家不愿意正面讨论性别观以及性别问题，我觉得这是一个基本事实。至于原因，我个人觉得与社会环境有关，比性别问题大的事情太多了，遮盖了性别问题。

其实我更倾向于中性写作这个观点，但这是在非要表达性别与写作关系这个特定范围内说的，毕竟“中性写作”有着更广泛的意义。一个作家对于写作对象的直陈式描述或客观反映，从而避开主观意志的内涵性投射，也是中性写作。但中性写作不能等同于无性别写作，中性写作是有性别写作，一个作家在写作的不同阶段应该展现不同的性别，他或她的性别应该对应于所描述的对象和文学现场。

杨毅：《明惠的圣诞》获得第四届鲁迅文学奖，引起广泛关注。有评论者认为它“昭示出邵丽文学视野的打开以及写作范式上的真正转型”。《明惠的圣诞》很容易让人联想到当时盛行的“底层文学”。明惠的结局暗示了小说是一个关于尊严的故事，但又显然不仅关乎个体尊严与身份认同，更蕴含了您对时代诸多问题的思考。十几年过去了，您如何看待这篇小说？它对您有什么样的意义？

邵丽：1999年，我可以说是重拾小说创作，在几家大刊连续发表了几个中短篇小说，引起河南几位老师关注。当时恰逢中国作协鲁迅文学院高级研修班开班，我有幸成为首届班的学员。我们那个班有徐坤、孙惠芬、艾伟、麦家、关仁山、红柯等，他们当时已经是非常有名气的作家了。那个时期中宣部对作家班极为重视，中宣部部长和中国作协书记亲自参加开班仪式。我们的授课老师大多是国家部委的一些领导，当时有李肇星、王蒙等分别讲述了一些我们难以接触到的外交、时政、军事、文化等高端信息，极大地拓宽了我们的思维向度。更重要的是同学之间的交流，那个时期还是个以谈论文学为风尚的年代，大家到一起就热烈地探讨，有时候欢声笑语，有时候剑拔弩张。谈到兴奋处，本是拿酒助兴，激动起来却也可能为不同的见解拳脚相向。

您所说的这个作品，肯定标志着我写作风格的转变。所以评论家说的“昭示出邵丽文学视野的打开以及写作范式上的真正转型”，我觉得也不无道理。我也乐意被别人这样说，毕竟这标志着我从过去的写作模式里走出来了，对于我来说这非常重要。

我生长在一个小城市的干部家庭，生活安康，称得上养尊处优，与作品里所反映的明惠们的生活隔得还是比较远的。恰恰是因为这些人离我的生活比较远，所以我极偶然地有机会接触她们之后，才会对我触动如此之大。因为写作的需要，我开始关注这个群体，所以有一个时期我连续写了几个故事不尽相同但底色差不多的底层女性,《明惠的圣诞》《木兰的城》《马兰花的等待》《城外的小秋》等。有评论家称之为邵丽的女人系列。对于明惠这样农村进城的女孩子来说，她们其实和我们一样，有追求幸福生活的权利，最起码有从农村进入城市并在城市生存的权利。但这种权利相当于一种虚拟现实，要实现它确实很艰辛，这是我们从上往下观察很难看清楚的，所以我们往往会陷入一种“何不食肉糜”的困境。

您说得很对，明惠的结局暗示了小说是一个关于尊严的故事，但又显然不仅关乎个体尊严与身份认同。从更大的范围来讲，明惠的故事是个社会悲剧，所以，我觉得我们除了“怒其不争”，更多的应该是“哀其不幸”。这不全是她们个人的责任，全社会都要承担起这份责任来。至于她们身份的焦虑，其实是我们每个人都有的。对于有幸从农村进入城市的人，可能更大的困惑就是他们的身份认同难题。不管他们做出怎样的努力，即使成为声名显赫的企业家，他们的身份还是农民，是农民企业家，简称为“农企”。从这个称谓上，你就可以看出社会对农村人的偏见有多大。对于女性，这种不被认同的绝望只是一个表象。前年有个叫游溪的上海戏剧学院的博士联系到我，她想把《明惠的圣诞》改编成话剧。我们俩聊了一个下午，她问我，明惠那样一个倔强的女孩，真的会因为不能被城市认可就选择自杀吗？我想了想反问她，你没有读出小说中爱的缺失吗？明惠算是个幸运者，她进城后遇到了一个愿意接纳她的城市人李羊群。然而，李羊群仅仅是拿她当一个倾诉者，他所能给她的只是一个暂时安身立命的屋子，而不是一个温暖的充满爱意的家。李羊群不是刻意不给，而是他的不刻意，伤害了明惠。又一个圣诞夜的夜晚，明惠清醒地意识到，自己虽然有了个李羊群，但那不可能是她的依傍，她的尊严和幸福，随时都会消失不见。生命遭遇了最无法跨越的门槛，留在城市她注定得不到她渴望的身份和爱；但要她回到乡下过面朝黄土背朝天的日子，她过去做的一切都付之东流了，与其如此还不如死。所以她的死是不可逆的，是必然的。唯其如此，就更加悲哀。我写了几个状态各异的女性，不谋而合，她们用尽平生力量追逐的，不是一座空城，不是荣华富贵，是爱。爱对于乡村那些辛苦活着的女性，是稀有物质。

关于底层文学，过去曾受到不少指责，好像觉得作家故意在渲染苦难。但无论如何，我觉得作家应该看到“底层”的存在，文学应当且必然会出现在那里。我个人认为，“底层”就是社会的底盘。中国作家不关注底层确实不行，因为这个底盘太大了，我们还没有形成庞大的中产阶级队伍。不过需要注意的是，“底层”在变，作家也要跟着变。每个时代有每个时代的底层，看我们怎么去体验和把握。有些作家具有底层意识，即使在繁华的闹市，写出来的东西也有一定的深度；有的作家虽然生活在底层，但作品却漂浮在都市。不一而足，很难评述。

也有评论者认为，以这个作品为起点，我开始喜欢疼痛和喜欢抚摸疼痛。就算是如此吧，但我觉得这是两种心理体验，前者更多地指向自身，而后者则指向他者。实际上我早期的作品特别不喜欢疼痛，即使有也是不痛不痒的东西多，浪漫的东西多。只是到了后期，沉入底层之后，接触到的痛点多了，才在作品里反映出来。如果说这个作品现在还对我有意义的话，就是我找到了文学的站位，我想通过某种疼痛，让社会感受到某个痛点，启发读者去反省和深思。

杨毅：您的很多小说都涉及城乡主题。如果我们将之归因为现代性的冲击，那么您的作品无疑呈现出一幅城乡对立的图景。那些离开家乡的人尽管还保留着最后一份尊严，但在城市的处境越发艰难；即便是那些留守在家乡的人，他们的内心也并没有得到安顿。您如何看待城市化对人的影响？我们是否已经失去了心灵的家园？

邵丽：如您所言，在我开始写作城乡主题时，也是城乡矛盾最为集中的时候。那时候因为征地、拆迁、计划生育和提留而造成的社会矛盾非常突出，所以作为在基层锻炼的一个写作者，很容易把城乡之间的关系看作一种对立关系，从《明惠的圣诞》《城外的小秋》到《北去的河》，莫不如此。但在其后的写作中，我有了更多的反思：难道城市是人类文明的一种反动吗？城市是毁了农村还是拯救了它？有了这些反思之后，我更多地把城乡关系看成一种相辅相成，或者是一种自然的延续关系，比如我写的父母系列，如《天台上的父亲》《黄河故事》，还有刚出版的《金枝》，就反映了这种关系。

基于城乡对比和理性的思考，最终我认为城市带给乡村，或者说现代文明给乡村带来的更多的不是负面影响，而是积极的、正面的影响。城市湮没或者代替农村是现代化的必由之路，如果说有负面影响，那也是因为城市化或者现代化不够彻底、不够深入。我曾经在一篇《到城市去》的文章里这样写道："城市除了给我们提供生活和交流的便利，也帮助我们迅速成长。那些我们素昧平生的人，在夜深人静的时候还在给我们运输蔬菜和鱼肉，睁开眼睛就给我们播报新闻，把最新鲜的牛奶放在我们门口的奶箱里。我们乘坐着各种车辆，穿过一个又一个街区，在预料的时间内到达我们想去的地方。所有忙碌的背后，是信息和财富的涌流，是一年比一年进步的繁荣。借助别人的经验，我们的眼界打开了，我们的人生边界不断拓展。城市就像一个温暖的家园，把我们每个人都收留在她宽大的怀抱里。”

所以说到底，中国的城乡关系虽然有一种内在的紧张，但是又有一种天然的融合。这有制度本身造成的隔离，也有文化所孕育的融合。几千年来人们对于土地的依赖和崇拜，小亚细亚式的生产和生活方式，都决定了我们的城乡关系的复杂程度。没有田园牧歌，但也没有“羊吃人”。农民从田野走入城市之后的犹疑、彷徨和焦虑，最后会被城市所代表的现代文明所抚慰。在某些方面，我的作品表现出了类似的乐观。

杨毅：现如今，网络媒介的迅速发展改变了原有的文学格局，冲击着我们的价值观念。商业化、类型化的写作扩大了文学的外延，却也悄然改变了文学的内涵。回望自己二十多年来的创作经历，写作对您来说意味着什么？如何理解当下文学的意义？

邵丽：随着文学外延的扩大，文学的内涵也更加丰富了。甚至可以说，没有任何时代的文学如此丰富过，文学从来没有离人类这么近过，或者这么直接影响人类的生活。当然，就文学自身而言，它有可以改变的东西，也有不可改变的东西。也就是说，文学必然有自己坚硬的内核。不管它有多少表现形式，这个内核是改变不了的。

对我自己而言，我觉得文学是我理解生活、介入生活最直接的工具。其实这说起来有点悲壮，也就是从成为专业作家的那一天起，文学就成为我的衣食住行柴米油盐，成为我生命的一部分。你说这是热爱还是习惯？真的很难讲清楚。作家这个职业有时候很像医生，直到有一天你写不动了，可能才会放手吧！

文学的真实就是作家的信誉和能力

杨毅：2005年至2007年，您到河南省驻马店市汝南县挂职，任县委常委副县长，后来陆续在《人民文学》《当代》《十月》等文学期刊发表了一系列与之相关的中短篇小说，并结集成书出版，由此可见这段经历对您产生的重大影响。请您谈谈挂职经历对您产生的影响，特别是给您的创作带来的前所未有的改变。

邵丽：这一个时期的创作，对我来说其实是蛮重要的。在此之前，我的创作已经有了一个转型，也就是从小情感叙事转向社会意识和现实融入，甚至有书商做广告称之为“官场小说”。但我始终不认为我写的是“官场小说”，官场不是一个独立的场，它是我们这个社会的一个有机组成部分，其实无异于任何一个“场”。官员也不另类，他们都是普通人。我刚工作就进入机关，我所能直接接触到的都属于官员那类人。当时从上到下活跃着的都是恢复高考制度的“新三届”（七七、七八、七九）毕业生，大多是50年代生人，那是一个非常奇特的时期，那些从农村通过高考进入城市的官人的生活和婚姻千奇百怪。我能近距离接触到他们，听到他们，看到他们。我的第一部长篇小说《我的生活质量》写的就是那个时期的人和故事，几乎每一个读者都能从作品里找到自己的影子。时不时会有人问，你写的是我吗？评论家亦会问，有原型吗？我想了很久才清楚，那作品里的人物不是某一个人，而是一代人。机关公务人员是我所熟悉的，他们就成了我作品的主人公。我的写作是把他们从所谓的“官场”里拉出来，进入普通的生活，看他们怎么恋爱、读书、跟老婆孩子怄气……我从来不曾从政治或者官员角度解读过官场，我非常抵触那样的写作。

挂职之后的转型对于我来说则更彻底，因为身处其中。此前我竟一厢情愿地以为所有人都生活在同一个水平面。但城乡看起来虽只有几十里路的距离，差距却如此之大。上面说过，我的父母都是地方官员，成长环境算得上优渥。小城市的中上阶层，与中国社会的底层，虽然相隔不远，但对农村农民的生活几乎一点都不了解。挂职时我才真正了解，那些底层干部的工作困难程度，几乎是举步维艰。他们拿着很少的一点工资，管理几万十几万人的一个乡级政府，一年的办公经费才几万元，但是还要维持着基层政权的正常运转。这就是底层，这个底层跟上层确实很隔。我说的上层并不是单指顶层而言，它包括一些位阶比底层高的人，算是中层吧，其中也包括我们。“我们”往往用俯视的眼光看“他们”，好像他们是异类，总是觉得基层干部天天横行乡里、鱼肉百姓，老百姓不堪重负、苦不堪言。其实不是这样的，中国的基层干部很苦，甚至可以这么说，中国社会的大部分压力都在基层，如果没有他们扛着，什么社会稳定啊，经济发展啊，制度改革啊，甚至对外开放，都是一句空话。我在小说《人民政府爱人民》和《挂职笔记》里多有涉及，但也仅仅是很小的一个侧面而已。

底层社会确有很多很多不合理的东西，比如像《刘万福案件》和《第四十圈》里所写到的。这些不合理，也是中国文化传统的一部分，而且具有普遍性。所以如果从这个角度看问题，就不简简单单是好坏和善恶的问题了。你比如，一个刚刚拿了人家好处、放走一个违法人员的派出所所长，可能转身就会为了保护群众免受罪犯的袭击，赤手空拳地与手持利刃的匪徒搏斗。“复杂中国”不是妄言，底层的情况确实是够复杂的。把这些东西细细梳理清楚，是非常有用处的。不管是社会治理还是制度建设、文化建设，都有用。所以我觉得挂职对我的写作触动很大，帮助也很大，让我深刻地认识了中国的乡土社会。

杨毅：这些作品引起了强烈反响。很多评论家认为您的“挂职系列”小说实现了创作上的转型，即从对女性心理、家庭和婚姻等层面的关注，向着社会现实更广阔更复杂的问题开掘。读您的“挂职系列”小说，我感受最深的是对官场生态细致入微、真实生动又不乏反思力度的深刻描写。您对官场生态的描写颠覆了大多数作家对官场权谋化或腹黑化的单一想象。尤其是如您以上所言，官场不是一个独立的“场”，它是我们日常生活的一部分。为什么会有这样的看法？如何看待写作中的“转型”？

邵丽：是的，权谋化或腹黑化在官场有没有？肯定有。但它只是表现在官场吗？小到家庭，大到社会，这不是一个普遍现象吗？所谓“东方智慧”，我觉得更多的就是这些东西。从文明社会的发展路径来看，这些东西肯定是糟粕，是会被社会发展洪流所涤荡的，但它确确实实又影响着我们的社会发展。所以，如果仅仅认为权谋化或腹黑化只存在于官场，这是一叶障目，也是非常有害的。没有任何官场和社会场是隔离的，也没有所谓统一的官场。有什么样的人，就有什么样的官场。起决定作用的是人，而不是其他。所以它不是一个制度或者机制问题，是文化问题。如果我们站在文化和文明建设的高度看待这个问题，很容易找到它的病灶。

至于写作中的转型，我觉得很多作家都会遇到，毕竟客观世界对主观世界的影响是不能忽视的。但如果我们主动地、深入细致地去融入或者拥抱这种转型，效果应该是不一样的，至少这种经验于我如此。一个作家一生中可能有很多次转型，这与年龄、阅历、社会环境等都有很大的关系。就我的转型而言，成功与否真的还不能过早下结论，我常常对更年轻的作家们说，创作永远在路上，未来的旅程是未知的，想要有所作为就要不断地跨越，用敏锐的思想创新下一部作品。从眼前的角度看，可能是成功了，作品受欢迎的程度超过了我的想象。但从艺术的角度看，还有待完善和提高，我自己仍然觉得不是很满意。

杨毅："挂职系列"小说源自您对基层社会生活的深切体验和洞察，甚至大多来自真人真事。这种扎实体验生活而后转化为文学资源的做法令人敬佩，使您的创作与那些单纯依靠想象完成的作品有着截然不同的质地。小说中的人物、故事、环境都有着坚实的生活基础，没有沦为观念化或符号化的"纸片人"。我想，这既和您挂职锻炼深入基层的经历密不可分，又和您一向秉持的现实主义密切相关。您如何看待文学与现实的关系？如何处理生活真实与艺术真实的关系？

邵丽：“挂职系列”小说确实大部分来自真人真事，令我着迷和震撼的也是这个。我的作品都是来自跟基层干部的聊天或者亲身感触。基层干部的语言很鲜活，故事也很有张力，尤其是基层智慧，那种无法用语言表达的通透，甚至更多时候是肢体语言，真的丰富了我的写作。一个看起来油头滑脑的基层干部，或者木头木脑的农民，当你近距离跟他们相处或者聊天的时候，你会突然发现他有很多闪光的东西，那个东西是你苦苦追寻而不得的。那种面对困境的智慧、韧劲儿和达观，是你坐在书斋里怎么都想象不出来的。你觉得你比他们有文化，比他们高明，因为你能欣赏“雨中山果落，灯下草虫鸣”的幽静，也能体会“行到水穷处，坐看云起时”的潇洒，但当你的家属没有工作还一身疾患，孩子没有学上还没人管，工作稍有差池就会被免……这样如临深渊如履薄冰的困境，如果你身历其中，你还有他们那样的淡定和乐观吗？

其实，对文学的真实，也即现实主义文学的争论始终没停止过，尤其是在文学界以及批评界，也有很多人对现实主义文学持一种批评或者否定的态度。但最终，这种争论还是在坚硬的现实面前不了了之，毕竟，即使是再先锋的文学，也都植根在现实主义的泥土里。虽然这“现实”与那“现实”是如此地不同，但也只是看待问题的角度有异而已。其实这又涉及一个十分重要的问题，也就是作家与现实生活的关系问题。离生活太近，作家往往会成为现实生活的代言人，真实性有了，但缺少文学意趣；离生活太远，缺乏真实性，也就意味着抛弃了作家的社会责任感，让写作成为纯粹的白日梦呓。

我理解的文学的真实，其实就是作家的信誉和能力，也就是你怎么让读者相信你说的是真的。它不一定真实发生过，但你一定要让你的读者觉得，它确确实实曾经发生过。

杨毅：《人民政府爱人民》是“挂职系列”小说中最早发表的一篇。老驴养成了凡有困难必找政府帮助的依赖意识，而一旦政府无法满足他的要求（不论是否在政府的职权范围），他的女儿就以非常偏激的态度指责政府对民生的冷漠，甚至愤而出走酿成悲剧。这篇小说没有单纯站在政府或农民的哪一方而简单地指责对方，而是呈现出双方的矛盾和尴尬，甚至透露出弱势群体身上存在的令人担忧的意识心态。这其实超越了底层文学对于底层苦难化的片面想象，而是对人心做出了更为深刻的探视。在官民双方的关系中，作为挂职锻炼的基层干部和作家，您在其中处于什么样的位置？

邵丽：这个问题真的很难在这里用几句话说清楚，它太复杂了。总体来说，中国的各级政府都是全能型政府，因为它的宗旨就是要全心全意为人民服务。那么，谁是“人民”呢？只能说全体国民都是人民，他们的事情你都得管。所以我们始终在强调“依法治国”，为什么没有完全达到目的？这还是得归结到文化问题，中国数千年的政治文化就是王权文化。也不能说几千年来我们就没有依法治国，肯定是有的，而且不在少数，但最基本的，也最重要的是权治，其实质便是人治，也就是政府之治。这种制度对于土地辽阔、人口众多却又相对生产落后、文化教育落后的国家来说，是具有相当大的效果的，能够集中精力办大事，也能办成事。所以说，政府乐于管理社会，但付出的代价却是你必须全方位地服务于社会。

但这种治理模式对于基层政府来说，可以说是苦不堪言。上面千条线，都要从下面一个针眼儿里穿过去；而它的权力是有限的，责任却是无限的。所以老驴去找政府，他的女儿指责政府，自有他们的道理。而政府不能推脱责任，也有一定的合理性。这种事情的处理结果，往往不是靠法律，而是靠博弈双方的妥协程度。这真的是一着死棋，很难化解，也是双方矛盾的交集所在。

我觉得这种矛盾的交集处，恰恰应该是文学所应该占据的位置。所谓的现实主义，就是应该具有对现实的干预至少是表达功能。

杨毅:“挂职系列”小说固然可以归为官场小说，但又显然不止于对官场生态的揭露，而是融入了您对社会诸多问题的思考，形成极富密度的叙事和思想容量。《刘万福案件》以挂职作家“我”的视角沿着两条线索展开：一是围绕刘万福杀人案件的前因后果，揭示出底层农民的生存境遇和不幸命运；二是通过周书记、杨局长、经济学家等人对中国现实问题的辩驳争论，牵引出作家对诸多社会问题的深刻揭示和思考。据您所述，刘万福确有其人。那么，您如何看待刘万福的悲剧？一个作家对社会现实问题的把握与社会学家有何不同？

邵丽:《刘万福案件》写出后，在非常短的时间里《人民文学》头条发表，《小说月报》《小说选刊》都随之转载，引起了不小的反响。其实这部作品现在看来还是有很多不足的，就是当时仅仅凭着一种激情、愤懑、恐惧和困惑，把它很直白地表达了出来，有些问题并没有想透。虽然也说到了底层民众生活的艰难，也说到了基层干部沉重的压力和难以施展的抱负，但还是比较表面的，甚至是片面的。最重要的，令我自己不满的是写得急，作品的文学性不够。

这个类型的题材到了《第四十圈》就有了很大转变，那就是基层的很多问题，你是说不清楚原因、分不清楚责任的。谁是加害人，谁是受害人，很难一言以蔽之。这不是说谁都没有责任，或者原本就是一笔糊涂账，而是一个作家，你应该看到的不是明白，而就是这种“糊涂”，这才是文学的意义所在吧！

但也无可否认，《刘万福案件》这个真实的故事，它显示的是悲壮和悲哀。那种超越个人能力而无法挣脱的压迫，是一种无影无形的、令人绝望的力量。对这种压迫的暴力反抗虽然不乏美学的力量，但仍然是一种暴力，虽然会给我们带来快感，但它仍然是一种过时的、野蛮的、与现代文明格格不入的东西。也许，唯其如此，才显示出它的悲哀来。所以，我才会有“恐惧”一说。很多评论者说，我写刘万福这样的人物时，展现出来的多是一种“哀其不幸”的态度，最后的一怒更是一种绝望。但我觉得，冲天一怒并不困难，但在中国的社会传统里，这种怒非常少见，如果能见到，那基本就涉及王朝的更替了。所以，它可能更多的是表现在文学作品里，像《水浒传》。中国人更多的是隐忍，我们是最能忍耐、忍受的民族。唯其如此，更加悲哀。所以刘万福这一怒，是在我心头积压了很久很久怨愤的一种发泄吧！

杨毅：《刘万福案件》《第四十圈》等作品都塑造了无数鲜活的人物形象，更呈现出“众声喧哗”的复调。您没有做更多的价值判断或道德倾向，但在叙述案件的过程中就呈现出了问题的复杂性和矛盾性。您在创作谈中说：“我的作品是对生活充满矛盾和幻想式的，我试图找到另外一种解释生活的方式或者方法，但又不是那么明确，因此在我的作品里就充满了种种的矛盾。”我认为，作家不仅要写出自己已经明确的观念或判断，还要呈现那些矛盾甚至难以言说的地带。在今天这样一个巨变的时代，中国社会在各个层面发生着难以捉摸的剧烈震荡，历史的转折冲破了既有的叙述。作为小说家，您如何看待和把握正在发生的现实？这对当代作家而言是一个不小的挑战。

邵丽：如上所言，其实这两部作品的写作是有些区别的，当然这不影响仍然可以把它们归为一类作品。即使它们是真实的故事，真实也只是一个小事件，整个情节当然基本都是虚构。即使真实的一部分，我在叙述的时候仍然有取舍、剪裁和虚构，但怎么把它们安置得更为妥帖，我一直很踌躇。这也就是我所谓的“找到另外一种解释生活的方式或者方法，但又不是那么明确，因此在我的作品里就充满了种种的矛盾”。一个批评家说，邵丽的能力就是能把虚构的故事写得像真的一样。我不辩驳，小说家无非就是在真真假假中构建故事。

比较起来，我还是更喜欢《第四十圈》，它基本上达到了我的写作预期。评论家把这部作品称作中国版的《罗生门》，当然这是与电影的类比。可能这就是当下中国复杂的现实，很难用好坏、因果和正反来定义某件事情。其实就这个故事本身，我觉得也很悲哀。最后灾难性的后果到底是怎么形成的？好像每个人都没责任，也好像每个人都有责任，包括受害者自身。也许可以说，受害者同时也是害人者。

但还是有人说我这部非常矛盾、复杂的作品依然充满了批判精神。我同意这个说法，我的写作是有立场的，也有态度和温度。作家的批判意识是天然的、责无旁贷的。没有批判，就没有真正的作家。你的立场所在，就是你的作品的格调所在。

您所说的今天这个剧变的时代，中国社会在各个层面发生着难以捉摸的剧烈震荡。的确，这是正在也将继续呈加速度发展的趋势，也确实是百年未有之大变局。作为一个小说家，把握这个现实我觉得有非常大的难度，但我们如何感受和反映这个现实，我觉得是可以有所作为的。甚至以我们曾经有过的经验，以前瞻性的眼光看待未来即将到来的一切，都是有可能的。毕竟开始我就说过，我是60年代人，而那个年代走过来的人，所经历的社会变迁和思想进步的广度和深度，不也曾经是百年未有之经历？

文学必须面对坚硬的现实

杨毅：您的创作在近年受到持续关注，《天台上的父亲》《黄河故事》《风中的母亲》等作品广受好评。这些小说回望父辈，将他们从历史深处打捞出来，塑造出个性鲜明而又不同以往的父亲和母亲形象。其实早在此前，您就在不同作品中塑造了父辈群体，但都不像这次集中而深刻地直面我们的父母。为什么您会再次聚焦“父母故事”？您说父亲的故事“在心里活了十好几年，甚至有可能更长”，为什么这样说呢？对于“父母故事”的讲述给您带来了什么？

邵丽：您说得没错，其实关于父亲母亲，我过去的作品里多有涉及，但因为我并没有把更多的精力集中在他们身上，因此他们看起来面目模糊，甚至身份有点可疑。但即使现在我写这个父亲，我觉得我越是集中精力写他，反而越看不清他。后来我想，这个父亲并不是我的父亲，而是我书写父亲角色中的其中一个吧。但在我心里，他明明就是我的父亲。他像我生活中的父亲一样，是犹疑不定的、谨小慎微的，总是一副随时准备面对打击的颓丧。时代留在他们身上的痕迹太重了！

我一直试图用各种角度思考我们那代人，子女与父亲的关系，而且这个问题过去我已经说了很多。我想，今后依然是。我总觉得我欠父亲很多，况且现在他在另一个世界。对于重新认识父亲，我更具主动性。但是话又说回来，处在时代夹缝中、正需要父母尤其是父亲温暖的柔弱的儿女，却过早地被他带入政治的泥沼，他不该欠我们一个道歉吗？尽管那是一个时代的悲剧，但是作为父亲，他对政治的忠诚和依附，的确大于亲情。他不是没有一点责任，一直到他去世，我们的关系也没有真正和解，原因也就是我们都不肯真正原谅对方。

所以，我常常认为，父女关系对于我来说恐怕不是一个话头，而是一个庞大的话题。我在小说中叙述过，小的时候因随手划破了一张领袖像而造成的父女关系的疏离，一直没有化解。但那只是问题的一个侧面，或者是一个很小的切口，真正的溃疡都在里面包着，一直没有真正打开并清理过。

但真正深入父母和子女关系的时候，你会吃惊地发现，现实生活中也不仅仅是我，恰如其分地处理这种关系是一个非常大的社会问题，尤其是父子关系。其实，如果这个问题往深处想想，是非常令人纠结，也是非常令人伤感的。就问题的本质而言，父亲既是真实的存在，又是极具象征性的一个符号。人类社会是一个男权社会，无论在公共领域还是家庭这个私密领域，父亲都代表着权威。但父亲的权威因为过于程式化，实际上反而被虚置了。说起来父亲是权力的化身，或者是权力本身，但在一个家庭的实际生活中，真正组织和管理家庭的基本上都是母亲。一方面，父亲无处不在；另外一方面，父亲永远都是缺失的。所以，因为家庭造成的悲剧，母亲也不是没有责任的。

但更深层次的问题是，由于中国社会传统的“君臣父子”结构，父亲成为一种权力的象征，我们对父亲的反叛，仿佛是成长的标志。对于一个成长中的孩子而言，父亲是用来被打倒的，甚至可以说，我们对社会的抗争其实就是对父权的抵抗。我们的失败是父亲压制的结果，我们的成功是反抗父亲成功的结果——这可能就是中国式的“弑父情结”吧！

杨毅：我认为，这三篇关于父母故事的小说，已经不同于您以往过于关注自我或现实本身的作品，而是在现实与想象之间建立起了一种“心灵上的真实”，也就是以小说的方式，在历史进程中回望和审视自己的历史和当下，不回避卑微，不回避苦难，不回避内心的纠结。通过对父亲或母亲的塑造，小说带出了那些物质匮乏年代里的人的精神状况，勾勒出人物在时代变幻中的命运，连接起历史与现实的沟壑。您想做到的是什么呢？为历史留下一代人的心灵轨迹，还是为现实召回从未消失的过去？这是您认识时代与自我的方式？

邵丽：说真的，我是想通过对父亲和母亲的塑造走回过去。这是一种最安全，也是最可靠的方式。他们身上的时代特征，也是最好的路标。这样说起来也许不太好理解，但是如果放在更大的范围来看，就容易看清楚了。你比如我的姥姥姥爷，不能说他们没有时代特征，但他们的时代特征，和他们的父辈、祖父辈几乎没有区别——老实巴交、心无旁骛、日出而作日入而息，每天醒来最关心的就是天气，每年最关心的就是收成。而我们的下一代呢？他们关心的是游戏、明星、八卦和时尚。这些东西其实和天气和收成没什么两样，它是中性的，取舍都不关身家性命。但是我的父母呢？他们不是，他们几乎从来不关心天气和收成，也从来不知道世界上还有娱乐这回事儿，他们只关心政治气候和风向。在他们一辈子的生活中，没有比政治更大的问题。如果离开报纸和新闻，他们几乎不知道该怎么生活。

所以在这种环境下，你再去述说那些物质匮乏年代里的人的精神状况，就会有很多意外的发现：所谓的匮乏，只是我们现在的看法。他们觉得什么都不缺，吃得饱穿得暖，那种满满的幸福感，一直延续到现在都没变，甚至他们并不觉得现在比那个时代更好。他们会说，那个年代人的思想多简单啊，什么都不想，都快快乐乐的。所以，当一个作家把自己置身在这样一种历史和现实的交叉之中的时候，你才会明白真正的写作到底是为了什么。为历史留下一代人的心灵轨迹也好，为现实召回从未消失的过去也好，认识时代与自我的方式也好，我觉得这些问题都包括了，但不限于此。当然这样说可能有点大了，毕竟即使我们多次述说自己的父母，到最后你也会觉得你并不认识他们，而且最为悲哀的是，你会失去认识他们的能力。

杨毅：您作品里的父亲形象实在令人印象深刻。《天台上的父亲》和《黄河故事》都聚焦父亲形象。《天台上的父亲》中，父亲的死清晰地显示出两代人在生活沟通上的障碍，也有作为文化符号意义上的象征性存在。父亲跳楼“唯一可以解释的理由是，不是跟我们的隔阂，而是他跟这个时代和解不了，他跟自己和解不了”。父亲的身上背负了太多的历史和时代的枷锁。《黄河故事》中，无论父亲是否自杀，父亲的死显然与母亲的“恨铁不成钢”脱不开干系。但是，父亲和母亲的“三观不合”说到底还是源于物质匮乏年代里的生存需求，以至于父亲的“贪吃”成了“一种恶”。在对父亲形象的塑造中是否蕴含您对历史中的人的认知，以及您对一代人的理解和您对生活和复杂人性的呈现？

邵丽：这两个父亲其实是有着很大的差异的，《天台上的父亲》里的父亲是因为脱离开领导岗位以后，有一种失重感，他已经找不到生活的目的和方向。他已经被格式化了，已经不能重新回到社会中，过一种普通人的日子了。所以他除了死，没有任何人或者任何办法可以化解他心中的忧郁。不过故事如果仅仅如此，也没有什么新奇的。问题是在对待他死的问题上，家人的情绪也发生了质的变化。从母亲一直到孩子们，他们曾经那么热爱过这个父亲，但当他因为“要死”而把大家拖得筋疲力尽时，会不会有一丝“你怎么还不死”这样的念头？否则，他怎么可能死得成呢？我觉得这是作品暗含的一个主题，就是说，人性是真的不能认真打量的。

而《黄河故事》里的父亲，从来没有走到过他想去的地方，他一生的梦想就是做一个好厨子。但在那种逼仄的环境里，他的梦想看起来既可笑又可怜。他一生唯一的一次绽放，就是当三轮车夫给人送菜的时候，在路边一个小饭店死乞白赖地当了一次大厨。那是他第一次也是最后一次在饭店做菜，“在父亲的操持下，一时之间只见勺子翻飞，碗盘叮当。平时蔫不拉几的父亲，好像突然间换了一个人，简直像个音乐演奏家，把各种乐器调拨得如行云流水，荡气回肠”。

所以，他的死看起来更令人伤悲，不管是被母亲所逼还是他忍受不了羞辱，或者更确切说是看不到希望的生活让他灰心。他选择投河而死，他是一个真正的“被侮辱与被损害的人”。

这里面其实也烘托了一个特殊的历史背景——如果人们可以自由迁徙，或者像现在这样可以进城打工，父亲的结局无论如何不会这么悲惨。他的几个孩子走上了做餐饮的道路，其实就是一种反衬。即使没有父亲那样的手艺，如果有好的社会环境，依然能够成功。所以父亲之死的责任，正如您所言“说到底还是源于物资匮乏的年代”，是那种对自由的打压所致。

杨毅：在聚焦“父亲”的同时，小说也花不少笔墨写了“我”这代人的生活经历。他们往往难以理解父辈的历史，和上代人有着明显的隔阂，但各自的生活也大多并不如意，物质条件丰厚的同时往往是婚姻的不幸。您如何看待两代人之间的代际差异？年轻一代人的身上是否还保留着“传统”的因素？

邵丽：如果说到“保留”，我觉得没有“破坏”多。这还是要归结到我们60年代生人特殊的成长时期，等我们接受正规大学教育的时候，已经进入80年代了。如您所知，80年代可真是一个开放、自由、舒心的时代！各种各样思想的碰撞和交流，国门洞开带来的新思潮的洗礼，好像突然把我们送入一个崭新的世界。当我们带着过去的记忆和伤痕走入这个时代的时候，更多的是想着怎么更新和重启自己。对传统的反思和摒弃，在那个年代里是一种潮流。

至于我们这一代的“生活也大多并不如意，物质条件丰厚的同时往往是婚姻的不幸”。我觉得没什么大不了的，反而是一种社会进步，而不是失落或者损失。至少我们对婚姻有了自由的选择。合得来则过，合不来则离，不管有多么痛苦，但至少自己有选择的权利和余地。如果当时我的“父亲”也有这么自由选择婚姻的余地，我觉得他的悲剧是可以避免的。也许您可以说，当时法律允许离婚，也的确有人离婚。确实有，但更多的是一种说法，现实中离婚的人非常少，而且在大众面前是抬不起头来的。也就是说，即使你有离婚的权利，也没有离婚的余地。那是一个封闭的时代，封闭到几乎任何人都可以干涉你的私生活。也是一个拮据的时代，一个人辗转腾挪的空间非常非常小。

杨毅：《风中的母亲》塑造了一个与传统乡土作品中勤劳智慧的母亲截然不同的“母亲”形象——不仅对各种家务一窍不通，而且是毫无主张地过了一辈子，可以说是和《黄河故事》中的母亲截然相反。但是，恰恰是这样一个手足无措的“母亲”成了乡土与城市的“剩余物”——她在乡村生活得捉襟见肘，更无法适应城市的生活。小说结尾，“母亲”在风中抽泣的情节令人隐隐作痛，似乎暗示了母亲看似平淡的一生何尝不时刻处于“风中”。您为何要塑造这样一个“反传统”的母亲形象？她蕴含了您什么样的思考？

邵丽：这个故事说起来真的很有意思，首先它有一个真实的原型，其次它这种真实并不荒诞。故事来源于我们家的两个钟点工，前一个是我亲自从58同城家政公司请来的。当时工作人员给我带来了好几个任我挑选，我一眼看上了一个四十多岁的女人。她穿着很得体，漂亮，不太会说话，两个大眼睛水汪汪的，很有些羞怯。我家的活儿不多，我觉得她这个年龄段的女人做事情应该踏实安宁。结果完全出乎意料，她只会收拾自己，对家务事几乎一窍不通。哪怕家政公司临时培训了一点技能，她都做得顾头不顾脚。我耐心地教她，十几天做同一种饭都应付不了，常常一个厨房弄得像战场一样。后来她干脆把菜买回来等我，她说，你做得快，比我做得好吃，我洗好菜等你算了。她两个孩子，大的是个女孩，已经结婚。我说，你这样不理家事，两个孩子怎么养大的呢？她说结婚前我妈做，结婚后我婆婆做，我不会呀。她出来打工，是因为在家不当家，老公挣的钱都交给她婆婆管。她有一天意外发现婆婆藏钱的地方，一共有两万多，她拿了钱来到城市租了间房子。她的一个亲戚教她摆地摊。她不会算账，每天都赔钱。后来钱花光了，她不好意思回家，所以想出来做家政。后来换的一个钟点工是个“80后”，人踏实能干，可在工作的过程中，她总是请假回娘家，不是这事儿就是那事儿。后来我就问她，你都成家了，娘家怎么那么多事情呢？她就讲起来她的母亲，她父亲不在了，母亲单纯、懒惰、简单、浅薄。她不干活，也不做饭，天天混吃等喝。孩子们送回去点儿东西，她就守着那点儿东西，没有了就伸手要。其实在农村，这样的妇女很多，几乎是一代人。要真说起来，她们似乎是最离不开传统的人，因为她们本身就是“家庭妇女”。但事实上，她们跟传统决裂得最彻底，比起母亲那一辈，女红、炊事、农耕……她们什么都不会，是她们不愿意会。男人都出去打工去了，他们把钱寄回来。村头有小卖部，煮一包方便面，买几根火腿肠或者几袋饼干和饮料，就能支持她们没日没夜地打牌、搓麻、追剧……

我在基层挂职的时候，计划生育还是天下第一难。不知道从哪一天开始，从城市到农村，大家都不愿意再生孩子了。村小学的生源枯竭，几个村学校并在一起，还是五个老师三个学生。都不生孩子，表面上看起来是养不起，其实是人的文化观念和生育观念发生了根本性的变化。人在迷失中找到了自己。她除了生儿育女，她还要自己“快活”。这种思想变化，在中国几千年的历史里都是没有过的。

上面我们曾经说起过关于现代化对乡村的冲击。其实这种冲击不仅仅限于乡村，我觉得城市也面临着这个问题。也就是，移动互联网已经让世界变成了平的。在这个信息爆炸的时代，人类将面临着什么？我们还将怎样走下去？当然，这不是我这篇小说的主旨。但我在写这篇小说的时候，是有这方面的思考的。而且我只是选择了一个这样的母亲，表达出我的这种焦虑和担忧。不仅仅是母亲在风中，我们都在风中。

杨毅：毫无疑问，您是一位秉承现实主义的作家。如何回应时代难题，如何面对不断变化发展的现实，这些都是文学的真正追求，也是一位作家的真正雄心。很大程度上，您二十多年的创作历程也是您面对时代难题不断做出自我调整的历程，体现出作家的时代感和责任感。对您来说，如何认识纷繁复杂的现实？如何处理虚构与真实的关系？如何有力地揭示出我们所面临的时代难题和人的自身处境？您经常思考的问题是什么？您在创作中遇到的挑战有哪些？

邵丽：我始终认为现实主义不是一种技术，而是一种写作态度。所以也希望“现实主义”不要滥用。我们活在现实里，也用现实的态度发声，这是一种“道”，而不是“术”或者“器”。当然，认识和反映现实，现实主义并不是唯一途径，也未必是最好的途径。但文学必须面对坚硬的现实，这一点对于我来说始终是坚定不移的。同时我还坚持认为，现实主义不但在今天，甚至在更久远的未来依然有它的价值所在，甚至可以说在今天比以往任何时候更需要它。

我之所以认为自己是一个现实主义作家，可能跟我的经历和写作习惯有关系。而我对现实主义的喜爱，因为贴近基层的现实，更有了一种正相关。当你沉在生活的最底层，你才会真正明白一个作家的责任和使命到底意味着什么。当然，对于“现实”我们既不能静止，也不能过于功利地去讨论。在不同的时代，它会呈现出不同的样貌，存在不同的主要矛盾，也必然对文学提出不同的要求。生活是变动不居的，这看上去是常识，但是我们一旦进入对“现实”的讨论时，却常常会忘记这一点，忘记随着现实生活发生变化，我们的文学认识和观念也难免要发生变化。旧有的现实主义创作理念，面对变化的生活也要适时做出调整。所以，现实主义文学创作的探索之路，也是没有止境、历久弥新的。

我觉得您最后这个问题非常有杀伤力，那就是如何“有力地揭示出我们所面临的时代难题和人的自身处境”。这其实是个非常大的课题，不但文学家要面对，社会学家也要认真面对。同时这也正是我经常思考的问题。在这个瞬息万变的时代，我们的难题到底是什么？它和人的自身处境同题吗？人与人，人与自然，人与社会和时代，从来没有如此复杂过。但我觉得唯一不变，至少是非常难以改变的，是人性和文化。如果说写作也有路径依赖的话，这也就是我们认识和寻找现实主义创作态度最合适的路径。

我写作方面的挑战，主要还是来自对生活、工作和写作的摆布问题。如您所知，身兼作协主席和文联主席，我肯定会受到体制的规约，对我的写作影响还是比较大的。不过话又说回来，社会职务虽然占据了我大量时间，也影响了我的写作，使我很难有大块时间静下心来写东西。但在这样的平台上，接触的人多了，信息资源也丰富了，同时也会拓宽你的视野，丰富写作素材。前几天我看到《小说月报》对石钟山老师的访谈，他说到一个观点我深表赞同："作家的修为是重要元素。作家写到一定程度后，写的不是文字和技巧，而是胸怀。胸怀是万千世界，是百姓大众苦乐，是对家园的忧思。最好的文学要跨越所有的一切，一部作品如果没有责任担当，不为疾苦呐喊，就失去了文学的品质和意义。"

研究论文

世风世相、女性与家国

——评邵丽的小说创作

孟繁华

邵丽的文学创作，如果从1999年发表第一篇作品算起，至今只有十余年。十余年的时间不算短，但作为作家来说，用十余年的时间和百余万字的作品将自己打造成有广泛影响的著名作家，并不是一件容易的事情。特别是在当下文学生产、传播和接受都遭遇了巨大挑战的环境里，一个作家能够并敢于坚持下来，如果不是一场人生赌博的话，那么就可以理解为内心对自己有一种强烈的召唤或期待。几年间，她先后出版了《纸裙子》《碎花地毯》《腾空的屋子》《寂寞的汤丹》等小说集。这些作品，与许多刚出道的女性作家多有相似之处——更多地源于个人经验，基本是在情感或婚姻领域展开。虽然讲述了不同的女性经验或情感体验，但因其视野的封闭性和内循环性质，还没有产生广泛的影响。她真正产生广泛影响的创作，是2004年人民文学出版社出版的长篇小说《我的生活质量》。这部小说让她获得了人民文学出版社“‘年度中华文学人物’最具潜质的青年作家”称号，入围了第七届茅盾文学奖。此后的邵丽一发而不可收，不仅佳作迭出，而且因《明惠的圣诞》获得了第四届鲁迅文学奖。邵丽的小说从此面貌大变：她对世风世相的生动描绘，对女性命运、情感和心理的深切同情，对当下生活的积极介入，以及表达出的家国情怀，使她成为一个值得关注的重要作家。

一、文化记忆与人的宿命

长篇小说《我的生活质量》于邵丽来说重要无比，它不仅让更多的读者认识了作家邵丽，而且重要的是，这部作品奠定了邵丽作为作家的地位，并在某种意义上为她带来了信心和鼓舞。可以说，在读过了许多“官场小说”之后，再读邵丽的《我的生活质量》，我相信有过官场经历和官员身份的人，既可能心情舒畅也可能忧心忡忡。原因是，在过去的“官场小说”中，官场几乎就是人性的墓场：尔虞我诈、欺上瞒下、鱼肉百姓、贪污腐败，最后，或者亡命天涯或者苦度余生。这些小说在“反腐败”的主流话语或生活的浅表层面，确实获得了不证自明的依据，但它们的文学性始终受到怀疑，总让人感到文学力量的欠缺。这与这些小说对官场生活追问得不彻底、对人性深处缺乏把握的能力是大有关系的。我们在这些小说中看到的还只是官场奇观，或者是夸大了的畸形黑暗的生活。邵丽的小说《我的生活质量》，也描摹或书写了官场人生，但这不是一部展示腐败和黑暗的小说，不是对官场异化人性的仇恨书写。在某种意义上，这是一部充满了同情和悲悯的小说，是一部对人的文化记忆、文化遗忘以及自我救赎绝望的写真和证词。

小说的主角王祈隆是一个传统的农家子弟，他在奶奶的教导下艰难地成长，终于读完大学，并在偶然的机遇中走上仕途。他并不刻意追求为官之道，却一路顺风地当上了市长。这个为世俗社会所羡慕的角色的背后，却有许多不足为外人道的人生苦衷和内心煎熬。他恶劣的生活质量不是物质的，而是精神和心灵的。一个人的生活幸福与否，不是来自外在世界的评价，外在的评价只能部分地满足一个人的虚荣心和成就感。特别是一个人的虚荣心和成就感已经获得满足的时候，其他方面的欠缺就会强烈地凸现出来。王祈隆的生活质量之所以成为问题，就在于他已经实现的社会地位、社会身份和未能忘记的文化记忆的巨大反差。王祈隆先后遇到了几个青年女性：旧情人黄小凤、妓女戴小桃、大学生李青苹和名门之后安妮。如果小说只写了王祈隆与前三个女人的关系，也就是并无惊人之处的平平之作，王祈隆的欲望和对欲望的克制，与常见的文学人物的心理活动并没有本质区别。邵丽的过人之处恰恰是她处理了王祈隆与安妮的情感过程。

王祈隆与安妮都是当下的“成功人士”、社会精英，按照一般理解，他们的结合是皆大欢喜情理之中。但面对安妮的时候，王祈隆有难以克服的心理障碍：他脚上的“拐”——那个“小王庄出身”的标记，是他深入骨髓的自传性记忆。这个来自底层的卑微的徽记，即便在他当上市长之后仍然难以遗忘，难以从心理上实现他的自我救赎。他见到安妮就丧失了男性功能，而面对相同出身的许彩霞他就勇武无比。文化记忆的支配性在王祈隆这里根深蒂固并不是他个人的原因，哈布瓦赫在《论集体记忆》中区别了“历史记忆”和“自传记忆”两个不同的范畴。他说：历史记忆是社会文化成员通过文字或其他记载来获得的，历史记忆必须通过公众活动，如庆典、节假日纪念等才能得以保持新鲜；自传记忆则是个人对于自己经历过的往事的回忆。公众场所的个人记忆也有助于维系人与人的关系，如亲朋、婚姻、同学会、俱乐部关系，等等。无论是历史记忆还是自传记忆，记忆都必须依赖某种集体处所和公众论坛，通过人与人的相互接触才能得以保存。记忆的公众处所大至社会、宗教活动，小至家庭相处、朋友聚会，共同的活动使得记忆成为一种具有社会意义的行为。记忆所涉及的不只是回忆的“能力”，更是回忆的公众权利和社会作用。不与他人相关的记忆是经不起时间销蚀的。而且，它无法被社会所保存，更无法表现为一种有社会文化意义的集体行为。哈布瓦赫的集体记忆理论强调记忆的当下性。在他看来，人们头脑中的“过去”，并不是客观实在的，而是一种社会性的建构。回忆永远是在回忆的对象成为过去之后。不同时代、时期的人们不可能对同一段“过去”形成同样的想法，如何建构和叙述过去，在极大程度上取决于他们当下的理念、利益和期待。回忆是为现刻的需要服务的。

“回忆”当然也是一种社会资源和争夺的对象。在过去的历史叙事中，农民因在革命历史中的巨大作用，这个身份就具有了神圣和崇高的意味。但在当下的语境中，在革命终结的时代，农民可能意味着贫困、打工、不体面以及没有尊严、失去土地或流离失所。它过去拥有的意义正在向负面转化。这样，农民——尤其是带有小王庄标记的农民，在王祈隆这里就成为一种卑微和耻辱的象征，面对安妮，这个具有优越的文化历史和资本的欲望对象的时候，王祈隆就彻底地崩溃了，他不能遗忘自己小王庄的出身和历史。这是王市长的失败，也是传统的乡村文化在当下语境中的危机和失败。因此王祈隆/安妮就成为传统/现代冲突的表意符号，他们的两败俱伤是意味深长的。

《我的生活质量》是目前邵丽出版的唯一一部长篇小说，此后她的主要精力集中在中、短篇小说创作。这既可以看作她的兴趣所在，亦可以看作她的积聚能量卧薪尝胆，为日后以求一逞的文学雄心积累准备。

二、女性的情感、心理和命运

“女性主义”曾一度成为这个时代最强悍的文学之音，“女性文学”也因此成为这个时代重要的文学现象。但是，当“风头正健”已成往事、“女性主义”业已尘埃落定之后，我们发现，“女性”性别遭遇的问题，与两性共同面临的问题并不具有解决的优先地位。甚至可以说，女性的问题在这些作品中以夸张的方式放大了。邵丽不是“女性主义者”，她没有咄咄逼人的女性立场。但是，在纷乱复杂的社会环境中、在日常生活的两性关系中，她的小说无可避免地有女性视角，这个视角也无可避免地有个人经验和体悟隐含其间。在我看来，邵丽对女性的关注，更多的是在女性情感、心理和命运的范畴中展开，她对女性更多的是同情、悲悯和束手无策的关爱。但是，当她一旦将女性的这一切展现在我们面前的时候，我们在深感震撼的同时，也为她细微的体察和尖锐的发现所打动。

《明惠的圣诞》是获鲁迅文学奖的作品。小说讲述的是明惠不甘屈辱最终诀别人世的惨烈故事。曾经骄傲的明惠因高考落榜，被迫更名圆圆做了按摩女，这是这个时代没有着落的女孩常见的谋生手段。在这样的环境里讨生活，圆圆有过怎样的经历是可以想象的。但是，圆圆似乎驾轻就熟处乱不惊，无论客人有怎样轻薄的举动，甚至被“表哥”带走付出了第一次，也没有痛不欲生寻死觅活。让明惠放不下过不去的是她遇到了一个名叫李羊群的人：

> 圆圆第一眼看到李羊群就觉得他不是一个好色的男人，她就是这样感觉的。李羊群那天显然是喝过酒，他洗完裹着一条浴巾进按摩间的时候，透过屋顶玻璃射进来的阳光突然间逆着打在他干净的身体上，圆圆的感觉有些模糊起来。这个生得很体面的人的脸上是透着丝丝缕缕悲伤的，当然，这悲伤别人是看不出的。
>
> 圆圆那一刻觉得那悲伤是从她自己的心底涌出，却写在了这个男人的脸上。圆圆的心多少有一些被打动的东西。

这个细节是圆圆与李羊群有交往愿望的开始。而“那次按摩结束后，李羊群是第一次在按摩间里打量一个女孩。他觉得这个年轻的女孩子脸上有一种成熟镇定得让他惊心动魄的东西”。“他遇到了一个和他一样怀了委屈的人”。这是心和心的对接，或者说是“心有灵犀”。于是，圆圆开始了和李羊群的交往。李羊群确实不是一个坏人。他的前史是：一个国家公务员，有漂亮的、青梅竹马的夫人。因一次艳遇，丢了夫人也丢了儿子。他主动辞了公职办起了文化传播公司。李羊群对圆圆出手大方，久而久之，圆圆觉得自己应该付给李羊群应该付出的东西。事情的转折发生在另一个圣诞夜里。圆圆和李羊群遇到了李羊群的一群朋友。这些人在圆圆面前的优越感毫不掩饰——

圆圆是有自知之明的，坐一会儿就说要先走。圆圆说完走就拿眼睛去看李羊群的反应，李羊群这只羊好像回到自己的羊群就把圆圆给忘记了，刚才还精神头十足地盯她的那双眼睛，现在一下子散了。他这样的神态与这帮人在一起才是合辙押韵的。圆圆以为，李羊群不陪她一起走，至少会挽留她。李羊群那时候正忘情地和他们追忆起一桩往事，他仿佛忘记了自己的角色，他本是陪了她出来玩的。但他不想让任何人在这个时候穿插到他们的往事里。

他头都没扭就挥了挥手说，那好吧圆圆，你先回吧！

第二天，圆圆逛过商场、喝过鸡汤后，穿上盛装，躺在床上再也没有醒来。在这个圣诞之夜，圆圆不仅是感觉受到了羞辱，不仅是曾有过的幻觉在瞬间破灭。更重要的是，这个羞辱轰毁了她的整个世界，剥夺了她所有的尊严。她只能以死维护自己最后的尊严。在此之前，她一心一意渴望成为一个城里人。她在成为城里人的过程中，可以不惜一切，甚至卖身。但是一旦身份变了，感觉到自己是城里人了，别人的一句玩笑，或者是冷落，她就受不了，甚至不惜牺牲生命来维护——想想看，一个人的身份哪怕稍稍变化一点点，就会有截然不同的结局——这种东西过去是没多少人关注的，对“城市化”，人们只是习惯于用数字说话，城市化率达到多少多少，新农村建设如何如何。从来没人会想到，在这个数字后面，是活生生的生命和尊严的丧失，更不要说文明的衰落和历史的失重了。怎样重拾人文关怀与城乡和谐，这是自1949年新中国成立以来我们所面临的重大问题，只是过去没人正视过，在谎言里把它遮蔽了——但是，即使是死，明惠也没有找到自己的真实身份，对于城市给他们的语言和表情，他们根本消化不了。中国的农民有着对城市的深度“乳糖不耐”。

这就是小说撼动人心的地方。小说没有用道德化的方式谴责批判李羊群或肖明惠，而是撕开了这个司空见惯的生活方式和场景的背后，将这致命的隐形之手暴露给世人。明惠的死不仅李羊群不明白，而且更多的人可能不屑一顾。因此，明惠的悲剧很可能是在明惠之死的后面。当邵丽将明惠的悲剧呈现出来的时候，表达的是对人的顾惜、不平和关爱。她曾说："生活中充满了爱。尽管我并不认为人仅仅是为爱而活着，但我觉得没有爱的生活不能算是有意义的生活，至少我不会为没有爱的生活而写作。"[①]她践行的是承诺。

《寂寞的汤丹》是一篇深入探究女性心理的小说。汤丹偶然遭遇了宣传部部长李逸飞。在汤丹看来，李逸飞的迷人是因他的"风采"。第一次见面："汤丹无端想起'小乔初嫁了''羽扇纶巾'这样的词句来，后来的思想跑得就更远。再后来，她就不知道讲的是什么了，只顾着揣测这个男人的方方面面。"于是两人开始了心照不宣的交往。

青年男女即便是已婚，对异性偶发幻想也不是什么值得大惊小怪的事情。但是，当汤丹因工作的事情需要李逸飞帮忙，带着丈夫小袁到李逸飞家之后，李逸飞对汤丹的态度陡然发生了

① 见《郑州日报》，2007年10月30日。

变化。告别时“李逸飞和小袁握手道别，看都没看汤丹一眼就关了门。出了院子坐在车子里小袁说，事情办得太好了。他一副开开心心的样子，汤丹也觉得从头到尾都没有什么不妥，神情却是恍惚得要命”。汤丹和丈夫一起去李逸飞家的举动，使汤丹与李逸飞两人还没开始的关系注定无疾而终。这里，丈夫小袁的用心是尤其值得注意的。他对男女之间关系的敏感以及处理了无痕迹，足以证明他的城府和老练。此后，无论是小袁还是汤丹，各自经历了不同的情感遭遇，但“汤丹还得沉没在生活里”。小说没有大起大落疾风暴雨式的情节，它写的是日常生活中汤丹的落寞和无助。汤丹的寂寞貌似死水微澜，但小说却写出了她内在的波涛汹涌。它有欧洲浪漫主义时期小说的遗风余韵。

《城外的小秋》，是一篇有鲜明当下性的小说。城镇化是当下生活的基本趋势，它的历史合理性已经有过无数的阐释。但是，历史的逻辑不能置换生活的逻辑。历史逻辑的合理性发生在讲述中，生活的逻辑却是在感受里。小秋不喜欢城里的生活，奶奶带她回到了乡下。乡下的小秋——

> 养了一条叫大黄的狗，上学放学都跟她形影不离。小秋后来不上学了，大黄就跟着她和奶奶下地。家里还有两亩多地，爸爸早就不让她们种了，奶奶坚持种，主要是因

为小秋坚决要种。收了麦子，叔叔们帮着把地整理出来，她们就一粒一粒地点上玉米。地头还会种一小片花生，几棵甜瓜，还有长豆角，几根棍搭个架子，爬得枝枝蔓蔓的，结的豆角比小孩子都高。小秋在她的玉米地里，快乐得像个公主，大黄就是她的仆从。

这是小秋的乡下生活，也是她后来挥之不去的乡村记忆。但是，离开了城市并不意味着小秋就走进了不变的世外桃源。老村子还是要拆了，村子已经划为市区范围。就在开发商的推土机开进玉米田的时候，小秋滑进了埂下的水沟里，小秋瘫痪了。小秋失去了玉米田，也永远失去了和玉米田有关的生活。当然，失去这一切的还有奶奶、郝强和郝晴天。小说提出了一个悖论性的问题：城市化是现代化的表征，现实生活里，进了城的农民无论遇到怎样的困难，他们都很难再回到乡下，因此，现代性是一条不归路。但在小秋这里，她对乡下的眷恋几乎无可替代。无论是安居房、推土机还是城市规划，在小秋这里不啻为洪水猛兽。每个人对生活的理解不同，他们本来有选择的权利，但在小秋的时代，现代化将一切都格式化、统一化。“现代”成为另一种冠冕堂皇不由分说的具有权力关系的说法。这既是现实，当然也是隐喻。小秋未来的生活是可以想象的，她没有能力改变这一切，她只能接受这样的现实。承受这样的现实的当然不止小秋一个人，它可能是我们这个时代所有矛盾的一部分。如果是这样的话，失去玉米田的显然还有无数个小秋和他们的家人。

邵丽写了许多与女性生活有关的小说。上述三篇作品远不是全部。重要的也许不在于邵丽身为女性写了女性，重要的是她写出了女性在现实生活中不同的纠结、矛盾和无奈。一个作家如果没有这些心理感受和对女性的认知，这样的小说是断然难以完成的。

三、家国情怀与新的创作实践

十余年的时间，邵丽尝试着各种题材和写法。近年来她连续发表了《村北的王庭柱》《老革命周春江》《挂职笔记》《刘万福案件》《第四十圈》等一批写基层干部生活的作品。这些作品与邵丽的挂职经历有关。她在一篇小说的开头说：

> 作为一个小说家，当我被组织派往一个一百多万人的大县挂职副县长体验生活时，内心是非常纠结的。我常常融不进这种“生活”之中，但又觉得忽然之间失去了自己

的生活。那时候我显然以为，挂职的意义不在于职，而在于挂。我是确确实实被挂在生活之外了。[1]

这是一份难得的清醒。正是有了这份清醒，邵丽才将王庭柱、县委副书记周春江、祁副县长、刘县长等写得跃然纸上。那里的生活气息弥漫四方让人如临其境。读这些小说很容易联想到“山药蛋派”作家笔下的生活和人物。这些小说为邵丽赢得了更高的声誉。《刘万福案件》，也是以一个挂职作家视角讲述的故事。故事的主体是刘万福的今生今世，是一个普通农民的生存状况和不幸遭遇；另一条线索是县委书记、经济学家对当下中国，特别是中国基层发展的言论和看法。小说内部结构极其复杂，犹如当下中国的社会生活，剪不断理还乱。

小说在刘万福糟糕的命运上展开。矿难情节写得一波三折惊心动魄，矿工的坚忍和危难中的真情催人泪下。班长阎涛过人的胆识和处乱不惊的风范，与矿工的生死与共的情义，给人留下了深刻的印象。但是，一条“瞒报重大矿难偷运尸体”的信息，以及“美国总统奥巴马就西弗吉尼亚州矿难发表声明”的对比，使小说在不经意处起了波澜：“人与人之间的不平等体现在生上，

---

① 邵丽：《挂职笔记》，《人民文学》，2011 年第 8 期。

既无可否认又无法改变。如果还体现在死上，那就只有令人扼腕可惜了。同样是煤矿工人，有人死得那么有尊严，他们的名字像英雄一样被惦记和怀念。有人只是死成小数点后面的一个数字，只是活在统计年鉴里。”当然，小说不只是表达了作家批判的姿态，重要的是，她还是在人性的复杂性上下足了功夫。刘七是一个乡间无赖，与刘万福家有“世仇”。刘万福与刘七的仇怨源于刘七对刘万福妻女的欺辱，在忍无可忍的情况下，刘万福手刃刘七和一个同伙。“刘万福相信党和政府的有关政策，立即去派出所投案自首了。法庭根据他犯罪的性质和投案自首的情节，判了他死缓。”后来又改为“无期徒刑”。“刘万福案件”只是一个个案，或者说只是这个故事的“外壳”，作家真正要表达的，是一个经济学家和县委书记如何面对复杂多变的基层中国的现实，如何讲真话、敢担当的问题。但是，对这些问题的处理，比处理“刘万福们”遇到的问题还要复杂得多。

邵丽写完这篇小说之后说：“刘万福在他那个阶层里，靠勤劳节俭能在多大意义上改善生存环境？杨子龙如果不坚持以退为守的活命哲学会不会全身而退？周启生如果不是木秀于林怎么会砰然倒下？其实，如果我们仔细观察，会发现这些现象根本不是‘这一个’，它甚至是普遍的、先验的、宿命的，这才是它的悲剧意义之所在。所以我觉得这应该是作家、社会学家以及更多的人需要共同关注的问题。”[①]我惊异于邵丽对生活的熟悉和理解。刘万福们生存在极其艰难的环境中，这个艰难不只是大环境的问题，同时也有邻里乡亲间的问题，有这个阶层自身存在的问题。它的复杂性只用同情或悲悯无济于事。另一方面，“底层”有底层的生活方式，即便在矿难最危急的时刻，他们也没有忘记开最“荤”的玩笑以缓解惊险和紧张。因此，底层书写只用眼泪和无边的苦难来表达显然是太简单了。在这个意义上，邵丽有了很大程度的超越。

如果说上述小说表达了邵丽对外部世界，抑或是国家民族关怀的话，那么《糖果儿》则从外部世界转向了自己的内心生活，这是一篇温润如玉苍茫如海的小说。小说以“我”与女儿幺幺的情感关系为主线，旁溢出“我”与敬川、苏天明与金地以及幺幺、姥爷姥姥、父亲母亲等人的爱情和家庭生活。这个时代的爱情和婚姻大都乏善可陈，因此，当“我”回忆起与敬川的婚姻生活时竟是如此地失落：“我们长达十几年不在一个城市生活，我们每天早晚都按约定时间通电话，所涉及的话题总是身体，锻炼，少喝酒。有时候我们也表达爱情，感情丰沛，话说着说着就柔软起来。他几乎常常说他很爱我很想我，可当

① 邵丽：《倾斜的姿态》，《小说选刊》，2012年第1期。

我一个人待在家里为一桶矿泉水放不到机器上而哭泣的时候，他在什么地方呢？有一次他晚上回来，发现我们家的十六只灯泡只剩下一只了，癔症了半天，说，这日子过的！我也常常说我爱他，可过了这几十年，我为他洗过几次袜子呢？有一次我告诉他，他有白头发了，他吃惊地瞪着我说，已经白了好几年了，你才发现？”其实大多婚姻大抵如此，英雄救美的时代过去了。这是一个莫名忙碌的时代，居家过日子的夫妻谁都难以做到恋爱时期的恩爱或体贴。小说毕竟还是讲述了一种圣洁的情感的存在，这就是“我”与女儿幺幺的没有条件的爱，或许只有这种爱才称得上大爱无疆刻骨铭心。比照了这些情感生活后，“我”终于释然：当女儿的孩子要出生时，“我”坚持要给孩子取一个小名——“糖果儿”。

邵丽曾自白说：“我更倾向于在苦难里发现美好，在荆棘里发现花朵，在阴霾里学会看到阳光。文学的神圣在于，它始终使我们的精神挣脱沉重的肉体，以独立和自由的姿态，存活在另一个可以抵达永恒的世界里。”《糖果儿》不是这一观念的诠释，但没有这样的观念就不会有《糖果儿》这样的小说。

邵丽还有一篇受到普遍好评的短篇——《北去的河》。这篇小说从另一个角度回应了《城外的小秋》。“进城去”当年也许是一个口号，今天却早已风起云涌。但是，城市真的是天堂吗？

《北去的河》从大别山乡下写到北京城，这既是小说展开的空间场景，也会是前现代与现代的隐喻。哥哥刘春生把女儿雪雁送到北京弟弟家里，希望女儿从此离开乡下生活在北京，弟弟秋生也说了，“跟他们三五年，给她在北京安排个工作，再找个婆家，等他们老了也去北京”。父亲刘春生对女儿可谓用心良苦，弟弟秋生也绝无虚情假意。但是雪雁很快就打电话给家里，和娘哭闹说想家，要回家。父亲刘春生为此专门跑了一趟北京，见到了秋生和雪雁。但是，北京是刘春生想象的北京吗？秋生的苦衷和雪雁的感受是刘春生能体会的吗？刘春生在北京虽然喝了“15年”的茅台酒，吃了不曾吃过的酒店大餐，喝了不曾喝过的咖啡，但他回到大别山家里的时候，他想的却是“‘家’并不是光指房子、床铺和锅灶，它是地土，是树木，是水，是气味儿”。因此，想象的“现代”并不适于所有的人。要超越自己熟悉的事物是多么艰难。在短篇小说中，邵丽写出了转型时代的心理难题。

多年来，邵丽通过对世风世相的描绘，对女性心理、情感和命运的状写，通过对国家民族的关怀与忧患，建构了属于她自己的独特的文学世界。她的勤奋和抱负已经结出了丰硕的果实，对她的文学未来，我们完全有理由怀有更高的期待。

《中国作家》，2013年第6期

寻找表述生命存在的方式

——论邵丽的小说创作

吕东亮

摘要：邵丽早期的创作主要书写女性在情感生活中的生命主体意识，呈现出较为明显的中产阶级的趣味；长篇小说新作《我的生存质量》则坦露了生活发生变故之后女性自身的生命承担和存在感知，表现了灵魂反思的深度；近期一系列书写底层故事的中短篇小说则显示了女作家在姿态倾斜之后的新变，具有强烈的现实意义，也展现出走向经典作品的可能性。

关键词：邵丽；主体意识；中产阶级趣味；存在感知

在长久以来男性作家强势主导的河南文坛，邵丽的崛起是一个引人注目并且值得深入讨论的现象。也是从邵丽开始，乔叶、戴来、计文君、傅爱毛等河南女作家以迅猛的态势、骄人的成绩向文坛发起了阵阵冲击，展露了中原文学的巨大潜能。在这股方兴未艾的女作家冲击波中，邵丽无疑是一个急先锋。她也最早引起全国文学界的关注，中篇小说《明惠的圣诞》荣获第四届鲁迅文学奖，长篇小说《我的生活质量》入围第七届茅盾文学奖，获得《人民文学》《当代》《小说选刊》《小说月报》《中华文学选刊》等期刊文学奖多项。她创作起点很高，创作练习期很短，从1999年开始创作，到问鼎全国最高级别的文学奖，尚不到十年时间。这种创作上的成熟和饱满，在中国女作家中是比较少见的。邵丽创作上的成功，很大程度上缘于生命意识的自觉。对生命存在状态的深切注视和不懈追问成为邵丽作品中一以贯之的东西，也支撑了并且将一直支撑着邵丽的创作之路。关注生命、关注人性并不是新颖的文学话题和另类的写作姿态，但在邵丽这里，对生命的书写却呈现出令人震颤的文学风景，不可等闲视之。

一、女性自我的生命观照

邵丽早期的中短篇小说的代表性作品结集为《腾空的屋子》，作为著名批评家孟繁华主编的“短篇王”文丛之一出版。这套“短篇王”文丛标示的是“为了精致的写作和阅读”[①]的文

① 邵丽：《腾空的屋子》，中国文联出版社2004年版，第1页。

学理想,“精致”确实是这套书的品格，邵丽的《腾空的屋子》也显示了对写作技艺的高水准追求。语言的弹性和话语蕴藉的丰富性、不露声色的叙述控制力、叙述者价值立场的适度介入以及一些不时出现的精妙的感慨，是小说文本比较突出的特点。这些特点也比较稳定地出现在邵丽后来的创作中。

《腾空的屋子》中的小说，多是作者对于自己所熟悉的生活场景的描摹，叙述语态情感化、情节组织散文化的倾向比较明显。一些短篇，比如《腾空的屋子》就是对自我成长记忆的追述和清理，伤感、怅惘的心绪也是怀旧时常见的调子，今昔对比中的复杂感慨伴随着对世事的日渐洞明是作品的主要内容。但过于浓郁的主观情绪甚至影响了叙述的进展，一些情节也因而显得突兀，随处出现又随处隐遁，这些大概是抒情小说普遍存在的倾向。而《生活痕迹》《长命百岁》等虽然有丰富的情节，但却无法衔接成一个扣人心弦的好故事，只是如标题所示的对于“生活轨迹”的记述而已，作者存留这些轨迹的目的不是要讲一个好故事，而是记录进而整理一下对生活、对自我生命的感知。作为一个女性小说家，邵丽在作品中呈现的女性性别意识十分明显，尽管这些作品中的女性主人公的性格和行为并不显得激烈和富有对抗性。邵丽笔下的女性，身份总体上讲是芸芸众生，在男权主导的社会中处于附属和边缘地位。作品中关于这些女性的叙述多是对其现实境况的真实书写，但比较特别的是这些女性对于自己的生命存在有着深入的自省意识。《腾空的屋子》的自传色彩比较明显，“屋子”的隐喻也和英国著名女性主义作家伍尔夫的名作《一间自己的屋子》有着精神上的联系；《迷离》中的安小卉之所以迷离，是因为在纷扰生活中无法安放自己的情爱理想，甚至也无法确认自己的理想情爱状态究竟是什么样的；《长命百岁》《生活轨迹》中的生活密度虽然较大，但小说的叙述焦点却是在紧张而有波折的生活缝隙中生出的别样情愫和深沉感慨；《寂寞的汤丹》和《大礼拜》则直接书写了女性由于对情爱生活的不满而出现的逾越现实伦理的冲动，而大胆的行为实施之后却无法赋予其情感意义，女性的情感呈现出更深一层的匮乏状态；《戏台》《安子的拳头》《爱情2000年》《废墟》《礼拜六的快行列车》等或是讲述一个迥异于常人的情爱故事以及其间令人困惑的心理状态，或是素描般地呈现一个恋爱片段进而融入自己的生命体验，都写得真实淋漓、入木三分。

这些作品中所呈现的很多情感主体都是具有典型性的，尤其是关于情感状态的书写十分充分，有力地传达出新世纪价值观离析的多元化社会在人的情爱心理方面的投射，无疑具有丰厚的社会学上的认识意义。但也毋庸讳言，更多的女性主体形象实际上是作者自我意识的变体。虽然我们不能简单地说作品的女主人公都是作者内心的外化，但我们可以很强烈地感觉到，作者的控制力在情节的叙述、女性形象的塑造和女性心理的揭示中显得过于强大了。作者凭借自己的理解，赋予很多女主人公脱俗的品质，让她们疏离于正常的生活环境之外，做一个执着寻觅纯爱的浪漫女性。由于遵循的是内心的逻辑，小说的情节建构就不大讲究外在的缝接，偶一为之，反而暴露了叙述结构的脆弱。比如《废墟》对于男女主人公的纠结矛盾、备受煎熬的痛苦心理状态的传达令人感同身受，但整体情节的安排却显得生硬，对小说的抒情氛围不能不说是一种伤害。实际上，倒不如一开始就放弃情节的过分经营，淡化情节对于心理描写的干扰，直接切入对恋爱过程的书写。从整体上看来，邵丽的这些小说，有着浓郁的“文艺片”的气息，即不大讲求叙事的流畅，表达的重点是情爱思辨中内心的深度。

对于具有自觉性别意识的女性作家来说，关注情爱自然是作品的应有之义。但女性千差万别，生存处境迥然有别，因而对情爱状态的书写也不可一概而论。邵丽在《腾空的屋子》中对于女性的书写有着明显的中产阶级趣味的印记。所谓中国的中产阶级，在学界一直有着激烈的争议，从政治经济状况以及社群规模上看，中国的所谓中产阶级确实与西方中产阶级不可同日而语，但从文化主张上来看，在新世纪以来中国的一些阶层确实存在着和西方中产阶级相似的精神趣味。这种精神趣味突出表现在对既有秩序的尊重、政治文化上的保守主义、注重内心生活的质量。这种趣味当然以衣食无虞的生活为前提。邵丽早期的中短篇小说大多是以自己熟悉的政府管理精英的生活为题材，作品中女性的生活环境也总体上受制于这样一个环境。根据西方中产阶级的定义，中层官僚精英是典型的中产阶级；而根据中国的政治生态，作为官僚精英的配偶的女性也分享了这一阶层的福利以及以此为基础的文化趣味，尤其是当这些女性具有一定文化修养和文化能力的时候，这种趣味甚至表现得比男性官僚还要明显，因为女性更容易获得培养、感知和表现这种文化趣味的时间和空间。邵丽以及她笔下的女性，就是具有如此文化能力的人。因而，邵丽的中短篇小说集《腾空的屋子》对于中产阶级生活的写作实践很大程度上可以视为詹姆逊所说的中产阶级文化的象征行为。她笔下的女性，不需要面对物质生活的困境，但也因为专注于内在的精神生活，而感到了虚设理想所带来的种种不适，随之而来的为改善这种不适所做的种种努力，都往往是徒然的，而且增添了沮丧和困惑。叙述者在这种叙述中既流露出切己的生命感受，有时又不免显露出居高临下且事不关己的优越感，作者对女性心理密切关注的同时又十分自信地对女性形象进行精神分析，进而成功地操控女主人公的精神走向。从叙事伦理上来讲，叙述者不免呈现出一种自我浪漫化或者顾影自怜的人格状态。这应该视为中国女性文学新的动向。在已有的女性叙事中，女主人公要么是在克服物质困境的奋斗中忽视内心幽微的一面，要么是在反抗男权的压迫中激烈悲壮，要么是独自坚守一种情感或者生活信仰，在对外物的移情中从容面对岁月的流逝，比如方方的《奔跑的火光》《万箭穿心》，铁凝的《玫瑰门》，王安忆的《长恨歌》。但在邵丽这里，你会发现这些女性不大愿意反抗既有权力和性别秩序的统治，也没有恒定的生活信念，而是愿意在既有的丰裕环境中立足并同时关注自己的情感质量，并且在有限的范围内尝试改善，但改善往往是虚幻的。《寂寞的汤丹》中的汤丹在女友的鼓励下对新的情感对象跃跃欲试，但结果恐怕不大可能是令汤丹满意的;《大礼拜》中的范青楚勇敢的报复性的越轨尝试则使她的情感状态更加糟糕和绝望。在富足而庸常的生活中生出对情感的不满、不甘，进而寻求以比较安全的方式和较小的代价获得抚慰，但即便如此，对于脱离既有生活轨迹的行为仍然怀着巨大的惶惑，所能拥有的只可能是对于生活形态可能出现变化的隐隐期待以及具有矛盾性的对于变化的恐惧，这便是经过中产阶级文化趣味塑造后的女性情爱心理。这种女性心理其实颇具有广泛的隐喻意味，尤其是对于中产阶级的既循规蹈矩又不甘平庸的政治取向而言。依据中国文化传统中以男女之爱隐喻君臣之义的文化成规，我们似乎可以把中产阶级和主流社会秩序的关系也作如是观。

在邵丽前期创作中，比较值得注意的是短篇小说《明惠的圣诞》，这不仅仅是因为《明惠的圣诞》获得了鲁迅文学奖，更重要的是这篇小说表现出邵丽视野的广博和知觉的敏感，以及对于复杂经验的处理能力。《明惠的圣诞》讲的是一个关于尊严的故事，明惠在乡村的差序格局中成功地保持着尊严，但在高考梦碎之后这种尊严顷刻瓦解，明惠重建尊严的路只能通往城市，而且尊严建立的过程充满着悖谬的意味。明惠融入城市的道路虽然顺遂，但尊严的真正建立仍然是一个漫长而艰难的过程。明惠以死亡的方式确认了这种艰难以及对自身的绝望。在当下中国的物质生活不足以对大多数人构成困扰的情况下，黑格尔所谓的“承认的政治”就成了内心所面对的真正问题。《明惠的圣诞》所讲的尊严流转的故事在很大程度上切入了时代的内核。邵丽在小说中对于尊严问题的处理比较特别的地方是其聚焦于尊严的流转，作者通过尊严初建、尊严破碎、尊严重建、尊严再破碎的过程，成功地书写了中国社会变迁对于尊严秩序的秘密调整，也展示了作者对于乡村经验和都市经验的双重熟稔，以及游刃有余的驾驭叙事的能力。这种能力相比于此前中产阶级女性情爱生活的书写来说不能不说是一次重要的拓展，也在她后来的写作中得到了巩固和强化。

二、从“生活”到“生存”的生命体悟

在《明惠的圣诞》中，邵丽主要讲述了乡村女孩明惠进城寻求尊严的故事，这个故事的男主人公李羊群虽然是城市主体的象征和明惠尊严的赋予者，但其面目相较于明惠来说，仍然显得较为模糊。根据小说的叙述，李羊群是一个事业有成却遭遇婚恋困境的男人，并且他一直无法理解也无从走出这个困境，从而在生活态度上显得有些迷离。应该说，这是一个典型的能够表征中产阶级的男性形象，但这个形象在《明惠的圣诞》中并没有完成，作者似乎也来不及对这个人物展开描写和分析，这当然是为短篇小说的文体和篇幅所限。但对于一个作家来说，捕捉到如此一个具有生长性的形象，自然不能也不会轻易放过。邵丽的长篇小说《我的生活质量》就成功地展开了《明惠的圣诞》中被暂时压抑的关于男性成长和生存的叙述。《我的生活质量》是由中篇小说《王跃进的生活质量》扩写而成，主人公则换成了王祈隆。但不论是王祈隆，还是王跃进、李羊

群，在邵丽的文学世界里都是同一个生命体，可以综合起来进行解读。

《我的生活质量》由于主人公王祈隆的官场身份，被很多人尤其是处于大众阅读层面的读者视为“官场小说”。但小说文本真正涉及官场的描写非常少，一些关于官场的片段也没有秘闻的色彩。因而，单纯地把它和官场小说相类比，是不符合文本实际的。而且，相对于一些官场小说对于神秘经验的炫示和暴露而言，《我的生活质量》有意规避此类描写，把叙事的重心放在官场中人的普通人一面的书写，具有自觉的“祛魅”意识。小说对于王祈隆的描写不仅仅限于官场，而是从孩童时代写起，也重点写了大学生活以及进入官场之前的故事，甚至写了带有生命前史意味的王祈隆出生之前奶奶的故事，即便是写官场，小说也很大程度上是写官场的场域之下个人的生命状态和情感欲求，所呈现的社会景观也迥异于类型化的官场面相。这是很多官场小说所不愿意也没有能力触及的，也是很多官场小说作家所无法获得的经验，因为这些经验的缺乏，很多官场小说看似对官场经验津津乐道，实际上呈示的官场世界却内在地缺乏一种可理解性。《我的生活质量》对于所谓官人王祈隆的书写，很大程度上带有“普通人的传奇”的色彩。作为上海文化符号的女作家张爱玲宣称自己的写作就是为了呈现“普通人的传奇”，她认为传奇中有普通人，普通人中有传奇。《我的生活质量》的叙述动力很大程度上也来自对生命存在的这种理解，因而王祈隆的故事很自然地获得了一种真实感，这其实建立于作家的这种叙事态度所提供的可理解性。作者在小说中对于王祈隆的生活轨迹的叙写相当地细腻，细腻之中充溢着体贴的温情。对于王祈隆的生命中的传奇性的叙述，拿捏得十分到位，既巧妙地书写了所谓传奇中所蕴含的普通人的自我怜爱及人情世故，又提示了关于传奇的限度，字里行间流泻着建构与拆解相互之间所形成的张力。尤其值得注意的是，小说对于王祈隆在大学时代的尴尬传奇以及其后不断地因这段传奇所形成的心理障碍进行克服的叙述，融嬉笑与悲凉于一体，显示了生命观照的深度。这种透视的深度也贯彻到小说始终，揭示了官人王祈隆如何在成长的环链中把自己的诸多支离的生命碎片艰难地凝结成一个完整的同时也是脆弱的成功者形象。作为男性成长的参照，小说特意花费了较多笔墨描写了王祈隆生命过程中所经历的几个女性，从乡村读书时的李响，到进城读大学时的冯佳，再到参加工作以及进入官场后所遭遇的许彩霞、黄小凤、安妮等，都参与了王祈隆作为成功男人的塑造，是其成长成熟过程中不折不扣的“他者镜像”。王祈隆正是在一次次地从“他者镜像”中发现自我主体，进而克服或掩饰自我局限的生命搏斗中，逐渐成就自己的生活质量的。从这个意义上说，《我的生活质量》其实可以视为一部成长小说。除了女性因素之外，主人公王祈隆成长的过程交织了很多因素，诸如城乡差别、社会转型等，实际上也表征了当代中国发展的一些内在脉络和症候。

不过，小说的重点当然不是反映现实的变革。《我的生活质量》的主观抒情气息相当强烈，尽管小说文体已经帮助作者节制了不少外露的主观表达。比如，小说开头时对王祈隆奶奶不凡经历的叙写以及后来对王祈隆提升后生活品质的描述，实际上都分明投射着叙述者的心仪和赞美的态度。叙述者主观态度的介入通常会加强小说叙述的控制力，但在《我的生活质量》中主观态度的介入却给小说带来一种对话的氛围，这可能是因为小说的叙述者试图理解和把握主人公的生命成长，但同时对这种理解和把握又显得不自信，因而小说的文本不能不呈现出开放的特点，即关于王祈隆的理解空间并没有被叙述者填满，而是留下了许多不确定的空隙。作者对小说文本的这种处理或许是不自觉的，却成就了文本的特色。但是，这种特色并没有均衡地分布在小说的每个部分。在有的时候，叙述者的主观介入显得较为强悍，甚至形成了叙述的霸权。比如关于许彩霞的故事，作者虽然花费笔墨较多，但并没有塑造出一个真实的、饱满的、正态化的许彩霞形象，小说文本中关于许彩霞的叙述，很多时候表现了叙述者对这个人物的厌弃，作者的叙述态度不是正视的，因而对许彩霞的形象不免处理得有些丑角化和脸谱化，缺少一个形象所应有的自在的主体性。尤其是小说结尾部分对许彩霞意外死亡的叙写，从叙述逻辑上来讲是缺乏内在支持的，也显示了叙述者在关于这一形象的思想准备上的慌乱和匆促，从叙述伦理上来讲，也是有失妥当的。这一点，如果我们和叙述者钟爱的安妮形象相比，感受得会更为深刻。此外，作者关于王祈隆大学时的狼狈不堪的书写以及后来对其魅力四射的书写，由于强大叙述控制力造成了各自内在的封闭，彼此相连接的可能性较小，因而王祈隆形象的断裂感太强，事实上有损于主人公形象的基本统一。大概是因为《我的生活质量》是由中篇扩展而成的吧，小说叙述稍微缺乏一点均衡性和统一性，结构上也不够完美，和那种一气呵成式的长篇小说相比还是存在较大的差距。小说中的一些片段，比如开篇关于奶奶的叙述，虽然也很精彩，但对于整部小说来说，似乎是赘余，而且叙述情调也和整部小说相疏离。

《我的生活质量》毕竟是邵丽的第一部长篇小说，主观化的过分介入所造成的一些缺失在很大程度上是因为作家既无法完全超越于自己的生活经验，也无法完全直面自己的人生经验。在邵丽2013年推出的长篇小说《我的生存质量》中，邵丽摆脱了与切身经验若即若离的尴尬状态，她选择的处理方式是直面惨淡的人生，干脆利落地介入、呈现和分析自己的生命经验。叙述者直接现身，既生动地现身说法般地叙述，又随心所欲地表达自己的人生理解，这种无所顾忌的表达的直接性甚至打破了长篇小说文体规范的限制。即便是叙述性的文字也呈现出叙述者直接现身的“元叙述”色彩。小说的结构似乎也不甚讲究，故事片段的缝合感是再明显不过的了。不过，值得注意的是，如此大胆的逾矩的写作行为，对于小说文本的品质并没有构成真正的伤害，反而给人一种表达的快意和酣畅。作家的情感表达和生命反思潜在地成为结构小说的线索，情节的组织也显得自然自在，毫无矫揉造作之态。

《我的生存质量》是邵丽生活遭遇重大变故之后的创作，书写的是女作家在变故之后的所思所行以及寻找既往生命踪迹而获得的故事。故事的范围基本上在女作家自己和丈夫的家族范围之内。这些故事，这些人，是跟变故有直接牵系的，因而作者写起来，有充分的经验和十分的把握。作者选择这些人和事来写，也是有深意的。这些人都可谓是至亲，变故前后的事也最能见出世态和人心。作家对于自己长篇小说的命名从“我的生活质量”到“我的生存质量”，虽然仅一字之差，却意义非凡。从生活到生存，显然具有祛除生活的浮华和雕饰，直抵生存本真的意义。作为作家的同构体的小说叙述者，在叙述这些故事的时候，确实经历了由浅入深的体悟的过程，虽然最后还不能说是大彻大悟，但作品灵魂反思的深度却是令人震撼的。叙述者重点叙述了家族的故事，作为自我生命的渊源，叙述者试图从中寻找一些确定性的东西，以便抵消突如其来、猝不及防的变故所造成的心灵的无助和虚无状态。故事叙述的结果虽然不能令人满意，但至少让叙述者自我内心平静，而后重新体会和谅解人世的复杂和生存的不易，进而以悲悯的眼光审视生命，最终达成“握在手里的生命是甜的”①的存在认知。

小说虽然给人以倾泻情绪的印象，但叙事密度也是较强的，因为每个故事都经过作者的生命沉浸，所以看似平淡的小故事其实颇富意趣，经得起品味和琢磨。小说的叙述者巧妙地内设了自己的女儿作为分叙述者，完成部分故事的叙述，这一方面可能是真实的经验，另一方面也丰富了人物和情节的意义，和主导叙述者的叙述形成对话。不过，大多的叙述由叙述者本人来完成。叙述者以第一人称“我”的形式出现，牢牢地控制着叙述的走向。不过，这种强大的控制力并没有给人物带

① 邵丽：《我的生存质量》，人民文学出版社 2013 年版，第 296 页。

来非正态化的效果，因为有文本中不断出现的独白式反思，这种控制力已经先在地主观化了，不会给读者造成一种客观的假象，因而也不存在以客观的方式把人物妖魔化的问题。从整体上看，《我的生存质量》是邵丽承前启后的作品，可以视为邵丽此前创作特征的一次集大成式的展示，同时也因为坦率的随笔式的书写姿态而有效规避了此前创作所带有的局限性。因而这是一部从内容到形式都值得重视的文本。

三、姿态倾斜之后的存在反思

邵丽在长篇小说《我的生存质量》的创作谈《从生活到生存》中说："这部作品是对过去生活一次郑重的和解，也是与未来的生活庄严地签订一个新的契约。"[①]其实这种和解在女作家经历变故之后的痛定思痛之后就已获得，契约也是在此时签订。因而在《我的生存质量》之前的一些作品中，邵丽的写作已经呈现出了新的景象。这种景象表现在小说文本中，就是小说的叙述开始变得柔软和从容，小说的叙述者也开始具有一种内敛的慈悲的眼光。原来邵丽作品中那个强势的甚至带有几分

① 邵丽：《从生活到生存》，《长篇小说选刊》，2013年第4期。

骄傲的优越感的叙述人消匿了，被叙述的故事也变得浑然一体，真正是生活原态的自然呈现。这种写作的境界对于邵丽来说是十分重要的，当然也来之不易。

表征这种写作境界的一些作品，比如《亲爱的，好大的雪》《阴阳劫》《北去的河》《城外的小秋》等作品，在选材上和前期的一些作品具有延续性，《亲爱的，好大的雪》《阴阳劫》等的一些片段甚至可以视为对前期相关作品的一些重写，《北去的河》《城外的小秋》和《明惠的圣诞》相比，在城乡主题的叙写上也别开生面。作者在这些作品中，无论是对于人物的塑造，还是情节的铺展，都充满了耐心，最大限度地做到了“贴着人物写”；叙述者对叙述的直接介入也显得不留痕迹，叙述者对人物投注的也多是带有呵护意味的平视的目光。《亲爱的，好大的雪》的女性主人公在对婚姻生活有些失落的同时也学会回望自己的情感状态，以生活的韧性和理性节制了情感的放纵。这种节制不同于以往中产阶级的顾影自怜，而是对生活的深入理解之后的体谅。“因为懂得，所以慈悲”，张爱玲的话正适合用来形容这部小说的情调。《阴阳劫》对男性主人公的塑造也是如此。因为对人物采取了“理解之同情”的姿态，小说的叙述不温不火，没有了那种急于把握人物的窘迫，对故事的讲述也使人感同身受。《阴阳劫》很容易让人想起《分享艰难》之类的“现实主义冲击波”浪潮中的作品。邵丽笔下的新的现实也同样具有冲击力，因为这现实是那样地逼近人们真实的生存和生命经验，不由得让人感慨万千。《城外的小秋》《北去的河》写的是急剧的城镇化进程中乡土伦理的丧失以及人的失魂落魄的状态。小说以乡土青年女性为观照对象，细腻地传达出敏感鲜活的生命对于城市的抗拒，这种抗拒虽然显得无力，但却显露出城市的内在弊病。在很多人看来，作家选取农村青年女性的感受作为对城市文明的反思依据，是有几分不现实的，现实中更多的是明惠这样的农村青年女性。作家也许感知到了这一点，在故事的讲述中，叙述者也援引了很多人（包括男性成功者）深切的感受来支持这种反思。但作家似乎对此类叙述的效力仍然缺乏信心，故而文本中萦绕着浓郁的抒情氛围，尤其是挽歌情调，对女性主人公的塑造也有些浪漫主义化。不过，作为反思性的抒情小说，如此的文本形态既是无奈的，也是必然的。这让人想起沈从文的名作《边城》。女作家此时的作品真的是有一点经典的气息了。

邵丽小说作品中叙述人主观强势的隐匿不是技术性的，因而效果也不单纯是形式上的。经过家庭巨大变故后的邵丽意识到世界的复杂性，也意识到自己的主观感知和思考是十分有限的，因此作家要想去最大限度地理解现实进而去解释自己所身处的这个世界，悬置自己的主观立场就是明智而必要的选择。在当下瞬息万变的现实处境中，这样的选择尤为关键。因为，太多的人意识到，今天的现实比小说更令人吃惊。因而呈现真实的生活经验、逼近鲜活的生存情状，是现在的小说家最宝贵的能力之一。关于此，哲学家桑塔亚那的表述可能富有启发性。他曾在其名著《三位哲学诗人：卢克莱修、但丁和歌德》中如此阐释古罗马哲学诗人、长诗《物性论》的作者卢克莱修的特点："这种天才最了不起的地方就是他将自身消失在对象中的能力，即他的非个人性。我们仿佛不是在读一位诗人之诗，而是在读事物，而是在读事物本身之诗。事物有它们自己的诗，不是因为我们将它们变成什么东西的象征，而是因为它们自身的运动与生命。这是卢克莱修如此明白地向世人证明的。"[①]卢克莱修的才能的确是杰出的，但完全地把主观自我消失在所书写的事物中，从根本上来讲是不可能实现的事。我们当然不会也无法要求作家完全地放逐主观，卢克莱修的启示意义在于我们只有放弃自以为是的傲慢和偏见，才能最大限度地克服自我、丰富自我，进而呈现一个更加丰富的世界。自我生

① 董丽敏：《视野与方法：重构当代文学研究的版图》，复旦大学出版社 2012 年版，第 5—6 页。

命浴火重生的邵丽意识到了这一点。她在创作谈《倾斜的姿态》中探讨过“作家应该以怎样的姿态介入生活”的问题，尽管她更多考虑的是如何“拿捏得与现实所允许的达到某种平衡”[①]的问题，但也已分明地揭示出她悬置主观、姿态倾斜的自觉。这样的自觉理应产生出优秀的作品。

姿态倾斜之后的邵丽，果然出手不凡。除了上述的一些作品之外，邵丽的《刘万福案件》《挂职笔记》《人民政府爱人民》等小说都在文坛产生了广泛的、强烈的影响。这些作品直接切入当下中国社会的矛盾冲突，深刻书写了社会转型期各个阶层所面临的问题。这些作品引起文坛关注，一个很重要的原因是其书写的题材涉及近年来文坛和学界所关注的公共话题，诸如底层书写、苦难书写之类的叙述，很容易获得现实的冲击力。但是，邵丽的这些小说的优长显然不仅仅表现在题材的尖锐方面，更重要的是其对现实矛盾的理解已经超越了知识分子的概念化、镜像化的认知，深入了当下现实深远而复杂的历史背景和社会结构背景中。用邵丽自己的话说，就是“把刘万福的故事用一种通俗的方法演绎出来，显然充满了现实的危险。它的危险在于，附丽在故事背面的东西太多了。或者换句话说，刘

---

① 邵丽：《倾斜的姿态》，《小说选刊》，2012 年第 1 期。

万福的故事恰恰是我们国家某个生存群体生活方式的背书”[①]。因而，她写刘万福的故事，讲述了其“三死三生报党恩”故事的荒诞、凶险和反讽。小说也同时写了县委书记周启生的故事，讲述了其为人为官的抱负与尴尬。两个人的故事并没有直接交集。但看似无关，实际上是互相作为背景或“背书”的，县委书记周启生要面对许多个刘万福，刘万福也要面对许多个周启生，真是你中有我、我中有你。这正是当今社会现实的深刻隐喻。同样，在《挂职笔记》《人民政府爱人民》中，小说家也没有对官员和农民形象进行类型化的处理，没有简单地进行价值评判，而是试图让人物自己说话、生活自动呈现，在这些故事中，你会发现官员有他们自己的悲欢和烦闷，也有他们自己所难以克服的窘迫处境，同样农民也有偏执和戏剧性的人格，彼此在同一个社会结构中相互纠缠，导致一个令所有人不堪的局面。生活本身的悖谬真是超乎人们的想象和小说家的虚构了。正因为此，作家在讲述这些故事时，放弃了先入为主的对生活经验的理解，真正做到了写作姿态上的将心比心、换位思考，用邵丽所引的表述就是“我体会了和他的悲哀同样的悲哀”。在这些小说中，邵丽也最大限度地放下自己，把自我的

① 邵丽：《寂寞的汤丹》，春风文艺出版社 2012 年版，第 131 页。

生命存在放置于广大人群的存在中进行理解和省思，从而使自己的生命连接着众生和万物，进而变得日益博大和丰富。

作为河南女性小说家的领军人物，邵丽目前已经取得了不俗的创作业绩。邵丽有丰厚的生活经验积累，又经历了不同寻常的生命彻悟，近期的写作也显示了新的高度，因而我们有理由对邵丽的创作提出像对大作家那样的期许。

《信阳师范学院学报（哲学社会科学版）》，

2014年第2期

在荆棘里发现花朵

李云雷

在人生的道路上，每个人都会遭遇到“严重的时刻”或重大变故，这样的时刻，人们会如何面对？在邵丽的长篇小说《我的生存质量》中，我们可以看到中国人面对人生变故时的典型态度。小说中的女主人公“我”在生活中遭遇了重大的变故——她很有前途的丈夫突然“出事”了，这打破了她平静而优越的生活，“某一天，周围的一切依然如故，所有的人都在按照自己固有的方式生活，只有你从生活的链条上突然滑落了，坠入一个你认为永远不会落入的境地”。这让小说的主人公陷入极端痛苦与焦虑之中，在重大变故面前，她开始重新思考生命中的一切，追溯并回忆自己的过去，描述祖辈、父辈以及女儿一辈的生活方式与生活态度，试图将被打碎的生活秩序与价值观黏合起来，重建一个坚固的小世界，重建生活的基底与信念。

《我的生存质量》：素朴而真诚的诗篇

在叙述者追溯的过程中，她以极为真诚的态度去捡拾生活的碎片，她一点点回忆，一点点辨析，她清楚地认识到自己习以为常的生活并非自然而然的，她的生活方式也是处于时代变化中的某一特定阶段的，既与祖辈、父辈的生活不同，也与女儿一辈的生活不同，即使是在同辈人之中，她也与其他的人不同。在这里，她将过去的生活客观化与相对化了，重新思考，重新打量，并在这一过程中重新认识了生命的意义。小说的结尾，她的女儿也诞生了一个孩子，新生命的降生既为这个家庭带来了巨大的喜悦，也让我们看到了“生生不息”的生命哲学——无论遭遇怎样的变故，生命是最为宝贵的，生活终将延续。在这里，我们看到了一种中国人的生活态度。当面对人生中的重大变化时，我们并不像西方人那样以超越的方式走向宗教，如英国诗人菲利浦·拉金《礼拜》所说：“每个人总会蓦然发现/自己有变得严肃的渴望/总会带着渴望来到这里……”中国人并不走向抽象的外在的宗教，以忏悔的方式净化灵魂。在小说中，我们看到主人公所做的，一是走向家族，在生命的流转中寻找个人的来路与皈依，在家族脉络中找到个人的位置并获得内心安慰；一是走向内心，从个人的成长史中梳理“自我”建构的过程，发现生命的缝隙与假象，从而重建一个新的“自我”和一个新的立足点；一是走向审美，小说的主人公并不试图逃离现实，而是既在现实之中，又在现实之外，以一种超越性的目光重审个人的境遇，在痛定思痛中重新发现生命的真义与美感。

在这里，我们也可以看到中国文化传统的生命力，它并不寻求外在的评价，也不寻求最终的结果，而只注重生命的过程本身，珍视生命中所有的欢笑、泪水、疼痛与悲伤，正如小说结尾处所写到的:“如果你觉得生命是值得珍惜的话，那你至少应该懂得，你的生命中的一切都是正好——刚刚好，享你该享的，受你该受的，不多不少。所有的执着都是为了放弃，所有的放弃都是因为曾经太执着。……我们永远不能准确地预知自己的将来，但对过去的日子总该知足吧！难道我们握在手里的生命，还不够甜吗?”——在饱经沧桑与看尽人情冷暖之后，这样的感悟足以令人动容。

在写法上，作者在小说中插入了自己以前小说中的一些段落，并与叙述者“我”贴合在一起，叙述语调真挚自然，让读者跟随叙述者一起感受到了追寻中的困惑、痛苦与悲喜。我们可以将这一过程视为“回心之旅”，人穷则返本，在叙述者的苦苦追寻中，我们既看到了她的心路历程，也看到了她在自我省思中达到的新境界。在叙述上，作者发展出了一种细腻、真切的写作方式，看似自然随意，却是作者在生活体验基础上的一种创新，她以自然的笔调写心中之事，打破了小说的叙述成规，让我们看到了一种朴素的写作方式，也看到了她真诚的人生与写作态度。在这个意义上，我们可以说这部小说是来自沉痛经验的素朴而真诚的诗篇。

但在这里，有一个值得思考的问题。有人也将《我的生存质量》称为“官场小说”，如果我们以官场小说的常规来看，这部小说并没有过多地涉猎官场的内容，而只是表现了官场的“后果”，其关注范围仅限于家族之内，带有浓重的私人感情，如果能加入一种社会的视角，则可能会使整部小说更加丰富。在这个意义上，《我的生存质量》与魏微的中篇小说《家道》颇为相似，它们的新颖之处在于写出了官场背后的家庭世界，为我们打开了一个观察官场的新视野，让我们看到了官场的荣辱浮沉对一个家庭的巨大影响，但在这里也遇到了一个道德与政治上的困境，即我们是否应该只在家庭范围内来评价官场中人的作为。在《家道》中，我们看到了一个人的失势对妻女的影响，在《我的生存质量》中，我们同样看到丈夫在官场的巨大波折对主人公所造成的内心创伤。

在家庭的范围内，我们的情感与立场必然会站在官场中人一边，但如果从社会整体的角度，我们必然会追问事情的真相并对之做出评价，但这里的评价标准并不必然与家庭范围内的评价标准相同。这里涉及的是当代中国的复杂道德问题。传统中国有私德与公德的区分，一个私德好的人在公共社会领域中未必会被视为好人，而五四新文化运动之后，又有新道德与旧道德、西方道德与中国道德之别，一个传统的孝子未必就是新社会的好公民，一个西方的绅士也未必会在中国社会获得好评，这些道德标准之间的复杂交织，以及当代中国的飞速发展与剧烈变动，让当代中国的道德评价标准处于一种复杂的状态。《我的生存质量》和《家道》虽然没有直接触及这些问题，但是它们侧重于家庭范围内的书写，也让我们看到道德的复杂性，让我们思考社会标准与家庭评价之间的矛盾与撕裂。而正是在这里，我们可以看到当代社会真正的问题与疼痛。

《我的生活质量》：官场的"成长小说"

与《我的生存质量》相比，邵丽的另一部长篇小说《我的生活质量》更像"官场小说"。来自乡村的青年王祈隆，通过发奋读书考上大学，毕业分配进了城。他志存高远，却只能在农校过着落寞孤寂的日子，后来虽阴差阳错结了婚，情感生活却没有质量。一个偶然的机会，王祈隆走上了仕途，逐渐晋升至市长。他的艳遇不断，但感情问题却难以得到解决，内心充满了困惑、矛盾与挣扎。这部小说也与通常的官场小说不同，它并不侧重于揭示官场的规则与潜规则，而注重描写官场中的人，更像是一部在官场的“成长小说”。小说重点在揭示王祈隆的人生道路与心路历程，通过他从乡村进入城市的经历，展示了一个人的处境及其变化，也显示了我们这个时代的复杂面向与剧烈变化。

在小说最后“我的自白”中，王祈隆回顾了自己的前半生和他经历的女性，他说：“终于走出了小王庄，我觉得我是条自由自在的鱼，从那片养育了我生命的泥洼子里，毫不犹豫地游进了城市的滚滚急流里。我带着我的自信，带着我的倔强，我是挣扎出了自己的流域。城市的天空是那么的狭隘，城市的空气是那么的污浊，城市的人是那么的自私和丑陋，他们像排斥粪便一样急于排除我。但是，我站了起来，我告诉他们，我要当县长！我在她们的眼眸里观照自己。是的，那些城市里的女孩，她们用眼光发给你进入城市的通行证。她们，刘圆圆、冯佳、高不可攀的李彤……我从一个城市游到另一个城市。我从一个小城市游到一个个更大的城市。可是，我越来越迷茫，我的城市在哪里？我奶奶的城市又在哪里？在城市的屋檐下，我总是在问：我是谁？我从哪里来？我要到哪里去？”

在这段富于总结性的自白中，我们可以看到王祈隆的内心矛盾与情感结构，这主要包括以下几个层面：一是城乡之间的巨大鸿沟及其跨越的努力；二是男女关系的复杂性，征服女性是他征服城市的一种方式，而这又牵涉情感、婚姻与道德问题；三是官场的险恶复杂，他的挣扎与奋斗；四是现实处境与心灵归宿的矛盾。王祈隆身上不仅集中了当代中国社会的矛盾，而且体现出了一种时代精神。在这个意义上，这部小说并非是一部单纯的“官场小说”，它比官场小说多出的部分，恰恰是小说前半部中王祈隆青少年时期的成长史，这是一个乡村青年的进城故事，或者说是一个《平凡的世界》的故事，小说通过这一部分的描述，展现了一个乡村青年的艰苦生活及其不断进取的精神。正是有了这一部分“前史”，《我的生活质量》才与《沧浪之水》《国画》等官场小说不同。或者说,《我的生活质量》才与《沧浪之水》《国画》的故事融合在一起，形成了自己独特的视野。在这里还需提及，在《我的生活质量》及《平凡的世界》《沧浪之水》等小说中，蕴含着一种不断进取的时代精神，主人公总是不满足于当下的生活现状，力求超越现实，超越自我，追求一种更美好的生活，这样的追求或者表现为个人理想的自我实现，或者表现为官场的生存智慧，虽然其中不乏可以反思的因素，但这种进取的精神恰恰是一个民族保持活力的象征。而在优秀的官场小说如《我的生活质量》《沧浪之水》《国画》中，当主人公到达一种新的生活处境后，他们也会对官场中的进取保持一定的反省，正如上引王祈隆的自白一样，虽然对王祈隆这个复杂的人物我们还可以做更深入的分析，但在他身上体现出的“进取—反思”精神，则可以说是我们时代精神的一种体现。

中短篇小说：细腻与大气相结合

邵丽的两部长篇小说虽然引人关注，但她创作更多的是中短篇小说。在我看来，她的中短篇小说中有两类是最为独特的。

一类是写女性、情感与婚姻的作品，如《明惠的圣诞》《寂寞的汤丹》《迷离》《生活痕迹》《马兰花的等待》《木兰的城》《城外的小秋》等。在这类作品中，邵丽发挥了她作为女性作家敏感细腻的优长，对女主人公的内心世界有着细致真切的刻画。但另一方面，邵丽很少孤立地描述主人公，而是将之放置在具体的生活环境与人际纠葛中，放置在大时代的矛盾与冲突中，描述出人性在特殊环境中的变化与变异。以曾获得鲁迅文学奖的《明惠的圣诞》为例，小说中的明惠高考失败后进城打工，后来做了一名“性工作者”。小说的独特之处不在于写这样一位失足少女，而在于写了她在污浊的环境中如何维护自己可怜的尊严，并为此付出了生命的代价。在这篇小说中，邵丽对明惠的心理有着细腻的刻画，同时将她放置在一个特殊环境中，通过少女之死映射出了一个时代的病症。

如果说这一类作品展现了邵丽细腻的一面，另一类作品则显示了她大气的一面，那就是以《刘万福案件》《人民政府爱人民》《村北的王庭柱》《老革命周春江》《挂职笔记》为代表的描述基层干部的小说。这些小说以邵丽的一次下乡挂职为契机，通过这类作品的写作，邵丽走出了城市生活的狭隘范围，走向了更为广阔的中国大地与民众，在这些作品中，邵丽对乡村逻辑与官场逻辑及其矛盾有着细致入微的描述，显示了她在大视野中把握现实并将其艺术化的能力。

邵丽说：“我更倾向于在苦难里发现美好，在荆棘里发现花朵，在阴霾里学会看到阳光。文学的神圣在于，它始终使我们的精神挣脱沉重的肉体，以独立和自由的姿态，存活在另一个可以抵达永恒的世界里。”在她的作品中，我们可以看到苦难与阴霾，但更重要的是，我们也看到了花朵与阳光。那些美好的东西穿越重重雾霭，在某一刻深深打动了我们的心，或许这就是艺术的力量。作为一位女性作家，邵丽既有细腻的一面，也有大气的一面，她的作品将两者很好地结合了起来，这是我们在女性作家身上较少看到的品质。来自中原大地的邵丽继承了传统中国的文化元素，又融入对新时代的观察与思考。在她的作品中营造了一个细腻而开阔的艺术世界，从中我们可以看到时代的面影，也可以看到作家毫不妥协的写作态度。

《文艺报》，2014年3月12日

邵丽艺术风格论

张延文

在东西方，对于艺术风格的研究源远流长，形成了不同类型的风格学说，其中18世纪中期法国学者布丰的“风格即人”的观点颇具代表性，强调了作家的个体价值在文学创作活动当中的主体地位。事实上，一个作家风格的形成既要受到时代、社会、民族、阶级等宏观的社会历史条件的影响，也会受到作家自身的生活经历、思想观念、艺术素养、情感倾向、个性特征、审美理想等个人条件的影响，并受到艺术作品所采用的题材、体裁等文本要素的内在规定性的制约，是各方面的主客观因素综合作用的结果。一个民族在特定的历史时期，往往是通过当时社会代表性文类里风格最为突出的大家的创作来体现其社会思潮和审美倾向的。或者说，民族风格与时代风格既能影响作家风格的形成，同时，它们又是靠作家的风格体现出来的。因此，对于一个时期内代表性作家的艺术风格进行考察和归纳，是洞悉当时社会文化趋向的方便之门。

在当下的中国社会，影视文学在大众生活当中占据了主流地位，但最适宜于表现这个时期的社会生活的文体类型却是小说，特别是长篇小说。在一个个人主体性逐步确立的由传统社会向现代社会转型的大时代里，长篇小说在表现广阔的社会生活上具有无可替代的优势。21世纪以来，一定数量的具有鲜明个人风格的作家的涌现，也是长篇小说创作日益繁荣的标志。这在2013年更为突出，甚至有人称之为“中国长篇小说的大年”，名家新手，争先恐后，颇有乱花渐欲迷人眼之势。面对复杂多元的社会现实，类型化的创作却占据了主流，作家在力图贴近生活、走近市场的同时，往往缺乏整体把握的能力，陷入个人趣味、局部书写的迷局而难以自拔。

在长篇小说的长驱直入之下，中短篇小说的创作势头也依然强劲。2014年伊始，女作家邵丽原发于《人民文学》的中篇小说《第四十圈》受到各方面的关注，被多家主流文学期刊头条转载。这是她“挂职小说”系列的新作。邵丽自登上文坛起，就显示出了她独特的艺术个性，随着其创作实践的进一步发展，逐步形成了成熟、稳定的个人风格，创作了一系列富于时代特性又有审美价值的人物形象，丰富深刻，大气磅礴。邵丽在创作时具有“去类型化”的特点，她在叙事时的整体感和穿透力令人惊叹。我们不妨将其称为当代文学中的“邵丽现象”，那么，对邵丽创作风格的形成机制和内在特征进行系统化的研究在学术探讨上也就具备了一定的典范意义。

邵丽在谈及小说创作时指出：“故事从何而来？从形式上看，它可能是一场白日梦，可元故事不是这样的，它是生长出来的，它先于文字和作家而存在。讲故事的人会死去，可是故事不会，它会永远活下去，直到人类最后被毁灭。”[①]作为一个作家，她只是将原本就在那里的故事讲出来：“所谓灵感，也许就是上帝之选，在合适的时间，把某些东西交给合适的人去做。这件‘东西’，肯定有它坚实的内核和内在的驱动能力，它是一件有生命的存在，作家仅仅是把它呈现出来，所能改变的，无非是表现的方式，尽管带着强烈的个人印记，但不会改变它的本质和方向。这样说起来好像有点宿命，甚或有人认为是傲慢。”[②]作为一个女性作家，就其性别特点来说，敏感，善良而易于被诱导，理性较弱。而邵丽除了普通女性常有的敏锐和同情心之外，她坚毅，稳定，沉静而富于理性，具有非常强的反省能力和洞察力。这种品质的培养是其作品独特性的精神

① 邵丽：《无言以对》，《文艺报》，2014年3月12日。

② 同上。

气质的内在保证。在艺术创作理念上，类似于柏拉图的“灵感说”，又有所超越。首先，这就要求作家在叙事时，尽量保持客观冷静的叙述情态，努力探寻隐藏在人物和事件背后的客观规律；其次，通过对于作家“上帝之选”的独特性身份的体认，其写作有了卓越性的追求而天然具备了高雅的纯净品质。同时，对于人物、事件的客观性的重视，也是对于人物生命尊严的重视，对于世界的敬仰，这种敬畏之心的获得和保持，使得邵丽的作品严肃、悲悯，向着艺术的形而上的层面靠近。

与在题材选择上的小心谨慎比较起来，在艺术形式的使用上，邵丽不拘一格，挥洒自如。在创作上，她是个多面手，小说、诗歌、散文等方面均有所成就。对于不同文体的文体特性的熟悉，使得她在文体的使用上可以取长补短，灵活运用，进行跨文体的文本拓展实验。邵丽已经出版的两部长篇小说，内容和形式都有所创新，对此，邵丽是了然于心的：“我的两部长篇小说《我的生活质量》和《我的生存质量》，有人说是官场小说，有人说是自传体小说，都对，也都不对。我写的确实是官场，但已经远远地‘去官场化’。如果官场是一条大河的话，这两部作品应该是站在河边的反思。从进入到退出，是一个轮回，也是一种升华。生命的疼痛不息，就是成长。我们最后能够面对的，既是坚毅，也是无奈，因此这就是生活。”[①]的确，这两部长篇，在主题上，是以“官场”为主的，但又区别于传统的官场小说的套路，而把着力点放在书中人物个人的日常生活，特别是精神世界的关注上，突出了他们在权力和欲望的挤压下，仍然绽放出的人性的光辉；在体裁上，带有一定的自叙色彩，而作为自传体小说里的主人公的“我”却并非叙事的中心，“我”只是个旁观者，站在生命的河流旁边反思生存的价值和意义。这种不按正常套路出招的写法，在邵丽的中短篇小说叙事里，也很普遍。比如她的“挂职系列”小说，基本上也有自叙的特点，以“官人”的身份切入，但故事的主人公却都另有其人，所言说的话题也不局限于“官场”本身。这种看似心不在焉的顾左右而言他，其实是一种“无招胜有招”的大智慧，需要从容的气度和巧妙的转化能力才能做到举重若轻，天衣无缝。

这就不免令人讶异于邵丽的“另类”的缘起，从而激起了对于她是“何方神圣”的好奇心。邵丽是河南周口人。周口是中华民族古老文明的发祥地之一，文化底蕴深厚，形成了良好的文学传统。在当代文学队伍里，周口作家的实力也不容小

① 邵丽：《无言以对》，《文艺报》，2014年3月12日。

觑，可谓人才济济。作为中原作家群当中新一代的领军人物，邵丽通过对乡土文化传统的反思，而折射出的担当意识和人文情怀，是有着厚重的地域文化根源的。同时，邵丽出身于一个干部家庭，父母亲都是“老革命”，丈夫和自己也都有过公务员身份，这让她有机会近距离，甚至零距离地观察中国的“官场”。应该说，“官场”就是邵丽的日常生活当中贯穿始终的重要主题，对此是不可能，也不必要去忌讳和摆脱的。权力在中国社会结构当中，一直以来都是价值资源配置的主导因素，只有身处其中，才能真正了解中国社会深层机制的发生和发展的状况。邵丽的这种生活经历和社会身份，使得其有足够的便利性寻找制高点去探析中国社会存在的问题的症结，这为其创作提供了一个更为宽博的素材库。当然，仅有这些外部条件是不够的，还必须有作家认知上的能动性去实现它。对于自己的作家身份，邵丽是清醒而自觉的，她深知“作家”二字沉甸甸的重量。她是将作家当成了自己的天职，对于这种“处于理想与现实之间而产生的身份错位和焦虑，常常会把人逼入绝境”①的职业，她从来没有退却过，这种无所畏惧的勇气，一往无前的决绝，使得邵丽的创作显得纯粹自然，并被赋予了圣洁的光

① 邵丽：《作为一个小说家》，《光明日报》，2013年8月9日。

泽。作家，作为当代社会文化里的“公共知识分子”，在特殊的中国化的社会语境当中，所承担的职能和作用，是无可替代的。

时代对于作家艺术风格的形成的塑形作用是最为核心的，邵丽的创作表面看起来独树一帜，却恰恰正是这种特殊的社会语境塑造的结果，如果说她有着与众不同之处，也不过是说她在某些方面走得更远，更彻底而已，她只是不顾一切地向着她处身的时代里的艺术极致无限地接近。邵丽强调了作家介入生活的重要性，她指出：“从某种意义上说，一部真正的小说是由作者和读者共同完成的，这是小说与故事的区别。对于刘万福这部作品而言，我希望更是如此。不过这又涉及另外一个问题，就是作家应该以怎样的姿态介入生活。这个问题是一个争论不休而又永远无解的问题，因为作家就是‘这样’介入生活的，他的使命感推动着他义无反顾地试水——我的意思是说，方法并不是一部作品生命力的终极标准，尽管它特别重要。”[①] 由此我们可以了解到，邵丽的创作基调是现实主义的，强烈的使命感让她更加重视小说叙事对于社会现实的影响力。法国著

---

① 邵丽：《不得不说的〈刘万福案件〉》，《玉碎》，河南文艺出版社2013年版，第101页。

名哲学家、文学大师萨特，终生站在被剥夺者的一边，而拒绝和各种类型的权力机构合作，他是唯一一个主动拒绝了诺贝尔文学奖的人。萨特积极倡导“介入”理论，他声称：“不管你是以什么方式来到文学界的，不管你曾经宣扬过什么观点，文学把你投入战斗；写作，这是某种要求自由的方式；一旦你开始写作，不管你愿意不愿意，你已经介入了。”①在萨特看来，一个作家，一旦他拿起笔来，就意味着他的身份由作家成为知识分子，他将要以某种话语方式来进行合乎自己目的的行动。文学行为本身就带有政治活动的意识形态性，将对读者的意志发生影响，因为写作是某种要求自由的方式，读者将会通过阅读行为与作者一起共同实现这种自由的理想，并通过思想转化来将其付诸实践。

邵丽的创作，有着深刻的悲剧意识，这无形之中增加了其作品的艺术感染力。邵丽创作悲剧意识的根源在于：她对于普通人习焉不察的时代文化当中存在着的伦理价值“黑洞”的警觉，以及她对于“恶”的不隐瞒，零容忍。在她看来，刘万福、杨子龙、周启生等人的悲剧根源是普遍的、先验的、宿命的，

---

① 萨特：《什么是文学？》，《萨特文集》第7卷，施康强译，人民文学出版社2005年版，第142页。

因为“他们在中国这块特殊的土地和文化氛围里出生、成长、变化”[①]。

同时，作家也面临同样的命运，无法摆脱社会局限，“正如作品中所言，‘看不透的不能说，看透的不敢说’。怎样把我们的身体倾斜起来，直到拿捏得与现实所允许的达到某种程度的平衡，才是我们在动笔前必须深思熟虑的”[②]。在邵丽的作品当中，经常会出现曲笔，以小见大，这种微言大义的“春秋笔法”，自然也是一种巧妙的平衡术，而非孔子著史时的“为尊者讳，为亲者讳，为贤者讳”式的“温文尔雅”。这在《挂职三书》《刘万福案件》等作品当中，都相当明显，其中引而不发的暗流涌动往往更引人扼腕，令人心惊。恰似《挂职三书》当中祁副县长的行为，组织部长对其的评价：“想不明白很可怕，想明白了更可怕。”但她也并非总是隐忍，邵丽有着她自己的个性，有其不平则鸣的侠义精神，这对于一个知识女性来说，更为难能可贵。比如，在《第四十圈》里，就塑造了一个拖着伤腿，在风声中一刀一刀手刃仇人的反叛者形象——“杀人者”齐光禄，被绝望逼出了决绝。在邵丽看来，齐光禄的悲

---

① 邵丽：《不得不说的〈刘万福案件〉》，《玉碎》，河南文艺出版社 2013 年版，第 101 页。

② 同上，第 102 页。

剧在于，“就齐光禄本人而言，他对周遭世界的宽容和忍让，我觉得很少有人能做得到。如果有一个正常的社会环境，他会成为一个好老板、一个好丈夫和好父亲。可是，就连这一点卑微的希望之光，也有人一点一点地把它掐灭”。齐光禄的悲剧就是在同样的语境下生存的小人物的命运，而“丧钟为谁而鸣”？这恐怕也要包括作恶者。“我深深地知道，在一个文明社会里，别说对恶行赞许，即使对它过度沉默，也算是一桩恶行。但是，现实的窘况，往往使我们的选择如此悖谬和逼仄——我们追求进步，但进步不是以某些人的退步为代价的；我们创造文明，而文明如果没有公平做支撑，迟早会崩塌下来，跌得粉身碎骨。”一个社会，如果丧失了基本的公平正义，那么，就会和现代文明背道而驰，让社会的可持续发展失去和谐稳定的环境，对此必须防微杜渐，警钟长鸣。

邵丽在创作立场的选择上，是坚定不移的。一个作家，只有站在道义这边，只有站在弱者这边，才会有善良，才会有希望，才会符合真和美的尺度。同时，邵丽在处理类似题材时，和一般意义上的国民性批判是有区别的，她没有把善恶两极化，没有把对立和冲突绝对化，甚至在很多时候，她采用的是“和解”的方式来对待“矛盾冲突”。这种“非对抗性的思维”非常重要，特别是对于经历过“文革”的“千万不要忘记阶级斗争”“革命有理”“不是东风压倒西风，就是西风压倒东风”这样的斗争哲学的信奉者来说，他们对一个民族带来的从物质到精神的毁灭性灾难今天仍然未完全磨灭。

文学艺术带来的更应该是不同阶层、不同年龄、不同信仰的人，彼此之间的信任和宽容，为重建民族文化复兴的“中国梦”熔铸一座自由沟通、交流的精神殿堂，荡涤残存在人们心灵深处的冷漠、残忍、恐惧和悲伤。邵丽在创作当中大胆地、真诚地剖析自我，以赤子之心勇敢地面对生活当中的灵与肉的双重磨难。在2013年出版的长篇小说《我的生存质量》当中，邵丽以第一人称的方式来对家族历史进行观照，试图对处于转型期的中国社会的伦理秩序重建过程当中出现的各种问题和困惑进行全面的解析。邵丽将这部宏大叙事的作品的主题建立在对细致而富于弹性的日常生活的微观洞察上，避免了可能由于过于理性思辨而带来的僵化和呆板。这部小说的开头指出：这不是一个好时代，也不是一个坏时代，但这是一个价值重估的时代。在狄更斯的伟大著作《双城记》的开头，为读者提供了“这是最好的时代，这是最坏的时代”的交织着智慧和愚蠢、信仰和怀疑、光明和黑暗、希望和绝望的极端景象，社会正处于矛盾激化的火山口。而《我的生存质量》则提供给我们富于东方文明传统智慧的和合之道，避免极端化，从而让矛盾消弭于无形之中。由此，我们可以发现，在审美追求上，邵丽的作品既蕴含着“天行健，君子以自强不息”的阳刚之美，也有温顺柔韧的阴柔之美，在整体上呈现出的是以正驭奇、刚柔并济的大气象。

在邵丽的作品里，很少有关于男女交欢场面的描写，除非必须要涉及的，才会进行简单化的处理。这种“洁本”式的写作就个人来说类似于一种精神上的洁癖，耐人寻味。中国儒家经典之一的《礼记》当中特别强调了男女有别的重要性，将其当作人异于禽兽的根本，而“男女之大防”在于“防乱伦”“防通奸”“防见物思淫”。在中国的传统伦理观里，男女关系显然是核心因素，而谨守男女之道，则是人性向善的根本。《我的生活质量》的开篇就写道：“含含做梦都不会想到，她竟然在这三天里从了三个男人。幸亏那时她的爹和娘已经死了，要是人死了真的有灵魂，他们非得从土里拱出来再死一次不可。”少女含含是受到五四新文化运动启蒙的新女性的代表，她突破了传统的媒妁之言，自由恋爱，喜欢上了女同学的哥哥，私自跑去和他约会，两人发生了关系。此时，恰逢日本鬼子进城烧杀抢掠，含含的父母因为担心她的去向迟迟未去逃难，全家被残忍地杀害，含含也被日本人糟蹋。含含就跟着她家的厨子回到了乡下，也就成了书中主人公王祈隆的奶奶。含含的命运固然和国破家亡的大时代有关系，有不可抗力的因素，但她自身的一夜春梦也难逃其责，在这里，脱离了正常范畴的性成了一种“原罪”，伴随了她的一生。王祈隆也曾重蹈他奶奶的覆辙，先是耐不住寂寞，自作多情，遭到女同学的戏弄；后来更是被有夫之妇引诱，成为别人的胯下之臣，遭受了情感上的折磨。痛定思痛的他，幡然醒悟，对两性关系开始警惕，这虽避免了不必要的麻烦，但同时也成为他追寻幸福生活的心理障碍。从某种意义上来说，“官人”王祈隆的生活质量，在很大程度上取决于他婚姻家庭生活的质量，这必然会受到男女关系，特别是情欲的制约。在《刘万福案件》当中，身处绝境的矿工靠讲粗鄙不堪的黄段子来对抗死亡的恐惧，这从侧面说明对于底层的小人物来说，他们的性生活质量是极端低下的，这种荒诞不经的性幻想，是现实生活当中被严重压迫和挤榨的结果，也成为他们无法被剥夺的可怜而又可悲的“性福”生活。

对男女关系严防死守，这是专制社会的一大法宝，在“文革”期间，更是登峰造极，而改革开放之后，男女关系的松动，恰恰是社会民主、自由的具体体现。邵丽对于男女关系的描写鞭辟入里，不动声色。随着社会的日益现代化，当男女关系开始从国家政治的宏观层面下移到婚姻家庭的微观场域时，它的演化形态就更为具体和复杂。邵丽对于现代女性心理的刻画是非常精到的，乡村女性的马兰花、小秋、木兰、明惠，城市女性的汤丹、安小卉、杨妮、金地等，她们在动荡不安的纷纭世相里与不同的异性相遇，演出了一幕幕迷失与寻找的爱欲的活剧。邵丽通过性别关系的视角来展开的对于人性的观察，是切实而有效的，这也是折射中国当代社会伦理演变的一面镜子。在《我的生存质量》当中，叙事人通过对于三代人的婚姻家庭生活的描写，立体多元地展示了这种趋向的脉络和依据。

20世纪60年代和70年代初期出生的作家，心理上容易患“阴影恐惧症”，他们在人生的早期，世界观形成之际，遭遇了一个阴暗和紧张的非常时期；青年时，正赶上改革开放的春风吹拂，光明和黑暗的对比过于强烈，很容易焦虑不安。赶着集体主义的尾巴，进入个人主义时代里讨生活，又会有强烈的矛盾分裂。那么，这批人就很容易对最初的记忆产生怀疑，试图驱赶和毁灭它们。这也是“60后”作家在叙事上倾向于先锋式的实验冲动的内在动因，而“60后”的诗人更是将自己命名为“第三代”诗人，他们都急于和传统划清界限，以此证明自己是历史清白的新一代。这种身份的焦虑，在邵丽这里并不明显，她对于时代的认识采用了旁观者的立场，这种恰当的距离使得她在处理自身和历史的关系时，更为客观冷静。对于过去，她是尊重、理解和宽容的；因为，离开了过去，今天将成为无根飘浮的状态，未来更加难以期待。对于优秀的文化传统，必须坚守，这形成了她文学伦理的底线，比如传统女性的善良、朴实、坚忍、勤劳，基于母性的无私的爱与包容，融汇成了强大的自信和自尊，帮助她超越了时代生活的局限性。

邵丽的创作基调是现实主义的，这种现实主义既基于传统的集体主义的立场，又不乏富于个人主体性的现代意识的观照，这保证了她的作品在善和美的维度上都有所体现。在叙事上，邵丽往往采用内视角，让阅读者有很强的代入感，生动鲜明，富于现场感。同时，邵丽还经常使用第一人称，在她的作品里，叙事人“我”有时会代表作者来现身说法，但“我”往往并不是事件里的主人公，“我”只是个旁观者，这种“旁观者”的叙事模式，特别是作者取代“隐含作者”直接出现在文本当中的做法，在小说叙事上并不常见。在传统叙事理论里，作者一般是不允许直接出现的。在《我的生存质量》的叙事上，这种模式更为明显，叙事人“我”自由穿梭在小说的时空场域里，“我”的所思、所见、所闻成了小说叙事的内在线索。在《刘万福案件》《第四十圈》等“挂职系列”小说里，作为“叙事人”的“我”则承担了真相探索者的功能，并为事件的发生发展提供外部的环境说明，以及推进的动力。这种叙事方法，创造了一种将第一人称“我”和故事主人公的“他”纳入同一时空场域的作用，并通过议论和抒情来与读者“你”进行现场沟通，达到全方位的叙事效果。这种独特的“邵丽式”的叙事模式，拓展了小说文体在叙事上的新空间，也是叙事人对于艺术当中“真”的维度努力追求的结果。邵丽的真诚、真纯、真实，不仅来源于她率真的本性，也体现了强烈的担当意识以及自我反省、自我奉献的精神。

我们不妨套用一下王国维的名言：作家必以境界为上。有境界者，自成高格，自有名作。邵丽的艺术风格丰富多元，又大道至简，这既是当前时代的文化特征的反映，也是作家个人独特的艺术追求的结果。邵丽集传统女性的善良、纯真、朴实、坚忍和现代女性的独立、自强、自尊于一身，发扬中原文化的守中持重的忧患与担当意识，秉持知识分子的反省与批判立场，以自然流畅的笔法，节制、隐忍的叙事，真纯、优雅的气度，客观、冷静的情态，为我们提供了真善美兼具的当代作家艺术风格的经典样本。

《小说评论》，2015年第1期

身份寻找与边界拓宽

——邵丽小说述评

刘　军

中原作家群落里，一度被归类于青年女作家的邵丽、鱼禾、傅爱毛，如今业已步入中年。中年写作虽然无法上升为统一的命名，却总是呈现出某种必然性的转型，并映照于写作范式、心理趋向、认知维度等要素之上。三位女作家中，邵丽的转型最为明显，题材方面，由早期的家庭、婚恋情感问题转向对中原人心和家国关怀的开掘，以及对后城乡二元对立时代遗留问题的思考；心理开掘层面，由已婚女性的身份焦虑，转向对知识分子型官场人物精神世界的透视与观照；艺术处理层面，由早期的单向度叙事、私语型叙事，转向诸如杂语体、散文化、心理氛围型小说的多种叙事方法的调和。毋庸赘言，转型为邵丽创作带来了厚度和宽度，使得其小说越过地方性的视域，进入多声部的当下文学场之中，《人民文学》《十月》等重要文学刊物对邵丽小说的垂青，作品在各种小说选刊、选本上面频频登场，以及诸多全国性文学大奖对其小说的承认，皆可见出其创作处于上升期的基本现实。转向不仅来自与文学自觉性相关的自我启蒙，更重要的是认知维度上的拓宽，人性、生活、文学表现的视界交织在一起，向着人这一“存在物”的多维性进发。恰如卡西尔所言：“人被宣称为应当是不断探究他自身的存在物——一个在他生存的每时每刻都必须自审和审视他的存在状况的存在物，人类生活的真正价值，恰恰就存在于这种审视中，存在于这种对人类生活的批判态度中。”[①]

一、身份寻找到家国关怀

与20世纪八九十年代就已开始崭露头角的那批作家相比，邵丽的小说创作生涯并不长久，她的第一篇作品刊发于1999年，早期创作以中短篇小说为主。《迷离》《长命百岁》《寂寞的汤丹》《戏台》《废墟》等中短篇作品，陆续被收入《纸裙子》《腾空的屋子》等小说集子。这些早期作品，笔法上带有女性作家特有的明丽色泽，而在经验叙述上囿于自我、婚恋、情感的封

① ［德］卡西尔：《人论》，甘阳译，上海译文出版社2003年版，第12—13页。

闭式处理，因此，在小说的气象、品格层面略显逼仄。已婚女性的情感波动或情感危机作为相对集中的主题，构成了其系列小说叙述的原点。小说中的主人公或下坠或迷离的心理波动曲线，对应了她们普遍的身份焦虑，新批评的代表学者布鲁姆曾指出："身份确认对任何个人来说，都是一个内在的、无意识的行为要求。个人努力设法确认身份以获得心理安全感，也努力设法维持、保护和巩固身份以维护和加强这种心理安全感，后者对于个性稳定与心灵健康来说，有着至关重要的作用。"①身份寻找的过程中，安小卉、王璐瑶、汤丹等女性主人公将主体的确立纷纷设定在婚姻的稳定性以及爱情在家庭内部的延续性上面，而相关自我镜像的确立往往呈现出模糊的一面。作家的这种处理方式，隐含着传统思维的某种定式，即社会规定对女性的同化和要求，而女性自身的主体性诉求由此处于主动弱化的格局之中。综观这个时期的小说创作，邵丽基本上还是在传统的架构下书写女性，勾勒她们的心理经验，无论形象还是性格，皆趋于某种同质性，这种瓶颈的状态持续了大约五年的时间，直至2004年，短篇小说《明惠的圣诞》以及第一部长篇小说《我的生活质量》面世。这两部作品不仅为作家带来了声誉

① 乐黛云：《文化传递与文化形象》，北京大学出版社1999年版，第332页。

和关注度——《明惠的圣诞》获得当年的鲁迅文学奖，《我的生活质量》入围2008年度茅盾文学奖，更重要的是昭示出邵丽文学视野的打开以及写作范式上的真正转型。所谓文学视野的打开指的是作家从对情感经验的处理转向对精神本体的深入洞察；所谓写作范式的转型指的是作家的笔触不再局限于婚恋家庭的范畴，而是转向对城乡二元对立下意识结构的考察以及对官场形色人物的追踪，她此后的小说文本因家国关怀的注入，使得早期创作中身份的焦虑渐渐平复，身份寻找也从情感认同转入文化身份的确证之上。《明惠的圣诞》之后，邵丽的小说创作进入佳作迭出的自如通道，“她对世风世相的生动描绘，对女性命运、情感和心理的深切同情，对当下生活的积极介入表达出的家国情怀，使她成为一个值得关注的重要作家”[1]。

家国关怀的凸显于中国文学传统而言，不独源远流长，而且在较早时期就已落定为最核心的构件。从《易经》中“观乎人文以化成天下”，到修齐治平的儒家入世哲学的建构，从文学理论自觉期的原道思想，到后来滥觞的“载道说”，一直延展到帝制王朝结束前欲以小说来新民的伸张，始终贯穿着道德

① 孟繁华：《世风世相、女性与家国——评邵丽的小说创作》，《中国作家》，2013年第6期。

文章互为表里的主线。家国关怀经历了传统—现代的转型期，并没有随着儒家思想的被批判而加以取消，而是拥有了新的诉求和表达，启蒙也好，文学是人学也好，现实介入也好，皆是家国关怀在现代性语境中的流变形式。生活在中原厚土，经历了短暂几年的初创与摸索之后，邵丽像诸多中原作家一样，将笔触投向世道人心的宽广之处。比如田中禾致力于启蒙的延续与现代性的挖掘，李佩甫致力于乡土世界的整体转型，墨白则致力于苦难叙事与欲望反噬性所造成的健全人性的缺失，邵丽小说中的人间关怀和上述三位作家存在着巨大差异。具体而言，其家国关怀落定于两个端点之上，其一是城乡二元对立时代遗留的问题，以及这些问题所诉诸的社会心理、情感维度、现实投射等因素，与此相关的小说创作可归类于后城乡对立时代意识结构的范畴；其二是相关官场形色人物精神世界的透视，为官场题材的小说写作提供了新的向度。

河南作为农业大省，即使是在城镇化、工业化逐渐深入的今天，乡土世界的景观和遗留依然堪称典型。邵丽的小说创作极少直面因城乡二元结构所形成的矛盾焦点，而是以女性特有的敏感，以曲笔的形式使得这种城乡因素作为情节发展、人物命运变迁的隐在背景，准确而言，她更关注二元结构下的意识投射，致力于相关社会心理、情感维度、人物内心世界的深度介入。从长篇小说《我的生活质量》开始，对后城乡对立时代意识结构的诸多问题，邵丽开始有了全面的介入和呈现。“小王庄”成为主人公王祈隆成长历程中最大的负重所在，即使有来自“大家小姐”出身的“奶奶”的特别恩宠和特别教化，以及后来贵为一市之长的身份转换，也无法搬开压在心头的巨大石块，“乡土”演化为耻感文化的终极符号，并根深蒂固，邵丽对其的透视固然用了曲笔，但同样令人触目惊心。因《我的生活质量》尚有其他的主题开掘向度，所以，无法作为这类创作的典范作品加以讨论。从《明惠的圣诞》《马兰花的等待》到《小秋的玉米田》《北去的河》，这些中短篇作品在处理后城乡二元对立的意识结构问题上，有一个由重变轻的过程，越来越轻，也越来越丰盈。关于文学中的“轻”和“重”的问题，卡尔维诺的见解极为精湛，他指出：“文学作为一种生存功能，为了对生存之重做出反应而去寻找轻。”[1]紧接着，他借助人类学和原始神话中萨满巫师对神话符号的利用来探讨文学中的“轻”，并认为萨满巫师借助这些符号可以卸掉身体的重负，进入飞翔的通道，以此来寻找力量，实现对沉重现实的超越。卡尔维诺

---

① ［意］卡尔维诺：《新千年文学备忘录》，黄灿然译，译林出版社2009年版，第28页。

进一步强调，他所言的“轻”不是和沉重无关的没有重量的轻浮之轻，而是和沉重现实密切相关的深思之轻。卡尔维诺式的深思之轻在邵丽上述四部作品中，拥有越来越趋于透彻的传达。

《明惠的圣诞》中的乡村少女明惠因高考落榜，在家庭已经预支了城市身份的巨大压力之下，急于脱离乡村获取体面身份，化名圆圆在城里做了一名按摩小姐，意欲赚取足够的金钱像城里人那样生活，后来遇到一位名叫李羊群的男人，并做了他的情人。邵丽以细腻的笔法勾画了他们初次相遇的细节：“透过屋顶玻璃射进来的阳光突然间逆着打在他干净的身体上，圆圆的感觉有些模糊起来。这个生得很体面的人的脸上是透着丝丝缕缕悲伤的，当然，这悲伤别人是看不出来的。”[①]而对于李羊群而言，他看到圆圆第一眼就判断出“他遇到了一个和他一样怀了委屈的人”。这个细节的刻画直接切入女主人公内心深处的意识投射——城乡二元结构下作为乡下人的先天自卑和不自信。也正是这种自卑感堆砌起了明惠内心世界中难以抹去的悲伤和委屈，以至于在她渐渐忘却乡下人的身份之际，却因为与李羊群一道参加聚会受到的忽视，以及李羊群一句不经意的

① 邵丽：《寂寞的汤丹》，春风文艺出版社2012年版，第70页。

话语，彻底粉碎和击垮了梦想。在作为现代生活标志的圣诞节之夜，她换上盛装，在一张大床上以结束自我生命的形式来捍卫最后的尊严。这个时刻，死亡作为哲学问题进入明惠的心理世界，考察这个悲剧，其根源在于城乡二元对立所形成的意识结构在个体精神世界所投下的浓重倒影。在这部小说里，邵丽并没有站在非黑即白的二元立场评判意识结构投射所形成的问题，而是不动声色地将伤口敞露出来，不是以撕裂的方式，而是以柔软的方式切入沉重之重。《马兰花的等待》《城外的小秋》两部作品，悲剧色调和冲突因素进一步弱化，从容切换的场景叙述和心理氛围的营造，削减了意识结构投射所带来的直接冲击力，但由意识结构投射所造成的压迫感却弥漫于文本之中，构成了重量所在。而到了《北去的河》这部短篇那里，甚至连故事情节的要素也被弱化，这部极具散文化色彩的小说作品中，城乡问题完全被内在化了，转化成主人公心理刻度上的微妙起伏。“到最后，刘春生面对一河床圆滚滚的石头埋在浅水里，立刻感到入骨的亲近。他终于明白，家不仅是房子，还是土地上生长的一切，是一种气味儿，并从心底理解和原谅了雪雁的不知好歹。小说微妙地揭示了城市和乡村各自不可替代的优势，不再一味地把进城当作乌托邦和唯一的出路。”[①]《北去的河》在艺术上臻于纯熟和完美，心理流的营造使得这部作品在处理城乡问题方面彰显出一种特别的轻盈感。到这里，邵丽关于城乡问题的深思之轻抵达一种“出乎其外”的高致之境。

内在化与心理化的处理方式，决定了邵丽在处理城乡问题的作品中所灌注的家国关怀具备了某种隐在性，而随着在其基层挂职经历基础上写就的系列小说的涌现，家国关怀则以显在的方式贯穿于这些具备社会学意义的作品之中。《刘万福案件》《人民政府爱人民》《村北的王庭柱》《老革命周春江》《挂职笔记》，以及其后的《阴阳虚》，皆可归入其类。这些作品对基层官员绘出了准确的画像，并以他们为基点，散点透视萦绕在其周围的众生相。作为挂职干部，邵丽既无高高在上的姿态，也无隔岸观火的态度，而是以一颗包容心、一颗慈悲心进入这格外陌生的话语场，并能够迅速解读其间的文学性以及人物事件所形成的张力。

众所周知，媒介资讯的发达，以及负面信息的过度发酵，使得基层官员这一群体迅速脸谱化、污名化，从而遭受了比较严重的误读。这种误读和主流意识形态下的话语塑造，构成两

① 刘凤阳：《探寻“家”的真正内涵》，《文艺报》，2012年10月28日。

极，面对这种情况，邵丽以小说家特有的敏锐和智慧，绕开二元对立的社会学判断，将形色基层官员归置到生活流之中，以生活场的在场建构钩沉他们复杂而多元的生活面目。系列作品中，细部描绘构成小说的基石，轻盈笔触构成小说的笔法，再加上对固化的话语模式的规避，重建了场内和场外的双重叙事视角，进而筑起了故事的弹性和人物性格的张力。《老革命周春江》中的干部周春江，一生清誉，对事业和国家人民无限忠诚，却因为退休还是离休而不断上访，在地方官场搅动起一个大的旋涡。而随着角色的换位，诸多悲欣交集的因素蜂拥而至。《挂职笔记》中的祁副县长，刚当上乡长那会儿，为了练习讲话，天天站在自家高粱地里对着耸立的高粱秆子训话，后来作为主管计划生育工作的副县长，为改变工作落后的局面而展开铁腕治理，最后却为了要一个孙子而宁愿丢官罢职。对权力的朝拜，孝亲文化的根深蒂固，拼命三郎的工作精神，集合于一体之上，鲜活而真实。《人民政府爱人民》中分管信访的刘副县长，大病未愈，就奉命赴京，负责将执拗的老驴拉回来，做这项工作的时候，他既怀着对穷苦人老驴的同情，内心里也盘算着小九九，因为这个事情能否处理好，关乎自己能否再干一届的切身利益。《刘万福案件》中的公安局长、信访官员、县委领导等人物群像，皆拥有某种多重性，涉及为官、做人、人际关系、家庭等方面的分寸感，纠葛在一起，表与里的矛盾性、疏离性、统一性，皆得到有效的呈现。邵丽在处理基层官员形象之际，避开了一般官场小说、民间故事的固化书写，而是纵横自由地切入和观照他们的生活世界，逼真地塑造了一个血肉丰满、矛盾复杂的官员群像，这对于官场题材的写作来说，贡献无疑是独特的，由此也搭建起了文学性与现实生活对接的有效通道，规避了虚构性作品易悬浮于生活的尴尬处境。

挂职系列作品还涉及对农民、厨师、司机等众生相的描摹，底层叙事勃兴的情境下，苦难叙事和疼痛经验成为常态。邵丽在处理这些问题时，避开了这些常见的路数，致力于故事、事件中的性情发掘，并尝试着以最充分的理解展开和对象的对话，以之进入他们的内心世界深处。这个系列中有一处小小的细节，写到“我”带着从京城回来的时尚的女儿去探视处于极端困境中的爷爷和孙女，女儿关于施舍关于同情关于尊重的一番对话，击中了“我”和“夫君”这些大人心中最柔软的角落，作者所欣慰的并非“女儿”的长大，而是她和自己携手同步抵达洞察世事人心的层级。因为理解，所以悲悯，恰如克尔凯郭尔所指出的那般，只有关怀的问题在人的心灵中萌生之后，内在之人才在这种关怀中显明自己。这里的关怀放在中国语境中，则是由家国关怀、人文关怀生发出的对终极关怀的趋近。

二、两部长篇与精神成长

《我的生活质量》出版于2004年,《我的生存质量》出版于2013年，邵丽的这两部长篇小说题名仅差一个字，不过在艺术处理上却相去甚远。《我的生活质量》有着完整的故事架构：情节逻辑的疏朗，人物形象的主次分别，主人公从幼时到中年的时间跨度，命运的起伏曲线，主题掘进的多向度等因素组合在一起，打造了一部结构宏伟的作品。而对于《我的生存质量》来说，完整的故事架构被消解掉了，取而代之的是断片式叙述的连缀。这些断片式的叙述中，有杂语体的融入，比如有主人公“我”所写的小说片段，有“女儿”的小说习作；有散文化的叙述，部分内心独白以及来自“我”的个人自述大致可归类于此；还有诸多场景叙述，这一点集中见于相关家族多人的叙述层面。而第二部长篇与第一部长篇在艺术处理方面，最大的差别则在于对小说虚构性的大幅度取消上。为了充分地传达心灵经验的真实性，邵丽在《我的生存质量》里最大程度上敞开了自我，包括生活际遇、心理感受甚至是创作体会。且看下面这段自白:“能在多大程度上坦率地述说自己的生活，我觉得是检验一个作家是否真正成熟的标志。而我，则常常陷在两重痛苦里不能自拔。在现实的痛苦里，很多情绪化的东西不能让我对‘现实’脱敏。而在虚构的痛苦里，我又找不到真实的表达。”[①]作家的这段独白，表征了她个人的某种欲求，一方面是对虚构性的怀疑，一方面为了维持小说的基本品格，又不愿以纪实的方式进入，所以，她选择了非虚构性作为基本叙事手段，以之切入自我的心路历程。

然而，这两部小说在主题学层面，又有着内在的延续性，这里的延续性指的是两部小说对个体精神成长发掘和呈现的相通性层面。对精神成长主题的关注，为邵丽小说的一个重要支点，也照应了她对个体身份寻找、尊严获取的持续关注。《我的生活质量》中的王祈隆，作为转型期的乡土人物代表，因为城乡对立的意识结构的遗留，一方面欲望的奔突为其带来了仕途的顺利和名位；另一方面，精神欲求的失落感使得其始终处于失重的状态之中，他个人的生存奋斗与身份焦虑纠葛在一起，内心的煎熬始终无法根除，他恶劣的生活质量不是来自外在的物化因素，而是来自精神世界的残缺性和灵魂上的耻感标记。他脚上的“拐”以及为了遮蔽这个“小王庄”标记而刻意地袜不离脚的生活细节，他和许彩霞间因情欲偶然性的结合，

① 邵丽：《我的生存质量》，人民文学出版社 2013 年版，第 80 页。

他在安妮面前性能力的丧失，皆预示着在传统—现代，农业历史—现代性转向过程中精神个体的软弱性和矛盾性。这部长篇小说与一般的官场小说有着天壤之别，一方面，作家塑造了一个知识分子型官场人物的形象；另一方面，邵丽以心理剖析的形式，敏锐地捕捉到了人物内心世界的诸多波澜，不动声色地将那些血淋淋的心理现实照见出来，尤其是人物的意识遗留，以及人物自身经历了社会地位和身份变化后，内心膨胀出的情感欲望，两者间的落差构成无法泅渡的深渊。如何平衡成长过程中外在身份与内心欲求间的隔离，通过这部小说，邵丽为读者提出了一个颇具时代性意义的命题。

《我的生存质量》将精神成长的关注点转向拥有作家身份的女性自身，读者甚至不妨将这部长篇当作作家自身的一部心灵史。在仕途上颇有前途的丈夫敬川陡然出事，将叙述人“我”推入巨大的生活旋涡，催逼着自己静下心来梳理自己。小说在三个维度上展开，一个是“我”所写就的小说中人物命运的展开；一个是“我”和丈夫为端点的两个家族史的追溯，这也构成了小说的主体部分，包括不同历史时期来自家族亲人的立身之道，两代官场人物不同的命运，“我”对女儿的误读以及最后的包容和相互理解；一个是丈夫的官场同事的人生命运起伏。三个维度，最后皆折射到“我”这个点上，“我”也渐渐读懂了他者，实现了与生活的和解。三个维度的叙述转化成三个向度的精神指向，一是叙述人通过家族叙述寻找到个人的来路和皈依；二是走向内心，从个人的成长史中观照自我，重建自我；三是走向某种超越，理解现实，承认现实，以一颗慈悲心和宽容心重新发现生命的真义和美感。《我的生存质量》是一部转向内心、与生活和解的作品，进入他者之深与自我解剖之诚，嫁接在一起，成为这部小说的鲜明特色。

三、结语

俄罗斯思想家舍斯托夫在谈到小说时曾提出这样的观点，他认为文学虚构是为了使人们能够自由地谈话。同样，来自哈佛大学的王德威也将虚构性当作文学的基本问题来看待。虚构的特性对小说而言，其重要性不言而喻。而纵观邵丽的小说创作历程，可以注意到与作家相关的一件颇有趣的事情，即虚构性在邵丽小说中的弱化地位。习惯先锋叙述口味的读者也许会对邵丽的小说不大习惯，在他们看来，虚构的忽视，故事性的减弱，空间感的不足，使得其小说无法满足自我富于挑战性的想象力。从小说的文体特性和作家主体的自觉意识来看，虚构的弱化确实构成了邵丽小说的一个弱点、一种限制。早期创作的作品中，创作主体与叙述人间的距离相对模糊，主体时常介入叙事进程，造成文学话语虚拟性的中断。此外，她的写于前期的部分中短篇小说中的故事素材，曾以熟悉的面孔和形式进入其两部长篇创作，《戏台》中冯佳和马秀秀的故事几乎原封不动地搬到了《我的生活质量》这部长篇之中，而在另一部长篇《我的生存质量》中同样也能找到其早期叙事的诸多素材。虚构的能力是检验作家想象力的试金石，而想象力在文学艺术中，无论是黑格尔还是马克思，还是古典诗学的基本取向，皆将其作为最突出的艺术才能而加以强调。提升虚构的能力，使得自身的小说创作在视野和格局上趋于大达，这应该是此后邵丽小说创作最应该突破的藩篱。

正所谓失之东隅，收之桑榆，虚构性的部分欠缺，促使邵丽在心理场铺垫、情境营造、人情人心的曲线度等方面用心经营，进而抵达一个较高的审美性建构。邵丽特别善于捕捉笔下人物的心理流动，并将重要的心理节点以透亮的方式呈现出来，就接受效果而言，读者更容易进入一种沉浸的状态，如春风鼓荡的原野，青草与花香的气息沾衣成香。另外，戏剧性和冲突性要素在其作品中并不突出，其小说舒缓的结构和其用心经营的情境式小说、散文化小说恰能够相融相洽。总的来说，她的大部分作品，皆倾向于对味道的发掘，这一点和其所取的女性视角以及女性特有的情感细腻度密切相关。小说语言方面，邵丽所佩戴的也不止一枚印章，早期小说语言的清丽雅致，“挂职系列”的口语化和幽默段子的使用，长篇小说语言的沉稳与错杂，体现出邵丽在不同层面的语言尝试。

对后城乡二元对立时代所遗留下来的意识结构的深入观照，对基层官员群体肖像的准确勾勒和描摹，并打通了人情、人心、人性的有效通道。两个路向，两种精神旨归，邵丽皆行走得异常坚实，也构成了其小说创作的独特性所在。从而与中原写作版图中的苦难叙事、启蒙叙事形成对立互补关系，趋近对中原乡土与人心的相对完整的勘察。

《扬子江评论》，2015年第2期

邵丽小说的存在编码

——女性谱系和身份焦虑

胡瑞香

摘要：河南女作家邵丽从发表作品以来，在小说领域逐渐形成自身的创作印戳：首先，以女性特有的细腻敏感关注当下女性情感家庭的浮世绘，本文试图通过《戏台》以点带面一窥其以女性为叙述对象的女性谱系；其次，面对现实生活中人们所遭受的逼仄身份评价潜规则，邵丽着力表现裹挟在情感、责任和追求自由所形成的涡流中而造成的身份焦虑感，在此部分中则以《我的生活质量》《明惠的圣诞》等作品作为切入点，试图通过对叙述情节的剥离而抽绎出流淌其作品下的心理暗流。

关键词：邵丽；存在编码；女性谱系；身份焦虑

河南女作家邵丽的小说创作至今，以其一贯的感性细腻文风在女性描摹和官场生态方面做出不菲的成绩。从起初对自身、对女性的细微隐秘心理关注，到对官场生态环境的表现，再到呈现城乡间的差距和官民之间的隐形矛盾，短短十几年，她以对生活的诚挚态度努力刷新自己的写作题材。

本文尝试通过其代表性的作品透视其小说内在的基因密码。首先，以女性特有的细腻敏感关注当下女性情感家庭的浮世绘，在本文中试图通过《戏台》以点带面一窥其以女性为叙述对象的女性谱系；其次，面对现实生活中人们所遭受的逼仄身份评价潜规则，邵丽着力表现裹挟在情感、责任和追求自由所形成的涡流中而造成的身份焦虑感，此部分以《我的生活质量》等作品为切入点来追寻小说叙述情节剥离之后流淌其作品下的心理暗流。

一、女性谱系

邵丽小说有很大一部分是以女性作为叙述对象，搭建成较为稳定的女性画廊谱系。这既来源于自身性别所带来的性别体验，深层次而言更源于不可抑制的倾诉欲望，在她的谈论中多次谈到，“叙述和表达的愿望，成为我们很多人生存的重要内容之一”（《明惠的圣诞》获鲁迅文学奖感言），又说，“我的创作大部分可以看成‘私小说’，就是不断对自己的‘拆解’和审视”(《郑州日报》2014年11月21日)。综观其以女性为叙述对象、叙述主体的作品，可以看到作家对于女性观察思考的心路历程：从最初关注女性的小情感波峰到女性遭受挫折阅历后的成长成熟，从以年轻的女性作为自己思考的出发点到以祖辈姥姥奶奶们的生命苍茫浑厚为底色，从最初在塑造女性方面描摹的仙化特质再到走向世俗化，邵丽青睐于展现不同女性遭遇现实碰壁后的多样反应。

2004年发表的《戏台》可说是邵丽许多作品中女性人物的集中概括，后来在长篇《我的生活质量》里通过主人公王祁隆的大学同学聚会，再次把《戏台》中的人物和场景搬上舞台，可见邵丽对《戏台》的钟爱。中国有句俗话，“三个女人一台戏”，女人的啰唆、敏感和多疑演绎着人生的舞台剧，在这不长的短篇中，作者隐藏自己的情感价值判断，用近乎残酷的冷静审视现实生活中的女性。本文试图以不同女性对现实生活的不同态度反应作为内在尺度来剥离出她们的不同特质，从而分为游离于现实之外的女性、游走于现实内外边缘的女性和沉浸在现实之内的女性这三种女性谱系。邵丽通过同样的平台——爱情和婚姻——来展示她们迥异的处理方式，以及她们相异的态度对于人生目标的设定和修正是如何影响了她们未来的生活质量。

（一）游离于现实之外的李彤：没有雷电般震颤的情感波峰，只有小溪流淌般的静谧诗意。也许诗意的语言更加符合李彤那随形赋势自然的性格，当然也许有无须言明的原因：在《青年文学》发表的文章要契合理想主义的追求目标。邵丽虽力避对人物情感的倾向性，但在对人物的排列顺序上仍可窥出她对那种平静接受生活所赐予的一切不幸或幸运的女性的钟情，在此类女性身上承载了她心目中的理想女性抑或自我镜像的情感基调。

成长中母亲对她的教育和引导形成了她日后难以改变的性情特征，“生活对于她就像是张白纸一样，别人画个什么颜色就是什么颜色”，“她给人的表面感觉虽然不是十分扎实的那种，但至少是不缺乏主见的。可是，一旦接触起来，才知道她其实真的是个没有心眼儿的”。就像一朵荷花静静开放，风来时摇动，接着又亭立依旧，她的简单在世故的人看来是装出来的，可她从不在意周围的眼神和议论，在她的经历中，包括和宋大伟的婚姻、弃职经商搞旅游、到香港公司做文员，都是顺风顺水，可是婆婆和丈夫的猜忌让渡出来这么一个清秀女人成为香港某公司董事长的小老婆，董事长“觉得这姑娘像一株南方的优良小树，既漂亮得干净，又雅静得质朴”。而她得知自己被丈夫卖给董事长时，虽有小伤感却并没放在心上，当小秘对她也无什么不同，一样生活滋润。从不刻意营造自我、追求独立的她似乎得到了女性生活追求中所有的满足。作家在这位女性身上所赋予的生活理念——本色素朴即是幸福——通过文学的形式得以阐释。

《迷离》中的女主人公同样具有顺天应命知足本分的特点。《迷离》通过极致的文学语言表述了李彤版的前传安小卉："安小卉是个生活中多少有点儿迷离的女人。不是神秘的那种迷，也不是故意踩在生活边上的那种离，而是种天然……她好像对一切都不着力。开篇铺垫人物基因特质的先天性：优良的出生环境屏蔽了她对周边环境和人物的负面性价值的判断，游弋徜徉在原初民状态般的虚化纯净文学世界，恋爱和婚姻顺利得不可思议，生活琐事方面不食人间烟火，当她以文学写作者的身份在媒体上表达深刻思想时，常为其遮蔽风雨、无论事业和家务均能干的市长丈夫李铁吃惊于妻子的另一面：单纯的外表下所隐藏的思想深度。丈夫的一句"我觉得你现在离开我，也一样可以独立生活了！"突然让她失去了一贯的安静淡然风格而变得无所适从地多虑和猜测：她试图改变自己的形象，笨手笨脚学做家务。可她和他之间却不知如何沟通，她等着宣判婚姻终结后的解脱，他却有着我看你要怎么办的镇定，当他宣告还是分开的好时，她终于卸掉了不属于自己的恐惧和刻意，笨拙的姿态和无助茫然的眼神突然抽身离她而去，“一夜之间她竟然又滋润了起来”，丈夫恍然于与她之间的过往和现在：“向她求爱，求婚，还有现在的求和，竟然好像是同一个画面的回放。”原来他们之间的维系本就是无意而非刻意，他们的和好是如此地波澜不惊，就这么静静地站着。

2006年的《水星和凰》，邵丽再次表明其对单纯安静、沉默内敛女性角色的执着。作品以叙述人物声音“复调”的方式，以“我”曾经自以为是轰轰烈烈的恋爱婚姻观来比照、嘲笑母亲声音里叙述的关于水星和凰的平静老套的婚恋故事。但显然，婚变情节并非作者的叙述重心，作者更钟情于这个俗套的故事中女主人公凰的不落窠臼：凰没有眼泪，没有哭诉，她的尊严深埋在沉默的力量里。她包容的魅力体现在默默帮助曾经有负于她而现在却遭难的水星。当我们看到她拒绝组建新家庭的理由只是担心在未来的日子里曾经的前夫水星将要怎么办时，作为读者，唏嘘之余，反躬自身，在凰的宽容与博大面前映照出了我们心灵的促狭渺小，因为我们还停留在为负心的现代陈世美终遭报应而酣畅淋漓一吐抑郁中，两相比照愈发佩服“淡得像水稀薄得像空气一样”的凰那地母般的情怀。2013年的长篇《我的生存质量》中在叙述金地和苏天明的故事时，作家仍然不失初心书写那位“简单得如一张白纸的金地”，当苏天明看她时，“发现金地的脸被后窗涌进来的阳光弄得似刚从油彩缸里捞出来似的，泛着神明般的光彩”。而“敬川喜欢我的简单”，“我”的好友秋子“是那种水一样的女人……一路上，她都浸润着我。邵丽从创作之初到现在，对单纯的女性向来不吝溢美之词，也许是期望，也许是自我镜像的映照，而此类女性特质逐渐成为其偏好的女性的特征编码。

挖掘人性之黑暗曾是文坛着力的领域，鲁迅笔下国民性的大展览，虚伪做作、嫉妒仇恨、幸灾乐祸、看客冷漠，也成为我们认识中国文化心理生态的窗口。邵丽作品里也有这些人性的底子，不过她往往把它们处理成为人物成熟发展的契机。挖掘人性真、善、美，是其创作的基调：“我更倾向于在苦难里发现美好，在荆棘里发现花朵，在阴霾里学会看到阳光。”（《明惠的圣诞》获奖感言）也许史铁生的一句表述更能表达其追求：文学的神祇应该是“在你体会了残缺去投奔完美、带着疑问但并不一定能够找到答案的那条路上”[①]。

（二）游走于现实边缘的冯佳：邵丽以一种波澜不惊、水过无痕的笔触描绘了一个不满足于现实处境，期待主宰自己命运，怀着理想和浪漫的方式试图改变，却又被现实和命运所调

---

① 史铁生：《病隙碎笔》，陕西师范大学出版社 2006 年版，第 14 页。

侃反讽的女性——冯佳。毕业分配至体面的科研机构，旋嫌厌工人未婚夫阿强，经济独立导致了他们素质间的差异高低。不久被同事郭志刚俘虏，却又被命运捉弄，因无法生育遭冷落，过去是人家争着要娶她，现在是她嫁了人却没人要了。再后来，生活的戏剧性再次显露它的威力，曾经被甩的阿强发誓出人头地，娶妻生子买奥迪，当他以胜利者的姿态、骄傲混融着同情怜悯的情愫站在熟悉的恋人面前时，冯佳自己都觉得荒唐，明明可以做夫人，却自己作践做二奶。是她的追求错误，还是目光短浅，抑或是永远不能超越的命运？也许只是在单纯的内心里偶尔发了一下呆做了一个不甚浪漫的梦而已。

2002年《寂寞的汤丹》的女主人公亦属于此种类型，汤丹是一个“外表放得很开内里却过于讲究分寸的女人”，作家在此文中似乎延续对女性的惯有特质的书写，但限定词语“寂寞”一词道破汤丹的内心不安，她渴望改变的奇迹发生。枯燥的机关事务、单调的家庭婚姻同内心升腾的一种莫名的躁动不安促使她想和宣传部部长李逸飞发生一点儿什么。同《戏台》中的冯佳相比，她缺少冯佳那样的毅然决然的行动，当然也避免了冯佳那样“过山车”般的生活戏剧性，汤丹更像是中国现实版的“哈姆雷特”，有那么多的想法和躁动，但总是止于想象层面，每当面临真正的问题时，又会蜷缩于现实的一隅和生活做最大的妥协，这是一个内心寂寞躁动而怯懦于行动的女性。

此外，2007年《玉株》的主人公玉株——一位盐业局下属酒店的经理，美丽智慧得无可挑剔，“是开在街心花园里的一朵美丽的花，可她的花朵是为众人开放的。她代表的是一种公共事物，她的美丽只能让人赞叹却不能让人产生非分之想”，当她去感谢盐业局局长项阳对自己的提携关照时，曾经对项阳的佩服和浪漫的幻想就在这个合适的时机发酵成了春花秋月的故事，但作品在开篇处就不停强调玉株模糊之中就幻想与项阳偷欢的状态，同刻画她平时的镇定智慧和处变不惊的能力显然出现了裂痕，于是她的模糊就变成了自我欺骗，真正而言正如叙述人的话语分析，应该是“她的体内蕴藏着一种不自知的邪恶的东西，她渴望有一次突破”。而这往往是优秀的女人绝不甘于平庸的婚姻而渴望内心飞翔的冒险动机。

这些游走于现实边缘的女性，在传统的定位和现实的诱惑之间始终处于撕裂的状态，既要竭力维持众人心目中的好女人形象，却又让浪漫的幻想冲击自己长久以来就自设的壁垒，物质条件的提升和情感的浪漫补偿成为她们合上“潘多拉盒子”时那永远封存的希望，也许米兰·昆德拉所说的“对自我的寻找始终并将永远以一个悖论式的结果而告结束”①更能解释那无可控制的不停寻找，既是宿命，更是人类生生不息的动力源泉。邵丽在书写女性的过程中，逐渐接近她们内心的触动点，没有道德评价的优越感，只有对生命、对人性的永远尊重。

（三）沉浸在现实之内的马秀秀：一个永远都想掌控生活主动权的世故狡黠的平凡女人。此类型书写在邵丽的小说创作中几乎是异类，所以在整体的创作中出现频率也最少，一反以往作品着力塑造“现世安稳，岁月静好”的女子，而着力叙述深刻领悟现实生活规则且处处践行的女性。没有了之前女性形象的阅读期待，但却开辟了女性深藏不露的另类风景。马秀秀的相貌连平均数都够不上，“像一朵还没有完全打开，就被倒春寒压迫回去的花”，但在上大学期间却凭心计赚得后来成为丈夫的英俊男友，毕业回乡，用尽心思做足了妻子和儿媳妇的义务。面对因升职虚荣和欲望膨胀的丈夫的见异思迁，她不动声色地摆上一场捉奸“鸿门宴”，利用男人对政治前途的热衷从而以一纸婚约维系住了自己在婚姻家庭中的胜利，成为现实评价体系中的最大赢家。文中通过细节刻画塑造的马秀秀充满了

---

① ［捷］米兰·昆德拉《小说的艺术》，孟湄译，生活·读书·新知三联书店1992年版，第22—23页。

一种不动声色的伺机和蓄势待发的张力：深知自己不能靠相貌取悦男人，恋爱时半推半就、欲擒故纵，婚姻中以静制动、一招制敌，充满着强烈的自信感和饱满的生命力。而她和丈夫的关系也就成为常态类型，也即王小波在《一只特立独行的猪》中所说的："想要设置别人生活的人"以及"对被设置的生活安之若素的人"。

问题是，这种对生活有强烈的自信并想要设置生活的人是否永远踌躇满志？在体制和命运面前又有谁还能大言不惭，优裕自如？在长篇《我的生存质量》中有一个和"我"对照的人物——类似于马秀秀的角色陈琳，通过描述她对老公周健的情感态度转变，邵丽在文中深刻地剖析了这种生活自信的虚妄性：陈琳"对老公的那种感情，充满了有条件的真诚，强制的奉献，和莫可名状的怀疑，这使她的生活既疲倦又热烈，以及，很大的偶然性……越是站在阳光之下，身后的阴影越大。有时候，一个人的生活条件越优裕，选择的余地越多，她的幸福就越恍惚，痛苦也就越细腻"[①]。经过了时间和阅历的淬火，邵丽从《戏台》里的马秀秀走到了《我的生存质量》中的陈琳，褪尽叙述人那刻骨的冷静所反射出的残酷语言剖析，文中的陈

---

① 邵丽：《我的生存质量》，人民文学出版社2013年版，第198页。

琳在丈夫“出事”后看透了世事如烟繁华落尽的苍凉，青灯黄卷的生活成为她的再次设置。而叙述人以高贵的姿态对陈琳的悲悯在陈琳的选择面前再次化为深刻的反讽：生活于现实世界之中，谁都在劫难逃。

孟繁华曾对邵丽作品中的女性做过如下评论：“这些作品……更多地源于个人经验，基本是在情感或婚姻领域展开。虽然讲述了不同的女性经验或情感体验，但其视野的封闭性和内循环性质，还没有产生广泛的影响。”[①]《戏台》上登台演出的三类女性，为我们那枯燥无聊的日常注入一丝可以咀嚼的味道，她们和她们的一切会慢慢从舞台上退隐，成为历史的背影和追问，化身为微观的标本和文化的注脚。邵丽笔下的女人走过了春夏秋冬，走向了老年，走向了智慧，走向了“一个老人就是一部历史”的深处：《河边的钟子》中站在钟子身后的姥姥，大气淡定，她对乡村政治的熟稔塑造了钟子一步步的成长；《我的生活质量》中王祁隆的奶奶用她的谎言编织起了王祁隆走向仕途的动力；《糖果儿》《我的生存质量》中“我”的祖辈父辈，我的姥姥和母亲，她们坚忍实际，对现实生活的判

① 孟繁华：《世风世相、女性与家国——评邵丽的小说创作》，《中国作家》，2013年第6期。

断和把握总是不动声色绵里藏针，用她们的经验和感悟来批阅生活中所有的出其不意并淡然处之。

二、身份焦虑

除了女性谱系的书写，作家还有一个写作密码——身份焦虑。隐藏在邵丽很多作品中关于人物的人生轨迹、人生价值和活着的尊严都会归结为对身份的规划期待和现实之间巨大的心理落差造成的焦虑。也许这是现代人类的通病，进入衣食无忧的现代生活之后，生存困境已经不复成为问题，但爱和尊严的问题又产生了。根据马斯洛的需求层次理论，人的需求呈现从低级向高级的趋势，曾经身体的饥饿疼痛安全感被更高层次的身份追求和价值尊严所带来的身份焦虑感所代替。邵丽在其作品中就呈现出现代人类在失去心灵“诗意的栖居”之后所表现出的彷徨无着、无处安放的状态。

身份，从狭义而言，是指所从事的职业。从广义而言，指“个人在他人眼中的价值和重要性”[①]。阿兰·德波顿认为：在传

---

① [英]阿兰·德波顿：《身份的焦虑》，陈广兴、南治国译，上海译文出版社2007年版，第5页。

统社会里，身份的高低主要由家庭出身决定，而不在于是如何通过发挥才智获得成就，也即注重“你是谁”的问题；可在现代社会并非如此，社会身份很少取决于恒定不变的世袭头衔，而往往取决于个人才智在迅速发展、变幻莫测的社会经济体系中的表现，也即更加注重“你做了什么”的问题。[①]邵丽的一些小说作品，诸如《人在江湖》《我的生活质量》《阴阳虚》《小舅舅死了》《第四十圈》等一系列作品，如果从主人公的人生发展轨迹看，无论他们是知识分子，还是省部级官员抑或是普通的平民，从心理学角度分析，他们之所以有如此生活上的尴尬处境，很大程度上缘于他们自身对身份或尊严的认定。下面将就职业身份、城乡地域差异分类分析。

（一）官员的焦虑：2003年的《人在江湖》颠覆了俗语“人在江湖漂，哪能不挨刀”的壮士豪气，相反，在此文中渲染了更多的因官员身份的制约而产生的婚姻无奈凑合和一些宿命的必然。省委书记郝春生向“我”的叙述，既让我们看到了他为了一句年轻时的承诺而背负的沉重婚姻，同时也看到在流言和身份压力之下，即使他和秦晴产生真正的爱情也无法有完美结

---

① [英]阿兰·德波顿：《身份的焦虑》，陈广兴、南治国译，上海译文出版社2007年版，第87页。

果，这是比他不幸的婚姻更为不幸的结局。岂止是他？痛苦最甚的还有秦晴的丈夫因职务、身份的焦虑而导致的婚姻悲剧：处级干部刘海北和省长身份的妻子秦晴在新婚之夜，就因妻子的超凡美丽和职务上的级别过高而失去了做男人的资格和尊严，这让我们看到男性骨子里在事业上追求辉煌的心理要远远超越对于爱情的需要。从文化心理角度而言，长期的男权社会形成一种心理定式：男人只有在事业上比自己低弱的女性面前方能实现其身份价值。男性要比女性在职务、薪水上足够高才能够保证自己身份的优越性，否则就变成了自卑。身份的焦虑是我们承认在成功生活和不成功生活之间存在公共差异的时候，必须付出的代价。

2004年的长篇《我的生活质量》更是把《人在江湖》里开始展开的身份制约主题发挥得淋漓尽致。伴随着王祁隆自尊自勉的毅力和因缘际会，他从农家子弟渐渐官至市长。和同样擅长写官场小说的刘震云嘉年华（carnival）式的大量细节描摹、隐喻象征的语言狂欢不同，邵丽注重向内心走的哲性思考。作品突破传统写作人物在官场容易迷失的老套路径，却把王祁隆的一路升迁和他厌恶透顶的老婆许彩霞糅合成因果，若无这个没文化没气质的老婆对他心甘情愿的付出，他不可能心无挂碍地投入事业；在保持身份和为了爱情的选择中，他选择了身份，牺牲了一生中唯一一次撕心裂肺的和王安妮的情感体验，哪怕是在老婆车祸去世之后。其实，也不能称之为高姿态的牺牲，更多的是无奈的放弃，他虽讨厌老婆，却只能在比他低微的农村老婆面前完全实现男人的资格和尊严；面临在北京优越环境中长大的王安妮时，虽然多年的文化艺术修养和官场历练使他充满了话语的主动权，“觉得自己的内质和她是完全相同的”，为了安妮他可以把市长这个身份所赋予的标签统统扔掉，可没有这些，他还能受人尊敬吗？谁还认得他？他所有的自我确认都来源于身份所赋予的附加值，骨子里的农民自卑情结让他在标准的城市人安妮面前只能以自虐来获得精神升华的快感。正如米兰·昆德拉所言，“已经到了这样的时刻，我们的生命形象与生命本身相分离，变成独立的，并逐渐地开始统治我们”。[①]身份的焦虑就这样统摄了我们的生活质量。

（二）城乡的焦虑：城乡之间的物质差距扩大了城乡身份的区别度，在大众对于城乡情感价值的迁移中，人们往往会把获得城市人的做派和身份作为对自己拼搏过程的认可，《明惠的圣诞》《马兰花的等待》中的明惠、马兰花即如此；与此同时，

---

① [捷]米兰·昆德拉：《小说的艺术》，孟湄译，生活·读书·新知三联书店 1992 年版，第 122 页。

还有一些传统农业文明情怀的人，在面临着家园即将消失的状况时固守着桃花源般的乡村秩序，在不可避免的中国城镇化进程中内心坚守着一份儿乡村人情画面的宁静诗意，《城外的小秋》《北去的河》中的小秋和雪雁即为代表。

2004年，《明惠的圣诞》的获奖词为“用具有控制力的语言叙述乡村女孩在城市中间的故事，以道德批判的深度揭示渴望尊严的人性内涵”。村民曾羡慕的明惠高考落榜后受嘲讽向城市进军，在洗浴按摩中心成为人见人爱的圆圆。但她只是为了在城市获得身份认可：“我要把我的孩子生在城里！我要他们做城里人，我圆圆要做城里人的妈！”可她在认为可以托付终身的李羊群的朋友聚会上终于发现：她永远不可能融入城市人的身份。被沮丧和绝望的情绪笼罩，尊严被践踏的她选择了自杀，可李羊群无论如何也想不明白她为何要选择死亡。2007年创作的《马兰花的等待》中，马兰花为了挽救失败的婚姻，夺回丈夫，进城打工，修炼外在形象力图趋向自己的情敌——城里人陈丹，可依然失败，失败的原因并非懒惰、自私、不孝等，而是聚集于因城乡差距而导致的身份的自卑感，她缺乏城里人的韵味和从容淡定的风度。

2011年《城外的小秋》中内敛、安静、沉默的小秋，在城里从不曾见她笑过，缩手缩脚的像没开的棉桃，可到了农村就像风铃一样爱笑，放在田野里简直是一朵脱俗的蒲公英，纯洁得不谙任何世情。当她和奶奶生活的村庄被推平，她的身份、脱俗的美和记忆也就失去了载体。2012年的《北去的河》中，雪雁在广阔的农村中自由自在，可到了北京的叔叔家，急促的生活节奏、心里的毫无着落感让她就像一条在河中自由游弋的鱼儿到了局促的鱼缸里。乡村广阔的自由、花儿树木的气息是他们自由尊严的前提。正如评论家丁帆所言："城市与乡村，已不是通常意义上的地域概念或社区概念，而是文化概念……'城市人'与'乡下人'，也不是通常意义上的社会身份，更主要的是一种文化身份。"①

（三）知识分子的焦虑：2012年的《阴阳虚》圆润成熟，通过《红楼梦》中贾宝玉的出世与入世的人生抉择来隐喻当代知识分子试图提升身份，保持自由尊严的困境。研究"红楼"的陈伍长教授即将面临职务升迁，在伴随着业务自信和职务升迁焦灼的等待中，他随遇而安的性格和无为而治的理念与试图运用世俗官场法则时的纠结被完美地演绎，个人尊严和世俗欲望交锋挣扎的无奈颠覆了曾经对知识分子代表知识、良知和尊严的符号指代。在力图维护尊严时却处处浮沉于世俗规则：对

---

① 丁帆等：《中国乡土小说史》，北京大学出版社2007年版，第99页。

于庸常琐碎家事的不能承担和逃避，同事前的故作清高和达观，师友前丧失尊严的痛感，对手前的软弱又不甘，寄希望于公开公正公平的竞争却又禁不住撺掇而行贿的紧张窃喜……这是既想保持清高人格又想享受权力所带给人的自信、身份和尊严的当代知识分子，隐喻了一个努力想维持“自我实存”的个体不由自主变成“群众人（mass — man）”的过程。同20世纪80年代张贤亮笔下所摹写的知识分子形象完全不同：《绿化树》中以章永璘为代表的知识分子面临生活的种种苦难，借助阅读革命“圣经”来同身体的“肉欲”层面（“胃饥饿”和“性饥饿”）做抗争而灵魂升华，苦难是精神修炼之阶，在“炼狱”过程中知识分子作为文化的精英、民族忧思的寄托者成为见证时代变迁的记录者。相反，《阴阳虚》中，之前的崇高变成了如今的卑贱，曾经作为试金石的苦难不公成为如今的照妖镜，因经济和身份变化的互动而使他们成为此期典型的历史产物。雅斯贝斯曾言，他们变成了“共同接受某些观点而在精神上彼此相联的一群人”[①]。“阴阳虚”一词不无揶揄地展现了他们在身体和灵魂方面双重的贫弱虚脱，研究“红楼”的他终究没悟透“红楼”

---

① [德]卡尔·雅斯贝斯：《时代的精神状况》，王德峰译，上海译文出版社1997年版，第31页。

精髓，因执念于小小一职所采取的不擅长的行贿终致授人以柄落得一败涂地，他们在道德/欲望中的挣扎纠结很大程度上缘于失去了把握历史潮流的自信姿态。

（四）民众的焦虑：邵丽曾在创作谈《离现实近一点还是远一点》(《文艺报》2012年7月25日）中谈到了作家不可避免的“弥赛亚”(Messiah）情结，对民众的关怀和民族的忧思成为作家挂职县长之后作品的底色。《村北的王庭柱》《人民政府爱人民》《老革命周春江》《刘万福案件》《第四十圈》等作品皆可作如是观。下面将以《第四十圈》为例来分析在市场经济运作之下不停更新的价值观是如何影响到民众的生存尊严而引起焦虑的。

邵丽在2014年《第四十圈》获奖后感言，与过去的作品相比，“有一种更深入、更透彻、更悲凉的东西”(《郑州日报》2014年11月21日)。文中叙述“我”在挂职县长期间所听到的扑朔迷离的案件：齐光禄用一把日式军刀杀死了派出所所长，但二人之前从未发生生活交集，让人模糊地感到是所长的权力或有人借助所长的力量推动了事件的发酵。双方不能简单地被划分为正义与邪恶。齐光禄作为小店老板踏实肯干，派出所所长业务能力强。只因所长小舅子看上了齐的店铺位置而齐没给面子，于是小舅子手段暗生，指使人抓走了齐光禄的妻子牛光荣，让牛光荣进入怪圈选择：是齐光禄强奸了她还是她自己卖淫和齐光禄在一起？并最终逼死牛光荣，气死牛光荣的爹牛大坠子。家破人亡的羞辱使齐光禄愤怒集聚，齐光禄等待时机在所长跑步第四十圈时砍死他："齐光禄骑到查卫东的身子上。这把刀出人意料地锋利，那种利索和痛快，给了他极大的满足。愤怒和悲哀已经脱壳而出，离他而去。"因为他的苦痛"无处诉说，说了也没人听，听了也不会有人管"，对人的冷漠和不重视才是痛中之痛。他身份卑微，事件又琐屑，有谁会关注他的声音呢？而作为县长的"我"，一个自认有良知的知识分子官员，在和百姓交往中间也感觉到了身份的差距，"像一个被缚的飞蛾，在投入与逃脱之间痛苦地挣扎"，既想融入又怕融化失去自己，也许布莱希特的"间离"理论可以解释为什么"我"这个作家、挂职县长，只有以这种"间离"才能在似乎流畅的秩序里听出磕绊的声音，看出陌生的痕迹。这部作品情绪基调的苦涩，不仅仅源于悲剧事件的发生，更多来源于作品中每个人似乎都因自己的身份影响着话语表达和情感价值判断，而这种看不见摸不着却无所不在的神秘力量所形成的包围圈即是鲁迅笔下的"无物之阵"。

是有意的呼应还是无意为之？邵丽曾在《失落的岂止是文明》（《光明日报》2013年11月29日）一文中谈到了印度女作

家基兰·德赛的获奖作品《失落》对她的震撼力量，德赛的作品就是写文明的失落、身份的迷乱编织成的无可逃脱的一张网。在本文论述中，笔者通过对作品的大量阅读感受，剥离出作家的一些写作编码特征，在对女性谱系的梳理中尝试贯穿其前后作品的照应，而在对身份焦虑的论述中更注重无所不在的身份场域，以此考察邵丽灌注其作品生命气息的特质。

《当代文坛》，2016年第2期

一种立场　两种经验

——邵丽小说观察

刘宏志

摘要：邵丽的小说就其题材内容来讲，丰富多样，有对底层的关注，也有关于官场的描述，还有关于女性的书写。不过，在纷繁复杂的多样题材之下，我们可以看到，其实邵丽一直专注于两种经验的书写，即时代中国经验和个体生命经验。通过官场小说、底层小说等写作，邵丽表达了她的时代中国经验。通过对夫妻两性情感的关注、对个体生命与命运碰撞的关注等写作，邵丽阐述了她关于个体生命存在的经验。这两种经验表达的背后，是邵丽一以贯之的现实主义写作立场。

关键词：邵丽小说；时代中国经验；个体生命经验；现实主义立场

邵丽并不算是一个高产作家，二十年的创作生涯中，她出版了两部长篇小说，以及几十部中短篇小说。不过，邵丽的小说虽然数量不是太多，但是就叙事内容来说，却是颇为丰富多样的。邵丽创作初期，叙事题材主要集中于两性情感，但是很快，她就拓宽了创作视野。在她笔下，既有对底层生活的描述，尤其是对底层女性生活的呈现（《明惠的圣诞》《马兰花的等待》等），也有对当下城市化进程的反思（《城外的小秋》等），还提出了当代人的生活质量问题（《王跃进的生活质量问题》等），更有对当下社会问题的冷峻观察（《第四十圈》《刘万福案件》等）……虽然邵丽小说的叙事题材颇为驳杂丰富，但是就其表达内容来说，主要呈现的还是两种经验，即时代中国经验与个体生命经验。从邵丽的写作历程来看，她关于这两种经验的书写基本上经历了三个阶段。

一、从底层到官场——时代中国经验的复杂呈现

对于中国当代作家来说，这也许是最好的一个时代，当然也许是最坏的一个时代。在当代中国，我们正经历着极为复杂的社会状况，一方面，社会财富得到极大的丰富，但是另一方面，穷人和富人之间的财富差别也变得越来越大。社会财富的剧烈增加并没有天然地带来社会的和谐，相反，因为财富分配

的不均匀，社会中充满了各种各样的矛盾。同时，中国社会的发展也高度不均衡。在很多大城市，居民已经生活在现代或者后现代状态之中，而在一些偏远山区，很多人还生活在前现代。由于时代的剧烈变动，整个时代生活中，充满了各种戏剧性的事件，而这些充满戏剧性的事件，却又都极为形象、生动地诠释着我们这个时代的某种特质。所以，在某种程度上对于作家来说，这是一个最好的时代，因为这个时代给作家提供了太多的写作素材。但是对于作家来说，这也许是最坏的时代，因为这种时代特质，反过来也对作家的写作提出了更高的要求。一方面，因为我们已经处于发达媒介时代，所以，作家的书写必须要有能力超越发达媒介带给大众的无所不在的媒介故事——这并不是一件容易的事情；另一方面，要想更好地表达这个时代，也要求作家深入时代之中，切实地体验时代跳动的脉搏，只有这样，作家才能够真正体会到这个时代的精神，表现出这个时代的特质。

从邵丽的写作可以看出，显然，邵丽是有着明确的表达这个时代的自觉的。邵丽最早的小说更多的是对夫妻、男女两性情感的关注，但是，很快她的写作就转向了对时代复杂经验的体察和呈现。邵丽的小说，从不同角度切入，表现着我们这个时代的复杂境况。从写作题材来看，邵丽的写作从底层写作、官场写作，写到了中国的城镇化。当然，如果从女权主义立场出发的话，我们还能看到邵丽的很多作品，如《马兰花的等待》中浓郁的女性意识。显然，邵丽涉及的这些题材，都和当代中国有着密切的关联，邵丽的这些作品，也都是对当代中国经验的复杂呈现。而且，值得注意的是，邵丽的这些中国经验书写，都是以自己独特的视角切入的，也更呈现出了媒体僵化视角之外的独特的经验表述。当下正在进行得如火如荼的城市化，在媒体的叙事中，是国家现代化的必然路径。从某种程度上，这是正确的。但是，这种统一的媒体叙事口径过多地承载了宏大叙事的立场，而忽略了社会个体对这个城市化进程的认可。邵丽的小说《城外的小秋》就表达出了对城市化进程的反思。小说中的小秋是一个带有某种寓言性质的女孩，虽然她父亲在城市做医生，收入不菲，但是她却不喜欢城市，在城市就生病，而回到乡下奶奶身边，则立刻活蹦乱跳。不幸的是，小秋所在的村庄也要被拆迁了，小秋永远地失去了自己的故乡、自己的土地。小说关注了个体生命在城市化进程中的独特感受，也对城市化进程中城市扩张的野蛮进行了独特的反思。

20世纪90年代以来，随着国家改革的深化，创新机制进一步被激活，社会迸发出巨大的创造力，庞大的社会财富也在这个过程中被创造出来，中国人的物质生活得到了巨大的改善。

当然，在这个过程中，一些负面的问题也暴露出来，最为典型的便是社会的贫富分化问题。底层文学在21世纪以来的兴起，其实也是中国作家对这个时代问题的关注。作为一个致力于呈现时代中国经验的作家，邵丽的目光关注到了底层民众这样一个群体的存在问题。不过，邵丽的底层书写没有雷同于一般底层书写去比苦难，比血腥，而是去关注人，尤其是底层女性的精神存在，从而让我们对她们不仅仅是怜悯，而是有了更多的同情和理解。

《明惠的圣诞》《马兰花的等待》《木兰的城》等几部小说都是围绕底层女性的悲剧命运展开的，而细查悲剧的起因，明惠、马兰花、木兰这些底层女性，只不过是想要过上或者体面或者温暖、有爱的生活而已。但是，她们的努力最终带来了悲剧。当明惠高考落榜在村子里备受歧视时，我们能够理解明惠出人头地、摆脱当下困境的精神动力。或许，正因为有着强烈的要过好自己生活的愿望，明惠才义无反顾地做了暗娼。当然，明惠做暗娼还有一个非常重要的原因，那就是，她其实并没有更好、更多的选择。她不过是一个乡村丫头，没有文凭，她不可能进入体制，从而在稳定的前进中获得自己想要的尊严。她也没有启动资金支持自己从事商贸行当，来获得成功。作为一个一无所有的乡下女孩子，急于成功的明惠，似乎除了拿自己的青春肉体做交易外，别无他途。马兰花也是如此。当她付出了多年青春却被暴富的丈夫毫不留情地抛弃的时候，当她仍然渴望爱与被爱的时候，我们能够理解马兰花做出的外出打工这个决定，我们也能够理解马兰花在深圳那近似不正常的举动，比如花光微薄的薪水为自己购置行头，比如用自己的全部收入来维持每天下班后在茶馆那一杯茶的体面。她只是不想让自己被抛弃，不想让自己成为一个弃妇，不想让自己成为一个可怜的被遗弃的对象而已。在这样的情况下，马兰花的坚持和等待，在某种程度上，其实是做给自己看的，她其实是通过一系列举动，给自己提供一个生活的希望而已。她的坚守，在一定程度上，本身就像一个悲剧。但是，即便如此，这个等待和坚守，恐怕也已经是马兰花摆脱自己生命悲剧力所能及的唯一的选择了。在这样的情况下，当之后的悲剧发生的时候，我们又怎能忍心去责怪马兰花呢?《木兰的城》中的木兰，和明惠以及马兰花似乎有所不同。木兰这个单纯而美丽的女孩子在包工头田东临温情的攻势中沦陷了，义无反顾地离开了自己的丈夫王小山。按照一般的逻辑，木兰的归宿，她的未来似乎都不会太乐观。而且，木兰在离开王小山，追随田东临而去的时候，应该对自己的未来是明确的。可是，这样的情况也事出有因，从来就没有享受过父爱，在父亲的殴打辱骂中成长起来的木兰是那样渴望温情和爱。这种温情，王小山并不能全部给予她，事实上，和王小山在一起之后的木兰很快就成了一个小大人，她还需要照顾很多东西。在这样的情况下，当田东临的温情到来的时候，木兰沦陷了。一个长期缺少爱和温暖的孩子，为什么不可以追求自己想要的爱和温暖？从这个角度来说，木兰生命道路的选择，其实也非常有限。《明惠的圣诞》《马兰花的等待》《木兰的城》中的这些底层女性只不过是想过上自己想要的生活，而且，她们想要的生活也不是不切实际的、异想天开的，她们只是想要有爱、有温暖的生活。为了她们想要的生活，她们也努力地寻找、奋斗、拼搏。但是她们的努力使得她们就像扑向火焰的飞蛾一样，最终走向灭亡。为了自己想要的生活而努力，最终却走向反面，让生活变得更加糟糕，我们不能不说这是意味深长的悲剧。但是，我们却不能说这些渴望幸福却又制造出悲剧的底层女性错了。事实上，这些底层的生命就像在黑暗中不断转悠的飞蛾一样，她们渴望温暖如同飞蛾渴望明亮。当她们发现温暖或者微弱的希望之光的时候，就会如同飞蛾扑火一样，坚决而毫不犹豫地冲过去。每个人都有过上好生活的权利，我们显然无权责备她们。但是，她们靠近唯一的温暖之后才发现，这不是单纯而明亮的温暖。她们在苦难、黑暗中寻求许久的温暖，只不过是飞蛾寻找到的火，在温暖她们的同时，也会把她们毁灭。我们当然可以责备她们，她们的举动太过于轻率，她们太不自爱，等等，但是，设身处地地思考一下，除了这样，她们还能怎么做呢？

尤为值得注意的是邵丽的官场小说。新时期以来的文学潮流，对描写中国当代官场、官人的小说产生了较大的影响。不过，这些传统的官场小说往往更多强调的是身处官场的人如何实现自己的升迁，伴随这个升迁过程的，一定就是各种所谓的官场黑幕。其中一些官场小说，还重点去描述官场中的黑幕、权钱交易等。换言之，官场类小说已经基本被限定在一个框架之内，这也使得官场小说基本成为一种类型小说。影响比较大的，较多带有严肃文学气息的《沧浪之水》等，在某种程度上，也没有完全超出这个窠臼，它也是书写主人公如何折节从而让自己不断向上攀升的过程。就这个意义而言，邵丽的书写官场、官人的小说就打破了官场小说这种已经僵化的范式，提供了另外一种新的关于官场、官人的言说方式。在邵丽笔下，官员们是普通人，有普通的七情六欲。比如《挂职笔记》中的祁副县长，作为主管计划生育的副县长，他的工作作风粗暴，但是很有成效，很快让他们县的计划生育工作达到优秀级别。但是，在这个人身上，工作和观念是完全不一致的。虽然他的工作是主抓计划生育，而且干得很好，可是就他自己而言，他关于生儿育女的观念和普通群众没有什么区别。当他的儿子只生了一个女儿的时候，他坚持要求儿子再要孩子，终于给他生了一个孙子，当然他也因此丢掉了副县长的职位，可是他却怡然自得。官员们每天考虑的不只是如何升迁，他们也有自己的工作，有自己的家庭困难。《人民政府爱人民》中的刘副县长，主管信访工作，工作压力大，而又似乎没有什么进步的空间。为了阻止老驴上访，刘副县长拖着刚刚做完手术的病躯辗转千里。当然，小说交代了，刘副县长之所以如此拼命工作，是因为一方面这是他的工作所在、职责所在；另一方面，他还有很多私人问题，比如孩子工作、父母安置等问题困扰着他，需要他努力工作来获得某种解决的可能性。事实上，相比较传统的官场小说，邵丽的官场小说给读者提供了不一样的官员形象，提供了不一样的官场形态。当然，邵丽的官场小说也并非是主旋律式地歌颂官员、褒奖官员，毋宁说，邵丽是把官场当作了一个特殊的观察场所，从这个场所来观察中国。某种程度上，中国的官场是非常特殊的一个场域。因为中国的政治体制问题，在这个场域中集中着太多的权力，同时又集中着太多的社会矛盾，以及社会民生问题。在中国语境中，政府在很大程度上把控着社会，但是与此同时，社会困难——无论什么样的困难也都向政府集中，“有困难，找政府”成为大家的共识。比如《人民政府爱人民》中的老驴，在考上大学的女儿丢失以后，他不是反思自己的无能导致家贫，最终导致女儿失踪，而是一遍遍地上访，向政府要自己的女儿。于是，在官场这个独特的场域中，邵丽书写了太多中国特有的经验、现象：这里面有对中国底层民众无奈的观察，如《刘万福案件》《第四十圈》等；有对官员的无奈的表述，如《人民政府爱人民》等；有对时代的敏锐的批判和忧思，如《第四十圈》等；有对基层官员基本生态以及处理手段的反思，如《挂职笔记》《刘万福案件》等；有对官员自我身份的思考，如《我的生活质量问题》等。总之，邵丽的官场小说突破了传统官场小说模式化的窠臼，让官场也成为她呈现关于中国的认知的一个有效场域。

事实上，从邵丽的"挂职系列"小说以来，创作的相当多篇幅都是在呈现各种各样的世相、问题，这些世相、问题的呈现，反映在题材上，是邵丽小说题材的多样化。正如上面所说的，既有对城市化进程的反思，对底层女性的精神状态的考察，也有对时代矛盾的集中观察和批判，等等。但是，总而言之，这纷繁复杂的题材书写，呈现的是邵丽对时代的集中反思，是她的中国经验的集中呈现。

二、从两性到人生——个体生命经验的总结

从邵丽小说的书写内容来说，大体以2006年为界有着明显的变化。在2006年之前，邵丽的小说更多表述的是婚恋及两性间的心灵世界，更多呈现出的是一种个体生命经验。2006年之后，邵丽的小说明显开始更多关注世相，强调对社会现象的呈现。2012年以来，邵丽的写作在关注世相的同时，重新强调对生命本身的思考，对个体生命经验的总结和呈现，不过，此时邵丽小说关于生命经验的呈现和总结不再集中于夫妻或者两性之间的情感上，而是更多关注到了个体生命与命运的碰撞上。

邵丽早期的小说更多呈现出的是夫妻两性情感间的生命经验。某种程度上，夫妻关系引发的情感应该是极为丰富的，关键看你有没有能力对生活中微妙、细腻的情感进行敏锐捕捉。邵丽显然是具有这个能力的，她早期的小说创作以细腻的笔触展现出种种似乎无法言说的情感，尤其是男女之间、情人之间、夫妻之间的微妙情感。《迷离》中的李铁，他迷恋上安小卉的仅仅是她似乎没有谋生能力地沉浸在自我中的迷离。但是，当安小卉凭借自己手中的笔也成为一个小名人的时候，已经成为副市长的李铁则开始迷惑，他觉得自己似乎完全没有理

解过自己的妻子。这种新的认知影响了他对安小卉的感觉，这种感觉反过来又影响了安小卉的正常状态，这个时候，这对夫妻的正常生活完全就瓦解了。安小卉刻意要表达出她对李铁的关心，但是，她越是刻意表现就越是与李铁熟悉的、喜欢的迷离的状态不符合，结果反而导致两人越走越远，以至于李铁提出了分手。但是，当李铁的话语出来，安小卉接受这种状况之后，反而又呈现出了李铁喜欢的那种迷离的状态，于是，他们的关系又恢复正常。《长命百岁》中的王璐瑶和丈夫丁宋的关系已经濒临破裂，如果仍然按照他们既定的生活节奏前行的话，可以预见的结局就是分开。这个时候，意外发生了，丁宋父亲的重病、死亡，让他们开始重新并肩战斗，在这个过程中体味人生的意义。最后，父亲的死亡反而让这对共同经历了哀伤的夫妻突然找到了最初的爱情。《生活痕迹》中的金地因为丈夫简平的一次外遇而无法原谅丈夫，两人虽然没有离婚，但是显然已经找不到继续生活下去的理由——感觉越来越疏远。可就在去香港的一次旅游中，站在青马大桥上，面对着夜色中的香港，他们之间突然又萌发了美好的感觉。在这些小说中，邵丽着重写夫妻之间微妙的情感，作为局外人当然无法理解为什么一起在青马大桥上看一下夜色中的香港就能够让一对感情濒临破裂的夫妻重新找到相爱的激情，也无法理解为什么妻子展现出她不迷离的一面、成功的一面时丈夫会觉得陌生甚至想要离开。事实上，这也正是夫妻情感的复杂性。人的情感本身就是复杂的，如何高明的高科技也无法侦破人的情感的奥秘，一对相爱的男女的感情就更为复杂。对这些夫妻之间的情感生活进行描述的时候，邵丽似乎只是淡淡地在讲述他们琐屑日常的小生活，并没有刻意用太多语言来表现、渲染、分析他们的情感，但是这些写夫妻情感的小说对于男女之间的关系却又挖掘得非常充分，对于夫妻之间感情面临破裂时的撕裂紧张感，能够写得十分到位而又不动声色，恰到好处地表达了某种微妙的、无法言说的心理和感觉。

2012年以后，邵丽小说关于个体生命经验的描述就不再局限于夫妻两性之间的关系，而更多强调了个体生命与命运的碰撞，强调表达个体在生命过程中如何处理自己与他人的关系。2013年出版的长篇小说《我的生存质量》就是表达作家生命经验感知的一部重要作品。《我的生存质量》的叙事内容从时间跨度上来说，思考了祖孙三代人的命运和生活。当然，这三代人又正好处于中国剧变的特殊历史时期，于是，这三代人的生命也似乎就有了特别的厚度，因为这里面既有改朝换代的重大历史变革，又有“文化大革命”这样特殊的历史时段，还有当下这样一种带有后现代特质的生命轨迹。对祖孙三代历史命运的思考让叙述者更明了生命的意义，以及如何对待生命本身。当然，更能触动叙述者本人的，或者说更让叙述者本人产生比较明确的对生命意义的思考的，则是她自身的命运遭际——正是自身命运的跌宕起伏、大起大落，让她更多思考人生、思考命运，从而最终与生活和解。

对于叙述者来说，她原本活得并不够通透豁达。如她自己所说："说实话，在没有经历过足够的挫折和疼痛之前，我这人远远不够通透，尤其是在家庭生活方面，常常敏感地在一些事情上纠结。"于是，这样的话，生命对于她来说，就充满了令人恐惧或者令人难以释怀的事情。《我的生存质量》在某种程度上，就是叙述者面对生活，一步步地从斤斤计较向豁达大度转变的过程。当然，支撑这种转变的，是叙述者对世界态度的变化。事实上，斤斤计较可能是我们普通人面对世界最为普遍的处理方式，那么，要摆脱斤斤计较这种生活姿态，首先就需要放下，放下念念不忘的事情，放下愤愤不平的事情。毫无疑问，对于所有人来说，放下，是和这个世界和解的第一步。但是，与世界和解并不是能简单做到的事情。如果说在丈夫敬川出事之前，叙述者所纠结的事情不过是和丈夫之间的关系的话，那么，在丈夫敬川出事之后，世界都向她发出了狰狞的微笑。正如小说所叙述的：

某一天，周围的一切依然如故，所有的人都在按照自己固有的方式生活，只有你从生活的链条上突然滑落了，坠入一个你认为永远不会落入的境地。你不知道问题出在哪里。你在想，那些看起来并不那么重要的事情，就像一副牌，你漫不经意地出错了一张，结果，后来的一切都不一样了——所谓命运，无非是这样一种东西：除了死亡的结果是你预知的，其他的一切，在没有发生之前，你都无法知晓，甚至一点先兆和口信都没有，但又必须硬着头皮去经历它。[①]

这样一种境况，是叙述者所面临的全新的境况，她将面临之前从来没有遇到过的种种可能让人难以承受的态度、眼光和境遇。这种新状况，在周健、陈琳的身上集中展示了出来。如小说所叙述的，在某种程度上，敬川对周健是有恩的，周健的职位的获得，有赖于敬川的帮助。而且，陈琳和叙述者又是闺蜜，他们两家一度关系非常亲密。在敬川出事之后，周健本来有可能帮助到敬川——如果他把和敬川共同经历的事情向组织说清楚的话，敬川有可能无罪。但是，敬川出事后，周健和陈

① 邵丽：《我的生存质量》，人民文学出版社 2013 年版，第 3 页。

琳立刻就远远地逃开了。他们害怕敬川的事情牵连到自己，所以，把自己和敬川的关系撇得一干二净。他们看到敬川一家人已经失去了利用价值，于是便远远地离开他们。这种行为当然也是这个世界上最为常见的一种生存法则。显然，周健和陈琳并非个例，他们是具有广泛代表性的。甚至在某种程度上，我们每个人身上都藏着周健、陈琳的影子，如同叙述者在彻悟之后的自我剖析：当恼恨周健、陈琳的时候，原来对待一个曾经对自己有恩的落难的省领导的夫人又是什么样的态度呢？

显然，如果说叙述者之前和现实生活也有摩擦的话，那么，敬川出事，让叙述者和现实生活的关系紧张到了极点。但是，就在这个极点上，叙述者突然有了对生活的更为深刻的理解。显然，敬川出事让叙述者和生活的关系紧张到了极点，但是反过来，敬川出事，又让叙述者认真思考生命、思考命运，从而最终放下了这一切，放开往事，放开对当下最担心的事情的紧握，敞开胸怀，以坦然的姿态面对生命，接受生命。受到重创，反过来给了叙述者一个重新思考的契机，她没有因此沉沦，陷入怨天尤人的境地之中，而是在这样的状况下，浴火重生，放下执念，获得了心灵的解放。因为放下，所以能坦然地面对敬川出事之后带给她的一切，把这当作生活的恩赐，呈现了豁达高远的心灵指向：

我，一个再普通不过的小女子，靠着一点天分和努力，该见识的都见识了，该得到的也都得到了，还能对命运祈求什么呢？没有读过万卷书，万里路却是早已行过；没有惊天地泣鬼神的遭际，但也不是不声不响偷偷地品尝生命的滋味。剩下的事情也都有剩下的办法：我最为担忧的母亲，有妹妹悉心照顾；过去令我百般不如意的女儿，经历过家庭的这次劫难，竟是如此地成熟。

至于敬川，我相信他在任何情况下都会有自己独特的人生——如果我对女儿的爱无法表白，那我对他的爱现在则是脱口而出，我想让所有的人都知道我们正是因为有爱才有坚实的今天和未来。回首往事，只有经过生命中的那道窄门，才能体会到生活中的细枝末节所蕴含的意义……[①]

显然，归根结底，面对生活斤斤计较的生存姿态，就本质而言，不是热情地拥抱生活，不是和生活和解，而是要和生活较劲，要和生活赌气。当然，很多人的成功可能也来自这种对生活的不服输、不认输的较劲心态。但是，对于一个生存的个

---

① 邵丽：《我的生存质量》，人民文学出版社 2013 年版，第 293—294 页。

体来说，这种较劲其实让他失去了很多生活的乐趣，无法以平和优雅的姿态来面对自己的生活。即使他可能通过和生活较劲获得了很多，但是与此同时，他也会失去很多。就如同小说中的叙事者，在对丈夫感情的疑神疑鬼中生活，即便她可以最终保有和丈夫的婚姻，但是，这种婚姻最终也会在她的疑神疑鬼中变质，变得徒有其表而失去其中最为纯真的感情。只有以豁达的姿态面对生活，放下心心念念不能忘怀的东西，生活、世界才会向我们呈现其阔大多元的景象。这里面最重要的是，找到最适合自己的生命存在方式。2017年邵丽发表的小说《大河》就写出了叙述者关于生命的纠结和认知。小说中的叙述者“我”在和丈夫结婚之后面临着一系列的问题，她深爱自己的丈夫和孩子，但是却又和婆婆在生活的各个方面都有着矛盾，她只是靠着隐忍、克制才保证了婆媳之间的和谐。相比较自己生活的隐忍、沉重，她的朋友林鸽是一个相当自由、洒脱的存在状态，无论是在婆媳关系上，还是在夫妻关系上，林鸽都处于主动的地位。在这个时候，叙述者又发现丈夫似乎有了婚外情。愤怒之中的叙述者开始了和丈夫的冷战。但是，冷战带来的不是快乐，事实上，冷战开始后，原本家庭中存在的温暖的亲情被冷漠代替，每一个生活在其中的人都开始小心谨慎，甚至包括孩子。在这个过程中，通过和婆婆的交流，叙述者终于放下了心结，她发现，生活的本质在于不是每个人的生活都一样，或者说有一个生活得特别好的模板，关键是，“每个人都应该找到更适合自己的那个自己”。显然，这也是作家对于生命经验的另外一种把握和认知。

当然，与生活和解，把生活中所有的苦难、挫折都当作糖果儿来品尝，并非意味着软弱，意味着对生活逆来顺受。事实上，它只是一种面对生活的姿态，一种豁达的心态，还包含着对生活的韧性和坚强。邵丽的小说《赤足踏在田埂上》，把这种对生活的韧性和刚强非常形象地呈现了出来。《赤足踏在田埂上》发表在《芒种》杂志2014年第2期，是《我的生存质量》出版之后的一篇小说。在笔者看来，这篇小说是作家对《我的生存质量》中所表达的对生活的理解的一种延伸，或者补充。小说描述了一位聪明的女性面对生活的态度。这位女性在和丈夫共同生活期间，整个生存姿态是柔软的，以自己的柔软衬托丈夫的刚强，把家庭经营得十分幸福。当外面传满了关于丈夫有情人的风言风语的时候，她选择信任丈夫。但是很不幸，她丈夫经营的事业被人嫉妒，在被人陷害的情况下，丈夫被公安机关逮捕、判刑。在这样重大的打击面前，一向刚强的丈夫软弱了，劝她放弃他原来经营的事业。她虽然遭遇了挫折——在丈夫被判刑之前多方奔走但是最终没有奏效，但仍然坚决地要把丈夫的事业进行到底，即使面临很严酷的竞争。这个小说最后的描述富有深意。小说中的女子在清明节去祭奠逝去的父母，然后在往回走的时候，她发现自己的一只鞋跟在田垄里崴掉了。于是，“她索性把鞋子脱下来，在手上提溜着。赤足踏在田埂上，春天的土地凉凉的，软软的，让人有说不出的熨帖和伤感。那时候她觉得，就是没鞋穿也没什么大不了的。真是没什么大不了的”。这段话显然富有隐喻的气息，没有鞋穿光脚走路没有什么大不了的，既是指向了当下的现实场景，也隐喻了这女子的现实境遇，以及她对现实境遇的态度。显然，小说中的女子在此时遇到了人生中最重大的困境——丈夫被陷害入狱，曾经的生意伙伴开始掠夺丈夫的财富，毋庸置疑，这样的生活不像糖果儿一样甜。可是，关键是女子的态度，她没有在问题、困难面前退却、倒下，也不是以逆来顺受的姿态，在严酷的生活面前束手无策，而是以坚强的姿态面对苦难的生活，面对考验。在面对这样严酷的生活考验的时候，她的态度是轻松的，即便没有鞋穿也没有什么大不了的。显然，这是对《我的生存质量》中作家所表达的生存理念的一种延续或者补充，面对生活，不是放弃抗争，把苦难的生活想象成糖果儿，从而自欺欺人地咽下去，而是勇敢地直面生命中所有的问题和残酷，把这所有的苦难都当作生命的恩赐，以面对糖果儿的姿态，勇敢地咽下。

无论是早期小说中对夫妻两性情感的强调，还是近年来对个体与命运、个体与他人关系的认知和表达，邵丽的这些小说都是在强调表达一种生命存在的经验认知。通过这样的书写，作家呈现出了她对于生命的理解，对于生存的理解。

三、结语：现实主义立场与两种经验的书写

无论是对当下中国经验的总结和表达，还是对个体生命存在方式的感悟和认知，其实都和邵丽的写作立场密切相关——她一定是要关注现实的，她的作品一定是要指向现实的。邵丽自己曾经说过："一个时期以来，我一直尝试用各种文体写作，尝试着离真实的生活远一点，更深地潜下去，不暴露作者的面目和思想。但我觉得我的尝试失败了。我是吃着现实主义的面包长大的，而且甚爱这一口儿，我一直深信略萨说过的另外一句话：'文学是人们为抵抗不幸而发明的最佳武器。'但是，在当今的语境之下，一个作家并不比刘万福们更有能耐，谁能逃离自己的'文化模板'而恣意独舞呢？"①现实主义的面包影响

① 邵丽：《不得不说的〈刘万福案件〉》，《玉碎》，河南文艺出版社2013年版，第102页。

着邵丽选择现实主义的写作指向。对个体生命经验的总结，对人的精神世界的关注，指向的是对人的隐秘的探索；对底层的关注，对官场的书写，指向的则是对这个社会的认知。简言之，邵丽的自白其实在表明她的写作立场：她的作品一定是从现实中生发出来的，也一定是对现实的回应，她的写作是一种及物的写作。毫无疑问，邵丽的作品也证明了，永远指向现实，永远针对现实发言并力图对现实做出某种回应是她一以贯之的写作立场。正是对现实主义立场的坚守，邵丽的创作才会孜孜不倦地阐述时代中国经验、个体生命经验，呈现出她对时代、对个体生命的最本真的认知。

《周口师范学院学报》，2018年第6期

现实性、日常性与审美性：

论邵丽“挂职系列”中的官场书写

陈 铎

摘要：河南作家邵丽从自己挂职体验的现实经历出发创作的“挂职系列”小说，以其对乡土世界的底层世相、官场社会的众生百态、时代病灶的仰观俯察而引起了学界及社会的强烈反响和广泛赞誉，尤其《刘万福案件》，不仅揭示了城乡转型期间百病丛生的社会现实，其双声对话的思辨色彩和复调结构的开放阐释，更保证了作家在面向现实发言时能够保持必要的理性和清醒。与刘震云同年出版的《吃瓜时代的儿女们》对戏剧冲突的着意追求不同，邵丽的“挂职系列”更注重从日常性与生活化的情节中开掘当下现实的种种议题，并努力摆脱官员群体“贪污腐败”的污名，匠心独具地塑造了一批颇有代表性的理想主义受挫的基层官员形象。作为以现实生活为蓝本的小说作品，“挂职系列”在对真实和虚构的处理上称不上尽善尽美，但这种探索的得与失、成与败都有其不可替代的价值与意义。

关键词：邵丽；“挂职系列”；现实批判；官员形象；文学真实

河南是新文学版图上实至名归的大省，谈起“文学豫军”，我们可以开出张一弓、乔典运、阎连科、刘震云、李佩甫、周大新、李洱、刘庆邦、梁鸿、墨白、张宇、邵丽、乔叶、计文君、南飞雁、郑在欢等一系列长长的名单。在中原地域独特的历史经验和地方文化的滋养下，“文学豫军”的创作也凝聚起了几个共同关注的书写主题，如对农村题材和乡土经验的开掘，对历史悲情和世俗苦难的诉说，对乡村权力现象和权力关系的透视等。就后者来看，李丹梦的《文学“乡土”的官场书写与地方意志》[①]从阎连科、张宇、刘震云、李佩甫等河南籍作家的文学创作出发，分析地域文学中的官场话语与“中国”层面上的启蒙话语的纠葛，探讨了官场书写的“中原模式”；江涛的

① 李丹梦：《文学“乡土”的官场书写与地方意志——以“文学豫军”20世纪90年代以来的创作为中心》，《山西大学学报（哲学社会科学版）》，2015年第2期。

《“文学豫军”的乡土权力书写》[①]也注意到了周大新、阎连科、李佩甫等河南作家对于将人性放置在不断变动的权力结构关系中加以表现的偏爱。事实上，对农村权力文化的凝视并非男性作家所独有，女性作家亦有不俗的表现，以《我的生活质量》《挂职笔记》频频问鼎各类大小文学奖的邵丽就是其中一例。正如学者所说，河南女性作家的群体性崛起和创作转型，对于质疑由男性作家主导的本质化宏大叙事、更新并丰富当代文学中的“中原经验”来说意义非凡[②]。下文笔者将以邵丽的“挂职系列”小说为例，对河南女作家的官场书写做出分析。

一、直面现实的“深刻性”与“无力感”

2005年至2007年，作家邵丽到河南省驻马店市汝南县挂职任县委常委、副县长，并陆续在《人民文学》《当代》《十月》《作家》等各类文学期刊上发表了一系列以“挂职”期间的经历见闻为题材创作的中短篇小说，如《人民政府爱人民》(《当代》

① 江涛：《“文学豫军”的乡土权力书写》，《南京师范大学文学院学报》，2017年第3期。

② 吕东亮：《河南女性作家的崛起与当代文学中的“中原经验”》，《信阳师范学院学报（哲学社会科学版）》，2019年第2期。

2007年第5期)、《村北的王庭柱》(《芒种》2010年第12期)、《老革命周春江》(《山花》2011年第6期)、《挂职笔记》(《人民文学》2011年第8期)、《刘万福案件》(《人民文学》2011年第12期)、《第四十圈》(《人民文学》2014年第2期)、《蒋近鲁的艺术人生》(《当代》2017年第5期)等。其中,《挂职笔记》《村北的王庭柱》《老革命周春江》三部短篇,被合成一部以《挂职三书》为名的中篇小说集,并和《刘万福案件》一文一起收入《寂寞的汤丹》(春风文艺出版社2012年版)一书。而随后出版的《挂职笔记》(北京十月文艺出版社2017年版),又收录了上述除《蒋近鲁的艺术人生》以外的六篇,并打乱了初次发表的时间顺序,根据内容对文章进行了重新的组织排序。《挂职笔记》结集出版后,邵丽又创作了《蒋近鲁的艺术人生》。可见挂职期间的经历已经沉淀为作家重要的生命体验和写作素材,对这个话题的关切与诉说也还有继续下去的趋势。

翻阅其创作履历,我们看到邵丽从早年着力于个体经验,注重城市女性婚姻、情感讨论的“视野的封闭性和内循环状态”①,后又突入对社会转型期间各色人等的精神焦虑和身份认

① 孟繁华:《世风世相、女性与家国——评邵丽的小说创作》,李群编著:《邵丽、乔叶、计文君研究》,河南大学出版社2015年版,第43页。

同的关切。文学视野有了很大的扩张，其创作个性和文学风格也在不断的艺术探索中走向成熟。从《迷离》《寂寞的汤丹》中在沉闷的婚姻中疑神疑鬼、来回试探的安小卉和汤丹们，到《明惠的圣诞》中渴望打破城乡差序格局、最终却选择以死捍卫一己尊严的乡下女性明惠，以及《我的生活质量》中塑造的由乡入城的身份进阶却始终饱受乡土基因困扰的王祁隆等人物形象，我们看到了邵丽对复杂生活经验的艺术处理能力的成熟，也看到其对剧烈变动的城乡社会现实的瞩目，这为其小说打下了深沉、厚重的底色。邵丽后来创作的“挂职系列”小说正是以其对乡土世界的底层世相、官场社会的众生百态、时代病灶的仰观俯察而引起了学界乃至社会的强烈反响和广泛赞誉。

以《刘万福案件》一文为例。《刘万福案件》采用了双线并行的叙事结构，主线讲述了一个普通农民如何一步一步堕入犯罪深渊的悲剧故事，副线则是挂职副县长“我”对案件来龙去脉的探索与思考，以及县委书记周启生坎坷起伏的官场命运，还包括“我”与丈夫、女儿、周书记等人就不同问题展开的思想交锋。从文学社会学的角度来看，《刘万福案件》所触及的社会议题是多个方面的：透过刘万福“三死三生”的人生际遇，表达对农村发展现实和农民生存境遇的关注；通过刘七父子为恶一方却能逍遥于法律之外的情节刻画，揭示农村政治生态的失衡等诸多弊病；经由我与丈夫和周启生书记的争论，揭露农民工群体的社会地位和农村经济政策适用性等问题；通过杨子龙局长和周启生书记的遭际，表达对官场复杂生态的微讽；以及散见于文本罅隙中的对官场政治伦理的强调、对维稳政治逻辑的质疑、对底层诉求复杂性的展示、对民间朴素的天命论和命理观的反诘等。正如有学者所指出的，作家的真正意图其实不是案件和对案件的探寻，而是“我”的生活以及对案件的思考。[①]在未受删削的初刊版中，叙述者由三次发生在不同时间、不同国度的矿难引申出的对既有经济发展模式的反思，及其所带来的社会不公、阶级固化、人的异化等问题，更是赋予了小说超越个体生命悲剧之外的丰沛思想容量。

阅读《刘万福案件》时，我们时时体验到一种巨大的情感冲击，这种冲击既有刘万福谋生受挫、妻女受辱直至挥刀复仇这一案件本身的悲剧性与感谢信上“三死三生念党恩”的政治修辞所形成的强烈反讽，也有官方面对山西矿难不作为的巨大反差；既有“我”所坚守的讲真话干实事的政治伦理，与信

① 李勇、张晨光：《社会转型期底层写作的出路——从邵丽的〈明惠的圣诞〉〈刘万福案件〉的差异谈起》，《郑州师范教育》，2014 年第 5 期。

访局长所崇奉的“维稳压倒一切”的政治逻辑的鲜明对照，也有杨子龙局长明哲保身的避难哲学与周启生书记敢想敢做却动辄得咎的镜像对比……文中作家身份的“我”、农村经济改革政策的制定者和实施者周书记、自由主义经济学家的丈夫、后现代立场的女儿等多种声音的争论与交锋，其双声对话的思辨色彩和复调结构的开放阐释，不仅呼应了现实矛盾的复杂与社会现象的混沌，也体现了作家在面对现实发言时所保持的一种必要的理智与清醒。此外，这份必要的理智与清醒又伴随着作家在直视惨淡现实时，那种真切的惶惑与深刻的无力。这种无力感表现在文本中，是作为主人公的“我”和周书记的双重挫败；而在文本之外，则是邵丽“把这样的人物领到读者面前，虽然引起数十万人的围观，可是那于改变他的命运，并没有任何裨益”[①]的喟叹。就像故事中的“我”为了救助民生而组织献爱心活动，可活动却因为展览苦难而冒犯了穷人的尊严一样，如果说邵丽写这类小说的初衷是揭出病苦，引起疗救的注意，那么当她意识到文学关怀现实却无法改变现实，指出病灶却无力开出药方，弥漫于文本内外的忧患感与无力感就赋予了小说一种强烈的情感张力。不过，正如鲁迅在《呐喊·自序》中提

① 邵丽：《继承与颠覆》，《决策》，2014年第6期。

到的铁屋子的比喻，邵丽尽管知道这铁屋子是绝无窗户而万难破毁的，但仍不免怀抱着毁坏这铁屋的希望，选择“睁了眼看”的清醒，因此，“深刻”也好，“无力”也罢，值得嘉许的是作家直面现实的真诚和勇气。

二、官场书写的“日常化”与“异质性”

阅读邵丽的《挂职笔记》总是让我想到2017年同年出版的河南作家刘震云的另一部描写官场的小说作品——《吃瓜时代的儿女们》。虽然同样涉笔官场官事，我们还是可以轻易觉察出二者的不同。《吃瓜时代的儿女们》中，一场桥梁垮塌的事故，导致县公路局局长杨开拓被双规，一场蝴蝶振翅的风波，却掀起了十多个高官相继落马的政治飓风，甚至将村妇、皮条客、房地产商各色人等的人生都逐一倾覆。不仅事件与事件间触发机制的偶然和不可预测令人拍案惊奇，而且作为多米诺骨牌效应的每一环节——桥梁事故、“破红”消灾、农村婚骗、处女性贿等，也氤氲着高度的虚构和隐喻色彩。与刘震云对戏剧性的着意追求和精心营造有所不同，邵丽的“挂职系列”更注重情节的日常性与生活化，在将叙述重心下移至基层官员群体信访接待、下乡、开会、聚饮等日常工作和生活内容的同时，也从中开掘了指涉当下社会现实的多重主题。除了上文提及的《刘万福案件》以外，还包括《挂职笔记》中对以“解梦”为代表的民间神秘主义文化以及“抱孙”为代表的封建宗法思想、根深蒂固的官本位思想的记录；《村北的王庭柱》中对民众政治素养缺乏与基层民主制度建设现状的指涉；《老革命周春江》中对信访工作问题、干群关系问题、抗战老兵处境及待遇问题等的关切；《第四十圈》中对农村基层民主法制建设薄弱、干群矛盾尖锐、政商关系畸形等问题的指陈；《蒋近鲁的艺术人生》中对农村经济体制改革背后的利益博弈问题的揭示等。这种传达方式，既是源于邵丽挂职期间的现实生活经历，同时也体现了作家对日常生活诗学的审美追求。正如本·海默尔所说：“日常把它自身提呈为一个难题，一个矛盾，一个悖论：它既是普普通通的，又是超凡脱俗的；既是自我显明的，又是云山雾罩的；既是众所周知的，又是无人知晓的；既是昭然若揭的，又是迷雾重重的。”[①]正因为日常生活本身的复杂多面，作家穿越普通生命个体的日常经验透视社会历史的宏大命题，既使小说得以获得饱满的日常生活肌理，又能从耳闻目见的常人

① [英] 本·海默尔：《日常生活与文化理论导论》，王志宏译，商务印书馆2008年版，第30页。

常事之中洞见官场文化、官场体制的“非常态”乃至“病态”。套用刘志权比较贾平凹与莫言、阎连科乡土书写时的说法，邵丽更多的是将官场作为写作“对象”而非纯粹的写作“资源”[①]，在自觉规避乃至抵御虚构和想象的“先验”中书写日常生活的“经验”，进而发现蕴藏于其中的“常”与“变”。

实际上，“挂职系列”中并不缺乏跌宕起伏的故事，除了上文分析的《刘万福案件》中的“三死三生”，《第四十圈》中牵涉四条人命的复仇血案，还有《老革命周春江》《人民政府爱人民》中俯拾即是的上访案例，无一不是“吃瓜时代”吸人眼球的商业卖点。但是很明显，猎奇和述异并不是作者的题中之义，她在文本中甚至借老师之口对叙述者进行了严厉的责问：“编一个故事，把各种小说元素掺进去爆炒一下，这就算小说了？那种低级的故事说来说去，隔靴搔痒，都是些盗版的生活。”[②]《刘万福案件》在社会上引起强烈的反响后，邵丽依然表示：“写完《刘万福案件》之后，我发誓不再写类似题材的东西了。把这样的人物领到读者面前，虽然引起数十万人的围观，

① 刘志权：《“神话”祛魅与乡土“终结”之后的写作——从〈秦腔〉看乡土小说的困境及可能》，《中国现代文学论丛》，2018年第2期。

② 邵丽：《挂职笔记》，北京十月文艺出版社2017年版，第62页。

可是那于改变他的命运，并没有任何裨益。”[1]面对一幕幕现实，她不甘心做一个嚼食人血馒头的看客，以他人的生命悲剧喂养自己的小说事业。她以一个知识者的冷静和父母官的悲悯，审视那个逼使好人沦为坏人的病态的社会环境：“我深深地知道，在一个文明社会里，别说对恶行赞许，即使对它过度沉默，也算是一桩恶行。但是，现实的窘况，往往使我们的选择如此悖谬和逼仄——我们追求进步，但进步不是以某些人的退步为代价的；我们创造文明，而文明如果没有公平作支撑，迟早会崩塌下来，跌得粉身碎骨。”[2]正是借由着对传奇故事的超越性眼光，邵丽在对个体生命经验的日常生活诗学的重构中，还原了小说的社会历史语境，挖掘出悲剧背后的文化弊病和制度痼疾，在对深渊的凝视中找到了“苦涩背后真正的味道”。

除了情节构筑上日常性和戏剧性的反差外，邵丽的“挂职系列”与刘震云的《吃瓜时代的儿女们》还有一个显见的不同，那就是对官员形象的塑造。刘震云文本中的官场，充斥着一系列以权谋私、权色交易、贪污受贿、利益交换等权力腐败行为，以工程项目为筹码交换房地产商的“处女性贿”服务的

---

① 邵丽：《继承与颠覆》，《决策》，2014 年第 6 期。

② 同上。

县公路局长杨开拓，政治信仰沦丧、为求升迁不择手段的常委副省长李安邦，难逃肉体欲望宰制、在洗脚屋干龌龊事的市环保局副局长马忠诚，及其背后一干谋取私利的官员家属，共同演绎了一出惊心动魄的“官场现形记”。这样的官员形象，可以说是与读者对官场政治乱象的认知定式和阅读期待视野基本吻合的。相比之下，邵丽的“挂职系列”在摆脱官场小说的类型化和官员形象的污名化方面所做的努力值得肯定。邵丽曾在一次采访中自陈：“官场生活与我们普通的市民生活没有本质的不同，我希望通过文字表现出他们真实丰富的内心世界。所以在小说中我也模仿或书写了官场人生，但我不想仅仅展示腐败、黑暗、权争和心术，或者用仇恨的态度书写官场对人性的异化。在某种意义上，我更希望我的官场小说充满着同情和悲悯，是一份对人的文化记忆、文化遗忘以及自我救赎绝望的写真和证词。”[①]因此，迥然有别于主流话语中“一心为公”的道德形象和民间话语中“以权谋私”的败德脸谱，邵丽更倾向于将官员还原成社会场域中的普通人，书写他们的希冀与挫败、关切与焦虑、崇高与卑琐、闪光与幽冥，并以作家的悲悯

---

① 邵丽：《用阳光的心态写官场小说》，李群编著：《邵丽、乔叶、计文君研究》，河南大学出版社 2015 年版，第 37 页。

之心，宽宥官之为人的种种局限。在她的笔下，老刘县长带病进京接回上访的老驴，对老驴的关切之中，也掺杂着信访维稳工作对职位升迁影响的顾虑（《人民政府爱人民》）；主动为车祸受伤的刘万福垫付医药费的杨子龙局长，也并不是做了好事不留名的当代雷锋，而是个理想掣肘后急于逃离的挫败者，不留姓名只是为了避免横生枝节（《刘万福案件》）；退休后不断上访的县委副书记周春江，所求并非一己待遇的改善，而是党和政府能为犯下的错误和人为的不公道一声歉（《老革命周春江》）；而那个“很少顾及别人感受，而对自己的感受却格外看重”的县委书记蒋近鲁，虽然相处起来让人不那么愉快，但这样敢想敢做、不怕得罪人的性格在县城的体制改革、招商引资方面却迅速打开局面（《蒋近鲁的艺术人生》）。邵丽笔下的官员，好人并不是纯粹的好（心里各自打着自己的小算盘），坏人也非绝对的坏（《刘万福案件》中强奸并霸占小姑的刘七爹，也曾在三年自然灾害时为让村民种果树养家禽而甘冒杀头的风险）。善与恶的交缠，好与坏的辩证，人性的光辉与局限使得邵丽笔下的官员获得了一种真切的生命感。

在这一系列的官员人物长廊中，邵丽写得最多的，当数那些挫败的理想主义者，如《挂职笔记》中因融不进圈子而心累神伤的县委书记，《刘万福案件》中因改革触犯利益集团而被调离岗位的周启生书记，《人民政府爱人民》中感叹“责任无限大，权力无限小”的崔涌县长，《蒋近鲁的艺术人生》中大刀阔斧、锐意改革却在背后遭人中伤的蒋近鲁书记等。基层工作之琐碎、利益缠斗之复杂、官吏制度之制约，刀尖上起舞，常令那些想有所作为的理想主义者倍感掣肘、寸步难行。对于这样一批“心在天山，身老沧州”的失意士子，作者投以了特别的同情与关切，也正是在这类人身上，作家找到了强烈的情感共鸣。对比同时代的底层叙事更倾向于将同情的目光灌注于被侮辱与被损害的底层平民，邵丽的“挂职系列”对基层官僚群体生存境遇与精神状态的关注，超越了固有认知观念中官民二分的道德判断，也为当代文学的人物画廊上，贡献了一类崭新的艺术形象。

对于这类形象，王蒙在1956年的短篇小说《组织部来了个年轻人》（最初发表时标题为《组织部新来的青年人》）中塑造的刘世吾似乎可以与之对读。身为组织部副部长的刘世吾，“就那么回事”的虚无、“条件成熟论”的世故、喜读诗书的上进以及意志衰退的怠惰，其精神世界的矛盾性、复杂性赋予了作品以鲜明的现实批判色彩。相比之下，邵丽对那些理想受挫的基层官员的塑造，就显得温情有余而深度不足，作家只写出了他们的苦闷、“心累”（《挂职笔记》）、“满肚子的烦心事”（《人民政府爱人民》)、“没有了先前的激情和锐气”(《刘万福案件》),但是在人性深度的挖掘上却明显力有不逮。受挫以后他们会做何选择?杨子龙希求调走(仍主动垫付车祸伤者的医药费),崔涌不忘初心(自掏腰包为贫困学生筹学费),蒋近鲁转向艺术(摄影作品拍得相当不错),某种意义上仍是入世的、主动搏击人生的,却显见像刘世吾一样麻木恣睢,对万事抱持一种“职业性的冷漠”。《第四十圈》中的赵伟中最接近这一趋向,却也只是但求自保的圆滑,且面目不够立体,角色人性中的灰色部分没有得到充分的挖掘。如果再进一步追问,基层官员渴望大展拳脚却普遍受挫,背后的社会原因是什么?那些复杂的人情纠葛、权力制衡和利益博弈在文中如果一概以虚焦的形式加以模糊处理,那么饱受制约的官员形象则很难真正立体起来。最后,不得不说,即使摆脱传统意义上非黑即白的认知模式,我们还是会感到邵丽笔下的官员形象似乎都太“正”了。且不说作者对那些正面角色的由衷偏爱,其一心为公的人物设定一无伤大雅的缺陷点缀一欲扬先抑的情节设置,似乎已经成了一种模式化的写作套路(这在《老革命周春江》《蒋近鲁的艺术人生》二文中表现得尤为明显)。而如《村北的王庭柱》中的王支书、《刘万福案件》中的刘七爹、《第四十圈》中的查卫东和郑毅等具有负面色彩的形象和情节,不是寥寥数语一笔带过，就是尽量淡化矛盾（查卫东对牛光荣案毫不知情，郑毅擅抓齐光禄也并非缘于与查卫东的私交等）。如果为了反拨官场小说中官员形象的污名而不惜步入另一种偏颇，这样的艺术处理方式同样存在简化现实的弊端，进而影响到作家社会批判的深度和力度。这样责备或许有苛求贤者之嫌，但我们仍然期待在接下来的作品中，看到一个创作风格逐渐成形的资深作家，能够对官员和官场的复杂性有更深入的思考和更全面的表现。

三、事实真实与艺术虚构的得失成败

“挂职系列”中几个较有代表性的篇章，如《挂职笔记》《刘万福案件》《第四十圈》都是首刊于《人民文学》，然后才经各大报纸期刊转载并引起强烈反响的。翻阅《人民文学》对应期刊，发现邵丽的这些篇目是放置于“短篇小说”“中篇小说”的栏目之下，而非自己一手打造出的“非虚构”专栏。《人民文学》的“非虚构”栏目自2010年第2期创设至今，已经陆续推出了梁鸿的《梁庄》(成书时更名为《中国在梁庄》)、慕容雪村的《中国，少了一味药》、萧相风的《词典：南方工业生活》、孙惠芬的《生死十日谈》、乔叶的《拆楼记》等一系列具有强烈社会影响力的作品。正是在它的倡导下，非虚构写作本身成为新世纪当代文坛一股重要的文学潮流。“挂职系列”作为同样建基于作家现实挂职经历的艺术作品，却未被《人民文学》纳入“非虚构”麾下，何故？尽管学界并没有对“挂职系列”加以“非虚构”的定性，但这并不影响读者接受时对其进行“非虚构”的归类。2014年4月4日，邵丽在博客中转载网友撰写的谈论《第四十圈》一文的《关于非虚构小说片段》①的博文，就说明了作家本人对“挂职系列”被贴上“非虚构”标签的态度，起码是不排斥的。如果拿“挂职系列”和上述几部非虚构作品比较，同样遵循素材的真实性原则，同样是作家亲身参与的沉浸式写作，同样是为话语强权下被遮蔽的“非中心”代言，那么，虚构文学与非虚构文学内在的规定性和外界的分界线又会是什么呢？

显然这是一个没有标准答案的问题。“非虚构”栏目创设的初衷，既是为了冲决既有的文学观念和文体秩序对多样化的文学经验的窄化，进而打捞乃至塑造更多的文学可能，也是为了反驳传统虚构类文学现实性品格的丧失和报告文学等纪实类文学在意识形态规训下的文体跌落。“非虚构”写作作为一个以对某种特性的汰除来确定自身边界和意义的否定性概念，寻找

① 《关于非虚构小说片段》，邵丽新浪博客，2014年4月4日。

其内在的质的规定性相当困难，用《人民文学》副主编李敬泽的话说，就是“一个什么都能装”的“乾坤袋”[①]。在这一背景下，对邵丽的“挂职系列”加以“非虚构”的正名，不仅徒劳无功，也根本毫无意义。毕竟作为一部独立的文学作品，“挂职系列”的文学地位和文学价值并不会因为“非虚构”的推销本身而有所抬高或贬低。

从“挂职系列”切入对“非虚构”写作的概念辨析和理论清理并非本文的目的，之所以在此提起这一话题，是想就邵丽“挂职系列”中的真实与虚构问题展开进一步的讨论。“挂职系列”中的诸多篇章，时不时会出现某些重复的言说，或是爷爷为袁世凯做过面的半真半假的传闻，或是一把带有传奇色彩的日本刀。这些都按下不表，毕竟作为无关紧要的文本细节，我们既不可能以此为把柄去验证作家虚构力的孱弱，也无必要小题大做地探究重复出现的意象、情节背后作家的创作心理。倒是有一处引起了笔者的注意：《老革命周春江》中提到的上访户陈光荣，似与《第四十圈》中的牛光荣分享着相同的故事原型。同样是因为与官员亲属的利益冲突而遭到掌权者的侮辱与损害，两篇文章却有着截然不同的讲述方式：与后者对牛光荣

① 李敬泽：《致理想读者》，中国人民大学出版社 2014 年版，第 84 页。

一家苦难叙事的铺陈演绎判然有别，在前者的叙述中，陈光荣是个以自己的苦难经历为由、整日以上访为手段来要挟政府的“刁民”，趁着新中国成立60年大庆之际去北京上访，闹着要看长城、坐飞机。通过牛光荣的故事，我们看到了公权力的滥用以及对个体和私权的肆意践踏；通过陈光荣的故事，作者又试图向我们展示，在公众舆论和文学书写中占据道德制高点的“底层”其实并不单纯。

这就又回到最开始的那个问题上了。非虚构对“生活真实”的恪守很难接受对真实事件给以正反两方面的发挥和演绎，更多的时候其抵达的应该是文学的社会学层面；而小说借由对真实事件的虚构传达小说家对混沌经验的多重理解，它试图抵达的则是人性和人的精神层面的真实。从这个角度来看，将“挂职系列”划归为小说而非“非虚构”文学，其实是有一定道理的。

但是，尽管作家的写作意图和文化反省并不难解，可她对事件原型的处理却未必妥帖。其一，作为一部业已结集成册的小说，书中的各个篇章已经形成头尾呼应、相互关联的一体，在这一条件下前后文对同类事件相互龃龉的情感取向和价值判断，对小说艺术真实性的腐蚀和解构是不可忽视的。从“牛光荣”看“陈光荣”，丢了铺子、背了恶名不说，原本的家庭也分崩离析、“夫”离子散，既然承认“要说她的事儿也够冤的”，那么文本中对其“刁民”的指认就很难站得住脚。县委书记“非劳教她个王八蛋不可”的激愤，不仅无法佐证基层工作的烦琐和基层官员的疲累，反而成了他们工作作风粗暴导致干群矛盾激化的再次证明，进而背离了作家调用这一素材的初衷。从“陈光荣”看“牛光荣”，我们也会困惑，作者的情感态度和价值判断究竟是怎样的？主人公到底是可憎的、可恶的，还是可怜的、可悯的？官员的身份和知识分子的立场在文本内外形成了水火不容的尖锐对峙，进而构成对故事本身真实性的瓦解。其二，既然作者不止一次地表示（《刘万福案件》和）《第四十圈》，“都是生活中确确实实发生的故事，我也都看见过当事人或者他们的亲属”[①]，那么面对现实世界中确有其事的物理真实，作家在艺术虚构的时候，是否应该遵循一定的叙事伦理？

此处宕开一笔，“挂职系列”中多个篇目都有一个第一人称“我”活跃于小说的故事层面和叙述层面，作者也多次借这一人物展示自己挂职体验兼小说写作过程中的情感流动，但有些篇目段落中对后者的过分凸显，常令笔者在阅读时体会到一

① 《张楚十问，邵丽十答——回顾〈挂职笔记〉新书分享会》，邵丽新浪博客，2018年4月12日。

种难以言传的断裂感。如《刘万福案件》中，“我”的小说因为受到老师“隔靴搔痒”“盗版的生活”的批评，于是借挂职的机会来底层体验生活、寻找故事，当“我”读到那篇讲述“三死三生”的新闻稿时：“我执意让他们到接待室里仔细谈谈事情的经过，那时候我仿佛又直觉，这不就是我要寻找到的生活吗？矿难、交通肇事、故意杀人，各种要素都有，缺少的就是细节了。”①后文与丈夫和周书记的争论也是以如何将刘万福的案件细节组织撰写成小说作为叙事推力的。在对比小说的初版与修改版时，笔者愿意相信“我体会到了和他的悲哀同样的悲哀”的这一心情是真切的，但是这种艺术处理方式却使得作家为小说文本寻找现实素材的功利之心隐约压倒了对物理世界生命个体本身的关切，纸上传递的关怀与悲悯无形之中就沾惹了虚矫的嫌疑。如何在赋予小说深邃思想的同时打磨出一种更为圆融的艺术表现形式，也是邵丽的小说走向成熟的过程中需要注意的。

事实上，无论是虚构作品中关于生活真实与艺术真实的讨论，还是非虚构写作中对于事实真实、叙述真实、情感真实的争议，都并非三言两语能够厘清。邵丽在挂职结束数年之后，

① 邵丽：《挂职笔记》，北京十月文艺出版社2017年版，第71页。

依然有取材于此的佳作频传，我们并不怀疑其对这片热土怀抱的情感之纯度与诚意，但倘若这份诚意时而因为艺术传达形式的瑕疵而打了折扣，这乃是包括笔者在内的众多爱好“挂职系列”的读者所最不愿意看见的。出于地缘的接近与辈分、地位的差异等原因，笔者在指出邵丽创作在审美表达上的破绽时总带着战战兢兢、如履薄冰的惶恐，但想到傅雷评价张爱玲时所说的“文艺的长成，急需社会的批评，而非谨虑的或冷淡的缄默。是非好恶，不妨直说。看错了说错了，自有人指正”[①]，这份惶恐多少又有所减轻。毋庸置疑的是，邵丽以“挂职系列”的写作向我们展示了其对现实生活的种种探索。我们不得不承认，这种探索的得与失、成与败都有其不可替代的价值与意义，我们也真诚地期待着在下一个创作周期里邵丽能有更有分量的作品问世。

《写作》，2019年第5期

① 傅雷：《论张爱玲的小说》，《傅雷谈文学》，江苏文艺出版社2010年版，第138页。

下半场的母亲

刘　琼

题目原先想叫《后半场的邵丽》，后来一想，不对，后半场有美人迟暮之嫌，而对邵丽而言，这时间轴上的后半场恰恰得分率最高，是重要的半场。邵丽创作的前半场当然也精彩，但近十年的作品，包括小说的各种类型，几乎篇篇落地有声。创作主体的艺术追求更加鲜明生动，题材和角度变化迅捷，经验和思考以一种令人意外的姿态呈现。后半场的邵丽，不再只是一个中原作家——虽然她依然在故乡的天花板下写作，不再只是一个女作家——虽然才貌双全。抛弃了很多标签，邵丽的写作进入“无限型”序列。这相当不容易。当代作家的写作，有限写作，甚至故步自封者，不在少数——包括许多已经功成名就的作家。邵丽这十年不断地大幅度进步。

河南确实是块神奇的土地，这块土地上的人和它的故事如此微妙、多义甚至神秘，让在乡和离乡者都沉溺其间，获得极为丰富的写作资源。从这块土地走出去的作家，几乎都不愿，也不会抛弃故乡视角。不愿，是情感使然。不会，是文学创作的需要。离乡者以写《故乡面与花朵》的刘震云为代表，在乡者以写《羊的门》的李佩甫为代表。邵丽属于今天河南在乡写作的主力。同样是中原文化哺育，邵丽却用文字凿出了自己独特标志的风格和模样。

以最近发表的中篇小说《黄河故事》为例。《黄河故事》是中篇的体量，在故乡的天花板下，居然积聚了极大的力量，砸出了长篇的动静。动静有多大，不说了。我感兴趣的是，这部中篇到底好在哪里？有哪些不一样或特殊表现？

关于这部作品，有很多话可以说。一层一层来剥。先说小说的题目“黄河故事”。这个题目属于开宗明义，指出小说讲述的地理空间，同时也指出文化空间。古老的黄河是中华民族的母亲河，形成了民族集体的无意识，也即共同记忆。但黄河两岸水土流失，生态恶化格外严重，河水泥沙含量大，在中下游形成悬河。历史上黄河数次决堤，也留下了苦难深重的民族记忆。著名作家李准的《黄河东流去》，以国民党花园口决堤给黄泛区人民带来的深重苦难为素材的书写，给读者留下了深刻印象。黄河与两岸人民的关系非常特殊，既紧密相连，又充满苦难，是爱恨交织。以“黄河故事”为题，小说“先天”预设了这种复杂的情感和美学底色。事实上，小说中人物的关系也是爱恨交织，复杂、微妙、暧昧。

黄河作为一条地理意义上的河，是导致父亲溺死或自杀的那条可恶的河。“子在川上曰，逝者如斯夫。”奔流不息的黄河在过去的岁月留下了饥饿、屈辱、死亡的悲伤记忆。“我的父亲叫曹增光，他生于黄河，死于黄河，最后也将葬于黄河岸边。他再也不是我们家的耻辱，我要完成的正是我父亲未竟的梦想”，这是小说的最后一段。青春时愤而出走的女儿回到家乡，重操父亲做餐饮的特长。

黄河作为一条情感牵挂的河，是母亲客居深圳十年后挂在嘴边的家门口的那条河。正是由于这种牵挂，小说开头就写到母亲动议为父亲寻找墓地，“我”因此回郑州办理此事。此间是不断闪回的记忆、补叙。小说结尾，死去多年未曾入土的父亲获得安葬，在岁月的照拂下，牵肠挂肚、寝食难安的黄河故事获得了似乎圆满的结局。

再说这篇文章的题目，“下半场的母亲”。黄河故事获得和解的关键是母亲。小说中的父亲是讲述和记忆的对象，真正的主角是母亲。母亲决定了夫妻情感的方向，甚至也决定了整个家庭命运的方向。“下半场的母亲”，是字面上的“晚年的母亲”——这是时间维度上的母亲，也是实指，象征寓意更加宽阔深邃。小说里实指的母亲，一个受过旧式家教的中原女性，通过包办婚姻嫁给不爱也不认可的丈夫，生了四女一男五个孩子，丈夫中途意外死亡，五个儿女在母亲独力抚养下成家立业。按照想象的生活逻辑，小说里的母亲形象应该伟大、坚强、忍辱负重，但邵丽解构了这个人设构成，一反模式化逻辑，从晚年母亲的谅解开始，借由“我”的视角，回溯做出巨大牺牲和付出极大心力的母亲为什么会让父亲紧张、两个女儿痛苦，“我”甚至离家出走，其他三个孩子在母亲的影响下也各有各的不如意。

中原是孔孟文化的大本营，中原作家对于“家文化”具有特殊的书写敏感和探索热情。比如作家梁鸿的《梁光正的光》。邵丽这部中篇，重点也是探讨婚姻和人性。在母亲和父亲的婚姻里，母亲占据主导地位，是强势一方。父亲世俗生活的无能、拘谨懦弱的性格，包括贪嘴爱吃，与母亲对一个养家糊口、成家立业男人的要求相差甚远。母亲背负着沉重的家庭负担。随着对丈夫从鼓励到失望到绝望到嫌弃，母亲也从一个受过中学教育的类闺秀人物蜕变成霸道、横蛮、偏执、势利、冷漠、强势的母亲。这是母亲的上半场。

终其一生，母亲对父亲其实不认可，更没有爱情。虽然小说最后也出现了母亲珍藏的一只纳好的鞋底子，但我宁愿把这个细节看成作家的一厢情愿。因为贪嘴和无能被妻子严重嫌弃的父亲离家出走后，掉进黄河，意外死亡，成为横亘在两个女儿与母亲间的毒瘤。这个毒瘤，被下半场的母亲亲手剪除。

作家在讲述母亲和父亲的关系时，垫了一个特殊的时代背景——物质供给困难年代，故事的表层是贫贱夫妻百事哀，但小说已经触及更深的认知。母亲和父亲关系的形成，虽然有因物质匮乏产生苦难的因素，但本质上是“三观不合”。在母亲眼里一钱不值的父亲，在儿女的记忆里，是温文尔雅、具有特殊技能的父亲。生于中医世家的父亲，拥有特殊的秘方，具有特殊的烹调技能。五个儿女，最终都是通过从事餐饮获得了经济上的翻身。特别是“我”，在南方获得事业的成功的同时，也收获了爱情。这当然是传奇式的写法了——唯有这点让我出戏。黄河边一个普通家庭几十年的生活变迁，在这部中篇里得到了令人难忘的呈现。

其实我最难忘的是这部中篇的副产品。小说写五个儿女的婚姻颇费了一番心思，但除了离家出走到深圳的“我”的婚姻是童话式的幸福，其他四人基本上被安排了悲剧或失败结局。大女儿的婚姻，是父母婚姻模式的翻版，内里疮疤可想而知。大女婿的头，被大女儿压得几乎要“低到尘埃”里。二女儿的婚姻虽然和谐，但在作家的安排下，她失去公职，没有孩子，本人得了绝症，二女婿则早年因公致残。深得母亲欢心的四女儿因为母亲近距离的干预而离婚。老五是唯一的儿子，却入赘做了强势无理女人的小男人，似乎也是父母婚姻的另一种翻版。“我”的童话式婚姻是唯一的亮色，善良勤劳的灰姑娘被开朗年少的王子苦苦追求并终成眷属。如前所言，在整个现实主义风格语境下，我其实是存疑的。我更多地把它看成作家的叙事平衡。

总之，上半场的苦难和悲剧气氛越浓郁，下半场母亲的解局和释放越深刻。这是叙事的用力。前戏做足，后事才有发展动力。母亲是作家着意塑造的形象，包括几个女儿的书写，也是对母亲形象的侧面补充。

《黄河故事》是邵丽的题材转向。邵丽的笔下，有很长一段时间，“父亲”都是重要而特殊的角色，似乎始终有一个“父亲”的形象在俯视。以母亲为主角的《黄河故事》，塑造了一个既背负着生活的苦难重担，又背负着思想包袱的母亲形象，表面上是角色的性别变化，其实具有很深的文化反思意味。我甚至认为，这是邵丽对于中原文化也即传统文化反思的一个重要表达。正是从这个层面上，这部小说某种意义上具有欲言又止的象征意味，并不是典型意义上的现实主义风格——也许是我想多了。

《思南文学选刊》微信公众号，2020年9月11日

中原家族写作新篇章：

谈谈邵丽的“父母故事”

吴　越

1

塔西佗在《编年史》中记录了这样一个因被牵涉到父亲的案件中而到元老院接受控诉的女儿，当控诉者问她，她是否出售了她出嫁时的妆奁，是否从脖颈上摘下了她自己的项链，以便弄到钱举行魔法仪式的时候，她起初是倒在地上，饮泣了很长时间，随后她就俯在座坛的台阶和座台上，高声发誓：“我从来没有向邪恶的神求助过，从来没有向魔法求助过！在我的不幸的祈祷当中，祈求的只是希望你恺撒，和你们诸位元老，能够保全这位最好的父亲的性命。如果魔法师们需要的话，我就会把我的珠宝和外袍，以及足以表示出我的地位的一切标记交出来，就像我会献出我的鲜血和生命那样……”

这是令政斗和权谋黯然失色的时刻，罗马帝国的浮华席卷一空。

在我看来，邵丽于《黄河故事》最后写下的几十个字具备同等的情感强度。“我的父亲叫曹曾光，他生于黄河，死于黄河，最后也将葬于黄河岸边。他再也不是我们家的耻辱，我要完成的正是我父亲未竟的梦想。”

这同样是一个女儿对父亲一生的正名和辩护、奉献和继承。不同的是，小说中的父亲已去世多年，因而，当《编年史》中那位列于被告席的父亲闻言“想冲到他的女儿那里去拥抱她”的时候，《黄河故事》中的父亲只能在主人公“我”的想象中“坦然以对”，在另一个世界“俯瞰河流的两岸”。

这是一个忧伤的中国故事。父亲和母亲的结合是乡村望门的联姻，但父亲并不具备祖上的“上进心”，他所痴迷并擅长的厨艺在母亲眼里一文不值，被贬损为“饿死鬼”。父亲几次尝试经商也都以被骗、赔本告终。在崇绅慕宦的乡村世界里，父亲沦为笑柄，也因此成为全家人的隐形疮疤。一次晚餐中，父亲受到母亲激烈的辱骂而离家出走，几天后在黄河下游被打捞上来。之后，他的死亡成为一家人不愿触及的叙事空缺，他潜心写就的菜谱消失了，关于他的记忆在时间冲刷中模糊了。家中有四女一男，家里的第三个女儿“我”最不受待见，她艰难长大，进入城市，成为餐饮连锁企业老板，终于有余力借着给父亲落葬的机会不断寻访和回溯往事，让死去的父亲又活了一次，擦去他身上的污名，将他拉回了家族的序列。“人在变，城市也在变。我父亲死去几十年了，不也一样在改变?”小说中轻描淡写的这句话，宛如魔法师的自白。

2

如上所述，已称得上婉致动人。但邵丽在《黄河故事》中不只要写父亲的故事，更要写母亲的故事。在小说开头，她是以古怪、固执、愤恨的形象出场的，她与“我”不亲，常常口出不逊，拒绝“我”的孝顺。母女关系尴尬成这样，但她又不得不指着经济条件最好的“我”照拂全家，甚至连她与小女儿迁居深圳多年，都是托了“我”的福。事情就从母亲突然提出给父亲买墓地开始，原本母亲以为“我”拿二十万元出来不在话下，不料“我”反将一军，提出要买就买五十万元的好地，并且要家里的孩子都拿钱出来。母亲迎难而上，给其余孩子都打了电话催款。“我”于是踏上了从深圳回郑州的路途，依次来到大姐、二姐和弟弟家（这种“糖葫芦”状的结构颇有些经典童话的意味），“我”的目的不在于钱，而是好好地谈谈父亲，与此同时，也想探究母亲为何突然对父亲的事这样上心。

“我”在郑州老房子里收拾母亲旧物时，发现了一只纳好的鞋底子，另一只则找不到，可想母亲在与父亲关系最恶劣时，也还在尽职照料他，父亲的骤然去世，才让她停下了劳作另一只鞋底的手。父亲懦弱而悲情的形象逐渐清晰，母亲的争气好强与她隐藏的温情也从往事中浮出。母亲曾尽妻子的本分多次引导、宽容父亲振兴家业，无奈父亲不是这块料；她痛恨父亲和儿女的“好吃”，担忧孩子们像父亲一样没出息；她以她的价值观大包大揽儿女的婚姻，结局全都不幸福；她对外宣称父亲是打鱼失足落入黄河，内心却并不能平息，多年后一句“本事不大，气性不小”，吐露了愧怍与遗憾。世道如刀丛，母亲不得不做了个乡村世界中的女强人，在破败中硬挣出了个不好不坏的未来。

凡此种种，使得“我心里某些冷硬的东西在松动，好像沉积了几十年的冻土层在慢慢融化”。如同童话里常有的结局，“宝物”——那本传说中的、消失了的菜谱，重见天日，来到我的手中。

3

近年来，邵丽创作了《天台上的父亲》《风中的母亲》《黄河故事》等一系列“父母故事”，开创了中原家族写作的新篇章。“新”有两层意思，一是情感内涵上突破的新，二是空间视野转换后的新。

检视邵丽以往的作品，她其实曾经多次写到过“父母”。例如在《迷离》里，父母是作为情感屏障出现的——“安小卉三十几年的生命里程中没有遭遇过让他刻骨铭心的事。她的父母亲就是领导干部，在她之前他们生的都是男孩，这样在爸妈的眼里她就成了宝贝。”在《明惠的圣诞》里，“父母”是作为压力来源出现的，高考落榜的明惠面对的是两个月来母亲“徐二翠连绵不绝的骂声”，因为后者当了二十几年的村妇女主任，咽不下这口气，父亲能做的也就是对骂一番后出门去打牌。到了《糖果儿》，变化出现了，作者坦然写道：“每当叙述父母故事的时候，我会常常陷入漫无头绪的回忆里。那回忆虽然是为父母而起，但是过程中却往往没有他们。他们是主角，但更像是背景。他们的身影被那个时代冲洗和稀释得日渐稀薄，然而又非常沉重。……真的，即使现在我们谈论起他，也会很模糊，只是一个指代和象征。也许，他们可能是另外一个模样——当我们真正讨论父母的时候，才会发现我们之间会有这么多的盲点，就像逆光里有一条河流，怎么都看不清楚。”这种“看不清楚”，其实正来自重新的审视，是焦点即将发生变移的前一刻。

邵丽曾在《刘万福案件》的创作谈中道:“一个时期以来，我一直尝试用各种文体写作，尝试着离真实的生活远一点，更深地潜下去，不暴露作者的面目和思想。但我觉得我的尝试失败了。我是吃着现实主义的面包长大的，而且甚爱这一口儿……怎样把我们的身体倾斜起来，直到拿捏得与现实所允许的达到某种程度的平衡，才是我们在动笔之前必须深思熟虑的。”

我视《天台上的父亲》为邵丽吃“父母故事”现实主义面包的第一口，小说始终牢牢地定焦于父亲的自杀事件。父亲退休后患上抑郁症，没有了文山会海，颓然苍老，自我隔绝。几个子女严防死守父亲自杀，最后还是没防住——其实，是他的老妻默然给他留出了解脱的机会。小说写得朴素但新鲜，最大胆之处是直面家庭内部的干涸苍凉，直接评判父亲的生存状态。在“天台”上徘徊的父亲其实早已精神孤独，跳下去的是一具躯壳。小说以“反推”的笔法，以母亲和兄弟姐妹对待父亲生死的态度，写出了仕场生涯对一个男性的深刻异化以及这对他的家庭成员的磨难，写出了缺少亲情滋润的中国式家庭的压抑与自我救赎。

接下来是《风中的母亲》。这又是一个反传统的母亲形象。这是一个不稳定的、漂移的精神形象。五十岁的“我妈”算村中的老人了，但做饭、家务、照顾家人都一窍不通——不是故意为之，是稀里糊涂就在乡村的城市化进程中成了与中国勤劳智慧的传统女性完全不同的第一代“新”老人。“我妈”毫无主张地生活了一辈子，“村里有小饭馆，男人在外头打工，女人就在家打牌，输了回家啃干馒头，赢了就下馆子吃饺子”，她觉得这样的生活很不错，但她也在衰老中越来越成为乡村的时间地理尚未消逝彻底的某种冗余，她在陌生的风中仓皇、哭泣。

再看《黄河故事》，在度过漫长的时间之后，父亲的死亡才终于尘埃落定，但一个家庭内部的伤痕累累已然存在，亲人们暂居在缓冲地带，有限地回望。它充分显示了作者在调遣素材、排列阵形上的穿透力。面对时代的局限和人物的局限，小说不慌不忙，父亲的故事停止之处，母亲的故事摇摇晃晃上路，当父亲身影淡去，是母亲曲仄粗糙的生存线条勾勒出了生活的形状。

但“我”与母亲毕竟达成了某种和解，“我”与兄弟姐妹、“我”与故乡之间的紧张关系得以松弛。这一切不是靠别的，而是依靠“我”个人的财富增长才得以实现的，如果非说其中有魔法，那么这个魔法的名字叫作“深圳”，这就是接下去要谈到的中原家族叙事的另一层“新意”：腾挪空间、转换方位的回视。

邵丽小说中的“深圳”是特别突出的。它意味着与厚重中原相对的南方沿海，是城市想象的极致对象，也是某个转换门——失意与成功之间的中介。

早年，邵丽在《寂寞的汤丹》中写道“汤丹毕业分配到了当地的机关工作，那男孩却去了深圳……”,《马兰花的等待》中,“马兰花仍然端坐在深圳一间茶馆里喝茶……”,《木兰的城》中,“姚水芹到深圳做工那年三十二岁”，到了《糖果儿》,依稀出现了《黄河故事》的雏形,“母亲退休后随妹妹一家在深圳生活，我们常常给她买点像样的衣服，在那样的大城市里穿着也让她的孩子们有面子一些”。

《黄河故事》开始于“我到深圳已经二十多年了，后来我又把母亲和妹妹接来，她们也在这里十年多了，而我父亲的骨灰还留在郑州”。每到清明或者春节,“我”和妹妹依着老家的风俗，在木棉树、凤凰树和火焰木等行道树下烧点黄表纸。但“我们”也并未完全深圳化，母亲和妹妹的生活作息还是与天光同起同落,“饮食也依旧是蒸馒头，喝胡辣汤，吃水煎包，擀面条，熬稀饭，而且顿顿离不了醋和大蒜”。母亲对深圳的景点和社区之外的风光都不感兴趣，最骄傲的仍然是她十几年未曾亲近过的“家门口”的黄河。要言之，依靠女儿提供的物质条件，母亲的“深圳”是她在深圳的一块飞地、一个行宫。故乡有母亲不愿意面对的人和事，但那些人和事还是越过遥远的山河来“闹腾”她，让她下决心安葬丈夫。借此,《黄河故事》的半径也就是郑州与深圳之间的距离，加以时间的点染，两代人的经历折射出大半个中国的聚散辗转。

如果说“深圳”对母亲来说意味着一个他乡里的故乡，那么对“我”来说则意味着新生之所。“我”在最艰难的时刻曾想过寻死，小说写道，“我走到黄河边……既然黄河能带走父亲，也一定能带走我”，可是，“我突然看到了远处的城市”，“在夜色里，它离我是如此之近，灯火此起彼伏，照亮了半边天空……她像有生命似的看着我，温柔地眨着眼睛。她在召唤我。我为什么不走向她？这难道不是一条比死亡更宽阔、更诱人的道路吗？”于是，女主人公决定“我要走进城市，我要感受城市”，她随建筑大军直接进入深圳。后来的事实也证明了，城市不是一道窄门，“她所给我的生命力量，比父母给我的更坚实，也更坚定”。她全力拥抱“深圳”，在此起家。

当“我”多年后从深圳的视角回望（地理意义和空间意义上双重的回望）郑州，回望乡间，这与当初那个在黄河边眺望城市、向往城市的“我”形成了视线的交错和转换身位的对视，其中那些剪不断理还乱的思绪，构成了这部小说的迷人基调，同时开启了讲述中原故事的新的道路，更为丰饶，更为开阔，也更为当下。

《思南文学选刊》微信公众号，2020年9月11日

爱与输赢，黄河知道

——读邵丽《黄河故事》有感

叶　弥

《黄河故事》给当代文学长廊提供了新鲜的父母亲形象。文中有很明显的两股力量，我暂且把它们称为：母系力量和父系力量。

拆解并理解这两股力量，我们需要有一个切入点。那么，既然叫《黄河故事》，我们就从“黄河”这个词开始。

《黄河故事》是一个中篇小说，全文七万多字，黄河这个词出现的地方共有十处。第一处出现在开篇一千多字的时候：

> 母亲总是操着一口地道的郑州话对人家说，黄河，知道不？俺们家在黄河边，俺们是吃着黄河水长大的。

母亲这句话说得有声有色，富于感情。说明她是个感情丰富的人。与此相对应的是，说这句话之前，母亲表现出的不近人情：

火焰花下，适合我们搞这个仪式（给父亲烧纸钱），也红火，也清爽。母亲从不参与，但也从不干涉，她对此没有态度。

没有态度就是一个态度。从这句话，引出全文父母亲之间的矛盾冲突。

紧接着，“我”和我的妹妹议论给父亲找墓地的事。母亲说：

不行的话，在黄河北邙山给他买块墓地安葬算了。人不就是这回事儿？

这是黄河第二次出现。还是与父亲有关，与父母亲的关系有关。母亲谈论父亲的口吻冷淡而刻薄。

父亲是怎样一个人呢？

黄河出现第二次后，小说对父亲有了外貌上的描写：

他表情别扭得好像走错了门似的，目光迟疑地看着镜头，一只眼大，一只眼小。

这个简单的脸部勾勒看了让人心疼，与母亲的外形描写遥相对应：

从侧面看起来，她像一架根雕。她很瘦，干而硬，又爱穿黑衣服。两只树根一样的手拿着相框，让人有一种硌得慌的感觉。

父母亲的形象描写，不仅彰显了两者的个性，同时也暗喻了两个人的命运。两个人的矛盾，谁处上风，谁会落败，一望而知。

然后，作者的笔从父母亲那里收回，落到了“我”的身上。我在家庭里一直受到母亲的压制，于是十五岁那年从郑州来到深圳，从工地打工开始，到自学考上电大，最后开了饭馆，越做越大，成了富豪。并且我的兄弟姐妹后来都开了饭店。但是开饭店挣来的钱让母亲很是不屑，母亲对于子女们干餐饮这一行从来都没有肯定过。这种心理也与死去的父亲有关吗？

当然有。在母亲的嘴里，父亲就是一个贪吃鬼。

于是小说里第三次出现了黄河：

我们……村子靠近黄河，与我们紧邻的圃田，曾经出过一个叫列子的人……列子在当地的传说颇多，除了是什么思想家、哲学家、文学家、教育家，还是养生专家，非常会吃。……据说国宴师傅很多都是来自这个地方。

这里出现的黄河与全文也有着密切的关系，黄河边上的邻村圃田，出了一个思想家、哲学家、文学家、教育家列子，非常会吃，那么大家也应该受其影响而喜欢吃。父亲的好吃似乎也找到了源头。小说从这里开始讲述父亲：

……父亲虽然不干什么活儿，但饭量很大，估计很多时候都吃不饱。有时候他站起来去盛第二碗饭，母亲就会看着自己的饭碗，恶狠狠小声骂道，贪吃鬼。母亲生气时的脸很黑，骂人的时候更黑，又穿一身蓝黑衣服，像一团沾满墨汁的废纸堆在那里。

父亲受到母亲的辱骂，在夜里出走，淹死在了黄河里。第二天早上孩子们没有见到父亲，第三天、第四天，孩子们也没有见到父亲。到第五天早上，小说这么写道：

我们还在梦里，就被母亲一个一个从被窝里拽起来。她让我们立马穿上衣服，往我们每人头上和腰里勒上一条白布。她冲我们喊："都出去哭吧，你们爹死了！"

父亲的去世，宣告这个家庭里父系力量的终结。但是父亲的影响始终没有消失，随着岁月逝去，子女长大而日益显示出父亲的影响力。父亲生前在家里就像一个过客，在母亲面前唯唯诺诺。他是在死亡后，才开始了与母亲的较量，并且最终与母亲的力量达成平衡。

黄河第四次出现时，就体现了这一点：

她（大姐）冷笑一声，"她（母亲）现在想要我们对爸尽孝心了，当时你们小不知道，可我能不清楚父亲是受了什么样的羞辱才跑去投河的吗？她就是这样指着父亲的头，"大姐的指头几乎戳到我脸上，"她那天说，你要是有一点囊气，就扎到河里死了算了！"

这里面说的河，就是黄河。

父亲好吃，会吃。小说里有许多章节描写他怎么给人家烧菜，怎么因烧菜而受到大家欢迎。他死了以后，镇子远近到处流传他留下了一本菜谱，传得神乎其神。小说在这里详细地回顾了父亲的身世，父亲和母亲最初的良好关系，父亲去找好吃食物的过程。父亲找吃的过程充满艺术化，给自己和别人带来了无穷的生活乐趣，是他对抗贫穷和粗陋的方式。当他在琢磨一道菜的时候，他是博学的、勤劳的、有尊严的。正因应了张爱玲的那句话：最坏的时候懂得吃，舍得穿，不会乱。父亲死后，母亲并没有伤心，因为“我”的个性像父亲，母亲不喜欢我。在气温特别低的时候，让我去黄河边洗一篮子衣服。

这是第五次提到黄河：

> 那天洗完衣服后，可能是蹲的时间太长了，站起来的时候一头栽倒在地上。两只手本来就冻得都是口子，地上的沙和石子儿都钻到伤口里，让我疼出了两行泪。……我要是栽倒在河里呢？我要是被水冲跑了又有谁会拉我一把？

第六次提到黄河，内容上与第五次是相同的：

> 那条路直通黄河花园口桥，桥下就是黄河最深的地方。我走到黄河边，想着过往的一切，万念俱灰。……我还想到了我的父亲，肯定他也是怀着我这种绝望心情，纵

身跳入黄河的。父亲会浮水，我也会。既然黄河能带走父亲，也一定能带走我。

靠山吃山，靠水吃水。但是黄河边人还有一种与黄河息息相关的联系，那就是死亡的方式。生在黄河，死在黄河，也许就是大部分黄河边人的心愿。黄河收留肉身与灵魂，黄河包容一切。

父亲生前被强悍的母亲逼得走投无路，他死后，母亲继续清除他的影响。眼看着父亲肉身已消，灵魂也将永无宁日。忽然小说中出现了生机，我离开了郑州老家，独自去闯深圳。历尽辛苦磨难，最终选择了做餐饮发家致富，随着我的扬眉吐气，父亲的影响也借着我重新回到家庭，与母亲分庭抗礼。

然后，大姐、二姐、弟弟们都选择了开饭店。父亲的基因在起作用，母亲开始被孤立，她的力量日渐消退。兄弟姐妹们的生活过得滋润而有希望，尤其是我，收获了财富、爱情、家庭。小说中第七次出现黄河这个词时，是我企图宽宥母亲的罪过：

我还是说："听说会水的人，投河是淹不死的，所以他们死的话也不会选择去投河。是不是真是我爸去打鱼被河水卷走了呢?”

“真不好说。”二姨轻轻叹了一口气,“那谁说得了呢?到底河跟河不一样啊,人家都说黄河是面善心恶,长江是面恶心善。我没去过长江。黄河每年淹死那么多人,有几个是不会水的?”

父亲到底是被母亲逼得投了河,还是他趁着黄河涨水时去捞鱼淹死,至此不了了之,成了永远的一个谜。这是小说的高明之处。

黄河出现的第八次和第九次都与我的弟弟有关,也与死亡、食物有关:

我弟弟说,我就是要娶这个人,你要是敢逼我,我立马投黄河,叫你们家断子绝孙!

母亲吓得脸色都变了,她知道我弟弟不会浮水。

弟弟如愿以偿,与他看上的女人结了婚,开了饭店。我去看弟弟弟媳的时候,弟弟起身去院子里拿了一袋子晒干的草叶子,说:这是我们秋天在黄河滩上挖的蒲公英,沙地里长的,连着根拔出来晒干的。这个熬水喝,消炎效果非常好。……

《黄河故事》在快结束时，大姐交给我一个本子，就是父亲留下的菜谱。这是父亲留下的唯一遗产，代表着父系力量在家庭里的进一步巩固，与母系力量再一次成为相辅相成的元素。阴阳合一，才是天道。

小说是以这样一句话结尾的：

> 我的父亲叫曹曾光，他生于黄河，死于黄河，最后也将葬于黄河岸边。他再也不是我们家的耻辱，我要完成的正是我父亲未竟的梦想。

这是黄河在本文中第十次出现。

至此，我对《黄河故事》拆解完毕，也初步理解完毕。这篇小说体系庞大，但有许多可供拆解的明的和暗的线索。如父亲和母亲的关系、不同时代的食物、阳宅和阴宅……我用了最容易最表面的一种。《黄河故事》行文直率、急迫、有力，北方气息鲜明，并以分配比较均匀的笔墨描写了众多人物的命运，用排列式的写作方式，浩荡激扬，展示出瀑布一样的气势，而我们的时代也正如黄河瀑布一样波涛滚滚。排列式的写法容易使人物流于表面，但《黄河故事》让众多的人物互为印证，互为映衬，深刻地揭示了人物的命运，殊为不易。这种写法还有一个缺点是收拢不易，但这篇小说九九归一，最后回到了最初的地方。

从小说的一开始议论如何给父亲落葬到最后父亲入土为安，预示着新中国成立以来黄河儿女已经历了两个过程：贫穷挣扎和财富积累。但是财富积累的意义永远不是止于身体之欲。当不再有生存的恐惧，黄河儿女奋斗的动力产生于何处？这是我们关心的事。扩充后的长篇小说《黄河故事》不久后也将出版，相信我们会看到更广阔昂扬的内容。正如文末所说，要实现父亲的梦想。父亲的梦想之花开在菜谱上，也开在黄河里。

《思南文学选刊》微信公众号，2020年9月11日

城乡交界地带的另类母亲

鄢　莉

经常有年轻作者抱怨现今农村题材不好写、写不好，仔细想想也是，譬如设定一个塑造“农村母亲”的命题，年轻作者如何能突破几代乡土作家构建与形塑的形象类型，又如何冲决传统文化造就的刻板印象与价值固化，去创造一个具有辨识度的当下的“她”？想必是难上加难。然而就算“众里寻他千百度”，一个真正懂得塑造人物的作家，却总能在蓦然回首的瞬间，描绘出具有新鲜气息的人物，使之眉目清晰地跃然纸上。继去年推出广受好评的《天台上的父亲》之后，作家邵丽又携短篇《风中的母亲》而来，延续着带给读者的惊喜。如果说天台上的那个“父亲”略带些沉重和压抑的话，那么这个风中的“母亲”则颇具轻喜剧女主角的气质，令人在解颐之余牢牢记住。

不知作者是不是有意摆脱传统农村母亲的印记，《风中的母亲》中“我妈”这个形象颇为特殊，简直与贤惠、勤劳、坚忍、克己等性格不沾边，在她身上几乎不具备任何可称作传统美德的东西。自始至终，她就是个心思单纯、头脑简单的主儿，“不操心不管事儿”，“不精细，婆婆死了哭都不会”，丈夫在事故中丧生，不敢向工头维权；她同时也是个无论农事家务都不会的女人，从小到大，连顿像样的饭都没给儿女做过，年纪大了，干脆顿顿下馆子。她唯一的优点是“在十里八乡长得出了名地好看”，是个“人模子”，所以但凡手上有点钱，就去逛市场买好看的衣服装扮自己，照奶奶的话说是“中看不中用”。然而，偏偏“我妈”傻人有傻福，她的百事不管锻炼出了一个能干的女儿。女儿既能干，性格又好，加之遗传自母亲的美貌，顺利嫁入一个拆迁户家庭，转型成为城里人。“我妈”也随着沾光，在女儿的扶助下得以继续过着优游的生活。

邵丽塑造的这个农村母亲是如此另类，刷新着读者的认知，但如果说她完全就是个农村现代化进程中的“新人”形象，也不确然。在“我妈”的眉目之间是能依稀看到一点熟悉的影子的。上推到20世纪五六十年代的乡土文学，不就有似曾相识的农村女性吗？试问，假如让“我妈”回到那个时代去，她会被塑造成什么样子？一个缺乏思想觉悟、自由散漫的落后分子？一个偷奸耍滑、逃避劳动的落后社员？还是一个不守女人本分、只晓得臭美的懒婆娘、骚女子？恐怕以上的污名都是成立的，她将受到的批判也会是尖锐而猛烈的。毕竟在那个年代的政治性别话语中，对女性、对母亲有着相当苛刻的要求，稍不留神就被强加恶意评价，例如，连中老年妇女涂些脂粉也会被讽刺为“驴粪蛋上下了霜”(《小二黑结婚》)，连借病不参加劳动或者私下里煮碗面条都会得到“小腿疼”“吃不饱”的侮辱性绰号(《锻炼锻炼》)。

在传统的价值体系中，人们对女性的要求基于基本的母性认同，女性的自我认知也只能与之相适应而非背离。在泛政治化的年代，政治话语与伦理话语合谋，又将母性推到相当极端的程度。于是文学中，特别是男性中心主义的叙事文本中，层出不穷着含辛茹苦、勤劳勇敢的奉献加牺牲型母亲形象，乃至公而忘私的英雄母亲形象。可是，难道真的每个女性都必须有母性？母性又真的一定要指向受难、牺牲、压抑自我？这种被推崇的价值观究竟是女性的自愿还是男权的需求？在新时期文学当中，已然有过对母性的批判和女性的自我觉醒、自我解放，不过大多发生在城市女性、高知女性群体中，农村母亲的形象依然保守、陈旧。

作家邵丽在自身的写作中不乏女性的立场和姿态，她从女性自身的心灵成长出发，敢于剥离附着在女性身上的性别身份枷锁，也勇于给被过于“圣母化”的母亲卸下光环。《风中的母亲》中“我妈”形象塑造的超越之处在于，她不再是一个传统意义上的母亲。她因随性散漫、无所信仰而躲避了传统伦理（以及“主啊佛啊”）对女性的规训；她始终为自己而活，不理会他人的评价标准；她用自己的方式养儿育女，不管是对还是错。她在无意间实践着女性的自由，她是一个自然状态的母亲，一个随心所欲的母亲，一个游离于男权规范之外的边缘化的母亲。

自然，另类母亲的诞生无法脱离具体的时代环境，农村的现代化、城镇化进程是小说中隐含的现实背景，除了女性主义因素使然，不如说对“我妈”的评价改变更来自历史语境的变化。另类的“我妈”在现实中能够生存下去，不恰恰正因为农村越来越不像传统的农村了吗？在小说中明确指出，如今的农村已经不“地道”了，“没有年轻人，没有孩子，也没有猪牛羊”“男人不再热衷于种地，也不再热爱土地，他们宁可到城里做一些又脏又累的活儿”“女人也不再做针线，她们到集市上购买衣服和鞋袜，又省力又好看，比自己做的还划算”。“城与乡”是邵丽创作中的一个重要主题，由于长期基层挂职的经历，她对农村的现代化进程有着特殊的思考。在2019年的一篇访谈文章中，批评家张莉说，虽然邵丽的小说“更多关注的是‘女性的困惑、惆怅、苦闷以及无可名状的躁动不安’，但作品中却没有女作家难以避免的明显悲喜或过度自怜自艾，而是理性和适度”。在同一访谈中，邵丽自己也说：“我始终不认为城市带给乡村，或者说现代文明给乡村带来的更多的是负面影响。城市淹没或者代替农村是现代化的必由之路，如果说有负面影响，那也是因为城市化或者现代化不够彻底，不够深入。”

如果说在《明惠的圣诞》中，写得比较多的是城乡差异带来的身份焦虑，那么到了《风中的母亲》中，城乡的差异已然模糊，落差也不再巨大，“我妈”早已不再对城市有那么强烈的向往。农村现代化给了“我妈”这样的农村人以生存的土壤，她享受着新农村建设带来的生活便利和文化福利（吃馆子和跳广场舞），也接受着子女辈的经济反哺（喻示着发展起来的城市对农村的反哺）。换句话说，她是被经济发展的红利惠及的农村母亲，特殊的历史条件成全了她，也宽容了她，她就像一朵栽种在城乡边界地带的美丽野花，天生地养，自由自在，独自绽放。正如小说中副县长评价的，“村里妇女要是都像你这样打扮得漂漂亮亮的，跳跳舞，唱唱歌，新农村建设可不就有新内涵、新发展、新气象了嘛。”——这个除了跳舞、打牌什么都不会的“我妈”俨然成了新农村建设的代表人物！

世界上的母亲有千种万种，无论哪种母亲，都配拥有姓名。在看过了太多“苦菜花”式的农村母亲形象后，感谢作家邵丽用别样的书写，奉献出了一个具有现实意义和时代特征的鲜活的形象，一个既另类又可爱的“风中的母亲”。

《长江文艺·好小说》，2020年第9期

父之名：前世今生辨金枝

——评邵丽的长篇小说《金枝》

程德培

我并不是出于自私才用“我”这个第一人称，只是因为第一人称是快速叙事的最好方式。

——［法］司汤达

小说是一种死亡，它把生命变成一种命运，把记忆变成一种有用的行动，把延续变成一种方向、有意义的时间。

——［法］罗兰·巴特

福楼拜“感到现实主义是一种宗教苦修，他鞭打自己的皮肤，以便钻进别人的皮囊”。

——［英］詹姆斯·伍德

一

两年时间，邵丽的小说都涉及父母亲的故事。从《天台上的父亲》《黄河故事》《风中的母亲》一直到眼下的《金枝》，长、中、短篇皆有。轮番轰炸，从不同角度演绎讲述同类的母题，这绝非偶尔为之所能解释的。如同那篇创作谈《说不尽的父亲》中所言："一个时期以来我热衷于写父亲，我的父亲和父亲以外的父亲。但他们不是一个群体，也毫无相似之处。他们鱼贯而入，又鱼贯而出，在光明之处缄默不言，又在遁入黑暗后喋喋不休，像极了胡安·鲁尔福的小说里那种人鬼之间的窃窃私语。"[①]

其实，"说不尽的父亲"可以追溯得更远：《瓦全》（2006年，原名《水星与凰》）中，"我"的父亲是一位市级领导，在外雷厉风行，脾气暴躁，做报告滔滔不绝，回到家里后立马就变成了一只温驯的羊；《城外的小秋》（2011年）写的是"小秋初中毕业没考上高中，而且，她拒绝了随爸妈到城里生活。反复做工作无效，妈就生气地骂她，命贱，天生不争气。看着女

① 邵丽：《说不尽的父亲》，《小说选刊》，2020年第7期。

儿一脸纯净地站在那里，爸说，算了吧，考不上咱不上，不来城里就在乡下待着”，于是，两代之间，关于是留在城里继承祖传的手艺还是到乡下陪奶奶的故事上演了；《河边的钟子》（2011年），在钟子很小的时候，就知道爸爸不要他和妈妈了，他很早就开始仇恨爸爸；《我的生存质量》（2013年）讲道：她六岁之前，一直都是父亲的宝贝，但是在六岁那年，生活中的一切都改变了，最亲密的父女关系在一场风波之后突然变得冷淡，于是，一直无法忘记这一创伤的女儿在很长时间内不能原谅父亲……作者甚至在小说《糖果儿》（2012年）中写下这样的感慨：“每当我叙述父母故事的时候，我会常常陷入漫无头绪的回忆里。那回忆虽然是因为父母而起，但是过程中往往没有他们，他们是主角，但更像是背景，模糊的、懵懵懂懂、若有若无，或者说是可有可无的。他们的身影被那个时代冲洗和稀释得日渐稀薄，然而又非常沉重，他们虽然生活在历史里，但真正的历史又往往与他们擦肩而过。”

不只小说，就是跨文本的诗歌散文，邵丽也有不少对父亲母亲的追忆笔墨。散文如《你的母亲还剩多少》《姥爷的渔网》《我的父亲母亲》《三代人》等；诗歌则有《父亲的稼穑》《父亲四周年祭》《给父亲上坟》等。所有这些文字无不穿越被遗忘所淹没的真情与假象、怨恨与挚爱，作者用严厉的眼光俯视记忆的万花筒，看到那斑斓的色彩无一不是稍纵即逝，那片刻的深刻则是永恒的铭刻，血缘和亲情无一不是在岁月的颠簸中被碾碎得真假难辨。

仿佛是一种提前预告似的，《三代人》中作者告知我们："我一直试图分析我们家三代人。我觉得这项工作有标本意义，因为这样的三代人，不但与我，可能与很多家庭有相似之处。第一代人是我的父亲，他生在万恶的旧社会，活在崭新的中国。第三代人是我的孩子，她生在上世纪80年代末，活在全球一体化的互联网时代。第二代人就是夹在他们中间的我——我出生在"文革"期间，经历了中国历史过山车般的起起伏伏。"这不，快十年时间过去了，长篇小说《金枝》就放在我们眼前，这部小说在世代上追溯得更远，何止三代人，可谓是四世同堂、五代同书。

二

《金枝》开首："整个葬礼。"父亲之死，这既是人生的终结，又是小说的开始。临终前的父亲异常平静，既出人意料又谋划许久地要求回到河南老家，颍口是他工作和生活了一辈子的地方，"这里四季分明，热天也是干爽的，不像深圳那么潮腻腻的”。父亲更是有点未卜先知，早早地问村里要回了老宅的半亩地造了屋子，以便回归故土有个停尸的地方。对父亲来说，老宅既是他的出生之地，也是其当年逃离被逼成婚的地方。从老家出逃参加革命，历经磨难到最终的回归落葬，其命运可谓回到原点。起点和终点本身并没有多少故事，重要的是人生艰辛的旅途。现象学的基本原理告诉我们，对象在某种事实状况下被给予我们，因此我们在定义对象时，必须把这种事实状况包括在内。正如去度假地的旅途是度假的一部分一样，通往对象的道路也是对象的一部分。

这不禁让我们联想到古老的神话《奥德赛》，奥德修斯是一个终归成功的受苦受难者的形象，而正因为如此，他才遭到了柏拉图主义者、但丁以及大多数蔑视“大团圆结局”的现代人的诟病和修正，认为他的漫游就是一个可能神圣完美世界的征兆，而应该间接地看到“西西弗斯的幸福生活”。奥德修斯叶落归根，返回故园伊萨卡，显然再也无法同他自己遭受的无穷痛苦相称；人生在世的基本运动已经成为逃离世俗使命安排意义的举动之一，所以不言而喻的是，同回归出发地的意义相比，这种世俗的意义几乎毫无意义。但是，这个形象依然如故奋力飞往目的地，恰恰在更崇高的意义上被公认是他的出发点。因此远游也仍然是还乡。为了回避那喀索斯的凄惨命运，即误认为水面的倒影就是现实生命而纵身深渊的自溺身亡，他就必须逃离阴影，却不得不追求荫护。

和《黄河故事》有所不同，《金枝》不再以记忆父母为主旨，以身心内外安葬父亲为完整剧情。记忆和安葬父亲仅仅只是《金枝》的前半部分，全书16个章节分为上下两部分，结构上的用意是明确的。更不同的是，此次人物关系呈开放状态，前后上下都有所延伸，角力的重心伸展为因父亲的两次婚姻而造成的两个家庭子女的分分合合，互为怨恨的对立又有着割舍不断的血缘亲情。他们都是些尊严被冒犯的人，彼此间拥有一个共同的父亲是其前因后果，怨恨又产生了心灵的自我毒害。过去的历史事件所产生的残像余韵像发芽的种子，培育了各自不同的爱恨情仇。其间不乏父女间留下的童年创伤，也有因父亲缺失所产生的仇恨情绪。无法回避的机遇和荒诞，难以忘却的记忆和历史支配，叙事者清楚地知道这一点，知道混杂是现实的另一种说法，明白父亲的默认是最明白无误的回答。子女们的情感与动机是复杂的，他们对所谓故乡、家族、血缘的认知受到局限，是相对的，彼此间各据优势但只能隔岸相望。沉默失语的父亲更是此一时彼一时，“父亲的人生，生生活成了两截，前半截风云激荡威严有加，后半截波澜不兴俯首帖耳”。两边的亲人阵营分明，水火难容，而唯一的父亲则分身乏术，有时难免身在曹营心在汉。“像过往一样，我父亲始终还是没有态度。对待穗子，像对待穗子的女儿一样，他不与穗子搭言，也不干预她的任何行为，他不想为她们多说一个字一句话。他一辈子都不曾爱过她们，但他一辈子都欠着她们、怕着她们。”

几近沉默而又无处不在的父亲真不好说。根据心理分析的基本原则，我们在谈论“父亲”或“父权”的时候，尽管与现实中的父亲息息相关，却已经超越了具体的父亲本身，而是进入了父亲意象的范畴。因而，我们所寻找的，也并非仅仅是个体的父亲，而是父亲的意象、父亲的象征意义。倘若我们根本就不理解父亲的真正含义，那么，我们就无法满足我们孩子的期待，尤其是内在心理上的期待。这也让人想起在《黄河的故事》中，我听了二姨言说起父亲后感慨道：“我在她的叙述里慢慢地、小心翼翼地还原父亲，真害怕稍微多用一点力，父亲就消失了。”

三

“整个葬礼，她自始至终如影随形地跟着我，吃饭坐主桌，夜晚守灵也是。我守，她就在不远处的地铺上斜笼着身子，用半个屁股着地，木愣愣地盯着我。我去宾馆休息，她立刻紧紧跟上，亦步亦趋。她根本不看我的脸色，也不听从管事人的安排。仿佛她不是来参加葬礼，而是要实现一种特殊的权力。这让我心中十分恼怒，不过也只是侧目而视，仅此而已。”这才是《金枝》完整的开头。同一个父亲的两个女儿的对峙，一个是“笨拙的乡村妇女，臃肿、肥胖、衣着邋里邋遢”；另一个则是“沉稳、得体、腰板挺得笔直，哀伤有度。我是父亲的长女，是个在艺术界有影响的知名人士”。她们分属两个母亲，分别来自农村和城市的两个阵营，为争夺父性的权力而积怨已久。其实，这才是贯穿全书的主轴。

值得关注的是后者周语同，作为叙事者的“我”，占据着叙述的高度和出发点，也即是小说的视角。视角构成小说，它使现实发生了变化，它本身就是小说。当小说发展时，视角需要不断更新。视角是一种难以界定为主体或客体的事物，它以客体为焦点，却以表达主体为目的。一个主体对另一个主体说话时，同时也是对自己说话，重要的并非是信息，而是“我”与“你”这种位置的结构，“我”与“你”可以是同一的人，也可以是不同的人，但任何情况下都可以通过语言塑造成形。视角就不能被看成感知主体观察感知对象的一个角度，而是对象本身的一个性质：视角对“我”来说，并不是对物的一种主观歪曲，相反，是它们本身的一个性质，或许是它们最根本的性质。正是由于它，被感知者才在它自身中拥有隐藏着的不可穷尽的丰富性，它才是一个“物”。父亲既是对象，也是一种视角的视角：我记忆父亲，同时也唤起父亲对我的记忆；我看父亲，父亲也在那里看我；我诉说过去，父亲也在沉默中诉说。死去的父亲如同幽灵般地活着，他是两个家庭同一支血脉的节点，一个既存在又缺失的节点。何况，作者的惯性思维经常构筑的是二元组合，诸如两个时代，两代人，两座城市，父亲与母亲，“我”作为女儿总还拖着个妹妹，等等。

“我”不仅是叙事者，而且也是叙述的对象。从父亲的女儿到为人母的周语同才是那个承上启下、夹在中间的人物。将过去从遗忘中拯救出来使我们能够从过去读出现在，呼唤我们身在家庭走入历史。这种被唤醒的意识就像酣睡着特洛伊人群的希腊一样巍然屹立。这位叙事者不但观察对手也观察自身；她的叙述既是他者的观察分析师，又是自供状的提示者。总之，她是携带自传契约的叙事者，既描摹他人的人生又演绎自身的成长史。从这个意义上说，她才是小说的时间节点。

“我”的形象来自“我”的叙述，而“我”的内省和记忆则源自父亲之死。一个人在父亲死后将焦点集中于自身的做法是常有的事。弗洛伊德在父亲过世后，开始了《梦的解析》一书的写作。弗洛伊德说，这本书具有“一部分自我分析，我对父亲之死——也就是说，对一个最重要的事件，人生最痛苦的损失的反应”。因此，当弗洛伊德的父亲去世后，他自己对人生的探索正式开始了。同样，罗兰·巴特也是深有同感地联想到了马塞尔·普鲁斯特。他在《文学杂志》上指出:“毫无疑问是母亲的死奠定了《追忆逝水年华》的基础。”普鲁斯特在四年中犹豫着是写成论著还是小说。他是从论著《驳圣伯夫》开始的。1909年7月，他把手稿交付出版社，一个月后手稿被拒绝了，9月，他开始进行他伟大作家的创作了。对于这一作品，他将付出他的全部，直至1922年去世。

四

一个缺少男性的周家，女性开始登上舞台，祖母当家，实则行使的是父权。为了延续香火，才有了那段父母之命的婚姻，才有了十八岁的周启明夜晚翻墙出逃，才有了新婚之夜遗留腹中的女儿。参加革命后的周启明追随新思想新时代，依据新律法与旧婚姻做了切割，组成的新家庭的子女中便有了叙事者的“我”。而在祖母主持下的家乡老宅，穗子连同“三寸金莲”和女儿拴妮子留守周家，凭着一丝血缘关系，凭着那名存实亡的祖制家规，凭着业已消亡的信念，渴望着没用的东西，坚守在那已没有男性的残缺家庭。应当承认，这是一个常见的家庭悲剧，但由于其紧扣时代变革的历史语境，从而为虚构提供了坚实的基石和支撑点。就像希利斯·米勒所说的："在我看来，这意味着，一部自称是小说的小说，不是化为一片云烟就是堕入深不可测的深渊，就像一个人丧失了自己的立足点、自己的基础和自己确认的地位。'最严肃的讲故事的人'的实质在于，他必须有'某个地方'，也就是有一个假定的历史真实性来作为背景或场景，只有在这样的语境之下，作为叙事基础的各种换喻都能转换；也只有在这样的语境下，才能使特定叙事的故事具有连续性，才能使人们对叙事所讲的故事的阐释具有完整性。"这是米勒针对亨利·詹姆斯一段言论的解释，他坚持说："恰恰因为小说不是历史，所以它必须小心谨慎地保持它虚构的本质。尽管奥兰治的威廉和阿拉瓦公爵确有其人，巴尔扎克笔下的人物并不真实，但小说家必须坚持虚构，只有这样他的人物才具有真实性，否则他就'一事无成'。"①

邵丽的小说擅长写家庭婚姻的叙事伦理，最近以来更强调代际之间的情感纠葛及个人的教育成长的反省，注重语境的时

① [美]希利斯·米勒：《重申解构主义》，郭英剑等译，中国社会科学出版社2000年版，第52页。

代特色和历史影响。《金枝》往上走甚至延伸至祖孙四代，无论是在新旧冲突、时代变迁、伦理纠葛和历史机缘上，也无论是言说和空白的层面上都留有了足够丰富的想象空间。许多地方如果脱离历史的语境都是难以阐释的，无论是穗子的婚嫁信念，还是周启明和其祖父的离家出走；无论是周启明父亲的离奇“失踪”，还是那不管家事、一心信佛的母亲。他们都是时代的产物，不是存活于明处就是隐匿于深处。一方面，在昔日的背后隐藏着某种结构化的东西，它抗拒着我们；另一方面，一种结构化的东西隐藏在我们自己的成见或者现实意愿里，并决定我们最初对他们投去的好奇目光。

女性叙事，尤其是以父亲为名所开启的几代母亲形象都是《金枝》得以立足的基石。无论是满含深情与怨恨，在修辞上掌控着叙事进程的“我”，还是“我”的母亲、父亲的母亲和祖母，抑或是另一个母亲穗子以及穗子女儿等，她们为人子女都是金枝玉叶，为人父母却又承担养育下一代的职责，所谓一种天然的道德承诺。从这个意义上说，代际关系与生命传承无疑是《金枝》的时间线索。为了找出生命的意义，尼采提出了来世轮回的存在主义神话，人生便是你目前所过或往昔所过的生活，将来会不断重演，绝无任何新鲜之处。然而，每一样痛苦、欢乐、念头、叹息以及生活中许多大大小小无法言传的事情皆会再度出现，而所有结局也都一样——同样的日夜、枯树和蜘蛛，同样的这个时刻以及我，那存在的永恒之沙漏将不断反复转动，而你在沙漏的眼中不过是一粒灰尘罢了。

人终有一死，代际传承更是与死亡休戚与共、密不可分的。这也是“我”的祖母和父亲回归故里下葬是那么重要的缘故。周启明的祖母是旧家族的守护人，也是这场旧式婚姻的监护人。“孙子离了婚，像要了祖母的命。她守了一辈子活寡，又亲手把穗子娶回来陪她守活寡，自己心里无论如何都过不去这个坎儿……从此祖母晨昏颠倒，茶饭不思，很快就油尽灯枯。”命运成就的总是囚禁和远去的意象，在来世和今生之间充斥着紧张的气氛，就像在不息的历史传统和不确定的未来之间的喘息。一代又一代人的成长和角色轮替，是一个暧昧的地方，一种来回的摆动，一头通往无奈的屈从，另一头则通往持续不断的反叛。

五

《金枝》的组合结构不止于表面上的人工制品，更为重要的是它试图揭示出人类情感难以摆脱的爱恨情仇。如同小说中所言：“爱会在代与代之间传递，恨也一样会。”和解是暂时的，或者只是内心旋涡的迂回；变化是永恒的，抑或前世今生的差异则是必然的。一种差异在缩小，另一种叛离必然会放大。这也是书写为什么存在下去的理由。面具是他者给戴上去的，在人生的舞台上，我们不是角色又是什么呢？我们无法离开自身的阴影去面对它。叙事总是努力揭示出种种征兆，但时不时地也会陷入一己的幻象之中。征兆是一个意指构成，可以说，它“追赶”其阐释，这就是说它是可以分析的；幻象是一个不能分析的惰性建构，它抵制阐释。父性的缺失是家族的不幸，是妻子的忧患，是孩子的创伤，也是社会的忧郁。如今布鲁姆那套世代交替的“影响的焦虑”已转换为身份的焦虑，父性的缺失已沦为父性的迷失。所谓返老还童，既可以看作一种浪漫的乐观，也可以看作人生轮回和倒行。这也是为什么父亲离休之后，越来越怕我，我总是呵斥他的种种不良习惯，“就像小时候我怕他”；这也是为什么把女儿交给父母，让“我”心生焦虑。

人的自我在其认知功能上并不是一面透明的镜子，可以把现实原则直接传达给本我；它具有一种更为积极主动的歪曲变形作用，而这是由于它无力接受当前的人生现实所造成的。人的认识活动在形式上的出发点是失去所爱的现实。建立起检验现实的制度，其基本的先决条件是：从前给人以现实满足的那个对象现在已经丧失。因此，人的意识从根本上讲有一种回忆过去的目标。如同莱昂内尔·特里林一贯假定“敌对的意向，客观颠覆的意向，它构成了现代写作的特色”，他信奉的是“艺术和思想的一个初步作用就是把个人从他所处的文化专制之中解放出来”，还有诗人非得破坏无穷的“金玉其外的善”。特里林认为：“如果说该小说一方面信任世界，另一方面又不愿给出赞成的态度，那么它就确立了道德或精神成功的现实；而这是通过排斥世界价值观而得到界定。”“一方面给予信任，另一方面又拒绝赞成：在一段时期里，小说与世界之间形成了一种非常有趣的对峙局面。在小说相对较为短暂的历史中，具体来说，是本世纪最初的二十五年时间里，我们突然意识到小说曾取下的成就是多么伟大，小说所发挥的功能是多么重要。”[①]特里林这里所指的文学的黄金时段距今已一百多年，但其新意依然如故。爱恨矛盾的情感并非仅局限于叙述对象世界的某人某事，它更是涉及小说艺术与世界认知的关系。弗洛伊德曾完全同意W. H. 奥登的俏皮话，奥登认为道德法则是毫无价值的，它只观察人类的天性，而后塞进一个“不”字，我们所拥有的道德处于一种永恒的自我异化的状态；每个个人主体都受到外来的统治者亦即自身

① [美]莱昂内尔·特里林：《知性乃道德职责》，严志军、张沫译，译林出版社 2011 年版，第 454 页。

内的第五纵队的殖民统治。为了战胜自我，文明通过扼杀本我的倾向来复制自己，通过处于如无意识的生活那般的毫无节制的压抑状态中的自我的替代物，文明使得那些内驱力缩回自身。

“现在”自以为驱逐了“过去”并欲取而代之，在这种“过去”里，有令人不安的熟悉的身影。《金枝》告诉我们的是，死者令生者挥之不去、悔恨不已，这是一种暗自不断的咬噬；由此，历史变得可以吞噬一切，记忆变成了封闭的场所，此间发生着双方的对立：一方面是遗忘，它并不意味着被动或损失，而是对过去的一种抗衡；另一方面是记忆的留痕，它是被重新唤起的曾经遗忘了的东西，从此往事不得不改头换面而发生作用。《金枝》分上下两部分的结构，除了代际的分隔和传递外，重要的还是这两方面的角力和争斗。爱恨矛盾如同心理分析般展开了明暗双方在同一位置上的矛盾纠葛，它还可以诊断同一方位的歧义和多义性。说到底心理分析就是一种小说类型,《金枝》当属其中立。

六

家庭和教育成长小说密不可分，它几乎就是最为重要的来源之一。特里林曾经尖锐地指出:“我们可以肯定，19世纪的家庭是一种精致的谎言，违背了自然规律。的确，几乎所有的二流小说都会表现一位优秀的人物形象，表达对幸福家庭的向往：宁静的家园、可爱而令人心满意足的孩子；的确，家庭位于我们社会和经济生活的神话的中心，成为我们积累和消费的良好而充分的理由，而保持家庭的和睦也成了我们心理学的研究对象，但是在我们的文学作品中，家庭却只是一种理想，一种有关宁静、秩序和连续性的，可望而不可即的象征，它并不存在于现实生活中。”热衷于思考我们的物质生活和生存质量的小说家邵丽也许更乐意听一下特里林下面的议论：“我们失去了受条件制约的现实性，事物的真实，以及纯粹具有外延物质的事物所具有的特殊可靠性和权威性。失去这一点并非意味着失去一种物质事实，而意味着失去了一种精神事实，因为精神具有这样一种事实意义，即它必须存在于一个连找房子这样一种令人沮丧的事情都需要精神参与的世界里，对精神和受条件制约的事物之间的矛盾关系的了解，可能在文学作品中引发巨大的喜悦，因为它如此罕见，如此难以理解；与它相比，关于纯粹精神的了解就相对容易了。”①

① [美]莱昂内尔·特里林：《知性乃道德职责》，严志军、张沫译，译林出版社 2011 年版，第 215—216 页。

危险来自外部亦来自内部，而从这些危险中便产生了恐惧，使儿童修正他最初的、原始质朴的内驱力。从自我与对象的分化中产生了防御与适应。它们像一把双刃剑，既可以使人成熟并获得个性，亦可以造成病态与愁苦。艺术与生活、病症与逻辑推理、笑话与哀诉、爱与恨，几乎我们生活的一切都有内驱力与防御这两个强大的对立面的某种妥协。对立术语统一成盛大的辩证法舞会，在舞会中，倘若没有伙伴的舞步，任何舞台都是毫无意义的。

来自同一家族血缘的两个家庭便是这样的舞台。虽然它们各自的生活相差甚远：成长环境、城乡差别，甚至所受的教育也各不相同，连历次运动所受的冲击和苦难也是各具特色。差异让他们彼此形同陌路，唯一联系的血缘关系又让他们彼此仇怨。“我”的童年创伤来自记忆和自我审视，而拴妮子的创伤则来自缺失，我们难以走进她的内心，她的存在来自他人的审视、评价和少得可怜的转述。两个家庭的对立，在“我”的审视下延续至下一代，或许是风水轮回和机缘巧合，结果是远离故土一家的子女，皆“不争气”地纷纷回到家中固守；而原本留守老家的拴妮子的四个子女，纷纷远离故土而变得有“出息”。在现象学领域内，视角即反讽，是以行动、情境或事件来体现的。反讽就是看待同一事物不同侧面的不同视角相冲突而生的，也许隐藏在黑暗之中的画鸟能看到你看不见的东西，这时你要当心谨慎将自己的盲视绝对化。我们必须意识到我们最美的希望中埋藏着危险，强扭的瓜会令人大失所望。对《金枝》来说，人生的微妙之处在于，“我”的每一步满怀希望都夹持着“出息”的标准，带着“争气”的欲望，去渴望“一己”传承的抱负，去实现所谓的真实可呈现的理想，而现实往往事与愿违，离充满生机的现实渐行渐远。

应当明白的是，艰难写作的背后是失落感和变迁感，最终“我”总是被拽到了自己的情感极限。还是特里林说的：“小说从来不是一种完美的形式，它的缺点和失败比比皆是。但是它的伟大之处和实际效用在于其孜孜不倦的努力，将读者本人引入道德生活中去，去邀请他审视自己的动机，并暗示现实并不是传统教导引导他时所理解的一切。小说教会我们认识人类多样化的程度，以及多样化的价值，这是其他文学体裁所不能取得的效果。”①

---

①［美］莱昂内尔·特里林：《知性乃道德职责》，严志军、张沫译，译林出版社 2011 年版，第 119 页。

七

我注意到,《金枝》中的某些细节，在作者的其他文本中也有重复出现，比如，讲到从不管家务事的父亲,“父亲的自行车，我母亲骑不了，只好推着去粮店买面粉。她只有一米六多点的身高，一袋五十斤重的面粉怎么放到车架子上都是个事。她推着车子摇摇晃晃地走在路上，我父亲迎面走来，夹着公文包，若无其事地过去了。其实，再走不远就到了家门口，他可以回身帮她一把。他不是不帮，是完全没有帮她的意识”；又比如，五岁多点的“我”，在父亲办公室用蘸水笔在报纸上涂鸦差点连累父亲，结果夜晚睡梦中招来父亲一顿暴揍，从此以后很长一段时间里父亲的掌上明珠便失去宠爱,“我”的幸福生活戛然而止，加上幼年时期不断“运动”，父亲挨批，使得小时候的我特别害怕别人的小孩知道自己父母的名字，经常生活在恐惧与屈辱之中,“我们甚至以父亲的名字为耻”，以致“很长一个时期，我做梦都会吓得惊叫起来，我一次次被丢在荒无人烟之处，找不到回家的路。对我而言，那是一个极不安定的童年，严重缺乏安全感”。

童年时期的创伤性记忆是无法抹去的，它不断地重复出现以至暗含着隐喻和转喻，成就意象和象征。就像小说中所明示的：“儿时的恐惧和无助影响一个孩子的一生，甚至改变孩子的性格。”轮到“我的女儿上学以后，我最忧心的事情就是校园暴力，害怕她在学校会被别的孩子欺负，甚至受人威胁”。《金枝》夹忆夹叙夹分析的叙事很有特色，它既让人有身临其境之感，又给人以冷峻的距离感，避免落入第一人称叙事过于主观的陷阱。

按照拉康所揭示的拓扑学原理，真相就附着在事物之上。在事物与真实之间，或者在“实际”与“真际”之间，只有一层薄薄的纸，因为一旦捅开，真相的恐怖就显现了：人们一直在寻觅的东西，只是人们早就知道的东西，或者说，人们总是在掩耳盗铃、自欺欺人。就此而言，真相是个纸枷锁，一个可及不可触的纸枷锁。纸枷锁是不能撕碎的，撕碎它就是撕碎人们自欺的面纱，就是否认他们的实际和毁灭他们的生活意义。实际上心生恐惧夜有噩梦，心存孤独而依赖纸枷锁的状况人皆有之。小说里周氏家族中也并非作为女儿的“我”一个人所有。

弗洛伊德发现了人性中的另一个方面，那就是破坏的本能，不光是对外部的破坏，而且还有对自身的破坏。当然，这种破坏并不是一般意义的罪行，而是对文明苛刻要求而做出的反应。文学有时会记录自我的破坏性行为，即在自身的毁灭中发现自我的确定。“晚期弗洛伊德最主要的关切点是文化如何约束侵犯性，一个最值得注意的方法，是通过内化，把攻击情绪导回心灵之中，回到它们的起源之处。这个行动，或一连串的行动是弗洛伊德称为‘文化超我’的基础。起初，孩童害怕权威，并且只会在他们估算到会被父亲施以什么样的处罚的情况下才乖乖表现。一旦当他们把大人的行为标准化之后，外在的权威变得不再需要，儿童自身的超我会让他们的行为保持规矩。爱与恨之间的挣扎，是超我的基础，如同它们在文明中的作用，个体的心理发展常常会复制社会的历史……这是非常矛盾的状况：被宽大对待的小孩往往成就严酷的超我，一个人可以从想象的侵犯就得到罪恶感，并且不亚于实际表现出来的侵犯后果。不论这些侵犯的起源是什么，罪恶感，尤其是潜意识的变化，即是一种焦虑的类型。更有甚者，弗洛伊德再一次为他说过的一个论调辩护，这个论调认为并非所有的经验都是来自外面的世界。内在的禀赋，包括种亲的遗传，都在伊底帕斯情结作乱过程中占有特殊地位。这个过程在于建立内在的警察制度，借以规范这个个体以及他的文化表现出什么样子。因此，他在文化分析里引入焦虑，如同在个体中引入超我。他说明，攻击的作用如同爱的作用，再一次反映心灵在成长过程中，内在天性以及环境对心灵共同的作用。弗洛伊德在《文明及其缺憾》中，把他的思想轴线交织在一起，这本书由此可以看作一部集其一生思想大成的著作。”[①]需要说明的是，《金枝》虽写的是父亲，但其塑造一系列不同时代女性的心路历程也是有目共睹的。我在这里重点讨论晚年弗洛伊德的见解，无意依附弗洛伊德在20世纪20年代关于两性心理的观点：“阉割焦虑”和“伊底帕斯情结”，这些都已招致其他心理学家和女性主义者的质疑、抵制和不满；而“黑暗大陆”和“神秘夏娃”之类也大有附会历史上惯用的陈词滥调之嫌。

八

在两组家庭之间没完没了的恩怨情仇的缠斗之中，《金枝》塑造了各个不同时期的女性形象，涉及城市和乡村，从旧时代的裹脚女人到革命时代的新女性，一直沿袭至改革时期开放年代。随着代际之间的交替，随着时间的推移，任何激进的情感都会转移和淡化，岁月无疑是和解的亲善大使，这如同“我”终有一天的大彻大悟一样：“我的母亲，她和穗子不过是一体两面的同

① [美]彼得·盖伊：《弗洛伊德传》（下），龚卓军、高志仁、梁永安译，刘森尧校订，鹭江出版社2006年版，第209页。

一个人。她们的争与不争，就像白天和黑夜的轮回，就像负阴抱阳的事物，不过是角度不同而已。”“而我和拴妮子，不也是一样吗？我虚张声势的强大，她无所畏惧的坚韧。她不屈不挠地跋涉，我无可奈何地退让。一个父亲衍生出的两个家庭，高低贵贱，谁胜谁负？最终的成败又有多少意义？”值得指出的是，用“一个父亲”和“最终的成败”来抵御这个没完没了、出尔反尔、变化不居的现实多少有点乏力。如同隐喻和真实的世界所在依然是一个非常大的问题，其界限似乎永远有待确定；就像德行和伦理貌似同一，其实还是有所区别一样，德行属于个性的一种内在品格，而伦理则是发生在人与他人间的关系的规范。如果颠倒是从正转到负，那么抑制和否认就会取消它们的作用对象，这种内心现象好比逃跑，它能使焦虑的对象变小、变远，如果可能的话，化为乌有。回归取代另一种逃跑，通过时间来逃跑，这也可以颠倒为一种行进，或是正常的，或是病理的。

世上不是每个人物都说得清楚的，但这并不妨碍他能让我们过目难忘。哪怕他们留给我们的只是一个背影或阴影，甚至是一闪而过的瞬间，比如“我”的那位信佛的祖母，消失得不知所终身份都不明的祖父；还有父亲的祖父与花奶奶的传奇故事；等等。这些人物以瞬间的留影，却让我们终生难忘，他们生活的年代离我们是那么远，但作为人物形象又是那么鲜明，仿佛就在眼前似的，哪怕他们的故事就像神话与传说。

同逃跑的命运相反，穗子的命运则是囚禁。“在漫长的几十年里，她蜗居在这里，就是为了她那永远无法得到的名分。”她活到九十多岁，依然住在不远处的老宅子。女儿拴妮子已经盖了二层小楼，穗子都拒绝搬迁。“她二十出头进入周家，七十多年里坚守着一个执念，其实是妄念。为了守住她户主的地位，她给唯一的女儿招了一个上门女婿，坚决让女儿的孩子都姓周。她恨了老周家一辈子，可也极为忠诚地守护了一辈子。”“她像一棵河边的老树，紧紧地抓住身下的泥土，但还是免不了被生活的洪流冲得载浮载沉。”穗子的人生，简直就是中国版的“阁楼里的疯女人”。她等待了一生，等一个永远也等不回来的男人，唯有来世，来世也只是一场虚幻。曾经也是金枝玉叶的她，如今也成了整天咒天骂地的怨妇，好像谁都欠她似的。但在整部小说中，我们能听到的也就是那有限的三五句话。“她的生命空间越来越小，满世界只有自己的女儿拴妮子，她是她活着的理由。可拴妮子并没有少挨娘的打骂。她常常把拴妮子身上掐得紫一块青一块的。她责骂为什么你不托生个儿呢？然后又搂着她哭，说苦命的儿啊！”这些文字真让人沮丧，但绝不影响文学形象的吸引力，我们对穗子的人生充满着好奇心，希望能多多地聆听她的故事。

第四章中那一段周庆凡阻止穗子打拴妮子和婆婆的故事让人撕心裂肺，典型的邵丽叙述是无法概述和转述的。

庆凡刚好从地里干活回来，他上前夺过笤帚，一手掂着笤帚，一手掂着这个疯子走到了院子里，把她和笤帚都丢在地上。他恨恨地指着穗子的脸说，你也作够了！我真受够了！从此以后，你要是再打拴妮子一下，再碰婶子一下，我就揍扁你！他回到屋子里，找到穗子缝的小布人，扯得稀碎，说，我兄弟离开你十多年才找的朱珠，他不找朱珠还会找牛珠马珠，你个死脑壳女人，就会往死里作，他找谁都不会找你这样的！说完，他自己蹲在院子里大哭。一个大男人号得像杀猪一样。

从此以后，穗子再也不打拴妮子，也不骂了。她头也不梳脸也不洗，有一点布就给拴妮子做新衣服新鞋，四十岁不到就活活像个老太太，举止怪异，目光凶狠，孩子们看见她像看见了鬼。这反倒让庆凡后悔不迭，他知道穗子心里有多苦。她活得任性一点，才能化解那苦。现在她这样一蹶不振，让庆凡有了双重的愧疚，毕竟她是他接回来的女人。只有他庆凡记得，当年那个八抬大轿抬来的新媳妇，一身大红衣裳，钗环满头，粉面桃腮，小脚扭得一摇三晃，把个人心都晃得地动山摇。

全书中最让人悲戚揪心的一个人无疑是周庆凡，这个和老家周姓家族中唯一没有血缘关系的人，是仅剩下的唯一男人。他的童年创伤和母亲的“牺牲”有关：母亲为了让周家能收留他而投河自尽。小说中周庆凡几近沉默，上面的摘引可算是他讲话最多的一次。周庆凡“他原本不姓周，但我们都叫他大大，两个人的坟墓相距一步之遥（指和穗子），周庆凡一辈子未娶，他的心思在上周村无人不晓，但也许没一个人能够晓得。拴妮子为人妻为人母后，她能懂吗？庆凡一辈子除了种自家的几亩地，就是牲口一样为那母女俩卖命。后来拴妮子有了孩子，都喊庆凡大姥爷”。还有，“拴妮子对庆凡的感情，远远超出了父女感情。村里人说，庆凡死时，她哭得地动山摇。棺材下墓坑那会儿，她往墓坑里跳，几个人都拉不住。她还逼着自己的丈夫给庆凡大大当孝子摔老盆——拴妮子为丈夫生了四个孩子，在丈夫跟前，她说一不二”。为报养育之恩，周庆凡一生可称得上“仁义”二字。但他的一生也是“替罪羊”的一生，也许，从一开始替代周启明去迎亲就预示了他一生的角色。作为周姓老家唯一的男性，他什么责任义务都承担，甚至包括那顶地主的帽子，独独身份是缺失的。他的一生是付出和承担的局外人，是进入生活的被驱逐者。就身份而言，他的一生就是一种“留白”的艺术，尽管支撑他的并不是什么新思想，承继的反倒是传统的痼疾，而我们喝下的则是一碗碗苦涩的汤药。

身份危机一直伴随着我们，而且可以看作“斗争方式”的一个很普遍的特征。身份危机的焦虑给我们提供了研究动态文化的最佳体会。认同与身份是两个不同的概念，认同是指在意识到意象与事实、自我与被模仿对象之间的区别的条件下的思想活力，而身份则是指本能存在的一种不把意象与事实加以区别的现象。幻想本质上是退行性的，它不仅是一种记忆，而且是对记忆的幻觉式的复活，是一种用过去来取代现在的自我认同。幻想的世界乃是一个不透明的盾牌，自我凭借这一盾牌来保护自己和避开现实，与此同时又透过它来观察现实。父亲的缺失既是众多人物身份焦虑之根，又是幻想这一盾牌之源。这些人物既是命运的囚徒，也是作品情节的囚徒，他们几乎没有自己的台词，他们又是言辞的他者，是沉默的信徒，是两个时代夹缝中的失踪者。

九

《金枝》分为上下两部，全书以周语同为人子女到为人父母为转折点。就叙事视角而言，上下有一个对称性的变化。上部以第一人称作为支撑，个别章节有摆脱第一人称叙事之嫌，比如第二章；下部则以第三人称为主，其中又有第十一章和十六章分别以第一人称叙事。如此看来，重心转移和视角轮替构筑全书的结构模块。我们不是结构主义者，但结构又是我们无法回避的。我们注意到，最近一个时期，不少长篇创作均引入了人称视角的转换机制，这是个有趣的现象，其中的成败得失，需另外撰文研究才行，这里暂时搁置。

一部长篇小说，如果在视角上呈现出重大转折时，其有意的或无奈的情势必然作为逻辑支柱而嵌入其中。随着代际推移，两个家庭的子女增加，上半部那种因“父亲缺失”所造成的家庭对峙，也会随着“人去楼空”而得以减缓。司汤达曾认为，他之所以用第一人称的方法，不是出于自私，而是因为第一人称是快速叙事的最好方式。我过去对这一说法不以为然，现在对比上下两部分的节奏，还觉得真有道理。《金枝》的下半部按序将两个家庭的八个子女平行铺陈，一一道来，犹如“散点透视”般地回拢到周语同残存的执念中。“我”的成长史变成了对子女们的教育史：“我活成了过去的父亲，而林树苗活成了我。也许，人生就是如此的轮回吧！”“对周家后代的提携，是周语同站稳脚跟后心中最大的执念，她恨不得把所有周家的后代都收拢到自己手下。没有来由的，她觉得应该对自己的祖辈有一个交代。”

而子女们各有自己的天地和“出息”观：无论是周河开的独立和孤独，林树苗的叛逆和傲娇，还是给周语同带来失望的周雁来和“心死”的周小语；无论是中看不中用的周天牧还是具有超强适应能力的周鹏程等，他们都有自己的不幸和幸福，运用各自不同的评估体系在互联网时代进行着无差别交流。岁月冲淡了两个家庭间的怨恨，血缘亲情也展示了无法阻挡的亲和力，模糊了周语同心底的分界线。除了感叹世事轮回、冥冥之中的认同外，还有什么设计和自尊能抵御子女们的前程和自主呢？

还有周鹏程的老婆，那个粗枝大叶的胡楠也充满好奇心地跻身于周姓家族的微信群里。当胡楠和写小说的林树苗探讨真相时，一种借机的元叙事便诞生了。胡楠问道：“我看你写的小说里，有这个家族的影子。你是想全方位地探索这个家庭吗？”“全方位？我的天！”林树苗说，“这个家庭的复杂程度，我们是无法想象的，我觉得没有任何人可以全方位地描述。但是，我怀念我的姥爷，我真是想多写写他。其实讲真的，把他写出来了，也就基本上说清楚了这个家族。他留给这个家族的是一个背影，在每个家族成员眼里都是不同的人设。我妈妈、鹏程的妈妈，包括我的舅舅们，甚至周家的这些亲戚，他们每个人叙述的我姥爷都不一样。我想了解姥爷的过去和现在，然后将这些故事写出来，我想用这种方式表达对姥爷的怀念。”胡楠说：“这个家族确实值得一写，它的所有故事都是基于婚姻展开的。好和坏，都是基于婚姻。那么你仔细想想看，我们追逐婚姻，依赖婚姻，到最后却因为婚姻恨了一辈子。这样的人生，有着怎样的复杂和怨叹啊！”

第十四章是一次重要的镶嵌。“几乎不在群里露脸的会计师周雁来突然发了一篇网文”，题目叫《穗子》。它以另一种视角，讲述了穗子家庭的故事；以穗子家的上门女婿刘复来的爱情悲剧为重心，掀开了这拉拉扯扯的亲情血缘，说不清理还乱的婚姻家庭、养儿育女、成分边界和阶级关系的层层迷雾。生活中暗藏着一种秩序，在线索杂乱无章的纠缠中暗藏着一种结构性的东西是我们难以摆脱的，但这是一种难以名状的网络和纹理，要解释它的意义是不可能的，但要放弃解释更不可能；由混乱的线索所组成的整个关系似乎都在期待着一句会让它变得清楚、明确和直白的话语，这句一锤定音的话似乎就在嘴边，但却从未有人宣之于口。刘复来无疑是周家老宅中的另一个周庆凡，后者没有身份却承担了一切，前者则是承受了超越身份的重压：“这些年养儿育女的劳作，让他彻底变成了一个乡下老汉，年轻时白白净净的一个人，老了皮肤都变成了酱紫色。”网文的出现是对叙事者话语霸权的一次挑战，是对过度主观视角的一次矫正，它以对立的视角使得《金枝》产生了结构性的重组，也许，这种视角的转换便造成了小说的事件性时刻。它同时告诉我们，视角如同情感一般也是充斥着悖逆的，只有不同视角的矛盾对立，才能给生活本身加冕。

小说的最后一个章节又回到了第一人称叙事，完成首尾的呼应。小说结尾的审视和思考，又回到了作者曾经用过的小说题目："生活质量”和“生存质量”，体现了书写的一脉相承，当然也包含了其中令人惊叹的变异。《金枝》的意义并非止于纪念，纪念可能是启动虚构的部分缘由而非全部。卢卡奇曾在讨论悲剧时说过："悲剧主人公总是幸福地死去，并在死亡中仍然活着；然而在这里，死亡并非是对生命的纯粹提升，并非是沿着生命的正确方向将之笔直地延长，而是从现实的压抑和杂质中被折取出来的东西，是心灵从陌生的生活向自身的回归。”[①]从这个意义上说，前世今生是一体的。它鼓励我们去承认这个世界的真实时间那令人畏惧不可逆转的连续性。换句话说，自我意识在希冀与现实中画了一条线，并以此将人性那令

---

① [匈]格奥尔格·卢卡奇：《卢卡奇论戏剧》，罗璇等译，北京师范大学出版社 2014 年版，第 147 页。

人渴望的品质传递给了我们。不论真相和现实多么可怕，它们在某种程度上还是令人欣慰的。正如虚构所昭示的那样，时刻作为永恒意义的历史时刻，要逃避过去的我并不是现在的我的基础，正如现在的我也不是将来的我的基础：要做到这一点，就势必要沉入自欺的虚构之中。总的说来,《金枝》的优势在于，其故事总是如火如荼地展开，情绪的对峙呈现剑拔弩张之势，可惜的是让人喘息的机会少了一些。能否在风风火火的叙事中，增加些和风细雨的委婉？能否在直率的倾诉间，有些迂回的策应？这些都是可以考虑的。当然，此类大而无当的提醒，总是说说容易，实践起来又谈何容易。

最后，我想对小说的首尾呼应来一个笨拙的模仿，辩解一下文本题目中的“父之名”，因为有朋友提醒我“父之名”的语法问题。这一说法的借用，还得回到拉康。吴琼在其颇具影响的著作《雅克·拉康——阅读你的症状》一书中解释道：“父亲对母子关系的介入其实就是父法的介入，拉康把这称作‘父之名’。熟悉西方文化的人看到这个术语可能会立即想到基督教中常说的‘以圣父、圣子、圣灵的名义’，拉康曾在某个地方提到他的用法是受了宗教的启发。‘父之名’这个短语的首次使用是在1953年的《罗马报告》中，在讲到象征界和主体的象征性认同时，拉康说：‘象征认同的这同一功能——它使原始人相信自己是某个同名先辈的再世，而在现代人身上，它甚至决定了某些性格的交替重现——在遭受父子关系紊乱的主体身上可导致俄狄浦斯情结的解体，在那里，必定可以看到其致病效果的持久源头。确实父亲的功能甚至在由某个人来代表的时候，其本身也集中了想象的和实际的关系，这些关系总是或多或少无法应对于本质上的构成它的那种象征关系。'”吴琼甚至还进一步指出：“要注意，在拉康那里，‘父亲’‘父之名’‘父性功能’‘父法’这些说法大约是等义的，它们都意指一切权力，一种功能或律令，一种社会的象征法则和象征秩序。它们都是以父亲的名义宣讲出来的。”[①]于我而言，题目中引用“父之名”也只是一个大概的引义而非照搬，因为拉康的东西，其晦涩难懂是出了名的。也难怪吴琼提醒我们：“菲勒斯和父之名，而其幽隐的逻辑行进，尚需我们以超乎经验的‘野性思维’方能明了。”

2020年9月26日于上海

① 吴琼：《雅克·拉康——阅读你的症状》（下），中国人民大学出版社2011年版，第530页。

是真佛只说家常

——邵丽印象

计文君

寒潮骤至的夜晚，北风在天地间放肆地吹着口哨，沉沉入梦之时，被电话叫醒，含混地叫了声“姐”，那端传来姐姐的天语纶音，命写“印象记”一篇，次日交稿，此时离次日不足两小时。她在电话那端焦灼又混乱地解释，且把“印象记”说成了“创作谈”，我竟然毫无障碍地听懂了。

我也曾因为《收获》的缘故这样去难为过别人，理解那份不得已的歉意，于是爬起来，去厨房做了一大杯意式浓缩，啜着咖啡打开电脑，敲打，删除，再敲，再删……屏幕上还只有“邵丽印象”四个字，而“今夜”已经成为“次日”。

难以下笔，不是因为无事可记，而是因为有太多的事涌上来，太多充满矛盾的事情。清晰的印象，往往来自远观，越是了解，越是混沌。你目之所见这是个端丽女子，温暖可人是她，娇嗔活泼是她，七窍玲珑是她，糊里糊涂是她，运筹帷幄精明强干是她，不谙世事丢三落四也是她，她烹茶品香缀珠弄玉，她纵横开阖拢黄河、抟中原于笔端……

这些矛盾有着内在的一致性与合理性，邵丽既修入世法，亦修出世法。不修入世法，不知人性；不修出世法，难以超拔。她对此有着充分的自觉，用她自己的话说，“看见最卑微的人的梦想之光”，“毕竟，那梦想之光如果没有足够的慈悲和耐心，是很难发现的”。

慈悲与耐心，不是简单的态度，而是苦修得来的杰出小说家的本领。这条小说家的修行之路，邵丽一直努力地在走，她修来了足够的世故，足够的天真，足够的冷酷，足够的阳光，足够的细腻入微，足够的大气磅礴……

我确定她未必记得和我的初见。那是十六年前，在省作协办公室，她似乎也是刚刚去作协，送了本《我的生活质量》给我们文联主席。我们只有礼貌的寒暄，并没说什么话，我后来就出去了。不知道为什么，我并没有被她的形象和得体带来的距离感吓到——通常高挑靓丽的女子，越是举止得体，越是会给人骄傲的感觉。也许是读过她小说的缘故，笃定地认为彼此是同类。后来我们有机缘谈话，惊讶地发现她对我毫不陌生。再后来，又熟了些，她“招认”了眼高于顶的骄傲，轻易不肯施人青眼，待人全是因为文字的缘故。锦心绣口的人，骄矜些也是常理，幸好我善于“精神胜利”，没有败给她当初的“拒人千里”。

后来看了邵丽的创作年表才知道，她那时开始写作的时间不过数年而已。接下去她如同“开挂”——用游戏用语形容她，带着一种恶作剧的快感，佳作迭出，频频获奖。从获鲁奖的《明惠的圣诞》到2020年的《黄河故事》，这些年我默默地读着她的作品，仿佛看着那条转过了孟津的大河，越来越宽阔、越来越不动声色的水面下，波谲云诡，暗流涌动。我有时感慨她那支笔，于人情事理描绘得越来越精细微妙，对人心的痛处剖得越来越准、越来越狠，但生命温度不减，情感丰沛依旧，这一点我着实有些羡慕。

文如此，归根究底，还是因为她，人如此。

2012年，我和邵丽共同参加一次文学活动，返程时接到父亲肾衰竭进了重症监护室的消息，我就直接把机票从返回北京改签成了郑州。在机场分别时，她默默地朝我手腕上缠了一串上好的朱砂珠串，抱了抱我。

从那个时候起，她成了我故乡的姐姐。我并不惯于和别人有姐姐妹妹的肉麻。面对邵丽，我会觉得自然。此前没有细想过原因，此刻想想，却发现这种感觉的来源，大有意味。

最直接的一层原因，当然是她的强大的情感输出能力，这其实是今天非常罕见的一种能力。如果辨析一下，我们日常在人际交往中很多时候唤起的是情绪，而非情感。在被社交媒体刺激得各种情绪膨胀的同时，真实的人类情感反而隐藏甚至退化了。情感其实是一种生命的能量密度，像我这么敏感又极度缺乏安全感、充满社交压力的笨家伙，面对这样一个稳定的能量输出者，会放松，释然，安心，那声“姐”也就变成了可以跟她各种耍赖的神奇咒语。这一点其实也可以为上文我对她的“羡慕”作一注脚，认知的深刻与情感的强大，是一体两面的事情。邵丽若无深情，焉有高致？

第二重原因比较复杂，其实“姐”，内蕴着一个颇具有民族性和历史性的文化人格。我身上也有这个“姐”性，带着某种强制力和压迫性。我的自然而然，是一种下意识对共同来源的辨识：我和她都生于河南——更准确地讲，我们都生于豫东周口。我们面对的文化规定性是：人生的所有价值都必须被放置在伦理结构中才能获得真正的实现。这显然是与现代性有着强烈对冲、值得好好理解，但却无法一笔抹杀的一种规定性。

“对冲”好理解，而不能“一笔抹杀”，意味着无法简单否定——否定是容易的，容易得有些不负责任。这是有着复杂内蕴的文化现实，如果粗暴地处理成地域文化兼性别政治问题，反而会构成对这一现实本身的遮蔽，那是对真实地承受过重重生命苦难的男人和女人、父亲和母亲、一代代儿女的“再度伤害”。

无论邵丽，还是我，在写作的最初都省察到了这一点，而且从来都是自觉、直面这一问题的。邵丽让我感到钦佩且由衷地愿意以“姐”敬之的一点，是她用一种“正面强攻”的姿态，这么多年来始终、逐步深入地剖析着这一问题。她在用创作，实践着她强调的“慈悲”与“耐心”。

因着慈悲和耐心，才能“入微”。但她“入微”的同时，也在“放大”。邵丽这些年的关注点始终都是家庭、婚姻、代际这样的伦理关系，但她通过叙事展现的社会景观却是“全景化”的，从职场到官场，从都市到乡村。她有持续观察的热情和兴趣，而且随着思考的深入，她把这些关系纳入考量的“坐标系”越来越宏阔，因此小说文本生成的内蕴层次也越来越丰富。

她自己说：“一个时期以来，我热衷于写父亲，我的父亲和我父亲以外的父亲。但他们不是一个群体，也毫无相似之处。他们鱼贯而入，又鱼贯而出，在光明之处缄默不言，又在遁入黑暗后喋喋不休，像极了胡安·鲁尔福的小说里那种人鬼之间的窃窃私语。……我看到了在历史熹微的光芒之下，他们卑微如草芥的人生逐渐被放大、再放大，直至覆盖了整个宇宙。”

一沙一世界，她的笔下，一个人身上透出了全息的社会历史图景。以作品为镜，邵丽的人生也活得越来越阔大了。我眼中的她，足够知性，深谙在权力结构中的性别关系，抗争是必须的，但对事理人情缺乏足够的理解，也很可能带来“双重悲剧”；但她又始终有着山青水润的女儿心态，譬如我读到过她的爱情诗集，又惊又叹，且又一次满心羡慕了；还有幸见过她作为老母亲的一面，被她可爱的女儿请吃日料，后来我会反复回想那个场景，觉得她的生命何其丰盈！

父母在堂儿女绕膝含饴弄孙，在我看来是尘世幸福的象征，我在情感上会给出很高的价值排序，虽然明知道这话说出来，几乎是一种“政治不正确”了。就像胖子有立场讲胖子的笑话，孑然一身的我似乎也有立场表达这样的羡慕。但是我也知道，人伦关系都附带着压力和牺牲。如同看到她一部接一部地出佳作，必然能想到她背后默默做出了何等的付出。

可恨的是，除了小说高产，你还常常读到她的各种文章，赋中原论黄河算是她的本分，可谈《金瓶梅》，论科尔姆·托宾，能量充沛到让人眼睛发红。好吧，看在她总忍不住绕一串祝福的珠子在我手腕上的缘故，就原谅她了。

一路写到此处，还没有找到题目，忽然想起她评论《一滅一》的文章标题，又现成，又贴切，就偷来用了。

她在文中说："'是真佛只说家常'，世间的人情物理莫不如此。"

这话，也正好可拿来说书写常人家事的邵丽，她对人间存有大信。

2020年12月29日　枫舍

历史的当代与剩余的个人

——邵丽近作读札

杨　毅

曾经以基层锻炼的亲身经历为题材写作“挂职系列”小说的作家邵丽，近几年开始转向更具历史深度的家庭题材的小说创作。当然，这并不意味着她以往关注城乡题材和普通人命运的现实主义品格的转型，相反，它们以一种更具艺术表现力的方式渗透在新的题材类型之中。邵丽坦言，“看见最卑微的人的梦想之光，我觉得是一个作家的职责所在。往大里说，其实是一种使命。毕竟，那梦想之光如果没有足够的慈悲和耐心，是很难发现的。我斗胆说，那种光芒唯其卑微，才更纯粹更纯洁”[①]。的确，书写“最卑微的人的梦想之光”是邵丽一直以来写作的信念和追求。这从她较早的《明惠的圣诞》中就已经露

① 邵丽：《说不尽的父亲》（创作谈），《小说选刊》，2020 年第 7 期。

出端倪。明惠在圣诞之夜备受冷落，不仅使她的尊严备受打击，更引发自我认知的觉醒——她终于意识到自己其实从来就不属于这里，一切不过是一厢情愿式的幻想。这才是她选择用生命捍卫尊严的根本原因。此后，这种对于“卑微的人”的关注又转移到了“挂职系列”小说之中。《刘万福案件》的背后是处在农村社会底层的“刘万福们”走投无路的结果。邵丽在呈现这些底层不幸命运的同时，也通过各种声音的复调交织成中国社会复杂问题的彰显和辩驳。

近年来，尽管邵丽笔下的主人公仍然是这些“卑微的人”，但她更加注重用写作照亮他们的梦想之光，使之在历史与现实的镜像中反射出奇妙的光晕。在《天台上的父亲》《黄河故事》《风中的母亲》三部最新的中短篇小说中，邵丽挖掘出被历史尘封已久的“父亲”“母亲”，并以此为坐标勾连起家庭往事，将他们的人生命运置于历史洪流之中加以展现。“父亲”“母亲”艰难而小心翼翼地度过他们的一生，从历史深处走来的同时，又携带着某种“历史后遗症”。小说在叙事中通过记忆的闪回逐渐拼凑出他们被搁置的形象。但是，邵丽通过人物形象的刻画，完成的不仅是人在时间河流中的涌动与销蚀，也包括无法踏入同一条河流的人们如何在历史的幽禁中找到心灵的自我。

一

一向致力于书写现实的邵丽，在最近的中短篇小说中显示出对现实不同以往的理解。在以往的作品中，现实虽然不单纯是一个时间的概念，但在时间的意义上都明确地指向当下。然而在最近的作品中，当下体现为历史连续体中的概念，在时间、空间、心理等多重意义上发挥着作用，而不再仅仅是对时间的摹写。这也使得邵丽的小说不再满足于对当下现实的反映，而转向对当下的重新理解，由此重塑现实。小说通过当下的历史化，重新召回被历史湮没的人事，试图在当下与历史之间建立一种叙事上的密不透风的联系，体现出邵丽对于当下的重新理解。

按照本雅明的历史哲学，历史与当下并不是时间意义上的连续体，而是一组在空间意义上并置的概念。本雅明把前者称为“历史主义”，因为它只会像“一串念珠似的”在历史的不同阶级之间确立因果关系，“但没有一桩事件因其自身而具备历史性”，只能在事后通过与其毫不相关的事件而获得历史性。相反，本雅明倾向于“转而把握一个历史的星座”：“这个星座是他自己的时代与一个确定的过去时代一道形成的。这样，它就建立了一个‘当下’的现在概念。”[①]历史并不是相对于当下的过去式，而是存在于当下之中，是坐落在被此时此刻的存在所充满的时间里。邵丽的三篇近作都是以当下作为叙事时间，经由叙述者的回忆进而穿插起父亲母亲的历史，但都是将历史融入当下从而将两者并置起来联系。《天台上的父亲》尽管故事发生的时间是此刻的当下，但当下与过去有着千丝万缕的联系。父亲携带的历史直接导致了他当下的处境。甚至，父亲与其说是活在当下，不如说是活在历史中。《黄河故事》则是以父亲的死为线索，在母亲和几个孩子的相互交谈和回忆中，父亲之死的真相逐渐浮出水面，但在作家本人看来，这不是故事的关键，“父亲死犹未死，才能配得上‘黄河故事’这么宏大的叙事框架”[②]。换言之，父亲的历史固然值得追溯，但更重要的是追溯过程本身而非结果，因为它牵扯出当下“我们”看待历史的方式与现实的处境。到了《风中的母亲》，这位一反乡村女性勤劳能干品质的母亲形象，看似随波逐流而毫无主张地生活，但推动生活本身的力量却无时不在发生着作用，毋宁说，她何尝不是处于城乡变迁的动态历史之中。

---

① ［德］汉娜·阿伦特编：《启迪：本雅明文选》，张旭东、王斑译，生活·读书·新知三联书店 2008 年版，第 276 页。

② 邵丽：《说不尽的父亲》（创作谈），《小说选刊》，2020 年第 7 期。

在这三篇近作中，《天台上的父亲》和《黄河故事》都直接对准父亲，也都是以父亲的死为线索展开叙事。邵丽在多篇创作谈中都强调“父亲”对她的影响，认为“关于父亲的故事远远没有结束”①。不难发现，父亲在小说中充当了叙事、情感和认知的功能。父亲的死不仅始终推动着情节的发展，连接起不同人物与父亲之间的故事，以及他们自身的现实处境，而且带给他们情感上的巨大冲击，令其不得不重新思考父亲的历史和自身的责任。但是，仅仅将父亲置于亲情的层面来看待显然是不够的，因为父亲在作品中远远超过了家庭内部两代人所能容纳的范围，而是携带了太多的历史痕迹。这些发生过的事情从历史的窄门侧身而入，显示出历史强大的穿透力，最终在此刻汇集成了凝固的当下。“这个当下不是一个过渡阶段。在这个当下里，时间是静止而停顿的。这个当下界定了他书写历史的现实环境。”②

那个从天台上纵身而跃的父亲究竟携带着什么秘密，以致只能以自杀的方式来结束自己的生命？表面上看，父亲离休后性情大变，常年累积的抑郁导致最后的悲剧。尽管小说写了

① 邵丽：《不死的父亲》（创作谈），《人民文学》微信公众号，2020 年 6 月 4 日。

② [德]汉娜·阿伦特编：《启迪：本雅明文选》，张旭东、王斑译，生活·读书·新知三联书店 2008 年版，第 274 页。

父亲与我们这些孩子之间的巨大隔阂，甚至令“我”深感自责，但这其实并不是父亲跳楼的主要原因。“唯一可以解释的理由是，不是跟我们的隔阂，而是他跟这个时代和解不了，他跟自己和解不了。曾几何时，他是那样风光。但他的风光是附着在他的工作上，脱离开工作，怎么说呢，他就像一只脱毛的鸡。他像从习惯的生命链条上突然滑落了，找不到自己，也找不到可以依赖的别人。除了死，他没有更好的解决办法。”退休前的父亲整天待在单位，热衷开会到令人发指的程度，更事无巨细地将所有工作记录在案，但也恰恰因此而幸免于难。小说在不断交叉的叙事中逐层揭开事情的“真相”，但这个“真相”并没有宣告故事的终结，反而将小说引向更多的可能，因为父亲的身上背负了太多的历史和时代的枷锁。根据小说的交代，父亲参加过抗美援朝，之后任县委武装部部长，后来因为乱放炮被整下乡，吃了半辈子苦头，这令他不得不学会保护自己。父亲小心翼翼地活着，不仅忽略了子女和家庭，更导致自身被权力极端地异化，以致退休后彻底丧失了自己，也丧失了生活的能力。

如果说这位退休的父亲以在场的形式带给全家巨大的折磨，那么《黄河故事》中的父亲则始终以死亡这种“缺席的在场”令全家人重新找寻父亲的历史。《黄河故事》同样以父亲的死为线索，但是以更为细密的方式展开叙事，也更能体现出父亲所携带的巨大历史能量如何涌入当下，乃至形成某种无物之阵，亦如幽灵般围困我们身处的现实。小说以“我”为父亲寻找墓地为起因，经由我们五个儿女的讲述串联起父亲生前的历史。在我们各自不同的视角中，父亲呈现出颇为矛盾的形象，但在母亲的眼中，父亲却自始至终被否定得一无是处。这是因为，在经济困难的特殊时期，父亲对“吃”的热爱和钻研成了头等罪状，甚至给全家带来了耻辱。恨铁不成钢的母亲在父亲多次经商无果后，对父亲彻底失望，以致父亲不堪其辱，最后掉进黄河而死。但是，多年后的今天，年迈的母亲对父亲的死多少产生了一些内疚，仍然保留着纳好的鞋底这个细节，体现出母亲对父亲多了些许理解和怀念。小说结尾则直接表明了叙述者想要为父亲正名的意图：“他再也不是我们家的耻辱，我要完成的正是我父亲未竟的梦想。”

二

将历史视为一个异质性的存在，而重新置于当下的时间结构之中考察，还意味着将历史被压抑的内容重新释放出来。因为历史总是被胜利者书写，所以在线性的历史叙述中，那些失败的卑微者的痕迹被毫不留情地抹去，只剩下进步的神话和文明的风暴。尽管只有胜利者才能保有一个完整的可供援引的历史，但任何发生过的事情都不应被视为历史的弃物，那些消失在历史进步神话中的过去同样值得被记录，那些作为失败者而被损害的生命同样值得救赎。文学是弱者的事业，更担负起了照亮被历史所遮蔽的幽暗世界的责任。这其实已经是老生常谈，更重要的问题是如何唤醒这些异质性的存在。邵丽在近作中显示出她处理时间的技艺。作家试图将它们聚拢起来填充进时间的空缺，历史和当下由此充满丰富的内容：不仅是当下保留了历史主义所忽略的异质性因素，反之，历史同样覆盖了当下的内容，如同古罗马是一个被现在的时间所充满的过去[①]。因此，当下不再是转瞬即逝的此刻，而是一个充满张力的丰富结构，它让过去发生过的事情特别是被历史遮蔽的内容悉数涌入。在这个意义上，很难说邵丽所写的是现实还是历史，因为两者已经完全融入当下凝固的时间当中，一个如同星丛般的混杂时刻，它既包含了同时代的意象，也聚拢起历史中的异质性的存在。

---

① [德]汉娜·阿伦特编：《启迪：本雅明文选》，张旭东、王斑译，生活·读书·新知三联书店2008年版，第273页。

历史作为结构性的主体，旨在打破连续性和同质化时间的幻觉，防止它被这种线性的时间观所同化。换言之，对历史的关注并不是要探寻历史本身隐藏的奥秘，而是要建立一种包含多维时间的空间化概念。当历史不再是一个时间的概念，而是融入了多重要素特别是异质性因素的星丛，那么可以说，关注历史就是关注当下，就是关注此时此刻我们具体的生活。当哲学不再关注抽象的普遍人性，它就只能关注我们自身的秘密。邵丽的小说近作正是通过重塑时间主体的方式，获得对当下的重新认知，但最终还是要回到我们具体的生活。我注意到《天台上的父亲》和《黄河故事》的历史叙事都有一个明确的时间点——经济困难时期，它构成了小说重要的叙事功能。在《天台上的父亲》中，父亲被下放到偏远的部队外营地，母亲也跟了过去，我们三个子女都被寄养在乡下，“经历过那样的童年，我们都学会了沉默，很多埋在心里的东西，都不愿意拿出来，好像这是我们在那场磨难里，得到的唯一一样值得珍惜的东西”。与“我们”童年的不幸密切相关的是父亲遭遇的磨难。虽然我们长大后逐渐了解到这段过去，却“都刻意回避着那段历史”。《黄河故事》则更为直接和具体地交代了这一重要的历史背景。因为只有在这个特殊时期，父亲母亲的故事才有其合理性。小说在历史与当下的不断闪回和并置中，用了将近一半的篇幅来叙述这个时期父亲母亲的故事，也为母亲和子女追忆父亲的历史和看待父亲态度的转变做了充分的铺垫。因此，这段特殊时期所形成的深刻记忆成为当下故事发生的“元历史”而陡然乍现。

事实上，尽管小说始终围绕父亲展开，但母亲绝非可有可无的角色。至少，父亲之死的背后都与母亲有着直接或间接的关系。《天台上的父亲》中，父亲跳楼其实早已在母亲的预料之中，母亲只不过成全了想要寻死的父亲。她在最后一刻的放手，更多的是出于妻子对丈夫的爱，还是和孩子们一样无法忍耐父亲而获得了解脱呢？同样，《黄河故事》虽然没有明确指出父亲的死因，但很多细节已经暗示出父亲因为难以忍受母亲的苛责而死于黄河。但是，小说中的母亲并非不通事理，而是知书达理，见过世面，更对父亲有一定的感情。不管怎样，这是一个典型的东方式的母亲，她表达爱的方式是隐忍的，她把自己全部奉献给了家庭，所以才会对父亲的“贪吃”恨铁不成钢，只有不停地责难父亲。不仅如此，除了“我”以外，母亲对几个儿女的人生也或多或少地干预或者说控制，但母亲的安排都以失败告终，孩子们的婚姻很难说得上幸福。《黄河故事》中的母亲形象带有极大的隐喻性。母亲的观念和做法都是典型的中国传统女性所特有的。在她眼中，只有走上仕途光耀门楣才是正道，所以始终瞧不起子女凭借开饭店的手艺谋生。这的确是传统文化特别是中原文化根深蒂固的观念和价值标准。相反，离开家乡而远赴深圳打拼的“我”却用自己的行动打开了一片新的天地，不仅事业蒸蒸日上，也收获了童话般的爱情，甚至可以说“是这座新兴的城市成就了我”。

小说有一个细节值得玩味。在最艰难的时候，“我”独自走到黄河边，想过一死了之，想到了父亲也许也是怀着这种绝望的心情纵身跳入黄河的。小说在此处突然宕开一笔，贡献出仅有的一次抒情性的描写。“我”看到鸟儿幸福的一家，想要寻找生命的痕迹，突然看到了远处的城市：“平时她僵硬的、阔大的钢筋水泥身躯，在夜里突然显得柔软起来，像起伏的山峦。她那明明灭灭的灯火，多像生命的律动。是的，她像有生命似的看着我，温柔地眨着眼睛。她在召唤我。我为什么不走向她？这难道不是一条比死亡更宽阔、更诱人的道路吗？”尽管怀着同样的心情，“我”却比父亲幸运得多，因为“温柔的城市”吸引着“我”去开疆拓土，成就一番事业。这与邵丽此前将城市寄居者无一例外地描绘成身体与精神双重被剥夺者的形象截然不同。必须承认，无论城市能否获得人们心灵和审美上的认同，城市都是人类文明与先进生产力的象征。如果说邵丽此前的小说主要聚焦城市“表面和内心印象的接连不断地迅速变化而引起的精神生活的紧张”[1]，那么《黄河故事》则是要重新看待乡土与城市文明。当然，这并不是说反思城乡文明作为小说的主题，它仅仅是《黄河故事》看待黄河/母亲镜像般主体的衍生品。如果说父亲“生于黄河，死于黄河”，那么母亲又何尝不是？因为她的血脉与灵魂早已成为黄河文化的一部分。应该说，母女二人分别代表的中原文化与南方沿海地域文化的差别，决定了她们不同的价值观念、生活标准乃至人生命运。正如费孝通总结的：“中国传统处境的特征之一是‘匮乏经济’（economy of scarcity），正和工业处境的‘丰裕经济’（economy of abundance）相对照。……在这两种经济中所养成的基本态度是不同的，价值体系是不同的。在匮乏经济中主要的态度是‘知足’，知足是欲望的自限。在丰裕经济中所维持的精神是‘无厌求得’。”[2]这两种不同的精神指向正是“我”与母亲的分歧所在，但占有物质条件的“我”在有关父亲的问题上仍然占有较大的主动权，这就好比尽管母亲始终无法割舍对黄河故土的眷恋，却也在深圳跟随“我”待了十几年。总之，同样是书写中原文化，《黄河故事》不同以往地利用深圳所具有的空间和时

① [德]G. 齐美尔：《桥与门——齐美尔随笔集》，涯鸿、宇声等译，上海三联书店1991年版，第359页。

② 费孝通：《乡土中国》，商务印书馆2018年版，第97页。

间上的双重所指，回望中原在时代变迁中的人事。在一个镜像般的双城记中，历史得以通过空间的形式回到当下。

三

邵丽对于历史的书写显然不是为了直面历史的苦难，而是要通过一个家族两代人的历史变迁深入人的命运、情感和现实处境之中。无论是被权力异化的干部，还是与时代龃龉的父亲，他们的命运从来都不是任由自己掌控，而更多地被时代裹挟。这和那位伫立在风中的母亲有着极为相似之处，尽管他们看上去是如此不同。《风中的母亲》塑造了一个此前作品中绝无仅有的母亲形象：她既不勤劳，也不能干，更不会像上述两篇小说中的母亲那样和父亲的死息息相关，因此说她是一个“没有个性的人”也不过分。可是，即便是这样一个随波逐流的人，她看似平淡的一生也经历了不少人事的变迁：先是婆婆的死令她始料未及，丈夫的死更加令她手足无措，后来好不容易跟随女儿来到城里，却也无法适应城市的生活，最后回到村里还算过得不错。值得思考的是，作家何以用“风中的母亲”来概括这位母亲的一生？这不仅是因为小说的题目常常隐含了作家的意图和作品的旨趣，也涉及小说塑造人物的内在精神奥秘。我认为，它首先实指与这一具体天气状况相关的全家人的命运："我想起奶奶，想起我爸，他们都是在风中死的。"这里所说的"在风中死的"颇具隐喻效果，也可认为是被"时代之风""历史之风"吹落的结果。小说由此显示出它的精神奥秘。母亲虽然与世无争，但也无法摆脱社会本身的发展演变。事实上，这种影响早已渗透进人们的日常生活之中，因为母亲所遭遇的事情的背后都是社会发展之于乡村社会的冲击和重建。甚至可以说，母亲越是随波逐流，就越能显现出时代之风加之于其上的烙印，且不说这场风暴正是以进步的名义席卷着大地上的每个人。

如果说《风中的母亲》写了个体在社会历史中的有限性，那么《天台上的父亲》《黄河故事》又何尝不是？尽管两篇小说中的父亲母亲最大限度地发挥了个体的作用，却也只能在时代的风暴中被吹落飘零。《黄河故事》中的父亲之所以给全家带来耻辱，不过是因为他不请自来地为有红白喜事的人家操刀做饭，顺便饱食一顿，但在"困难时期，谁家也不想多管一个人的饭"，这才导致了母亲的不满，间接引发了父亲的悲剧。如果不是恰逢经济困难，父亲很可能会成为大厨，或者像子女一样经营饭店。父亲一生中为数不多的高光时刻发生在饭店帮厨："在父亲的操持下，一时之间只见勺子翻飞、碗盘叮当。平时蔫不拉唧的父亲，好像突然间换了一个人，简直像个音乐演奏家，把各种乐器调拨得如行云流水，荡气回肠。”“风中的母亲”似乎总是无法紧跟时代发展的步伐，稀里糊涂地过日子，只是在跳广场舞时表现出超乎常人的天赋：“舞曲一响，我妈就不是她自己了，好像她是上天派下来专门跳舞的，多高难度的动作都不是个事儿。她好像完全变了一个人，顾盼生辉，嬉笑盈盈，完全没有了惯常的生涩。”只不过，母亲这个为数不多的优长，还是因为她一向的胆怯而未能在“新农村建设”中发挥积极作用。也就是说，邵丽的小说在给予“父亲”“母亲”某种超常天赋的同时，却始终未能令他们各尽其才，而是极力压抑着他们的才能。尽管这并不能完全归因于社会，但无疑暴露了他们在时代中的尴尬境地。

不妨说，他们既属于那个时代，又不属于那个时代，他们都是那个时代中的剩余者，是被时代剩下的个人，因为他们尽管内在于自身所处的历史，却又无法被纳入历史主义宣扬的进步神话之中，就只能作为时代的剩余物散落成历史的碎片，却也吊诡地使其通过空间的形式涌入当下的星丛。这也恰恰就是阿甘本所说的“同代性”（或“当代性”）：“同代性就是指一种与自己时代的奇特关系，这种关系既依附于时代，同时又与它保持距离。更确切而言，这种与时代的关系是通过脱节或时代错误而依附于时代的那种关系。过于契合时代的人，在所有方面与时代完全联系在一起的人，并非同代人，之所以如此，确切的原因在于，他们无法审视它；他们不能死死地凝视它。”[1]紧跟时代的人因为与时代密切相连而被时代吞没，而只有那些与时代保持一定距离的人，才能更清醒地认清自身时代的状况。所以，“同代人是紧紧凝视自己时代的人，以便感知时代的黑暗而不是其光芒的人”[2]。当然，小说中的人物提升不到“同代人”的高度，只是感知到了“时代的黑暗”而在客观上具有“同时代性”。事实上，邵丽并非也无意将小说中的人物塑造成这种能够凝视时代黑暗的“同代人”，他们更像是被时代放逐的剩余的个人 —— 一个个无法在时代坐标中清晰找到自我存在感的个体，却也在无意中触碰到了时代的机关。

有趣的是，邵丽在处理这些“剩余的个人”的时候，采取了一种阿甘本意义上的悬置的方法。在荣耀的身体中，“器官或工具与其功能区别开来，从而处于某种悬置状态，它们因此获

---

① [意]吉奥乔·阿甘本：《裸体》，黄晓武译，北京大学出版社 2017 年版，第 20—21 页。

② 同上，第 24 页。

得了一种明示的功能；展现了与这种悬置的功能相对应的善”[1]。邵丽一方面对小说中的人物投入了极大的热情，反复提及“父亲”的意义，渴望从历史中打捞与“父亲”相关的人事；另一方面，她又把父亲母亲的形象搁置起来，始终对包括且不限于父亲死亡在内的种种身份暂时搁置。《黄河故事》中的父亲在母亲的眼中是不值一文的“饿死鬼”，但“在村人眼里，我父亲是一个非常幽默风趣、知书达理，而且相当有生活情趣的人”。父亲出身于中医世家，读过很多书，懂中草药，但在当时穷困潦倒，难以为继。“风中的母亲”同样将母亲的身份悬置并“去功用化”——她似乎并没有在人生的起伏中得到什么，现实本身带给她的却是“毫无用处”。不妨说，他们都是时代剩余的个人，但在作家有意为之的停顿、悬置与去功用化中，从日常的理性中抽离出来，体现出人物本身的价值。悬置的目的不在于对人物的否定和批判，而是剔除理性与实用价值，进而突出其与时代不同的精神层面：“这一悬置是一种敞开，它具有积极的意义，它停止了原有的行为或对立模式，使其失去效力，因而开启了新的可能性。”“这种与时代的关系是通过脱节

---

① [意]吉奥乔·阿甘本：《裸体》，黄晓武译，北京大学出版社 2017 年版，第 178 页。

或时代错误而依附于时代的那种关系，也是一种悬置与去功用化关系。”[①]“剩余的个人”在“悬置与去功用化”中成为时代的“多余人”，尽管与所处的时代难以协调和和解，却也将无法融合的时代精神保留下来。这使得他们作为某种历史剩余物而获得超越时代的精神史的记录。

不妨说，邵丽无意讲述一个完整的故事，而是在时代变迁中呈现两代人的心灵轨迹，进而重新思考人在历史中的限度与可能性。这不仅是因为小说在叙事上有意存留了大量空缺，更是因为处于历史中的人无时不在经受时代的打磨和萃取。小说通过主观视点的方式，在讲述个体生活的同时将历史汇聚到当下，试图在心灵上达成对历史与个人的双重救赎。邵丽的这三篇近作显示出她对历史、当下、现实的多重理解。她在秉持现实主义风格的基础上，不再通过小说直接面对现实发声，而是尽可能地呈现出现实的复杂状况。“文学必须面对坚硬的现实，这一点对于我来说始终是坚定不移的。同时我还坚持认为，现实主义不但在今天，甚至在更久远的未来依然有它的价值所在，甚至可以说在今天比以往任何时候更需要它。”[②]就当下现

① 黄晓武：《悬置与去功用化：阿甘本的分析策略及其来源》，吉奥乔·阿甘本：《裸体》，黄晓武译，北京大学出版社 2017 年版，第 25 页。

② 邵丽、杨毅：《今天比以往任何时候更需要现实主义——邵丽访谈录》。

实主义而言，邵丽的小说近作显示出“现实主义”不同以往的美学格局——现实主义不仅可以书写当下正在发生的现实，也包括书写人的心灵上的真实；现实主义不仅可以写出作家已经熟知的真理，还可以去写那些晦暗幽秘，甚至暧昧不清的经验、状态和事物，让其在矛盾与龃龉中呈现出现实本身的复杂状况。

研究资料索引

1. 研究论文

王山：《错位的灰暗与诉说的模糊》，《作品与争鸣》，2003 年第 3 期，第 58—59 页。

周玉宁：《爱的需要的缺憾》，《作品与争鸣》，2003 年第 3 期，第 59—61 页。

王干:《以人为本的小说》,《河南日报》, 2004 年 3 月 25 日。

李敬泽：《注定不高的生活质量》，《全国新书目》，2004 年第 4 期，第 40 页。

脚印：《〈我的生活质量〉有多重要？》，《书摘》，2004 年第 6 期，第 126 页。

何镇邦:《〈我的生活质量〉的特色与魅力》,《文学报》, 2004 年 6 月 3 日，第 4 版。

杨静：《是耶？非耶？化为蝴蝶》，《牡丹》，2008 年第

2 期，第 71—72 页。

何弘：《因为理解，所以悲悯——邵丽小说简评》，《文艺报》，2007 年 11 月 13 日，第 2 版。

樊洛平：《悲悯情怀下的现实触痛与人性观照》，《名作欣赏》，2008 年第 3 期，第 52—53 页。

王衡:《个人奋斗在都市梦魇中幻灭——浅析〈明惠的圣诞〉中明惠的人生悲剧》，《渭南师范学院学报》，2008 年第 4 期，第 50—52 页。

徐茜:《“人民政府”与“人民”——读〈人民政府爱人民〉》，《名作欣赏（上旬刊）》，2008 年第 7 期，第 24—27 页。

周文慧：《身份认同的尴尬与缺失——评邵丽的〈明惠的圣诞〉》，《名作欣赏（上旬刊）》，2008 年第 8 期，第 27—30 页。

魏红珊：《农民进城与身份缺失——以罗伟章、夏天敏、邵丽的作品为例》，《中国社会科学院研究生院学报》，2008 年第 6 期，第 91—96 页。

李闰月：《从〈无雨之城〉和〈我的生活质量〉的延展与新变——看世纪之交女性作家官场小说的另一叙事策略》，《现代语文（文学研究版）》，2008 年第 10 期，第 103—105 页。

刘宏志：《从“小情感”到“大叙事”：对邵丽小说创作轨迹的一种考察》，《平顶山学院学报》，2009 年第 6 期，第

70—72 页。

任动：《邵丽小说的叙事策略》，《新闻爱好者》，2010 年第 1 期下半月，第 165 页。

林瑜洁:《现代都市模式背后快与慢的对立统一 ——评〈礼拜六的快行列车〉》，《现代语文（文学研究版）》，2010 年第 3 期，第 107—108 页。

李科平、王衡：《论〈明惠的圣诞〉中明惠的人生悲剧及其警示意义》，《渭南师范学院学报》，2010 年第 3 期，第 41—43 页。

单占生：《一个人的爱情诗——读邵丽的诗集〈细软〉》，《文艺报》，2010 年 11 月 5 日，第 2 版。

梁波:《新时期以来“城乡关系”书写的嬗变——〈哦,香雪〉、〈九月还乡〉和〈明惠的圣诞〉的并置解读》，《当代文坛》，2010 年第 6 期，第 112—115 页。

任动:《“底层文学”创作病象的超越——论〈明惠的圣诞〉的多层意蕴》，《名作欣赏（下旬刊）》，2011 年第 2 期，第 50—52 页。

廖华歌:《一首美妙的诗使人热泪盈眶——读邵丽诗集〈细软〉》，《躬耕》，2011 年第 4 期，第 59—60 页。

崔晓艾：《迷失与救赎——邵丽小说〈木兰的城〉女性意识

评析》，《新闻爱好者》，2011年第4期下半月，第154—155页。

李勇：《“深究”是文学的权利和个性》，《文艺报》，2011年7月22日，第2版。

任动：《刘庆邦与邵丽小说的互文性》，《中州大学学报》，2011年第5期，第50—53页。

戎平：《心灵里的金块——读邵丽短篇小说〈挂职笔记〉》，《作品与争鸣》，2011年第10期，第156—157页。

刘海燕：《河南青年女作家论》，《小说评论》，2012年第2期，第99—103页。

刘海燕：《以不同的目光面对第一手现实》，《文艺报》，2012年7月25日，第5版。

吕东亮：《尊严的流转及其秘密——读邵丽的短篇小说〈明惠的圣诞〉》，《长江丛刊（下旬刊）》，2012年第4期，第64—67页。

吴思颖：《新时期小说研究：透视〈刘万福案件〉的时代文学之美》，《华人时刊（下旬刊）》，2012年第5期，第169页。

刘宏志：《小说中的“轻”与“重”——以邵丽的挂职系列小说为例》，《山花》，2012年第17期，第79—87页。

瞿华兵：《“底层文学”创作的转向——以〈明惠的圣诞〉、〈国家订单〉和〈朱大琴，请与本台联系〉三部小说为例》，《当代文坛》，2012 年第 6 期，第 97—100 页。

孟繁华:《世风世相、女性与家国——评邵丽的小说创作》，《中国作家》，2013 年第 6 期，第 148—152 页。

吴丽艳：《纠结、矛盾与无奈——邵丽小说的女性情感、心理和命运》，《芒种（上半月）》，2013 年第 7 期，第 42—44 页。

徐明亚：《明惠之殇——评邵丽的〈明惠的圣诞〉》，《安徽文学（下半月）》，2013 年第 11 期，第 38—39+59 页。

崔晓艾：《基于底层女性的生存质询——评邵丽小说〈明惠的圣诞〉》，《平顶山学院学报》，2013 年第 6 期，第 93—96 页。

鱼禾：《〈玉碎〉：你只有一种活法》，《文艺报》，2013 年 12 月 20 日，第 12 版。

吴圣刚：《生活体验与文学叙事的距离——关于〈糖果儿〉文本的解析》，《信阳师范学院学报（哲学社会科学版）》，2014 年第 2 期，第 114—118 页。

吕东亮：《寻找表述生命存在的方式——论邵丽的小说创作》，《信阳师范学院学报（哲学社会科学版）》，2014 年第 2 期，第 119—124 页。

李云雷：《在荆棘里发现花朵》，《文艺报》，2014 年 3 月 12 日，第 2 版。

周其伦：《在悲悯中负重前行——评邵丽的中篇新作〈第

四十圈〉》，《时代报告》，2014 年第 4 期，第 68—69 页。

吕东亮：《“总体性”的探求——论邵丽的〈第四十圈〉》，《周口师范学院学报》，2014 年第 4 期，第 36—39 页。

孔会侠：《不搭界的“瓜葛”及其后——评邵丽中篇小说〈刘万福案件〉》，《周口师范学院学报》，2014 年第 4 期，第 40—42 页。

张苏芹：《身份、情感、文化的重构——论邵丽小说中的女性意识》，《周口师范学院学报》，2014 年第 4 期，第 43—45 页。

李祎：《何为日常，怎样生活——从邵丽的长篇小说创作谈起》，《长江丛刊（下旬刊）》，2014 年第 7 期，第 55—59 页。

李勇、张晨光：《社会转型期底层写作的出路——从邵丽的〈明惠的圣诞〉〈刘万福案件〉的差异谈起》，《郑州师范教育》，2014 年第 5 期，第 61—64 页。

苑青松：《“周口作家群”价值再突破：梦场域的形塑——基于对邵丽、任动等作家行为导向上的认知》，《周口师范学院学报》，2014 年第 6 期，第 33—36 页。

司真真：《邵丽的“细软”与诉说——论邵丽的诗歌》，《周口师范学院学报》，2014 年第 4 期，第 37—39 页。

陈梦远：《城乡生活质量的“进”与“退”——评邵丽的长篇小说〈我的生活质量〉》，《周口师范学院学报》，2014

年第 4 期，第 40—44 页。

吕晓洁：《乡土世界的美学重构》，《小说评论》，2014 年第 6 期，第 165—169 页。

张延文：《邵丽艺术风格论》，《小说评论》，2015 年第 1 期，第 137—142 页。

杨莉：《邵丽作品论》，《小说评论》，2015 年第 1 期，第 143—147 页。

高宇婷：《泥淖中的自救与度生——〈刘万福案件〉的文学伦理及其现实关怀》，《郑州师范教育》，2015 年第 1 期，第 71—74 页。

黄婧:《理想诉求的文学书写——〈刘万福案件〉旨趣之一》，《郑州师范教育》，2015 年第 1 期，第 75—78 页。

刘军：《身份寻找与边界拓宽——邵丽小说述评》，《扬子江评论》，2015 年第 2 期，第 54—58 页。

楚天遂:《言志与载道——邵丽散文赏析》,《郑州日报》，2015 年 5 月 15 日，第 11 版。

任动：《邵丽小说对新世纪文学的贡献》，《平顶山学院学报》，2015 年第 3 期，第 87—91 页。

刘宏志：《人民的“第四十圈”——谈邵丽底层书写中的时代忧思》,《平顶山学院学报》, 2015 年第 3 期, 第 92—96 页。

胡瑞香:《邵丽小说的存在编码——女性谱系和身份焦虑》,《当代文坛》, 2016 年第 2 期, 第 60—64 页。

墨未浓:《当爱情尘埃落定——读邵丽中篇小说〈北地爱情〉》,《躬耕》, 2016 年第 3 期, 第 64 页。

张延文:《伦理价值与个人生活——论邵丽长篇小说〈我的生存质量〉》,《周口师范学院学报》, 2016 年第 3 期, 第 19—23 页。

张翼:《中国经验的复杂呈现与多元书写——论邵丽官场小说的当代意义》,《平顶山学院学报》, 2016 年第 4 期, 第 44—46 页。

刘家民:《知识真能改变女性爱情吗?——对邵丽新作〈北地爱情〉的解读》,《百家评论》, 2016 年第 5 期, 第 27—32 页。

吕东亮:《"北地"的后现代情感——评邵丽的中篇小说〈北地爱情〉》,《大观·东京文学》, 2016 年第 11 期, 第 108—109+112 页。

赵振杰:《市场经济潜规则统摄下的爱情消隐与沦丧——读邵丽中篇小说〈北地爱情〉》,《作品与争鸣》, 2016 年第 12 期, 第 159—160 页。

吕豪迈:《思想的深度:读邵丽中篇小说〈刘万福案件〉》,《文学教育(上)》, 2016 年第 12 期, 第 128 页。

刘宏志：《平民的尊严——从邵丽小说对底层民众的精神观照谈起》，《中州大学学报》，2016年第6期，第12—16页。

訾西乐：《邵丽小说的叙事特征探析》，《郑州航空工业管理学院学报（社会科学版）》，2016年第6期，第43—47页。

訾西乐：《中原大地上的两朵奇葩——邵丽与乔叶作品的相似性研究》，《魅力中国》，2016年第11期，第222页。

靳瑞霞:《贴地飞翔的写作——邵丽中短篇小说解读》,《周口师范学院学报》，2017年第1期，第29—32页。

王越：《彷徨于无地的灵魂——谈刘庆邦〈到城里去〉和邵丽〈明惠的圣诞〉中的身份焦虑》，《周口师范学院学报》，2017年第1期，第33—36页。

刘芸：《情感的游走　精神的成长——浅谈邵丽的小说创作》，《安阳工学院学报》，2017年第1期，第17—19、26页。

王剑：《现实诘问与深度介入——评邵丽的“挂职笔记”系列小说》，《莽原》，2017年第2期，第154—161页。

刘宏志：《现代性批判视野中的城市化反思——以邵丽小说〈城外的小秋〉〈北去的河〉为例》，《周口师范学院学报》，2017年第3期，第25—29页。

吴圣刚、吴成熙:《邵丽文学叙事的个性特征》,《中州学刊》，2017年第6期，第152—157页。

刘宏志:《小说中的“慢”与“快”——以邵丽的小说为例》,《郑州师范教育》,2017年第4期,第63—68页。

姚静:《论邵丽小说的叙事艺术》,《语文建设》,2017年第33期,第24—25页。

余敏:《从〈第四十圈〉看邵丽写作姿态的理性转变》,《小说月刊》,2018年第3期,第24页。

曹霞:《“行为艺术”与“艺术行为”——评邵丽的〈蒋近鲁的艺术人生〉》,《文学教育(上)》,2018年第4期,第12页。

崔晓艾:《“泄露隐情”:论邵丽小说的女性立场及其叙事策略》,《河南师范大学学报(哲学社会科学版)》,2018年第5期,第137—142页。

刘宏志:《一种立场　两种经验——邵丽小说观察》,《周口师范学院学报》,2018年第6期,第57—62页。

王诚良:《“第三者”爱情追求的心路历程——评邵丽的中篇小说〈北地爱情〉》,《山东青年》,2018年第11期,第169—171页。

刘静:《因为真诚,所以真实——读〈挂职笔记〉》,《商丘职业技术学院学报》,2018年第6期,第24—26页。

乔明柱:《含泪的和解——读邵丽小说〈春暖花开〉的人生启示》,《时代报告》,2019年第1期,第68页。

吕东亮：《河南女性作家的崛起与当代文学中的“中原经验”》，《信阳师范学院学报（哲学社会科学版）》，2019年第2期，第109—113页。

刘宏志:《“非典型”官场叙事中的时代忧思——论邵丽“挂职系列”小说中的基层政治生态批判》,《周口师范学院学报》,2019年第4期，第39—42页。

陈晨：《进入现场的写作与知识分子的自我观照——从邵丽、孙慧芬看女性作家乡村书写的一种路向》，《写作》，2019年第5期，第34—41页。

陈铎：《现实性、日常性与审美性——论邵丽“挂职系列”中的官场书写》，《写作》，2019年第5期，第42—49页。

张旭东：《邵丽小说的婚恋叙事主题探析》，《周口师范学院学报》，2019年第6期，第48—52页。

何微:《重新认识父亲——读邵丽的短篇〈天台上的父亲〉》,《边疆文学（文艺评论）》，2019年第12期，第54—57页。

陈丹：《难解的父与子——解读〈天台上的父亲〉》，《名作欣赏（中旬刊）》，2020年第8期，第94—96页。

刘琼：《下半场的母亲》，《思南文学选刊》微信公众号，2020年9月11日。

吴越:《中原家族写作新篇章：谈谈邵丽的“父母故事”》,

《思南文学选刊》微信公众号，2020 年 9 月 11 日。

叶弥:《爱与输赢，黄河知道——读邵丽〈黄河故事〉有感》，《思南文学选刊》微信公众号，2020 年 9 月 11 日。

鄢莉:《城乡交界地带的另类母亲》,《长江文艺·好小说》，2020 年第 9 期，第 159—160 页。

吕东亮:《等闲识得“黄河”面——读邵丽的中篇小说〈黄河故事〉》，《牡丹》，2020 年第 10 期，第 107—109 页。

程德培:《父之名：前世今生辨金枝——评邵丽的长篇小说〈金枝〉》，《收获·长篇专号》冬卷，2020 年。

2. 学术专著

刘宏志:《邵丽小说研究》，郑州：河南文艺出版社，2017 年。

3. 学位论文

硕士论文：

刘芸：《河南当代女作家的小说创作研究》，郑州大学，2014 年。

郑先志：《邵丽小说创作论》，信阳师范学院，2015 年。

尚丽：《邵丽小说创作研究》，河南师范大学，2016 年。

张晨光：《论邵丽的小说创作转型》，郑州大学，2016 年。

石午强:《新世纪以来河南小说叙事模式研究》,河南大学,2017年。

张欣悦:《邵丽“挂职系列”小说研究》,郑州大学,2017年。

朱洪利:《邵丽小说的修辞特色》,闽南师范大学,2017年。

乔德敏:《新世纪以来河南女作家小说人物群像研究》,河南大学,2018年。

李文静:《追问生命的质量——论邵丽的文学创作》,河南大学,2019年。

作家创作年表

1999年

12月，短篇小说《碎花地毯（外一篇）》发表于《热风》第12期。

2000年

3月，小说《起风的日子》发表于《热风》第3期。

3月，散文《迷失的家园：外一篇》发表于《中国西部文学》第3期。

7月，中篇小说《故园中的现代女人》发表于《中国作家》第7期。

9月，中篇小说《你能走多远》发表于《莽原》第5期。

11月，短篇小说《礼拜六的快行列车》发表于《雨花》第11期。

2001年

3月，短篇小说《国家干部陈同》发表于《小说林》第2期。

3月，短篇小说《爱情二〇〇〇年》发表于《广州文艺》第3期。

5月，短篇小说《安子的拳头》发表于《莽原》第3期。

6月，短篇小说《碎花地毯》发表于《时代文学》第3期。

12月，短篇小说《玉株》发表于《青年文学》第12期。

2002年

3月，短篇小说《寂寞的汤丹》发表于《中国作家》第3期。

9月，短篇小说《废墟》发表于《百花洲》第5期。

10月，短篇小说《迷离》发表于《青年文学》第10期。

12月，中篇小说《王跃进的生活质量问题》发表于《当代·中篇小说专号》增刊。

2003年

1月，《碎花地毯·邵丽中短篇小说自选集》由大众文艺出版社出版。

6月，短篇小说《生活痕迹》发表于《中国作家》第6期。

10月，中篇小说《人在江湖》发表于《清明》第5期。

2004年

1月，长篇小说《我的生活质量》由人民文学出版社出版。

3月，短篇小说《戏台》发表于《青年文学》第3期。

5月，小说集《腾空的屋子》由中国文联出版社出版。

11月，短篇小说《明惠的圣诞》发表于《十月》第6期。

2006年

7月，短篇小说《水星与凰》(《瓦全》）发表于《花城》第4期。

2007年

2月，短篇小说《马兰花的等待》发表于《人民文学》第2期。

9月，短篇小说《人民政府爱人民》发表于《当代》第5期。

2008年

3月，小说《短篇三章》发表于《文学界（专辑版）》第3期。

3月，创作谈《自己说》发表于《文学界（专辑版）》第3期。

10月，长篇纪实文学《燃情岁月：漯河》由中国青年出版社出版。

12月，散文《逛庙会记》发表于《人民文学》第12期。

2009年

2月，散文《我与楚国的不解之缘》发表于《长江文艺》第2期。

3月，散文《无语淅川》发表于《朔方》第3期。

6月，散文《四月去安阳》发表于《人民文学》第6期。

2010年

9月15日，散文《在远方》发表于《中华读书报》。

10月，诗集《细软》由河南文艺出版社出版。

12月，短篇小说《村北的王庭柱》发表于《芒种》第12期。

2011年

1月，短篇小说《河边的钟子》发表于《作家》第1期。

2月，《心愿（组诗）》，发表于《北京文学》第2期。

3月，评论《点评石舒清短篇小说·清水里的刀子》发表于《莽原》第2期。

4月，诗歌《在你醉酒的日子（外一首）》发表于《河南诗人》第2期。

6月，短篇小说《老革命周春江》发表于《山花》第6期。

6月30日，诗歌《一树花开》发表于《河南日报》。

8月，短篇小说《挂职笔记》发表于《人民文学》第8期。

9月，短篇小说《城外的小秋》发表于《十月》第5期。

11月，散文《我与扬州的那些事》，发表于《人民文学》第11期。

12月，中篇小说《刘万福案件》发表于《人民文学》第12期。

2012年

1月，散文《“茅台”是一种酒》发表于《人民文学》第1期。

6月18日，散文《父亲节的结》发表于《齐鲁石化报》。

6月19日，散文《看茶》发表于《河南日报》。

7月25日，创作谈《离现实近一点还是远一点》发表于《文艺报》。

8月，中篇小说《糖果儿》发表于《作家》第8期。

8月17日，短篇小说《北去的河》发表于《光明日报》。

9月，短篇小说《亲爱的，好大的雪（外一篇）》发表于《山花》第9期。

9月25日，散文《三代人》发表于《羊城晚报》。

10月，中篇小说《阴阳虚》发表于《人民文学》第10期。

10月，小说集《寂寞的汤丹》由春风文艺出版社出版。

11月，组诗《我在你的路上》发表于《解放军文艺》第11期。

2013年

1月，散文《我们的汽车》发表于《作家》第1期。

2月21日，散文《关于蛇年的记忆及其他》发表于《天津日报》。

3月15日，散文《三月的蔡琴》发表于《河南日报》。

4月，散文《阅读一个不动声色的城市》发表于《语文教学与研究》第4期。

5月，长篇小说《我的生存质量》由人民文学出版社出版。

6月9日，散文《有时候需要抹去自己》发表于《羊城晚报》。

6月10日，散文《饥饿的童年》发表于《羊城晚报》。

6月16日，散文《谈话无果而终》发表于《羊城晚报》。

7月，创作谈《从生活到生存》发表于《长篇小说选刊》第4期。

7月，散文《阅人》发表于《莽原》第4期。

7月，散文《读书与杂谈》发表于《莽原》第4期。

7月16日，散文《生气的成本》发表于《郑州晚报》。

7月,《迷离·邵丽中短篇小说集》由河南文艺出版社出版。

7月,《玉碎·邵丽散文随笔集》由河南文艺出版社出版。

10月，诗集《她说》由河南文艺出版社出版。

11月，短篇小说《小舅舅死了》发表于《北京文学》第11期。

11月，诗歌《短章》(节选)，发表于《诗刊》11月上半月刊。

11月29日，文论《失落的岂止是文明》发表于《光明日报》。

2014年

1月，中短篇小说集《糖果》由河南文艺出版社出版。

2月，中篇小说《第四十圈》发表于《人民文学》第2期。

2月，短篇小说《赤足踏在田埂上》发表于《芒种》第2期。

2月25日，散文《定制幸福》发表于《河南日报》。

3月12日，创作谈《无言以对》发表于《文艺报》。

5月，散文《老茶》发表于《芒种》第5期。

5月9日，诗歌《诗歌里的母亲——写在母亲节之际》发表于《光明日报》。

5月26日，散文《回归泥土》发表于《滨海时报》。

6月，创作谈《继承与颠覆》发表于《决策》第6期。

6月20日，散文《世界杯与垃圾》发表于《大河报》。

7月30日，散文《你的母亲还剩多少》发表于《河南日报》。

10月31日，诗歌《风水》发表于《河南日报》。

12月29日，随笔《找到自己的文化之根》发表于《河南日报》。

2015年

1月，创作谈《沉默与呐喊——自述》发表于《小说评论》第1期。

10月25日，文论《努力创作无愧于时代的作品》发表于《河南日报》。

11月9日，文论《生动的故事和丰富的情感从何而来》发表于《文艺报》。

12月，诗歌《沙之书》发表于《南方文学》第12期。

2016年

1月，中篇小说《北地爱情》发表于《人民文学》第1期。

1月，散文《三月的蔡琴（外一题）》发表于《飞天》第1期。

1月6日，散文《归去来》发表于《河南日报》。

3月7日，评论《非常鱼禾与私人传说》发表于《文艺报》。

3月19日，创作谈《生命的疼痛不息，就是成长》发表于《小说月报》微信公众号。

3月30日，文论《要对现实心存敬畏》发表于《文艺报》。

5月，短篇小说集《明惠的圣诞》由江苏凤凰文艺出版社出版。

6月29日，创作谈《我所理解的写作及其他》发表于《文艺报》。

8月，散文《物质女人》发表于《作家》第8期。

8月，长篇小说《我的生活质量》由河南文艺出版社出版。

9月，散文《刺桐港的繁华及其他》发表于《泉州文学》第9期。

10月，散文《闲话盛泽》发表于《人民文学》第10期。

10月3日，散文《巾帼》发表于《人民日报》。

10月18日，散文《姥爷的渔网》发表于《大河报》。

10月20日，散文《姥姥和姥姥留下的菜谱》发表于《河南日报》。

11月，散文《陈年旧事》发表于《莽原》第6期。

11月1日，随笔《我所理解的悲剧美和其他》发表于《青年报》。

11月25日，随笔《“乡愁”的另一种叙事》发表于《青海日报》。

12月，散文《只把他乡作故乡》发表于《解放军文艺》第12期。

12月7日，文论《扎根生活　心怀人民》发表于《河南日报》。

2017年

2月4日，散文《花间事》发表于《人民日报》。

2月8日，散文《年之下》发表于《河南日报》。

3月6日，随笔《小友记》发表于《文艺报》。

3月，小说集《北地爱情》由长江文艺出版社出版。

4月，小说集《北地爱情 / 小文艺·口袋文库》由上海文艺出版社出版。

6月3日，散文《衣装亦庄》发表于《人民日报》。

6月21日，散文《旗袍秀》发表于《河南日报》。

7月，随笔《威武，夏坚德》发表于《延河》第7期。

7月26日，散文《家传的手艺》发表于《文汇报》。

9月，短篇小说《蒋近鲁的艺术人生》发表于《当代》第5期。

9月，短篇小说《李夏的夏天》发表于《作家》第9期。

9月20日，散文《到城市去》发表于《人民日报》。

10月，小说集《挂职笔记》由北京十月文艺出版社出版。

10月，小说集《礼拜六的快行列车》由太白文艺出版社出版。

11月8日，散文《不止湘湖》发表于《河南日报》。

11月10日，随笔《婉如清扬》发表于《文艺报》。

12月，中篇小说《大河》发表于《北京文学》第12期。

12月，创作谈《我的婆婆》发表于《北京文学》第12期。

12月18日，随笔《有匪君子》发表于《文艺报》。

2018年

3月，散文《野的草》发表于《黄河文学》第2/3期。

4月，短篇小说《春暖花开》发表于《人民文学》第4期。

7月，散文《一个人的九寨》发表于《国土资源科普与文化》第3期。

8月，诗集《我在你的路上》由时代文艺出版社出版。

11月3日，散文《瑞安的面相》发表于《人民日报》。

12月，散文集《花间事》由时代文艺出版社出版。

2019年

1月，散文集《物质女人》由河南文艺出版社出版。

1月30日，随笔《归去来赋》发表于《河南日报》。

3月，短篇小说《节日》发表于《人民文学》第3期。

4月，散文《中山嘉木》发表于《民族文学》第4期。

5月，短篇小说《天台上的父亲》发表于《收获》第3期。

5月22日，创作谈《父亲的历史》发表于《收获》微信公众号。

6月1日，散文《与河南日报的有关记忆》发表于《河南日报》。

7月17日，散文《感恩生命中的遇见》发表于《文艺报》。

9月，散文《逛庙会记》发表于《时代报告（奔流）》第9期。

10月23日，评论《我看茅盾文学奖》发表于《河南日报》。

11月，随笔《沈阳有班宇》发表于《芒种》第11期。

11月，创作谈《我的写作及其他》发表于《周口师范学院学报》第6期。

2020年

1月，创作谈《我所理解的写作及其他》发表于《牡丹》第1期。

1月1日，评论《风流河洛大哉中原》发表于《河南日报》。

1月9日，读书笔记《〈金瓶梅〉，写给作家看的书》发表于《文汇报》。

2月8日，创作谈《无以言说的恐惧》发表于《当代作家评论》微信公众号。

3月，散文《古老》发表于《人民文学》第3期。

3月，散文《秋访棣花》发表于《青年文学》第3期。

4月，散文《2020，让我如何停止对生命的热爱》发表于《美文（上半月）》第4期。

4月18日，散文《梅雨潭三妙》发表于《人民日报海外版》。

4月30日，评论《大象无形》发表于《河南日报》。

5月，读书笔记《不戴头巾的男子汉》发表于《长城》第3期。

6月，中篇小说《黄河故事》发表于《人民文学》第6期。

7月，短篇小说《风中的母亲》发表于《当代》第4期。

7月，创作谈《说不尽的父亲》发表于《小说选刊》第7期。

7月，创作谈《不死的父亲》发表于《北京文学·中篇小说月报》第7期。

7月，读书笔记《吃茶的政治》发表于《美文（上半月）》第7期。

7月，读书笔记《“是真佛只说家常”》发表于《四川文学》第7期。

8月，读书笔记《细节的魔鬼》发表于《美文（上半月）》第8期。

8月31日，随笔《与任晓雯的姑妄言》发表于《文艺报》。

9月，读书笔记《永远的宋惠莲》发表于《美文（上半月）》第9期。

9月，随笔《高原之旅》发表于《西藏文学》第5期。

9月19日，随笔《行走中的食物散记》发表于《人民日报》。

9月27日，散文《陈皮和女人之爱》发表于《检察日报》。

10月，读书笔记《金、瓶、梅辩证》发表于《美文（上半月）》第10期。

10月11日，随笔《她有隽永的美：付秀莹印象记》发表于《青年报》。

11月29日，随笔《在西藏的每一刻》发表于《文汇报》。

12月，长篇小说《金枝》发表于《收获》长篇小说冬卷。

12月，长篇小说《黄河故事》由河南文艺出版社出版。

2021年

1月，读书笔记《另面西门庆》发表于《美文（上半月）》

第1期。

1月，长篇小说《金枝》由人民文学出版社出版。

1月，中篇小说《黄河岸上的父亲》由百花文艺出版社出版。

2月3日，创作谈《我的父亲母亲》发表于《文艺报》。

3月，散文《大河上下碎碎念》发表于《十月》单月号第2期。

后 记

这套“当代河南女作家研究资料汇编”系列丛书分为五本，包括:《当代河南女作家研究资料汇编　何向阳卷》《当代河南女作家研究资料汇编　邵丽卷》《当代河南女作家研究资料汇编　梁鸿卷》《当代河南女作家研究资料汇编　乔叶卷》《当代河南女作家研究资料汇编　计文君卷》。为全面而完整地呈现这些作家的创作及研究样貌，每本书二十余万字，分为六部分：作家作品选、作家创作谈、对谈、研究论文、研究资料索引、作家创作年表。

作为资料选编，我们的工作主要致力于对21世纪以来的河南女作家——何向阳、邵丽、梁鸿、乔叶、计文君的研究论文进行收集、汇编。在我的构想里，这些研究资料的编纂是构成当代河南女性文学发展史的重要部分，尝试呈现河南女性文学的发展脉络。我所期待的是，这套资料汇编能尽可能兼容并包，众语喧哗，为河南女性文学发展提供丰富翔实而深具学术品质的参考。

特别致谢五位青年批评家——行超、李馨、杨毅、马思钰、张天宇，作为每本研究资料的副主编，他们承担了研究资料的基础搜集和整理工作，而具体篇目的选定，则由我和他们分别商量、讨论定稿。

感谢河南省文联、河南作家协会的资助。感谢五位作家何向阳、邵丽、梁鸿、乔叶、计文君的作品授权。感谢责任编辑韩晓征、李婧婧、张小彩、窦玉帅及北京十月文艺出版社，没有他们的工作，就没有这个系列研究资料的问世。

张莉

2021年6月9日

图书在版编目 (CIP) 数据

当代河南女作家研究资料汇编. 邵丽卷 / 张莉，杨毅主编. -- 北京 : 北京十月文艺出版社，2021. 9
ISBN 978-7-5302-2165-5

Ⅰ. ①当… Ⅱ. ①张… ②杨… Ⅲ. ①邵丽—文学研究②邵丽—人物研究 Ⅳ. ①I206.7 ②K825.6

中国版本图书馆 CIP 数据核字 (2021) 第 117790 号

当代河南女作家研究资料汇编　邵丽卷
DANGDAI HENAN NÜ ZUOJIA YANJIU ZILIAO HUIBIAN　SHAOLI JUAN
张莉　杨毅　主编

出　　版　北京出版集团
　　　　　北京十月文艺出版社
地　　址　北京北三环中路 6 号
邮　　编　100120
网　　址　www.bph.com.cn
发　　行　新经典发行有限公司
　　　　　电话（010）68423599
经　　销　新华书店
印　　刷　北京盛通印刷股份有限公司
版　　次　2021 年 9 月第 1 版
　　　　　2021 年 9 月第 1 次印刷
开　　本　850 毫米 ×1168 毫米　1/32
印　　张　15.5
字　　数　270 千字
书　　号　ISBN 978-7-5302-2165-5
定　　价　55.00 元
质量监督电话　010-58572393
如有印装质量问题，由本社负责调换。